Lili Eden

# Das Erbe der Sturmhöhe

## Über die Autorin:

Lili Eden ist das Pseudonym der Autorin Lilian Kaliner. Sie arbeitet schon ihr ganzes Berufsleben im Verlagswesen. Inzwischen in den Dreißigern, war es endlich an der Zeit, die Seiten zu wechseln und all die Ideen auf Papier zu bringen, die sich angesammelt haben. Da sie seit ihrer Kindheit das stürmische Hochmoor von West Yorkshire liebt und diese Gegend einfach ideal als Setting für einen Roman ist, reiste Lili einmal mehr nach Haworth – dieses Mal mit Notizheft im Gepäck.

Lili Eden

# Das Erbe der Sturmhöhe

lübbe

Dieser Titel ist auch als Hörbuch und E-Book erschienen

MIX
Papier aus verantwortungsvollen Quellen
FSC® C014496

Die Bastei Lübbe AG verfolgt eine nachhaltige Buchproduktion. Wir verwenden Papiere aus nachhaltiger Forstwirtschaft und verzichten darauf, Bücher einzeln in Folie zu verpacken. Wir stellen unsere Bücher in Deutschland und Europa (EU) her und arbeiten mit den Druckereien kontinuierlich an einer positiven Ökobilanz.

Vollständige Taschenbuchausgabe
der bei Bastei Lübbe erschienenen E-Book-Ausgabe


Einband-/Umschlagmotive: © iStock/Getty Images Plus: kama71 | Kharchenko_irina7 | eugenesergeev | Khrizmo | James Elkington
Umschlaggestaltung: Guter Punkt, München | www.guter-punkt.de
Satz: 3w+pGmbH, Rimpar (www.3wplusp.de)
Gesetzt aus der Adobe Caslon Pro
Druck und Verarbeitung: GGP Media GmbH, Pößneck
Printed in Germany

ISBN 978-3-404-18763-8

5 4 3 2 1

Sie finden uns im Internet unter luebbe.de
Bitte beachten Sie auch: lesejury.de

# Prolog

## Em

Die liebliche Mailuft, die durch das gekippte Fenster drang und spielerisch die dünnen Vorhänge bewegte, ließ nicht erahnen, was sich in dem lichtdurchfluteten Zimmer ankündigte.

Erneut hatten die Zeiger des Weckers eine Runde hinter sich gebracht, und was heute in den frühen Morgenstunden noch eine vage Annahme gewesen war, wurde mit jeder Umrundung mehr zur Gewissheit.

Seit kurz nach fünf saß Em am Bett und umfasste die dünne Hand, mit der beinahe durchsichtigen Haut. Immer wieder sackte ihre Mutter schwach atmend in einen Dämmerschlaf. Gelegentlich öffneten sich die pergamentartigen Augenlieder ein wenig, und Em konnte ein Hin- und Herzucken der Pupillen erkennen.

Die monotonen Schläge, die Mark mit dem Hammer auf

den Meißel ausführte, hallten seit Stunden durch das großzügige Loft.

Auch wenn das unerbittliche Dröhnen das Ordnen ihrer Gedanken erschwerte, so wusste Em, dass es Marks Weg war, mit dieser Situation umzugehen. Als sie sich vorhin eine Kleinigkeit zu essen geholt hatte, hatte Em in sein Atelier gespäht. Der Holzstamm, der gestern noch unbearbeitet auf einem Sockel mitten im Raum gestanden hatte, nahm immer mehr Form an. Langsam, aber sicher war der Körper einer Frau zu erkennen, doch bisher hatte Mark sich nicht an das Gesicht herangewagt. Natürlich konnte sie sich denken, wen der talentierte Bildhauer aus dem Holz herausarbeitete. Mark versuchte, das drohende Unglück auf seine Weise zu verarbeiten.

Aus der Küche drang ein Scheppern. Ihr Vater Rollo kochte eine weitere Suppe, von der er hoffte, wenigstens einige wenige Löffel über die Lippen von Ems Mutter zu bringen.

Fröhliches Zwitschern von der Fensterbank zog ihre Aufmerksamkeit auf sich. Aufgeplustert machte eine Amsel dort Radau.

»Em …« Die Stimme war schwach und kaum zu vernehmen.

Hastig beugte sie sich vor und strich ihrer Mutter eine Strähne aus dem Gesicht. Trotz der kalten Hände war ihre Haut von einem feuchten Film überzogen.

»Was ist, Mama?«

Iris schlug die Augen auf und sah ziellos umher. Dann drehte sie ihren Kopf und blickte auf den Nachttisch. »In der Schublade …«

Em zog die Schublade auf. Medikamentenschachteln und Taschentuchpackungen lagen darin verteilt. »Was brauchst du?«

»Die Bücher«, sagte Iris mit dünner Stimme.

Em schob die Schachteln zur Seite und fasste mit beiden Händen hinein. Sie zog einen Roman mit vergilbten Seiten und einen wuchtigen Bildband heraus. Links oben auf dem Einband prangte der Name ihrer Mutter. Irritiert betrachtete Em das Bild einer hügeligen und rau anmutenden Landschaft. Sie kannte die Arbeiten ihrer Mutter, doch dieses Buch hatte sie nie zuvor gesehen.

»Brontë-Country und die Pennines«, formten Ems Lippen tonlos.

Zitternd streckte ihre Mutter die Hände aus, und Em legte beide Bücher auf deren Beinen ab, die sich schmal unter der Bettdecke abzeichneten. Mit einer zielstrebigen Bewegung, für die ihre Mutter ihre letzte Kraft zu nutzen schien, zog sie den Roman an ihre Brust.

»Es ist so lange her«, murmelte sie und schloss die Augen.

»Was ist lange her?«, fragte Em und rutschte von ihrem Stuhl auf den Rand der Matratze.

Die Finger ihrer Mutter tippten auf die Zeichnung auf dem Buch. »Dort liegt die Wahrheit«, glaubte Em zu verstehen.

»Welche Wahrheit?«

»Mein Herz …« Die helle Stimme brach ab und ging in flaches Atmen über.

Em unterdrückte die Tränen, die in ihren Augen brannten. Ihre Mutter war nicht mehr in der Gegenwart. Sie befand sich schon seit den frühen Morgenstunden in dem Zustand, den die Pflegerin als *Übergang* bezeichnet hatte. Dem Zeitraum, in dem sich das Leben aus dem Körper schlich.

Außer Marks unablässigen Schlägen war nichts zu hören. Die Amsel war verschwunden und die Atemzüge von Iris kaum noch wahrzunehmen. Em griff erneut nach den Händen ihrer Mutter und drückte sie fest.

Iris schnappte nach Luft und riss die Augen auf. Die Pupillen hatte sie fest auf die Schlafzimmerwand gerichtet, und Em glaubte ein schwaches Lächeln zu sehen. »Heathcliff«, flüsterte sie. Gleich darauf schlossen sich die Augen, und ihr Kopf sackte ins Kissen.

Em spürte, wie sich die schmalen Finger ihrer Mutter entspannten. Mit aufeinandergepressten Lippen wartete sie auf ein neues flaches Erheben der ausgemergelten Brust. *Nichts.*

Stumm lehnte sie sich vor, schob den Bildband zur Seite und senkte den Kopf auf den Schoß ihrer Mutter. Die Tränen wurden von dem hellgelben Bezug der Decke aufgesaugt. Es war vorbei. Der Kampf war vorüber.

»Ich liebe dich, Mama«, flüsterte Em und betrachtete die nun entspannten Gesichtszüge. Noch immer lag der Roman auf ihrer Brust. »Sturmhöhe«, las sie durch einen Tränenschleier.

Waren Minuten vergangen oder über eine halbe Stunde?

Zaghaft setzte Em sich auf, griff in die Schublade und fischte ein Taschentuch heraus. Sie tupfte ihre Wangen ab und erhob sich, ging mit weichen Knien zur Zimmertür und drückte die Klinke.

»Papa!« Die Stärke in ihrer Stimme überraschte sie, glaubte Em doch, keinen Ton hervorbringen zu können. Mit dem Rücken drückte sie sich an die Wand und sah auf das Bett, an dem sie in den letzten Wochen den Großteil ihrer Zeit verbracht hatte.

Schritte hallten durch den Flur, und als das angespannte Gesicht ihres Vaters in der Tür auftauchte, schüttelte Em schwach den Kopf.

Rollo schloss die Augen einen Moment lang und trat dann ein. Er ging auf das Bett zu und sackte auf den Stuhl.

Gleich darauf stürmte Mark ins Zimmer, sah zu Rollo und dann zu ihr. »Es tut mir so leid«, murmelte er und streckte seine Hand nach ihr aus.

Em stürzte sich an seine Brust und ließ die Schluchzer aus sich herausbrechen, die bis eben tief in ihr gewartet hatten.

Der Geruch von Holz haftete am Hemd ihres zweiten Vaters, und Marks Arme schlossen sich um ihren Körper.

»Es ist geschafft.« Er seufzte und fuhr ihr immer wieder über die offenen, ungekämmten Haare.

Schritte schlurften über den Dielenboden, und gleich darauf spürte sie Rollo hinter sich, der die Arme um sie legte.

*Zwei Väter und keine Mutter.* Die neue Realität schmerzte beinahe unerträglich, auch wenn Em mehr als genug Zeit gehabt hatte, sich darauf vorzubereiten.

Em hielt den Atem an und trat in den Raum. Das Bett war abgezogen, und durch das offene Fenster fuhr ein kraftvoller Wind herein, der scheinbar den Tod aus dem Zimmer zu verscheuchen suchte.

Sie wusste nicht genau, wie lange es her war, dass der Arzt den Tod bestätigt und den Bestatter informiert hatte. Nur die Medikamentenschachteln in der offenen Schublade erinnerten an das, was sich hier am späten Vormittag ereignet hatte. Eine letzte Erinnerung an die unerbittliche Krankheit, die ihr die Mutter genommen hatte.

Auf dem Stuhl neben dem Bett entdeckte sie die Bücher. Zögernd ging sie darauf zu und setzte sich auf die Matratze. Warum hatte ihre Mutter in den letzten Lebensminuten nach Büchern verlangt? Em griff danach und platzierte beide auf ihren Knien. Und was war das für ein Name, den Iris gehaucht hatte, als das Leben aus ihr herausgeglitten war?

»Was machst du da?« Rollos warme Stimme drang von der offenen Tür herüber.

»Kennst du das hier?« Ihr Zeigefinger tippte auf den Roman.

Mit gerunzelter Stirn trat ihr Vater auf sie zu und setzte sich neben sie. Prüfend las er den Titel und griff danach. »Das sagt mir nichts, aber ich kenne mich mit Literatur auch nicht wirklich aus.« Dann blickte er auf den schweren Bildband und zog die Augenbrauen zusammen. »Die Fotos hierfür hat deine Mutter vor über dreißig Jahren gemacht. Aber ich habe es seit Jahrzehnten nicht gesehen.«

»Sie hat danach verlangt, kurz bevor …« Ems Stimme brach ab, und sie holte tief Luft. »Weißt du, warum diese Bücher in ihrem Nachttisch lagen und weshalb Mama sie halten wollte, als sie starb?«

Rollo schüttelte kaum merklich den Kopf. »Du weißt, sie hat starke Schmerzmittel bekommen und war schon seit Tagen nicht mehr richtig klar.«

Em nickte, wie man es eben tat, wenn jemand ein vermeintlich stichhaltiges Argument vorbrachte. Iris hatte sich zwar in der Schwebe zwischen den Welten befunden, dennoch war es Em so vorgekommen, als ob das, was kaum hörbar ihre Lippen passiert hatte, der letzte wache Gedanke ihrer Mutter gewesen war.

»Ich gehe in mein Zimmer.« Mit einer hektischen Bewegung nahm sie das Buch aus den Händen ihres Vaters, huschte aus dem Zimmer und den Flur entlang.

Übermüdet sank sie auf ihr Bett und kuschelte sich unter die Decke. Auch wenn es heute warm war, fror Em. Sie fühlte sich ausgelaugt, und ihre Glieder schmerzten. Dennoch würde sie kein Auge zutun können, ehe die Sonne untergegangen war.

Sie schlug die erste Seite des Romans auf. Ihr Blick hetzte über die Zeilen und blieb schließlich an einem Namen haften.

*Heathcliff.*

# Kapitel 1

***Sechs Monate später***
**Em**

Mit verkrampften Fingern, an deren Nägeln sie während der Fahrt unaufhörlich geknibbelt hatte, reichte Em dem Taxifahrer die Scheine und stieg aus.

Augenblicklich durchfuhr ein herbstlicher Wind ihre offenen Haare. Fahrig strich sie sich die Strähnen hinter die Ohren und wuchtete ihr Gepäck aus dem Kofferraum. Kaum, dass sie die Klappe zugeschlagen hatte, fuhr das Taxi davon.

Em zog den Reißverschluss des grünen Parkas bis ganz nach oben und bereute, den dicken Wollschal irgendwo unter den lieblos in den Koffer geworfenen Klamotten verstaut zu haben.

Schon am Flughafen in Manchester war der gleiche böige Wind zu spüren gewesen, und andächtig hatte sie zuerst auf der Zugfahrt bis nach Bradford und dann vom Taxi aus beobachtet, wie dieser unnachgiebig durch Bäume und Büsche brauste und graue Wolken über den Himmel trieb.

Sie hatte es geschafft. Sie war hier, auch wenn sie nicht recht wusste, was sie hier zu finden hoffte.

Em sah sich um. Der Taxifahrer hatte sie neben einem unebenen betonierten Parkplatz herausgelassen. Die Straße, an der sie stand, wurde gesäumt von Häusern, deren Sandsteinfassaden einst gelblich gewesen sein mussten, inzwischen aber dunkel und ein wenig düster wirkten. Nur hier und da war ein Hauch der ursprünglichen Farbe zu erkennen, doch die Jahrzehnte – oder waren es Jahrhunderte – hatten kaum etwas davon übrig gelassen.

Prüfend spähte Em zum bewölkten Himmel hinauf und dann auf ihre Uhr. Eine Stunde Zeitverschiebung. Also musste es jetzt kurz nach halb fünf sein, und die Dämmerung setzte tatsächlich schon ein. Doch Haworth lag auch deutlich nördlicher als Stuttgart.

»Haworth«, murmelte sie, und ein Kribbeln zog durch ihren Bauch.

Em zog das Handy aus der Jackentasche und öffnete die Landkarten-App. Ihr Daumen drückte auf die Adresse, die sie bereits in Deutschland eingespeichert hatte. *Rosies Bed & Breakfast.* Ein blauer Pfeil blinkte auf und bedeutete ihr, den vor ihr liegenden Kopfsteinpflasterweg entlangzugehen.

Rumpelnd rollte der schwere Trolley hinter ihr her, und Em bog in die schmale Gasse ab. Das Licht aus den Fenstern der kleinen Häuser wirkte einladend, und hier und da waren hinter den Scheiben entzündete Kamine zu erkennen. Ein wenig kam weihnachtliche Stimmung in ihr auf, doch es war erst Anfang November.

Erneut durchfuhr der Wind ihre Haare, und Em hielt an, um diese in den Kragen ihrer Jacke zu stopfen. Sicherlich sah sie nach der Reise und dem stürmischen Empfang hier inzwischen mehr als mitgenommen aus.

Nur wenige Häuser weiter wies bereits ein Holzschild mit schnörkeliger Schrift auf ihren Zielort hin. Die Sehnsucht nach einer heißen Dusche und etwas zu essen beschleunigte ihre Schritte.

Der Koffer schabte an der niedrigen Mauer entlang, doch Em hatte nur die von einer viktorianisch anmutenden Laterne beleuchtete Eingangstür im Blick. Sie trat durch das offene Gittertor, hievte den Koffer die drei Stufen zu der Holztür hinauf und drückte die Klinke.

Als sie eintrat, schlug ihr wohlige, verlockend süßlich duftende Luft entgegen. Ihre Schuhe sanken in dem plüschigen dunkelroten Teppichboden ein, und im Gegensatz zu vorhin rollte der Koffer nun lautlos hinter ihr her. Em steuerte auf den kleinen Empfangsbereich zu.

»Ich komme!«, rief eine warme Frauenstimme aus dem hinteren Teil des Hauses.

Em zog den Reißverschluss des Parkas auf und betrachtete die unzähligen Bilder, die in goldenen Rahmen an den Wänden hingen. Die meisten muteten mit ihrer Sepiafarbe alt an und zeigten Gebäude und Gassen. Ihr Blick haftete an einer Aufnahme, und Em trat darauf zu. *Brontë-Museum* stand unter dem Foto eines düster wirkenden Hauses.

»Da bin ich schon.« Dumpfe Schritte näherten sich über den Teppichboden, und Em wandte sich von der Aufnahme ab.

Die Frau kam auf sie zu und griff nach ihrer Hand. »Ich bin Rosie. Willkommen in Rosies B&B.«

Ein Lächeln legte sich auf Ems Lippen. Die kleine Frau mit dem herzlichen Ausdruck, dem graugesträhnten Bob und der geblümten Bluse strahlte Wärme aus. Und genau das war es, was sie jetzt brauchte. »Und ich bin Emily Sutter. Ich habe reserviert.«

»Natürlich.« Das Strahlen wurde noch breiter, und Rosie verschwand hinter dem Tresen, um in einem in Leder eingebundenen Buch zu blättern. »Ein Einzelzimmer für zwei Wochen, aber Sie haben per Mail angefragt, ob sie länger bleiben könnten?« Sie sah von dem Buch auf und kniff die Augen leicht zusammen. »Wie lange denn genau?«

»Um ehrlich zu sein, weiß ich das noch nicht. Ich nehme mir gerade eine Auszeit und möchte es auf mich zukommen lassen.«

Rosie zog die Augenbrauen hoch. »Und diese Auszeit möchten Sie ausgerechnet in Haworth verbringen?«

Statt einer Antwort nickte Em nur. Was sollte sie auch schon sagen? Dass sie die Hoffnung hergeführt hatte, etwas über eine Zeit im Leben ihrer Mutter herauszufinden, über die diese nie gesprochen hatte? Dass sie es zu Hause nicht mehr aushielt und dringend eine Luftveränderung brauchte? Nein, ein Nicken musste reichen.

Wieder lächelte die Frau ansteckend, und um ihre Augen bildeten sich Lachfältchen. »Sie können jederzeit verlängern. Bis zu den Weihnachtsferien sollte es kein Problem sein, das Zimmer für Sie zu reservieren.« Sie schob einen Zettel auf einem Klemmbrett über den Tresen und bedeutete Em, an der markierten Stelle zu unterschreiben.

»Sie haben hier WLAN?«, erkundigte Em sich. »Ich muss hin und wieder am Laptop arbeiten und benötige dafür Internet.«

»Natürlich. Das Passwort ist Indiana Bones.«

»Indiana Bones?« Wie kam man nur auf solch ein Passwort?

Rosie lachte und zuckte mit den Schultern. »Hier ist noch ein Stadtplan. Möchten Sie sonst noch etwas wissen, oder brauchen Sie noch was, Emily?«

Em zwang sich dazu, ihre Belustigung über das Passwort zumindest vorrübergehend zu unterdrücken und stützte sich auf dem Tresen auf. »Wann macht das Museum morgen auf?«

»Oh.« Die ältere Frau nahm auf dem Stuhl hinter dem

Tresen Platz. »Momentan werden einige Instandhaltungen und die jährliche Grundreinigung durchgeführt, daher ist das Museum für zwei Wochen geschlossen.«

Em spürte, wie ihr die Kinnlade hinunterklappte. Und so wie Rosie gleich darauf aufsprang und sie besorgt musterte, sah man ihr ihre Gedanken offensichtlich an. »Das geht nicht«, flüsterte sie. »Ich bin extra deswegen hier.« Ems Hand legte sich an den Riemen des Rucksacks, in dem der Bildband mit den Aufnahmen ihrer Mutter steckte. Und *Sturmhöhe*. »Ich muss das Museum einfach sehen«, setzte sie hinzu.

Rosie verschränkte die Arme und legte den Kopf schief. »Ist das so wichtig für Sie?«, fragte sie mit sanfter Stimme.

»Es würde mir sehr viel bedeuten.« Em unterdrückte ein Aufstampfen mit dem Fuß. Am liebsten hätte sie laut geschrien und gegen ihren Koffer getreten.

Nun reiste sie hierher, endlich mutig genug, sich all dem zu stellen, was diese Reise für sie bereithalten sollte, und dann hatte das verflixte Museum zu?

Es war der erste Punkt auf ihrer Liste von Ideen, die vielleicht zu einer Erkenntnis über ihre Mutter führen würden. Nein, eigentlich war das Museum ihr einziger Anhaltspunkt. Ein Teil der Vergangenheit ihrer Mutter schien fest verschlossen. Und Haworth, so glaubte Em inzwischen, war der Schlüssel dazu.

Rosies Worte rissen sie aus ihren Gedanken: »Ich werde sehen, ob ich da was machen kann.« Mit einem Nicken tätschelte sie Ems Hand.

Diese beinahe schon mütterliche Geste kam unerwartet, aber sie beruhigte Em. Dankbar lächelte sie der Frau zu, als diese ihr den Schlüssel reichte.

»Die Treppe hoch und dann das erste Zimmer auf der rechten Seite. Das Gemeinschaftsbad liegt am Ende des Gangs. Ich bin eigentlich meistens hier, rufen Sie einfach nach mir, wenn Sie mich brauchen.«

Em betrachtete den Schlüssel mit dem sperrigen Holzanhänger daran. *Zimmer drei.* Dann griff sie nach dem Koffer und zerrte ihn zur Treppe. Die steilen Stufen mit dem hoffnungslos überladenen Monstrum zu bezwingen, würde nicht leicht werden.

Rosie eilte um den Tresen herum. »Nicht doch, sonst stürzen Sie noch. Wenn Sie ihn nicht sofort brauchen, lasse ich Ihnen den Koffer später hochbringen. In einer halben Stunde sollte das erledigt sein.«

Der Laptop und die Bücher befanden sich im Rucksack, ebenso wie ein etwas verrunzelter Apfel, der vorerst als Snack reichen musste. Vermutlich konnte das Auspacken des restlichen Gepäcks noch warten. »Ja, gerne.«

Sie ging die ebenfalls mit Teppichboden bezogenen schmalen Stufen nach oben. Im Flur gaben die Holzdielen knarzend unter ihren Schuhen nach.

Em öffnete die Tür, deren Beschriftung auf das Badezimmer hinwies, und spähte hinein. Unter einem Gemeinschaftsbad hatte sie sich ein unpersönliches und praktisches Zimmer vorgestellt, bestenfalls sauber und mit einer vernünftigen Dusche.

Stattdessen präsentierte sich hier ein niedliches Bad, mit einem Blumenstrauß auf dem Regalbrett an der gegenüberliegenden Wand und einer schweren Eisenbadewanne mit goldenen Füßen. Lavendelduft hing in der Luft, und das Einzige, was das Zimmer von dem in einem Privathaus unterschied, waren die Haken neben dem Waschbecken mit den Nummern darüber. Nur unter jenen mit den Nummern drei und fünf hing ein Handtuch.

Em war nicht begeistert davon, sich mit fremden Leuten ein Bad zu teilen, doch dieses B&B war dadurch günstiger als die meisten, die sie bei ihrer Recherche im Netz gefunden hatte. Und da sie nicht wusste, wie lange sie bleiben würde, ergab es durchaus Sinn, von Anfang an den Geldbeutel im Blick zu behalten. Das niedliche Bad stimmte sie hoffnungsvoll.

Em steckte den Schlüssel ins Schloss und schob die Tür auf. Sie ließ den Rucksack auf das breite Bett in der Mitte des Zimmers fallen und sah sich um. Es war nicht groß, aber liebevoll eingerichtet und auf den ersten Blick ebenso sauber wie das Bad.

Vor dem breiten Fenster ragte ein Vorsprung aus der Wand, auf dem ein gestreiftes Polster zum Sitzen einlud. Sie kniete sich auf den Sitzplatz und spähte hinaus. Inzwischen war es beinahe dunkel, und die raue Landschaft von West Yorkshire war in der Ferne nur noch zu erahnen.

Erst am Morgen würde sie die Aussicht genießen können. Ihr Blick folgte der kleinen Gasse zu zwei hell erleuchteten Geschäften. Wie einladend die Schaufenster in der Dunkelheit leuchteten und zum Stöbern lockten. Der Ausblick wäre einer Postkarte würdig, fand Em.

Sie sank auf das Polster und stützte den Kopf in die Hände. Einsamkeit breitete sich erbarmungslos in ihr aus. Auch wenn es hier hübsch war, so kannte sie niemanden in diesem Ort. Em wusste nicht einmal, was genau sie sich hier erhoffte zu finden.

Und doch hatte sie kommen müssen. Sie schloss die Augen und atmete tief ein. *Das wird schon werden.*

# Kapitel 2

**Jack**

Der eisige Wind kroch wie so oft, unnachgiebig in jede sich bietende Ritze. Jack schlug den Kragen seiner Jacke hoch und zog den Kopf ein.

Obwohl er dieses Wetter gewohnt war und ihm Kälte wenig ausmachte, so war sie jetzt, nach einem langen Arbeitstag, dennoch unangenehm.

Er blieb stehen und sah sich prüfend um. Das letzte Licht des Tages erhellte den Himmel hinter den Kämmen der Pennines ein wenig, doch hier, auf der anderen Seite der Hügel, war kaum noch etwas zu erkennen. Er rollte die Zunge hinter den Schneidezähnen ein und stieß einen Pfiff aus.

Hinter sich nahm er ein Rascheln in den trockenen Heidepflanzen wahr und ging, ohne sich umzusehen, weiter den schmalen Pfad hinab. Ein Schatten holte ihn ein, umrundete ihn einmal und schlich sich dann beinahe lautlos an ihm vorbei.

Die Geräusche des Windes und der flinke Schatten waren seine einzigen Begleiter in der Weite des Hochmoors. Um diese Zeit traf er hier nie auf andere Menschen, und genau deshalb wählte er die abgelegenen Pfade für seine allabendliche Runde.

Selbst bei Tag beherrschte die Einsamkeit dieses Gebiet. Dies änderte sich nur in der Ferienzeit, wenn sich Touristen hier herumtrieben, um auf den Spuren längst vergangener Zeiten zu wandeln.

Ein Schnauben entwich Jack. Wie sehr ihn vor allem der Trubel während des Sommers in seinem Heimatdorf nervte. Scharen von Menschen, die sich durch die Gassen drückten, ihr Geld für unnötige Dinge in den Geschäften ausgaben und überall Fotos machten. Nein, Jack mochte den Sommer nicht. Den Herbst und den Winter schon eher.

Regen und Sturm lagen seinem Naturell mehr als Sonnenschein und Vogelgezwitscher. Wobei er die wenigen warmen Wochen des Jahres früher mehr zu schätzen gewusst hatte als heute, doch das war lange her.

Er trat auf den sandigen, mit Steinplatten durchsetzen Pfad und stapfte den Hügel hinunter, bis er die Mauer des Friedhofs erreichte. Der Hund huschte durch das gewaltige offene Eisentor.

Jack hielt inne und versuchte das Ziffernblatt seiner Uhr zu erkennen. *Heute nicht.* Erneut pfiff er und ging über die Straße zurück in den Ort.

Die Wände der Häuser warfen den Hall seiner Schritte zurück, als er die Gasse und schließlich die weiße Haustür erreichte. Kaum hatte er den Flur betreten, kam bereits seine Mutter auf ihn zu.

»Du bist da, gut.« Mit geröteten Wangen sah sie ihn an und warf dem Hund flink ein Leckerli zu. »Kannst du bitte noch rasch zu Ellen gehen und den Schlüssel fürs Museum holen? Wir haben eben telefoniert, und sie weiß Bescheid.«

Er runzelte die Stirn und gab dem Hund ein Zeichen, sich auf die Decke hinter dem Tresen zu verziehen. »Was willst du damit?«

»Ein Gast möchte unbedingt das Museum sehen, und es ist doch momentan geschlossen.« Ein bedauernder Ausdruck zog sich über das Gesicht seiner Mutter. »Sie sah ganz enttäuscht aus, und irgendwas in ihrem Blick hat mich dazu gebracht, nachzufragen, ob sie das Museum nicht ausnahmsweise mit Begleitung sehen darf.« Seine Mum zog die Augenbrauen hoch, als sie erneut zu ihm aufsah.

Er kannte diesen Blick. Seufzend fuhr er sich über den Nacken. »Sag nicht, dass ich mit ins Museum soll«, presste er hervor.

»Kannst du es nicht morgen vor der Arbeit machen? Du weißt, ich kann hier nicht weg. Ich erwarte heute noch weitere Gäste und morgen bin ich den Vormittag über mit dem Frühstück und der Reinigung der Zimmer beschäftigt.«

»Ich schließe auf, und das war's. Ich gebe keine Führung. Und ich beantworte keine Fragen.« Missmutig zog Jack sich die Schiebermütze tiefer ins Gesicht und trat erneut vor die Tür.

Den Fremdenführer für Touristen zu geben, fehlte ihm gerade noch. Schlimm genug, dass er mit ihnen unter einem Dach leben musste. Wobei er für diesen Zustand selbst verantwortlich war.

Mit schnellen Schritten ging er die Gasse entlang. Der Regen kam, er konnte ihn schon den ganzen Tag riechen. Noch höchstens eine halbe Stunde, und es würden sich Pfützen auf den unebenen Steinwegen bilden.

Jack knallte den Schlüssel auf den Tresen und öffnete die Knöpfe seiner Jacke.

Die Stimme seiner Mutter schallte aus der Küche: »Der Koffer kommt in die Drei, und sag ihr bitte, dass du morgen mit ihr ins Museum gehst.«

Einen Fluch murmelnd griff er wieder nach dem Schlüssel und trat auf den Koffer neben der Treppe zu. Das Teil war nicht gerade klein und deutlich schwerer, als er erwartet hatte.

Jack wuchtete das Monstrum die Treppe hinauf und ließ ihn mit einem dumpfen Schlag auf dem Boden aufkommen. Zielstrebig schleifte er den Koffer auf die Tür mit der goldenen Drei zu und klopfte an. Rascheln war zu hören, dann öffnete sie sich.

Jack zog die Augenbrauen zusammen. Ein merkwürdiges Gefühl überkam ihn beim Anblick der Frau, die ihn fragend ansah. War dies ein Déjà-vu? Es war, als kannte er dieses Gesicht. Als hätte er sie schon einmal gesehen, aber er war sich sicher, dass dem nicht so war. Und doch kannte er diese zarten Gesichtszüge irgendwoher.

»Ja?«

Hastig hob er die Hand und hielt ihr den Schlüssel hin. »Fürs Museum«, murmelte er und bemühte sich, dem Blick aus ihren hellbraunen Augen auszuweichen, die beinahe die gleiche Farbe wie ihre Haare hatten und ihn an das herbstliche Moor erinnerten. Etwas verwuschelt fielen sie in Wellen bis über ihre Schultern.

»Ist das der Schlüssel für das Museum?« Eine Spur zu laut und beinahe quietschend sprudelten die Worte aus ihrem Mund.

Jack nickte und sah auf ihre Füße, die in dicken bunten Wollsocken steckten.

»Das bedeutet, ich kann das Museum doch sehen?«, hakte sie nach, und das Strahlen ihrer Augen entging ihm nicht. Das musste es gewesen sein, was seine Mutter dazu gebracht hatte, sich für sie einzusetzen. Was zum Teufel war nur so aufregend an diesem Haus voller Gerümpel, für das die Touristen in Scharen herkamen?

»Morgen früh. Um halb sieben gehen wir los«, sagte er und wollte sich abwenden, als er ihre Hand auf seinem Arm spürte. Er unterdrückte das Verlangen, sie abzuschütteln.

»Du gehst mit mir ins Brontë-Haus?«, fragte sie aufgekratzt nach.

»Meine Mutter muss sich um die Gäste kümmern.« Erleichtert stellte er fest, dass ihre Hand von seinem Arm rutschte.

»Du bist Rosies Sohn.« Die Frau nickte und lächelte ihn dann an. »Und was hast du heute Abend vor?«

Statt einer Antwort runzelte er nur die Stirn. Was wollte sie von ihm?

»Können wir das nicht jetzt gleich machen, anstatt morgen früh?« Sie schien beinahe vor Aufregung zu platzen.

»Es ist bereits dunkel«, setzte Jack an, doch sie spurtete schon durch das Zimmer und zog Turnschuhe an.

»Laut diesem Plan«, sie deutete auf den aufgeklappten Flyer, den seine Mutter an die Gäste verteilte und der auf ihrem Bett lag, »ist es ja nicht wirklich weit, oder?«

»Es ist um die Ecke«, murmelte Jack und beobachtete, wie sie in einen grünen Parka schlüpfte.

Musste er seinen Feierabend tatsächlich mit dieser aufgekratzten Person in dem totenstillen Haus hinter dem alten Friedhof verbringen? Doch er hatte keine Zeit, sich ausführlich zu bemitleiden, schon drückte sie sich an ihm vorbei durch die Tür und stieg über den Koffer, der davor auf dem Boden lag.

Noch ehe er deswegen nachfragen konnte, rauschte sie bereits die Treppe hinunter. Mit einem unzufriedenen Brummen versetzte er dem Koffer einen Stoß und schob ihn ins Zimmer. Er zog die Tür zu und folgte ihr.

Mit dem Fuß wippend stand sie in der offenen Eingangstür. *Bist du anstrengend.* Seufzend ging Jack an ihr vorbei und nahm aus dem Augenwinkel wahr, wie sich der Hund durch den Türspalt drückte.

»Darf er mit?«, rief sie, während sie ihm folgte.

»Ja.« Jack ging die knapp zwanzig Meter bis zum Pub *The Kings Arms* und bog dahinter in eine schmale Gasse ab.

Fröhliches Lachen erklang hinter ihm, und Jack sah sich um. Sie stand vor dem Pub und betrachtete das Schild, das dort an der verwitterten Steinwand hing.

»Hunde und schlammige Stiefel willkommen«, las sie vor und warf einen amüsierten Blick auf seine verdreckten Schuhe. »Klingt ganz nach einem Ort für dich.«

Wortlos drehte er sich um und stapfte weiter. Er sollte nett sein, aber es fiel ihm schwer. Augenrollend wies er nach links. »Das ist die Kirche. Da drin gibt's 'ne Platte, unter der die alle beerdigt sind«, erklärte er, stapfte weiter und zeigte auf das Gebäude rechts von ihm. »Altes Schulhaus.« Dann deutete er voraus. »Das ist das Wohnhaus.«

Sie holte ihn mit flinken Schritten ein. Keuchend lief sie neben ihm den aufsteigenden Weg entlang. »Wir sind schon da?«

»Hier geht es rein.« Jack trat durch das offene Metalltor in der hohen Mauer und ging zielstrebig auf die Eingangstür zu. Im Dunkeln tastete er nach dem Schloss, und endlich rutschte der Schlüssel hinein. Er gab der Tür einen Schubs und dem Hund ein Zeichen, zu warten. Dann sah er sich nach der Frau um.

Regungslos stand sie auf der untersten der Steinstufen. Erst jetzt bemerkte er, wie schmal sie war. Unter der langen Jacke lugten zierliche Beine heraus, und als der Wind beinahe besitzergreifend durch ihre Haare fuhr, wirkte sie fast schon hilflos und eingeschüchtert.

Mit aufgerissenen Augen starrte sie auf die Hausfassade, und trotz des schwachen Lichts entging ihm die Furcht in ihrem Blick nicht. Hatte sie ihn nicht eben noch überrumpelt und gegen seinen Willen dazu gebracht, um diese Zeit hierherzukommen?

»Alles in Ordnung?«, fragte er, während er sich hinunterbeugte, um die Schnürsenkel zu öffnen.

»Ja. Es ist nur …« Sie stieg die Stufen hoch, während er aus den Schuhen stieg. »Soll ich meine auch ausziehen?«

Erneut wanderte sein Blick an ihr entlang nach unten. »Du trägst nicht wie ich das halbe Moor mit dir herum. Also alles gut.« Als er in den Flur trat, spürte er die Kälte des uralten Steinbodens an seinen Fußsohlen.

»Muss er wirklich draußen warten? Bei dem Wind?« Mitleidig sah sie auf den Hund, der sich auf der obersten Stufe neben der Eingangstür zusammengerollt hatte.

»Er ist ein Bordercollie und dieses Wetter gewöhnt«, brummte Jack, während er nach dem Lichtschalter tastete.

Flackernd erhellte das Licht den Eingangsbereich, gleich darauf fand er die Schalter für die restlichen Räume. Blinzelnd sah sie sich um und schien unsicher zu sein, welchen der Räume sie als Erstes betreten sollte.

»Über den Türen sind Zahlen befestigt. Ich nehme an, man sollte diese Reihenfolge einhalten.« Er bemühte sich, sie aus ihrer Starre zu bringen. Er wollte hier raus, so schnell wie möglich. Und er war hungrig.

Zögernd trat sie in das Zimmer rechts neben dem Eingang. *Mr Brontë›s Studies.* Jack lehnte sich gegen die Flurwand und verschränkte die Arme vor der Brust.

Ellen hatte ihn eindringlich darauf hingewiesen aufzupassen, dass diese Frau nichts anfasste. Auch wenn er es nicht nachvollziehen konnte, so bedeuteten diese betagten Möbel und der Kram, der überall verteilt lag, den Menschen, die hier lebten, sehr viel. Und die Sachen waren wertvoll.

Vermutlich hatte diese Frau nicht einmal einen Schimmer, was für ein Glück sie hatte, dass seine Mum Ellen dazu gebracht hatte, den Schlüssel herauszurücken. Und nun musste er den Aufpasser geben.

Sein Blick ruhte auf ihrem Rücken, als sie vor dem quer gespannten Seil stand und das Arbeitszimmer Mr Brontës, der im vorletzten Jahrhundert viele Jahrzehnte der Pfarrer von Haworth und der Vater der Schriftstellerinnen gewesen war, betrachtete.

Als sie sich umdrehte, hielt Jack die Luft an. Da war es wieder, dieses Funkeln in ihren Augen. Wie weggewischt war die Zurückhaltung, die eben noch darin gelegen hatte. Über ihre Wangen zog sich ein rosa Schimmer. Sie huschte an ihm vorbei in das gegenüberliegende Zimmer. *Dining Room.*

Ganz dicht stand sie auch hier an dem dicken Seil, und ihre Finger fuhren rastlos darüber, während sie das Informationsschild las. Jack schob sich hinter ihr in den Raum und hielt sich an der Wand.

Ruckartig drehte sie sich zu ihm um. »Ist das nicht unglaublich?«, rief sie und strahlte ihn an, um sich gleich darauf etwas über das Seil zu lehnen und die auf dem Tisch arrangierten Gegenstände zu betrachten.

»Was?«, brummte Jack und sah sich um. Federkiele, vergilbtes Papier und Tuschgläschen erschienen ihm wenig faszinierend.

»Hier ist es passiert«, hauchte sie und blickte über die Schulter zu ihm. »Hier wurden *Jane Eyre*, *Sturmhöhe* und die anderen Bücher geschrieben. Und hier«, sie deutete auf ein zierliches Sofa an der Wand, und in ihrer Stimme klang Ehrfurcht mit, »ist Emily Brontë gestorben.«

»Schon klar. Deshalb kommt ihr ja alle hierher.«

Sie legte den Kopf schief und musterte ihn. »Wie heißt du eigentlich?«

»Jack.« Sie hatten sich nicht einmal vorgestellt, so eilig, wie sie es vorhin gehabt hatte, ihn hierher zu bewegen. »Und du?«

»Em.« Sie trat auf ihn zu und streckte ihm ihre Hand hin. »Freut mich, dich kennenzulernen, Jack.«

Unwillig griff er danach und spürte die Wärme ihrer schmalen Handfläche an seiner. »Was bitte ist Em für ein Name?«, raunte er ihr zu und runzelte die Stirn. Er wusste nicht einmal, woher sie kam. Ein Akzent war vorhanden, aber nicht so stark, dass es ihm einen Hinweis hätte geben können.

Sie lachte glucksend. »Ich heiße Emily, aber alle nennen mich Em.« Dann schielte sie zurück zum Sofa, und wie ein Vorhang zog sich erneut der unsichere Ausdruck über ihr Gesicht. »Wie ich inzwischen vermute, wurde ich von meiner Mutter nach Emily Brontë benannt. Und auf diesem Sofa hier ist sie gestorben.«

Jack erkannte, wie sie mühsam schluckte. »Du vermutest es? Warum fragst du nicht einfach nach?«

Sie zuckte kaum merklich zusammen. »Meine Mutter ist vor ein paar Monaten gestorben. Die Verbindung zu Emily Brontë und diesem Ort habe ich erst nach ihrem Tod entdeckt«, murmelte sie und sah ihn dann mit einer Traurigkeit in den Augen an, die ihn beinahe dazu brachte, aus dem Raum zu stürzen.

Deshalb sprach er so ungern mit Leuten. Zu schnell sagte man etwas dahin, das eine Gefühlsregung beim Gegenüber auslöste. Und Jack hatte keine Geduld und keine Lust sich mit den Gefühlen anderer auseinanderzusetzen. Seine eigenen bestimmten sein Leben, und für mehr war kein Platz.

Fest presste er die Kiefer aufeinander, während er Verzweiflung in den hellbraunen Augen von Em zu sehen glaubte. Wie aufgeregt und beinahe schon euphorisch sie vor einer Minute noch gewesen war. Und jetzt war es wie weggewischt. *Verdammt.*

Es sollte ihm egal sein, was mit dieser Frau war, doch das war es nicht. Plötzlich hatte er das Bedürfnis, erneut diese

Freude in ihrem Gesicht zu sehen. Die beißende Kälte des Steinfußbodens hatte er dadurch beinahe vergessen.

Er trat auf das Seil zu und löste es aus der Halterung an der Wand. »Setz dich«, brummte er ihr zu und deutete auf das dunkelblaue Sofa.

Ein wenig öffneten sich ihre Lippen, doch es kamen keine Worte darüber. Überrascht sah sie ihn einfach nur an und runzelte die Stirn.

»Mach schon«, forderte er sie erneut auf.

***

**Em**

Em starrte in die beinahe schwarzen Augen, die unter ebenso dunklen zusammengezogenen Augenbrauen ruhten. Sein Gesicht zeigte keinerlei Regung und gab ihr keine Anhaltspunkte, ob er sich nur einen Spaß erlaubte.

Allerdings machte dieser Kerl nicht den Eindruck, als ob er zu Scherzen neigte. Kurzangebunden, beinahe unfreundlich ging er mit ihr um, seit er an ihre Zimmertür geklopft hatte. Doch Em dachte nicht daran, sich ihm anzupassen. Sich die Laune von anderen Menschen verderben zu lassen, kam nicht infrage.

So war sie nicht. Em bemühte sich immer, sich die natürliche Fröhlichkeit, die ihr so großzügig in die Wiege gelegt worden war, zu bewahren. Doch dieser Jack forderte sie dabei mehr heraus, als sie es gewohnt war.

»In Ordnung«, flüsterte sie und ging um ihn herum und auf das Sofa zu.

Noch vor ein paar Wochen war ihr Emily Brontë nicht wirklich ein Begriff gewesen. Doch seit sie sich nach Monaten endlich hatte überwinden können, das Buch zu Ende zu lesen, welches die Finger ihrer Mutter während deren letzten Atemzugs fest umklammert hatten, spürte sie jetzt, da sie hier in diesem Zimmer stand, eine Welle von Emotionen.

Inzwischen war sie fast sicher, dass sie tatsächlich nach Emily benannt worden war, auch wenn sie noch immer nicht durchschaute, warum Iris ausgerechnet diesen Namen gewählt hatte. So vieles hatte sie die letzte Zeit von den drei weltberühmten Schwestern gelesen, die ihre Werke hier an diesem Tisch, nur einen Schritt von ihr entfernt, in winziger Schrift aufs Papier gebracht hatten.

Und sie kannte deren tragisches Ende: Der viel zu frühe Tod und die damit einhergehende Verschwendung an Lebensjahren und Talent. Ems Fingerspitzen berührten den dunklen glatten Stoff des schmalen Sofas. Was sie hier tat, war verboten.

Sie warf einen Blick auf Jack, doch der beobachtete sie regungslos. Natürlich entging ihr nicht, dass dieser Ort nicht die gleiche Faszination auf ihn ausübte wie auf sie. Und dennoch war ihm scheinbar klar, was es für sie bedeutete, und so hatte er das Seil von der Wand gelöst, um ihr diese einzigartige Möglichkeit zu gewähren.

Em ließ sich vorsichtig auf das Polster sinken, bereit aufzuspringen, falls das alte Möbelstück ihr Gewicht nicht tragen sollte. Doch das Holzgerüst des Sofas quietschte nicht einmal. Ein Lächeln zog sich über ihre Lippen, während ihre Handflächen über die Sitzpolster glitten.

Hier hatten sie einst gesessen, und hier war eine von ihnen gestorben – die Talentierteste, wie Em fand, auch wenn die ältere Charlotte mit *Jane Eyre* mehr Erfolg gehabt hatte als die jüngeren Schwestern. In diesem Zimmer hatten sie die Welten ihrer Bücher erschaffen und das zu einer Zeit, in der Frauen dies nicht zugetraut worden war.

Ein Geräusch war zu hören, und Em sah auf. Prasselnd schlug der Regen gegen die Fensterscheibe. Eilig stand sie auf und ging zu Jack zurück. »Was ist mit dem Hund?«

»Der wird sich ein Versteck suchen.« Unbeeindruckt hängte er das Seil wieder ein.

Was war das nur für ein mürrischer Kerl? Unauffällig betrachtete Em ihn, während sie durch den Flur zur Küche gingen.

Unter der grauen Schiebermütze lugten dunkle Locken hervor. Seine Haare waren nicht lang, aber auch nicht kurz. Em fand, es war eine ungewöhnliche Länge. Vielleicht hatte er es auch einfach ein paarmal zu oft verschoben, sie schneiden zu lassen, oder aber ihn interessierte sein Aussehen nicht wirklich.

Auch der Bart war weder ein Dreitagebart noch ein richtiger Vollbart und dennoch lang genug, um es ihr schwer zu machen, seine Gesichtsform zu erahnen. Nur die markanten Jochbeine waren nicht zu übersehen, ebenso wie die für einen Mann überraschend schön geformte Nase.

Wie alt war Jack wohl? Mitte dreißig vielleicht? Wie schwer Männer mit Bart doch einzuschätzen waren.

Als hätte er ihre Blicke gespürt, wandte er sich ihr plötzlich zu, als sie die Tür zur Küche erreichten. Em sah zu Boden und ging an ihm vorbei hinein in den Raum. Wie auch bei den anderen beiden Räumen blieb er hinter ihr, obwohl kaum zu übersehen war, wie wenig ihn das alles hier interessierte.

»Du musst nicht mitgehen. Ich kann das hier auch alleine machen«, schlug sie ihm in der Hoffnung vor, etwas Zeit für sich an diesem einzigartigen Ort zu haben.

»Soll auf dich aufpassen, damit du nichts anfasst und so«, bemerkte er mit rauer Stimme.

»Ach so. Und warum durfte ich dann eben auf dem Sofa sitzen?«

Er zuckte mit den Schultern. »Schätze, ich mache meinen Job nicht besonders gut.«

Fröhlich lächelte sie ihm zu. So merkwürdig, wie er war, er hatte ihr damit einen großen Gefallen getan. Eilig konzentrierte sie sich auf die Ausstattung der Küche. Ihm zuliebe wollte sie sich hier beeilen. Dem Mann war anzusehen, dass er sich tödlich langweilte.

Beim Anblick des altertümlichen Ofens und des Geschirrs bemerkte Em ihren knurrenden Magen wieder. Der Apfel war wenig sättigend gewesen, und da auch das Mittagessen nur aus Snacks bestanden hatte, übermannte sie der Hunger beinahe.

Doch wenn sie Pech hatte, würde das Museum erst wieder öffnen, wenn sie bereits abgereist war. Diese Gelegenheit nicht zu nutzen, kam nicht infrage. Sie drückte sich an Jack vorbei und nahm dabei einen herben, aber angenehmen Geruch wahr. Ehe sie überlegen konnte, nach was er roch, hatte sie bereits die Steintreppe erreicht, die in das obere Stockwerk führte.

Ergriffen betrachtete sie das feine Stoffkleid in der Glasvitrine. *Charlottes Kleid.* Glänzend und mit ausgefransten Nähten hing es in dem Kasten. Der Tafel nach hatte die Schriftstellerin es 1854 getragen, als sie in die Flitterwochen aufbrach. Em presste die Lippen aufeinander. Die Ehe sollte nicht lange halten, denn auch Charlotte starb jung.

Ein verächtliches Brummen war zu hören. Ein paar Schritte neben ihr stand Jack und starrte auf zwei zierliche Stoffschuhe.

»Was ist?«, fragte Em und trat neben ihn.

Ihr entging nicht, wie er einen Schritt zur Seite machte. Verlegen sah sie von ihm weg. Ganz offensichtlich war ihm ihre Nähe unangenehm.

»Diese Schuhe sind lächerlich. Damit kann man sich hier bei unserem Wetter doch nur den Tod holen«, brummte er.

»Aber sie sind niedlich. Ich glaube nicht, dass ich schon mal solch niedliche Schuhe gesehen habe.«

»Ich frage mich, wie sie mit diesen Dingern und solchen Kleidern bis nach Top Withens gekommen sind.« Er lachte heiser auf. »Vermutlich gab es noch richtige Stiefel, die es nicht in die Ausstellung geschafft haben.«

»Top Withens?« Fragend drehte Em sich ihm zu. Obwohl er gelacht hatte, wirkte sein Gesicht ernst, wie schon die ganze Zeit.

Jack runzelte die Stirn. »Dachte eigentlich, das müsstest du wissen, wenn du dich so für Emily Brontë interessierst.« Er machte eine kurze Pause. »Dieses Buch, von dem du vorhin gesprochen hast – *Sturmhöhe.* Anscheinend war Top Withens dafür die Vorlage. Deshalb wandern immer wieder Touristen rauf zu der Ruine.«

Em glaubte ihren Puls zu spüren. Wie schon so oft sah sie vor sich, wie die bleiche Hand ihrer Mutter auf dem Einband des Romans lag. Beinahe zärtlich hatten ihre Finger über Emilys Zeichnung von Wuthering Heights gestrichen, ehe jegliche Bewegung aus ihrem Körper gewichen war. Und diesen Ort sollte es wirklich geben?

»Wo ist das?«, platze es aus ihr heraus, und erneut trat sie auf ihn zu, doch dieses Mal blieb er stehen.

»Weit hinten im Moor. Ist einigermaßen gut ausgeschildert, aber je nach Wetter nicht ganz einfach hinzuwandern.« Jack sah zum Fenster. »Nach solch einem Regen wird es ganz schön schlammig sein.«

»Und wie lange brauche ich bis dorthin?«

Em glaubte den Ansatz eines Grinsens in seinen Mundwinkeln zu sehen.

»Das hängt von deiner Kondition ab. Aber vom B&B aus und wieder zurück etwa vier Stunden würde ich sagen.«

»Vier Stunden?« Nun verstand Em, was er mit seinem Spruch zu den zierlichen Stoffschuhen gemeint hatte. Niemals würde sie damit vier Stunden wandern können.

Sie musste dringend in dem Bildband ihrer Mutter nachsehen, ob auch Iris dort gewesen war. Ihr Plan sah vor, anhand der Fotos ihrer Mutter deren Schritte hier nachzuvollziehen. Wenn nur nicht ein Teil davon fehlen würde.

Jack riss sie aus ihren Überlegungen: »Können wir weiter?« Er schielte dabei auf seine Uhr.

»Natürlich.«

Nass glänzte das Kopfsteinpflaster der Gassen, als sie in inzwischen leichterem Nieselregen zurückliefen.

Em hätte Stunden in diesem Haus verbringen können, und doch hatte sie die Hinweisschilder nur flüchtig überflogen. Sie hatte sich bemüht, die Stimmung der Zimmer trotz ihres schlecht gelaunten Begleiters in sich aufzunehmen.

War es nicht ein Glück, das Museum ohne weitere Besucher gesehen zu haben? Ganz abgesehen von dem Geheimnis, auf dem Sofa gesessen zu haben.

Em hatte auf eine Erkenntnis gehofft. Oder auf ein Zeichen. Etwas, was auf die Zeit ihrer Mutter an diesem Ort hindeutete, und erklärte, warum Iris ihr Leben lang den Sommer in Haworth verschwiegen hatte. Hatte Jack ihr vielleicht einen nützlichen Hinweis gegeben?

Abrupt blieb sie stehen und betrachtete Jacks Rücken, während dieser schweigend weiterstapfte. Er hatte sie auf Top Withens aufmerksam gemacht. War es möglich, dass ihre Mutter mit ihrer letzten Geste diese Ruine und nicht den Roman an sich gemeint haben könnte? Oder interpretierte sie zu viel hinein?

Gut möglich, dass es hier kein Geheimnis zu entdecken gab, wie ihr Vater Em in den vergangenen Monaten immer wieder versichert hatte. Dass ihre Mutter einfach nur verwirrt gewesen war und sich in den Minuten ihres Todes plötzlich an diesen lang zurückliegenden Sommer erinnerte. Doch warum hatten die beiden Bücher dann in der Schublade gelegen?

Als Em aufsah, stand Jack im Schein einer Laterne. Wie ein Vorhang fiel der Regen auf ihn hinab, und sein Atem bildete eine gespenstische Wolke, in der sich das Licht brach. »Ist alles in Ordnung?«, rief er ihr zu.

Em nickte und folgte ihm. »War nur in Gedanken.« Neben ihr tauchte ein Schatten auf. »Da bist du ja wieder«, flötete sie und beugte sich hinunter, doch der Hund machte keine Anstalten, weiter auf sie zuzukommen.

»Er ist etwas menschenscheu«, sagte Jack, während er weiterging.

»Von wem er das wohl hat«, murmelte Em.

Als sie die West Lane erreichten, in der nicht nur Rosies B&B lag, sondern auch die kleinen Läden mit den entzückenden Schaufenstern, straffte sie unbewusst die Schultern. »Kann ich dich als Dankeschön auf ein Bier einladen?«

Jack hatte keine Lust gehabt sie zu begleiten, das war deutlich zu erkennen gewesen. Und es trotzdem getan, obwohl sie sich nicht kannten. Sie sollte wenigstens versuchen, sich dafür erkenntlich zu zeigen.

Und vielleicht würde sogar die ein oder andere Information für sie aus dem Gespräch herausspringen, sofern er überhaupt bereit war, mit ihr zu reden. Em wollte mehr über Top Withens erfahren, und Jack zu fragen bot sich an.

»Ich trinke nicht.« Beinahe spuckte er die Worte aus, und seine Stimme klang noch fester als bisher.

»Dann eben nicht.« Sie sah sich um. »Kannst du mir wenigstens sagen, wo ich hier was zu essen finde? Ich verhungere!«

Mit einem Stöhnen blieb er stehen und drehte sich zu ihr um. Erst, als sie seinen Blick auf ihren Armen spürte, bemerkte sie, dass diese zitterten. Sie war durchgefroren bis auf die Knochen. Vor Aufregung hatte sie die Kälte in dem unbeheizten Museum nicht wahrgenommen, doch jetzt musste sie ein Klappern ihres Kiefers unterdrücken, so wie es immer vorkam, wenn sie müde und ihr gleichzeitig auch noch kalt war.

Immerhin war sie seit dem Morgengrauen auf den Beinen,

und auch, wenn es nur eine Stunde war, so spürte sie die Zeitverschiebung nun doch.

»Alleine in dieser Straße gibt es gleich mehrere Pubs und Restaurants. Was willst du denn essen?«

»Keine Ahnung. Einfach etwas, was mich aufwärmt und bei diesem Wetter guttut.«

Er nickte. »Komm mit.« Mit schnellen Schritten ging er einige Meter die Straße entlang und hielt dann vor einem beeindruckend alt anmutenden Haus.

»The Old White Lion Hotel«, las Em flüsternd.

Jack griff nach der Klinke und hielt ihr die Tür auf. Em lächelte ihm flüchtig zu und trat ein. Wollte er nun doch mitkommen? Die weiße Fassade des Hauses stand in deutlichem Gegensatz zu dem Farbenrausch in seinem Innern.

Auch hier war, wie im B&B, der Boden mit einem weichen Teppich ausgelegt. Dunkelrot und mit einem überladenen Blumenmuster bedeckte er die ganze untere Etage, wie Em auf dem Weg durch das Gebäude feststellte.

Wortlos schritt Jack am Empfang der Hotellobby vorbei und bog in einen weiteren Flur ab, der vorbei an einem Restaurantbereich mit dunklen Tischen und Stühlen und einer Bar führte. Schließlich nahmen sie mehrere Stufen hinab, und Em fand sich in einem zweiten, etwas düsterer wirkenden Gastraum wieder. Zielstrebig ging Jack auf einen der hinteren Tische zu und rutschte auf die mit rotem Polster bezogene Eckbank.

Unschlüssig, ob sie sich zu ihm setzen sollte, öffnete Em den Reißverschluss ihrer Jacke und entschied sich dann für den Stuhl, der ihm gegenüber an dem Tischchen stand. Geräuschlos verschwand der Hund unter der Bank.

Jack zog ebenfalls seine Jacke aus, und aus den Augenwinkeln betrachtete Em, was sich bisher darunter verborgen hatte. Er trug einen schlichten dunkelbraunen Wollpulli, den er an beiden Armen ein gutes Stück nach oben geschoben hatte.

Sie musste sich beinahe zwingen, den Blick von seinen Unterarmen abzuwenden. Einige Kratzer zierten die Haut an diesen, wie auch an seinen Händen. Em schloss daraus, dass Jack handwerklich arbeitete. Mark trug ebenfalls regelmäßig Schrammen von seiner Arbeit davon.

Vielleicht war Jack Schreiner? Irgendwie fand sie, dass er wie einer aussah. Jeden anderen würde sie einfach fragen, was er beruflich tat. Doch Jack zeigte auch jetzt wieder diesen verschlossenen Ausdruck.

Um der peinlichen Stille zu entgehen, griff Em nach der Speisekarte und überflog die zahlreichen Angebote. Hieß es nicht immer, dass die englische Küche gewöhnungsbedürftig sei? Lammpastete mit Minzsoße klang jedenfalls nicht verlockend, und auch die anderen Gerichte erschienen ihr bestenfalls akzeptabel. Ernüchtert klappte sie die Karte zu.

Sie bemerkte Jacks abweisenden Blick, der sie musterte. War das ein Grinsen an seinen Mundwinkeln?

»Nichts gefunden?«

»Das meiste sagt mir nichts. Kannst du mir was empfehlen?«

»Yorkshire Pudding«, brummte er und schielte ungeduldig zur Bar, wo keine Bedienung zu entdecken war.

»Ehrlich gesagt möchte ich nichts Süßes«, setzte Em an, und jetzt grinste Jack tatsächlich.

»Ist herzhaft und gut. Vertrau mir.«

Um ihn nicht ansehen zu müssen, inspizierte sie die Einrichtung des Raums. *Vertrau mir.* Was für ein merkwürdiger Spruch ausgerechnet von einem wie ihm. Weder Jack noch dieser zurückhaltende Hund machten den Eindruck, als ob sie selbst so etwas wie Vertrauen empfinden konnten. Doch was die Essensauswahl anging, so würde sie es wohl wagen können.

Die beinahe schwarzen Balken, die die Wände stützten,

wirkten erdrückend und doch gleichzeitig gemütlich. »Wie alt ist dieses Haus?«, fragte sie abwesend.

»Etwa dreihundert Jahre.«

»Dreihundert?« Erneut sah sich Em fasziniert um und entdeckte eine Bedienung, die auf sie zukam.

»Jack Morris. Unter welchem Stein bist du denn herausgekrochen?« Sie tätschelte Jack die Schulter und sah dann auf Em. Ganz offensichtlich schätzte diese Frau die Situation falsch ein, denn sie lächelte mit roten Wangen, als sie sich erneut Jack zuwandte. »Gut, dass du wieder ausgehst.«

»Ich gehe nicht aus. Das hier hat sich kurzfristig ergeben«, brummte Jack, und Em konnte sehen, wie unangenehm ihm das Gespräch war.

»Sag bloß, ihr habt euch auf Tinder kennengelernt?« Ausgelassen lachte die Frau mit dem hochangesetzten schwarzen Pferdeschwanz, und beim Blick auf Jacks entsetztes Gesicht hatte Em Mühe, nicht ebenfalls loszuprusten.

»Rede nicht so einen Mist, Kitty. Sie ist ein Gast von Mum«, brummte er.

»Schade.« Die Bedienung zuckte mit den Schultern. »Also, was wollt ihr essen?«

»Yorkshire Pudding.«

Es war schon fast amüsant, wie wenig Worte dieser Kerl nutzte.

Die Bedienung trat einen Schritt zurück und schielte unter die Bank. »Ich sehe mal, ob der Koch noch einen Suppenknochen für Indiana Bones hat.«

Daher kam also das unterhaltsame Passwort. Kaum zu glauben, dass einer wie Jack seinem Hund einen derart humorvollen Namen gab.

»Du hast ihn echt Indiana Bones genannt?«, rutschte es ihr heraus.

Mit zusammengezogenen Augenbrauen sah er zu ihr. »Ich habe ihn nicht benannt. Indie war ein Geschenk.«

Kitty schnappte kaum hörbar nach Luft, doch es entging Em nicht. Augenblicklich griff die Bedienung nach der Speisekarte und sortierte geschäftig die Salz- und Pfefferstreuer sowie die Servietten auf dem Tisch neu. »Was wollt ihr trinken?«, murmelte sie.

»Wasser!« Jack verschränkte die Arme vor der Brust.

Em überlegte nach einem Glas Wein zu fragen, unterlies es dann aber doch. Irgendetwas entging ihr hier, das unausgesprochen in diesem Raum zu schweben schien. »Ich hätte gerne ebenfalls ein Wasser.«

Kitty richtete sich wieder auf, strich ihre schwarze Schürze glatt und setzte erneut ihr hübsches Lächeln auf, das eine Reihe von strahlend weißen Zähnen preisgab. »Also gut, dann gebe ich eure Bestellung weiter.« Ehe sie sich abwandte, wanderte ihr Blick erneut zu Jack. »Eine Schande, so ein hübsches Gesicht unter diesem Bart zu verstecken, oder nicht?« Sie zwinkerte Em zu und ging dann mit flotten Schritten davon.

Kopfschüttelnd rieb sich Jack mit der Hand über den Bart, und Em vermutete darin eine unbewusste Geste. Wenn Kitty recht hatte, dann verbarg sich also doch ein gut aussehender Mann hinter dieser schroffen Fassade.

Er zog sich die Schiebermütze vom Kopf und warf sie neben sich auf die Bank. Während er auf seine Armbanduhr sah, fuhr die andere Hand durch die dunklen Locken. Einen Augenblick zu lange betrachtete Em ihn. Doch es war verlockend, ihn anzusehen. Wer auch immer dieser Kerl war, er war außergewöhnlich. Und er jagte ihr einen Schauer über den Rücken.

# Kapitel 3

**Jack**

*Tinder.* Abfällig stieß Jack etwas Luft zwischen den Schneidezähnen hervor und zog damit die Aufmerksamkeit der Frau ihm gegenüber auf sich. Wortlos sah sie ihn an und schien darauf zu warten, dass er sich mit ihr unterhielt.

Warum zum Teufel war er mit ihr hergekommen, um etwas zu essen? Ebenso gut hätte er ihr den Weg zum nächsten Pub weisen und sich dann zu Hause ein Sandwich machen können. Selbst Kitty, die ihn seit der Schulzeit kannte, hatte die Situation gleich vollkommen falsch eingeschätzt und ihn dann auch noch aufgezogen.

Vermutlich war es Ems hilfloser Ausdruck gewesen, als sie zitternd und wie er annahm übermüdet im Regen gestanden hatte. Dabei wirkte diese Frau alles andere als hilflos. Wie selbstverständlich sie ihn dazu gebracht hatte, mit ihr um diese Uhrzeit ins Museum zu gehen, zeugte nicht gerade von Zurückhaltung.

Und jetzt gerade war sie dabei, sich ein Bild von ihm zu machen, da war er sich sicher. Sie ordnete die blöden Sprüche von Kitty und sein Verhalten ihr gegenüber so, bis sie sich eine Meinung über ihn gebildet hatte. Und er konnte sich denken, dass diese nicht gerade gut sein würde. Aber das spielte keine Rolle. Es interessierte Jack nicht, was andere über ihn dachten.

Plötzlich lachte sie leise und strahlte ihn an. »Ich habe mich tatsächlich mal auf Tinder angemeldet. Ganze vierundzwanzig Stunden hatte ich die App auf dem Handy.« Mit einem Mal wirkte sie nicht mehr müde und ausgelaugt.

»Wie ist es gelaufen?«, brummte er.

Sie schlug sich die Hände vors Gesicht und lachte heftiger. Jack war froh, dass die restlichen Gäste vorn in dem anderen Gastraum saßen und sie diesen Bereich für sich hatten. Ihr Lachen war eine Spur zu laut, und dennoch hatte die Ausgelassenheit, die darin mitschwang, etwas. »Na ja. Ich habe in diesen vierundzwanzig Stunden sehr viele Fotos von Körperteilen bekommen.«

»Körperteile?«

»Männliche Körperteile, Jack.« Lachend schüttelte es sie, bis ihre Augen feucht glänzten.

»Verstehe.« Schmunzelnd lehnte Jack sich zurück. Offensichtlich war er, was diese Dating-Sache anging, inzwischen wirklich schwer von Begriff. »Macht man das so? Fotos von Körperteilen schicken, um sich anzubieten?«

Em stützte die Ellenbogen auf dem Tisch auf und lehnte den Kopf gegen die Hände. Sie kräuselte ihre zierliche Nase, auf der einige Sommersprossen prangten. »Nein, das macht man nicht so. Sollte man jedenfalls nicht.«

»Also kein Tinder mehr?« Er konnte sich die Frage nicht verkneifen, auch wenn es ihn nichts anging.

»Nein, kein Tinder. Und auch keine anderen Dating-Apps.« Das Lächeln verschwand. »Um ehrlich zu sein, bin ich momentan eh mit anderen Dingen beschäftigt. So ist es einfacher.«

*Andere Dinge.* Etwas an ihrem Besuch in Haworth wirkte merkwürdig. Sie war nicht die typische Touristin und die Jahreszeit denkbar schlecht gewählt für einen Urlaub. Warum, überlegte er, war Em hier? Steckte diese Sache mit ihrer Mutter und ihrem Namen dahinter?

»Wo kommst du eigentlich her?«, entfuhr es ihm, noch ehe er sich dagegen entscheiden konnte, die Frage zu stellen.

»Deutschland.«

Ein Schnarchen drang unter dem Tisch hervor, und Jack zuckte entschuldigend mit den Schultern. Indie schnarchte wie ein alter Mann, und dem Hund war es auch egal, wo er das tat.

»Und was genau machst du hier? Einfach nur Urlaub?«, hakte er nach.

»Ich versuche, etwas herauszufinden.« Sie kratzte mit dem Daumennagel über die Rillen im Holz der Tischplatte.

»Hat das was mit deiner Mutter zu tun?« Fest sah er sie an und bemerkte, wie sich ihre Atmung veränderte.

Ja, diese Frau wurde von Schatten begleitet, die er selbst nur zu gut kannte. Die Schatten der Toten ließen die Lebenden nicht los. Jack presste die Lippen aufeinander.

»Meine Mutter hat vor über dreißig Jahren einen Sommer hier verbracht.«

»Und weil es ihr so gut gefallen hat, wolltest du dir diesen Ort selbst ansehen?« Er sollte sie nicht ausfragen, und doch konnte er nicht anders. Zu deutlich spürte er, dass da etwas war.

Ihr Blick huschte unruhig über die Tischplatte. »Nicht ganz. Sie hat diesen Ort nie erwähnt. Und dann hat sie während ihrer letzten Atemzüge plötzlich *Sturmhöhe* umklammert und wirre Dinge geredet.«

Jack spürte Übelkeit in sich aufsteigen. Zu gern wäre er

einfach aufgestanden und gegangen. Die Geister von anderen konnte er nicht auch noch ertragen. Doch so verwirrt Em über diese Sache auch wirkte, sie schien nicht todunglücklich zu sein. Plötzlich entspannte sie sich sah ihn offen an.

»Meine Mutter war Fotografin, und wie ich nach ihrem Tod festgestellt habe, hat sie hier damals Fotos für einen Bildband über das Brontë-Country gemacht. Aber dieses Buch hat sie all die Jahre versteckt.«

»Hast du eine Vermutung, warum?«

Em sah zur Seite und schien zu überlegen. »Darüber denke ich seit Monaten nach. Ich bin sogar in ihr Archiv gegangen und habe versucht dort etwas herauszufinden.« Sie schüttelte den Kopf und kaute auf ihrer Unterlippe. »Es ist einfach merkwürdig: Sie hatte im Archiv immer zwei Kisten für jedes Jahr. Eine für die beruflichen Aufnahmen, das waren zu der Zeit vor dreißig Jahren meist Dias. Und dann noch eine Kiste für die privaten Fotos.« Ein warmes Lächeln zog sich über ihre Lippen. »Meine Mutter hat einfach immer fotografiert. Ich war vermutlich das meistfotografierte Kind der Welt.« Sie sah zu ihm auf, schien jedoch durch ihn hindurchzusehen. »Jedenfalls fehlt ausgerechnet aus diesem Jahr die private Kiste. Ich habe überall gesucht. Entweder es hat diese Kiste nie gegeben, oder aber sie hat sie bewusst verschwinden lassen. So wie den Bildband.«

Jack verschränkte die Arme und lehnte sich zurück. »Die Rätsel, die uns die Vergangenheit auferlegt«, raunte er.

»Das ist gut ausgedrückt.« Sie zuckte mit den Schultern. »Jedenfalls habe ich vor, hier etwas herauszufinden, und du hast mir einen Hinweis gegeben.«

»Habe ich das?«

»Top Withens.« Zufrieden nickte sie.

»Das ist eine Ruine, was hoffst du dort zu finden?«

»Keine Ahnung, aber was soll ich sonst machen? Ich werde mir ihre Bilder ansehen und nach und nach die Stationen abgehen, so wie sie es getan hat. Vielleicht begreife ich irgendwann, warum sie so ein Geheimnis um diese Zeit gemacht hat, wo ihr offensichtlich etwas hier doch so viel bedeutet haben muss.«

»Was ist mit deinem Vater, kann der dir nicht etwas dazu sagen?«

Sie schmunzelte. »Meine Familienverhältnisse sind etwas ungewöhnlich, würde ich sagen. Mein Vater und meine Mutter waren nie zusammen. Sie waren schon immer die besten Freunde, aber sie waren kein Liebespaar. Und meine Mutter hat auch nie einen festen Partner gehabt. Es war, als wollte sie sich nicht verlieben. Sie war zufrieden, so wie es war. Mit unserer kleinen außergewöhnlichen Familie.«

Es irritierte Jack, wie offen Em über solch private Einzelheiten sprach. Und doch wirkte es natürlich, wie sie darüber redete. Em schien kein Problem damit zu haben, die Dinge zu benennen, wie sie waren. Ganz anders als seine Mum und er, die immer alles totschwiegen und hofften, dass es sich so auflöste.

»Aber ich habe meinen Vater natürlich gefragt, was er noch von dem Sommer weiß, in dem sie hier war. Immerhin haben sie damals in einer WG gelebt.«

»Und was hat er gesagt?« Interessierte ihn das alles tatsächlich? Jack war nicht neugierig, er war es nie gewesen. Aber etwas an dieser Geschichte ließ ihn hellhörig werden.

»Dass sie verändert war, als sie zurückgekommen ist. Und nie darüber sprechen wollte.«

»Hmm.«

»Genau. Hmm.« Sie rollte mit den Augen. »Ich vermute, dass er mehr weiß und es mir nur nicht sagt. Dabei sind wir immer ehrlich miteinander gewesen. Es hat ihm auch nicht gepasst, dass ich hierhergereist bin. Irgendwas stimmt da nicht, das spüre ich ganz genau.«

»Und was, wenn du es nicht herausfinden sollst? Die Toten haben ihre Geheimnisse, und vielleicht müssen wir das einfach akzeptieren?«

Sie sah ihn mit einem merkwürdigen Blick an, der sich tief in ihn hineinzubohren schien. »Könntest du das, Jack?«

»Keine Ahnung«, beeilte er sich zu sagen.

Nein, er könnte es ebenfalls nicht akzeptieren. Er war schon gefühlt sein ganzes Leben auf der Suche nach Antworten und hatte feststellen müssen, dass er sie nicht erhalten sollte. Und auch in seinem Umfeld gab es Menschen, von denen er vermutete, dass sie die Wahrheit kannten und doch nichts sagten.

Aber diese alten Geschichten spielten inzwischen keine Rolle mehr. Nicht, seit sein Leben aus den Fugen geraten war. Seitdem zählte nichts mehr etwas.

Als Kitty mit dem beladenen Tablett kam, war es wie eine Erlösung. Mit einem »vorsichtig heiß« platzierte sie die Teller vor ihnen und stellte die Wassergläser ab, schob dann einen Knochen, in dem noch das Knochenmark zu erkennen war, unter die Bank, woraufhin Indies Schmatzen zu hören war. »Lasst es euch schmecken.«

Wohlwollend sah sie zwischen ihm und Em hin und her, und Jack erkannte, dass sie noch immer nicht verstand, dass er mit Em kein Date hatte. Doch Kitty war eigentlich herzensgut, und so ignorierte er ihre Begeisterung für seinen offensichtlichen Verhaltenswechsel. Sollte sie doch glauben, dass es ihm besser ging.

»So etwas habe ich noch nie gesehen, aber es riecht himmlisch.« Em musterte die aus Teig bestehende Schale, in der sich Rindfleischstreifen, Kartoffeln und verschiedenes Wurzelgemüse befanden. Großzügig schwamm alles in einer Zwiebelsauce, und auch Jack lief das Wasser im Mund zusammen.

»Kann man den Teig ebenfalls essen?«, fragte sie und zupfte am Rand des Backwerks herum.

»Kannst es in die Soße tunken.« Eilig machte er sich über das Essen her. Das hier war allemal besser als ein Sandwich.

Schweigend gingen sie nebeneinander den kurzen Weg bis zum B&B. Em hatte darauf bestanden auch für ihn zu bezahlen, was Kitty sichtlich amüsierte.

Während der Hund den trockenen Rest seines Knochens wie einen Schatz nach Hause trug, genoss Jack die angenehme Wärme in sich. Vielleicht kam sie nur von dem reichhaltigen Essen. Eventuell war es aber tatsächlich gar nicht so schlecht gewesen, im Gegensatz zu sonst etwas Gesellschaft zu haben.

Unauffällig sah er zu der Frau hinüber, die ihm diesen ungewöhnlichen Abend beschert hatte. Aufgeweckt sah sie sich jedes Haus, an dem sie vorübergingen, ganz genau an und wirkte in diesem Moment doch wie eine normale Touristin.

»Dieser Ort ist wunderschön«, hauchte Em und spähte in das Wohnzimmerfenster seiner Nachbarn, in dem ein Gaskamin entzündet war.

»Auf den ersten Blick ist er das«, brummte Jack und trat durch das niedrige Metalltor, um ihr die Haustür aufzuhalten.

»Auf den ersten Blick?« Stirnrunzelnd ging sie an ihm vorüber.

»Egal. Vergiss, was ich gesagt habe. Der Ort sieht schön aus, das stimmt.«

Er horchte in den Flur hinein, doch von seiner Mutter oder anderen Gästen war nichts zu hören. Vermutlich waren alle längst auf ihren Zimmern. Soweit er wusste, hatte nur Em eines der günstigeren im oberen Stockwerk.

Während sie sich ihre Jacke öffnete, stapfte er die Treppe rauf. Er hörte ihre Schritte hinter sich.

»Du wohnst hier oben?« Die Überraschung war ihr anzumerken.

»Vorrübergehend.« Dass er im Haus seiner Mutter wohnte, nervte ihn selbst, und es musste mehr als armselig wirken.

Tatsächlich dauerte dieser vorrübergehende Zustand inzwischen auch schon über vier Jahre an, aber das musste er nicht erwähnen. »Gute Nacht.«

»Schlaf gut, Jack«, hörte er sie fröhlich rufen, als er die Tür öffnete.

Nachdenklich ließ er sich auf das Bett sinken. Sollte Top Withens tatsächlich einen Hinweis verbergen, oder bildete Em sich nur ein, hier etwas herausfinden zu können?

Warum machte er sich überhaupt Gedanken darüber? Diese Frau ging ihn nichts an.

***

**Em**

Blinzelnd schlug Em die Augen auf. Sie brauchte einen Moment, um zu begreifen, wo sie war. *Haworth.*

Sie gähnte und rieb sich über die nackten Arme. Obwohl es in dem Zimmer auffallend kühl war, hatte sie beinahe besinnungslos geschlafen. Offenbar war der gestrige Tag noch anstrengender gewesen als angenommen, und zu ihrer Überraschung hatte sie in dem fremden Bett tief genächtigt.

Draußen hörte sie einen hellen Pfiff. Hektisch stand sie auf, stürzte ans Fenster und kniete sich auf die gepolsterte Bank, um besser hinaussehen zu können. Ihr Blick fiel auf dunkle Locken, und sie konnte ein Lächeln nicht unterdrücken.

Wie er dort unten im Nieselregen stand, mit dem hochgeschlagenen Jackenkragen, den festen Schuhen und dem Hund, der ihn unablässig umrundete, während er in der offenen Heckklappe eines weißen Kleintransporters irgendetwas suchte, passte Jack so wunderbar in diese dämmrige Gasse. Wäre das Auto nicht gewesen, so hätte es ein Bild aus einer anderen Zeit sein können.

Em lehnte sich noch ein wenig weiter vor, um das Logo an der Seite des Transporters besser sehen zu können. *Morris Brothers. Dry Stone Waller.* Darunter war eine Zeichnung von einer der typischen Steinmauern dieser Gegend zu erkennen. Jack baute also diese Mauern, und Em fand, dass nie ein Beruf besser zu jemandem gepasst hatte.

Noch einmal betrachtete sie das Logo. *Morris Brothers.* Gab es demnach einen zweiten von der Sorte? Wie als Antwort öffnete sich die Fahrertür, und ein älterer Mann stieg aus, trat neben Jack und schien mit ihm zu diskutieren. Nein, Brüder waren diese beiden ganz sicher nicht. Schon eher Vater und Sohn.

Der Ältere lachte auf und klopfte Jack auf die Schulter. Hatte Jack, der Griesgram, etwa einen Witz gemacht?

Glucksend stützte Em sich auf die Ellenbogen und beobachtete, wie Indiana Bones in den Ladebereich des Transporters sprang und Jack die Tür zuwarf. Während der ältere Mann einstieg, zog er sein Handy aus der Tasche und tippte darauf. Plötzlich drehte er sich um und sah zu ihr hinauf.

Ertappt hielt Em die Luft an und zwang sich ein Lächeln auf die Lippen. *Mist.* Sie hatte spioniert und Jack sie dabei erwischt. Ohne eine Regung erkennen zu lassen, nickte er ihr zu und ging dann zur Beifahrertür.

Wie spät war es überhaupt? Em griff nach dem Handy auf ihrem Nachttisch. Kurz vor sieben, und noch schien es nicht richtig hell zu sein. Prüfend reckte sie den Hals und sah erneut nach draußen, doch der Transporter war weg.

Erleichtert kauerte sie sich auf die schmale Bank und blickte zwischen den beiden Häusern auf der anderen Seite der Straße hindurch auf das Tal, das sich in der Ferne ausbreitete. Dunkler Stein, Mauern und saftiges Gras, so weit das Auge reichte. Wie schön diese Landschaft wohl bei Sonnenschein sein würde?

Missmutig sah sie zum Himmel hinauf. Wie gestern zogen

dicke Wolken über den Ort hinweg, und Em glaubte beinahe, den frischen Wind zu spüren. Doch tatsächlich waren es die niedrigen Temperaturen in ihrem Zimmer, die ihr die Gänsehaut über die Arme trieben.

Sie trat vor den Koffer und kramte die dicke Strickjacke heraus, die sie zu Hause so gern an den Wochenenden trug. Em hielt inne.

*Zu Hause.* Eigentlich war das die kleine Wohnung gewesen, die sie aufgegeben hatte, um möglichst viel Zeit bei ihrer Mutter zu verbringen, als sich abzeichnete, dass Iris die Krankheit nicht besiegen sollte. Im vergangenen Jahr war ihr gesamtes Leben auf den Kopf gestellt worden.

Und auch jetzt, Monate nach dem Tod ihrer Mutter, lebte sie noch immer in ihrem alten Kinderzimmer bei Rollo und Mark. Ihr hatte einfach die Energie gefehlt, sich eine neue Wohnung oder ein Zimmer in einer WG zu suchen. Für das kommende Jahr hatte Em sich vorgenommen, wieder mehr Ordnung in ihren Alltag zu bringen. Und endlich auszuziehen.

Sie legte prüfend die Hand an den Heizkörper. Die Heizung lief, doch offensichtlich schaffte sie es nicht, das Zimmer auf eine angenehme Temperatur zu erwärmen.

Em fasste an die Wand. Sie war eisig kalt. Dies war ein altes Haus ohne wirkliche Isolierung, rief sie sich in Erinnerung. Vermutlich waren die Menschen hier diese Temperaturen gewöhnt und nicht halb so verfroren wie sie. Jack jedenfalls hatte eben nur eine dünne Arbeitsjacke getragen.

Kopfschüttelnd ermahnte Em sich, nicht über den Mann nachzudenken. Sie sollte sich nicht von dem merkwürdigen Sohn der B&B-Besitzerin ablenken lassen, während sie Licht in die Sache mit ihrer Mutter bringen wollte.

Em suchte frische Kleider aus dem Koffer und nahm sich vor, nach dem Frühstück alles ordentlich in den Schrank zu legen. Doch als Erstes brauchte sie unbedingt eine heiße Dusche. Eigentlich war ihr schon gestern Abend danach gewesen, doch dann hatte sie Jack ins Badezimmer stapfen gehört und war, unter dem monotonen Wasserrauschen der Dusche, einfach eingeschlafen.

In Ringelsocken lief sie ins Bad und nahm sofort den herben Geruch ihres Etagenmitbewohners wahr. Prüfend sog Em den Duft ein. Würzig und trotzdem frisch – eine ungewöhnliche Mischung. Tadelnd betrachtete sie sich im Spiegel. Schon wieder hatte sie an Jack gedacht. Was war nur mit ihr los? Dieser raubeinige Kerl war nicht einmal freundlich. Hoffentlich würde ihr Kopf nach der Dusche etwas klarer sein. Seufzend begann sie sich auszuziehen und stellte das Wasser an.

Im Haus hatte sich ein verlockender Duft ausgebreitet. Trotz des späten Abendessens hatte Em erneut großen Hunger. War es die ungewohnte Kälte oder die Aufregung hier zu sein, die ihren Appetit derart anregte? In Deutschland war sie bei schönstem Sonnenschein abgeflogen und hier im stürmischen Herbst gelandet. Vermutlich brauchte sie nur einige Tage, um sich an die Temperaturen und den Luftwechsel zu gewöhnen.

Als sie die Treppe hinunterkam, eilte Rosie mit ihrem warmen Strahlen auf sie zu. »Guten Morgen. Haben Sie gut geschlafen?«

»Wie ein Stein«, gab Em wahrheitsgemäß zurück.

»Hunger?«

»Und wie.«

Rosie deutete auf eine breite, mit Schnitzereien verzierte Tür, die am gestrigen Tag verschlossen gewesen war, nun aber weit offen stand. »Da hinein, meine Liebe, dann besorgen wir Ihnen rasch ein gutes Frühstück.«

Em trat ein und sah sich um. Mehrere kleine Tische mit gepolsterten Stühlen standen in dem Raum. Weiße Tischdecken mit Stickereien befanden sich darauf, ebenso wie goldene Kerzenleuchter. Zwei der fünf Tischchen waren besetzt. Offensichtlich war sie doch nicht wie angenommen der einzige Gast in diesem Haus. Hinter der Treppe hatte sie gestern im Erdgeschoss die Türen zu weiteren Gästezimmern entdeckt.

Während sie sich an das vor dem Fenster setzte, das Rosie ihr zugewiesen hatte, musterte Em die anderen Gäste. Ein Mann im Anzug und mit Zeitung in der Hand schlürfte seinen Schwarztee, während sein Blick fest auf dem Papier haftete. Vermutlich nutzte er das B&B als Unterkunft für eine Geschäftsreise, vermutete Em.

Rosie zog ihre Aufmerksamkeit auf sich: »Was möchten Sie denn essen? Müsli und Joghurt stehen auf dem Tisch neben der Tür, ebenso wie Tee und Kaffee. Eier, Speck und was immer Sie sonst noch möchten, bereite ich Ihnen frisch zu.«

Ems Blick wanderte hinüber zum Tisch des älteren Paares, welches ihr gegenübersaß. Die voll beladenen Teller sahen zu verführerisch aus, um zu widerstehen. »Ich glaube, ich nehme das, was dort so gut duftet«, sagte Em und lächelte Rosie zu.

»Ein traditionelles English Breakfast also. Gute Wahl.« Zufrieden nickte Rosie und rauschte davon.

*Kaffee.* Rasch stand Em auf und schenkte sich aus der Thermoskanne ein. Dunkel und dampfend lief die Flüssigkeit in die Tasse. Em stellte zufrieden fest, dass er stark und gut war.

Sie setzte sich wieder, legte ihre Hände um die heiße Tasse und sah aus dem Fenster in den Nieselregen. Was sollte sie mit dem Tag heute anfangen? Ins Moor zu gehen war bei diesem Wetter vermutlich keine gute Idee, also musste die Wanderung zu Top Withens warten, bis es aufklarte. Am besten wäre es vermutlich, nach dem Frühstück den Bildband durchzugehen und zuerst einmal mit den Plätzen hier im Ort anzufangen, die ihre Mutter damals fotografiert hatte.

»Guten Appetit.« Rosie schob den Teller vor sie.

»Meine Güte, ist das viel«, stieß Em glucksend hervor.

»Sie können es gebrauchen.« Fürsorglich reichte Rosie ihr eine Stoffserviette. »Ist der Kaffee gut?«

»Genau richtig.«

»Wenn Sie ihn anders mögen, dann sagen Sie Bescheid. Ich koche nur Kaffee, wenn ich Gäste vom Festland habe. Aber ich habe immer den Eindruck, dass die mir nicht einmal dann sagen würden, dass er nicht gut ist, wenn er wie Waschwasser schmeckt.« Rosies volles Lachen erfüllte den Raum.

Wie ansteckend diese gute Laune doch war. Und wie überraschend, dass diese Frau ausgerechnet einen Sohn wie Jack hatte. Em genoss es, von Rosie umsorgt zu werden. Auch wenn ihre Mutter ganz anders als diese Frau gewesen war, so tat es dennoch gut, Fürsorge zu spüren. Selbst mit achtundzwanzig Jahren hatte man wohl noch hin und wieder das Verlangen nach dieser besonderen Art der Wärme.

»Der Kaffee ist wirklich gut, Ehrenwort.« Beschwörend legte Em eine Hand aufs Herz und hielt die andere hoch.

Lachend trat Rosie an den Tisch des Geschäftsmanns und zog den leeren Teller unter dessen Zeitung heraus. Unaufgefordert füllte sie ihm den Tee auf und schenkte etwas Milch ein.

Genüsslich machte Em sich über das Frühstück her. Die zwei Spiegeleier, die dicke Scheibe Schinken, angebratene Champignons und die ebenfalls warme halbe Tomate schmeckten ihr so gut wie seit langer Zeit kein Frühstück mehr.

Ordentlich legte sie Serviette und das Besteck ab und stand auf. War es nicht Luxus, sich nicht selbst um das dreckige Geschirr kümmern zu müssen? Zu Hause räumte sie meist die Küche auf, weil Rollo und Mark einfach keinen Sinn für Dinge wie Haushalt und Organisation hatten.

Em war es auch meistens, die einkaufen ging, und sie war sich ziemlich sicher, dass ihnen ansonsten regelmäßig das

Toilettenpapier ausgehen würde. Wie hatten es die beiden Männer nur früher geschafft, durchs Leben zu kommen?

Ein Grinsen schlich sich auf ihre Lippen, als sie daran dachte, wie oft Rollo morgens in einem seiner schrillen Hemden gegen die Küchenzeile gelehnt trockene Cornflakes direkt aus der Packung aß und ihr dabei von seinem neuesten Projekt und dessen vielschichtiger Bedeutung erzählte.

Nein, Rollo erzählte nicht. Er philosophierte, und manchmal war es nicht gerade leicht, den Gedankensprüngen ihres Vaters zu folgen. Doch Em liebte es, wenn sie die Aufregung in seiner Stimme hörte, während er sich in einen Vortrag hineinsteigerte. Dann gab es kein Halten mehr.

Oft genug begann sie wegen Rollos Frühstücksmonologen später als vorgesehen mit der Arbeit, doch als Selbstständige war das kein Problem. Ihr Job erlaubte ihr viele Freiheiten und hatte sich während der Krankheitszeit ihrer Mutter als Segen erwiesen. So hatte sie gleichzeitig im Homeoffice arbeiten und Iris pflegen können.

Mühsam schluckte Em, während sie die Treppe hochging. Würde dieser Schmerz jemals schwächer werden?

Pünktlich zum Ende des Regens trat Em vor die Tür. Endlich hatte sie den Bildband durchgeblättert. Selbst kurz vor der Abreise hatte sie es nicht über sich gebracht, sich die Fotos ihrer Mutter genau anzusehen.

Einmal mehr hatte Em festgestellt, wie talentiert Iris doch gewesen war. Scheinbar spielerisch leicht war es ihr gelungen, die einzigartige Stimmung, die Em gestern Abend in den Gassen gespürt hatte, einzufangen. Die Fotos von Geschäften, kleinen Teestuben und Pubs zeugten von der heimeligen Atmosphäre.

Doch sie hatten Em keinen Anhaltspunkt für eine Antwort auf ihre brennenden Fragen gegeben. Die meisten Geschäfte hatten nach über dreißig Jahren sicherlich längst die Inhaber gewechselt. Allerdings gab es auch mehrere Fotos, die das *The Old White Lion Hotel* zeigten, und die Aufnahmen aus dem Innern des Hauses zeugten von Stillstand. Es war Em kaum gelungen, Unterschiede zu dem Gastraum auszumachen, in dem sie erst gestern Abend mit Jack gegessen hatte.

Hier konnte man an jeder Ecke Geschichte finden. Uralte Häuser, unebenes Kopfsteinpflaster und der Charme längst vergangener Zeiten.

Em schob ihre Haare, die erneut vom Wind durchpustet wurden, einmal mehr in den Kragen des dunkelgrünen Parkas mit dem wärmenden Innenfutter und lief los – vorüber an schmalen Reihenhäusern und bis zum Schaufenster des ersten Geschäfts. Niedliche Tassen und allerlei Krimskrams zierten die Regale.

Sie schlenderte an Teestuben und weiteren winzigen Läden vorbei. Retrokleidung, Deko jeder Art und allerlei unnütze Nettigkeiten boten sich in den Schaufenstern an. Doch nur die Chocolaterie konnte Em verlocken, einzutreten.

Genüsslich schob sie sich ein Stück Fudge in den Mund und spazierte die breite Hauptstraße der Fußgängerzone entlang. Wie es hier wohl Mitte des achtzehnten Jahrhunderts, zu Zeiten der Brontës, ausgesehen hatte?

Haworth lag am Rande des Hochmoors und der Bergreihe der Pennines, die weite Teile von England durchzogen. Auf der Taxifahrt hatte Em festgestellt, dass der Ort keineswegs so abgelegen war, wie sie ursprünglich angenommen hatte. Nicht weit von hier lagen weitläufige Wohngebiete und stark befahrene Straßen.

Und das nur zwanzig Minuten entfernte Bradford hatte auf den kurzen Blick, den sie darauf hatte werfen können, als ehemalige Wollhochburg und Industriestadt wenig Schönheit zu bieten. Doch in Haworth, so schien es, war die Zeit stehen geblieben. Ein kleines Fleckchen Vergangenheit in der Gegenwart.

Em lief die abfallende Straße bis zu deren Ende hinunter und folgte dann den Schildern zum Stadtpark, wo ihre Mutter ebenfalls Aufnahmen gemacht hatte. Doch auch hier lieferte ihr nichts einen Anhaltspunkt für ihre Suche.

Em sackte auf eine Bank und beobachtete einen Raben, der geschickt Müll aus einem Mülleimer zupfte. Was hatte sie sich nur dabei gedacht, nach England zu kommen? Hatte sie auf einen Leuchtpfeil gehofft, der sie zu der Stelle führte, an der sie ihre Antworten endlich finden würde?

Sie steckte sich ein weiteres klebrig süßes Stück Fudge in den Mund. Und was, wenn es diese Stelle gar nicht gab? Wenn sie zwei Wochen ihres Lebens in diesem Ort in der Hoffnung vergeudete, etwas zu finden, das nie existiert hatte?

# Kapitel 4

**Jack**

»Du bist heute noch ruhiger als normal«, brummte Edward und schob einen Stein in eines der Löcher. Natürlich passte dieser wie angegossen, so wie immer. Sein Onkel hatte ein Talent dafür, schon im Vorhinein abzuschätzen, welcher der Steine perfekt in die Lücken der renovierungsbedürftigen Mauern passte.

Jack reichte ihm einen weiteren mit getrocknetem Moos bedeckten Stein und deutete auf ein Loch weiter unten. Zufrieden nickte Edward und schob ihn mit einem Ruck zwischen die anderen senkrecht gestellten flachen Felsstücke.

»Hab schlecht geschlafen«, sagte Jack und fuhr mit der Hand über die raue Oberfläche der jahrhundertealten Mauer.

»Die alten Geister?« Prüfend sah Edward ihn aus den Augenwinkeln an.

Jack schüttelte den Kopf. »Ein neuer, fürchte ich.« Eigentlich wollte er nicht darüber sprechen, doch es beschäftigte ihn schon den ganzen Morgen.

»Hmm.« Edward richtete sich auf, und Jack beobachtete, wie er den schmerzenden Rücken durchdrückte. Allmählich wurde es Zeit für den alten Mann, kürzerzutreten, aber noch wollte der Sturkopf nichts davon hören.

Ein *Hmm* konnte vieles bedeuten. Bei seinem Onkel jedoch, war es stets die Aufforderung mehr zu erzählen. Jack zog sich die feuchte Mütze vom Kopf und fuhr sich durch die dicken Haare.

Vorsichtig lehnte er sich gegen die baufällige Mauer, doch sie trotzte seinem Gewicht. Eine solche Mauer hielt viele Leben lang, doch sie musste alle paar Leben einmal ausgebessert werden, und genau das war seine Leidenschaft.

Er ließ den Blick über die Landschaft schweifen. Auf den von Mauern eingefassten Weiden tummelten sich unzählige Schafe. Manchmal glaubte er beinahe, dass es hier mehr Schafe als Menschen gab. Und eigentlich war diese Vorstellung gar nicht so schlecht. Schafe machten eindeutig weniger Probleme als Menschen.

»Mum hat einen neuen Gast«, begann er und runzelte unbeabsichtigt sofort die Stirn. »Eine junge Frau, und ich sage dir, ich kenne sie irgendwoher. Aber ich habe sie noch nie gesehen.« Immer wieder war er in der vergangenen Nacht aufgeschreckt und hatte Ems Gesicht vor sich gesehen. Allerdings nicht mit roten Wangen und leuchtenden Augen, sondern in verblichenen und gespenstischen Grautönen.

»Vielleicht seid ihr euch doch schon mal begegnet«, antwortete Edward schulterzuckend.

»Das ist ausgeschlossen. Sie ist aus dem Ausland.«

Der alte Mann suchte nach einer Erklärung: »Dann hast du halt eine Frau gesehen, die so ähnlich aussah, und dein Gedächtnis spielt dir einen Streich.«

Wie sollte Jack nur beschreiben, was er empfand und was

an dieser Sache so merkwürdig war? »Nein. Irgendwas ist da. Sie jagt mir einen Schauer über den Rücken.« Hilflos hob er die Hände an. »Ich kann's einfach nicht beschreiben.«

»Ist sie so gruselig?« Edwards tiefes Lachen grollte durch die Luft.

Augenblicklich sah Jack Ems Gesicht vor seinem geistigen Auge und zwang sich, es zu ignorieren. »Nein, das ist sie nicht, und sie hat auch nichts getan, was das bei mir auslösen könnte.«

»Also, ist sie hübsch?« Der Schalk funkelte in den alten Augen, die über die Jahrzehnte schon so viel gesehen hatten.

Jack presste die Zähne aufeinander. Von jedem hätte er einen dummen Spruch erwartet, aber nicht von seinem Onkel. Niemand kannte ihn besser als dieser Mann. »Ich meine es ernst. Da ist was, und ich habe das Gefühl, ich müsste nur danach greifen.«

Edward verschränkte die Arme vor der Brust und setzte ein strenges Gesicht auf. »Hör auf mit dem Mist. Du redest dir da was ein und steigerst dich rein.«

Jack wusste, warum er plötzlich so heftig reagierte. Doch er brachte kein Verständnis für die Sorgen seines Onkels auf. Nein, es reizte ihn. Weil dieser Mann ihm Dinge vorenthielt, die ihm zu wissen zustand. »Befürchtest du, ich werde verrückt wie mein Vater?«, presste Jack hervor.

Die buschigen grauen Augenbrauen zogen sich zusammen wie seine. »Dein Vater war nicht verrückt«, knurrte Edward.

»Das erzählen sie aber im Ort«, sagte Jack gespielt gleichgültig und bückte sich, um nach einem Stein zu greifen. Natürlich war ihm dieses Gerede nicht egal. Und er wusste, wie sehr sein Onkel es hasste. Doch Jack wollte ihn herausfordern. Ihn dazu bringen, endlich seinen Mund aufzumachen. Vermutlich hatte der Sturkopf vor, die Wahrheit mit ins Grab zu nehmen.

»Seit wann interessiert es dich, was die Leute im Ort reden?« Edwards Ton war vorwurfsvoll.

Jack schob einen Stein in eine Spalte. »Nichts könnte unwichtiger für mich sein. Aber mir ist nicht egal, was du mir vorenthältst.« Er machte eine Pause und sah zu ihm. »Also sag schon: Er war doch verrückt, oder?«

Murmelnd rieb Edward sich mit der von Schwielen bedeckten Hand über den Nacken. »Dein Vater war nicht verrückt. Er war wahnsinnig. Das ist ein Unterschied.«

»Ist es das?«

Fest ruhte Edwards Blick auf Jack. »Du bist auch nicht verrückt gewesen, weil dich der Schmerz wahnsinnig gemacht hat, oder?«

»Lass das«, stieß er hervor und biss sich auf die Innenseite seiner Wange. Am liebsten hätte er den Stein in seiner Hand auf einen anderen geschleudert und wäre dann einfach abgehauen. Doch vermutlich wollte sein Onkel ihn mit diesem Hinweis nur aus dem Konzept bringen. Damit er nicht weiter nachhakte. »Was hat ihn so wahnsinnig gemacht?«, fragte er stattdessen nach und versuchte, die Unruhe in seinem Inneren nicht zu zeigen.

»Das weiß ich nicht. Ist ewig her. Lass die Vergangenheit endlich ruhen.« Damit zog Edward sich die Schiebermütze tiefer ins Gesicht und lief an der Mauer entlang, während er vorgab, deren Zustand erneut zu überprüfen.

Missmutig wandte Jack den Blick von ihm ab und begann die neuen Steine für den oberen Abschluss der Mauer aufzulegen. Was genau war der Unterschied zwischen verrückt sein und Wahnsinn? War das für Außenstehende überhaupt zu differenzieren?

War er selbst damals verrückt gewesen, als er monatelang beinahe rund um die Uhr durchs Moor gewandert war, bis die offenen und entzündeten Stellen an seinen Füßen ihn gezwungen hatten, damit aufzuhören und sich seinen Gefühlen zu stellen?

Zu gern würde er wissen, was seine Mutter über den Zustand seines Vaters damals dachte. Doch Rosie darauf anzusprechen, kam nicht infrage. Nie hatte sie ein schlechtes Wort über ihren verstorbenen Mann verloren. Die wenigen Dinge, die sie Jack erzählt hatte, waren nur Bruchstücke des Mosaiks, das er schon sein ganzes Leben versuchte zusammenzusetzen.

Er selbst hatte nur noch blasse Erinnerungen an den Mann, der eine der wichtigsten Personen in seinem Leben hätte sein sollen. Wenn er sich nur nicht viel zu früh zu Tode gesoffen hätte. Jack glaubte, einen bitteren Geschmack in seinem Mund zu schmecken.

Er verachtete seinen Vater für das, was er getan hatte, und dennoch ließ es ihn nicht los, das alles verstehen zu wollen. Es musste eine Erklärung geben.

Wieder sah er hinüber zu Edward, der an der Mauer entlanghumpelte, um ihm aus dem Weg zu gehen. Sein Onkel war sein Vaterersatz gewesen. Und doch wusste Jack genau, dass ihm niemand so viel vorenthielt wie der Mann, der ihm alles beigebracht hatte, was er konnte.

Früher als üblich hielt Edward vor dem B&B, um ihn und Indie abzusetzen.

Seit ein paar Minuten hatte der andauernde Nieselregen, der nur am Vormittag eine kurze Pause eingelegt hatte, endlich aufgehört.

»Wir sehen uns morgen«, brummte Jack Edward zu.

»Pass auf dich auf, Junge«, gab sein Onkel zurück und lächelte ihm zu.

Meist konnten sie sich nicht lange böse sein, und so hatten sie schon bald nach ihrer Auseinandersetzung wieder in knappen Sätzen miteinander gesprochen. Beinahe bereute Jack, überhaupt mit diesem Thema angefangen zu haben. Die unzähligen Versuche davor waren erfolglos gewesen, warum hätte es ausgerechnet heute anders sein sollen?

Als er in den Flur trat, schlug ihm Stimmengewirr und Lachen entgegen. Unauffällig versuchte er die Treppe gegenüber dem Empfang zu erreichen, neben der sich seine Mutter mit Gästen unterhielt.

»Dann ist das also Ihr Sohn«, hörte er eine helle, beinahe schrille Stimme ausrufen.

Seufzend blieb er stehen und drehte sich der Stimme zu.

Strahlend musterte ihn die ältere Frau mit den etwas zu intensiv schwarz gefärbten Haaren. Wie gut, dass seine Mutter es schaffte, in Würde zu altern und ihre grauen Strähnen mit Selbstbewusstsein und Gleichgültigkeit zu tragen.

»Ja, das ist Jack«, erklärte seine Mutter der Frau, und ihm entging der Stolz in ihrem Blick nicht, auch wenn er nicht wusste, womit er diesen verdient hatte.

»Und wie nett, dass er noch bei Ihnen wohnt. Unsere Kinder kommen leider nur selten zu Besuch«, sagte die Frau, und ihr Mann, der dicht neben ihr stand, nickte zustimmend.

»Der Hund muss noch raus«, murmelte Jack und drehte sich auf dem Absatz um. Eilig schritt er durch den Flur und riss die Eingangstür auf. Wie ihn die ständigen Gäste in seinem Zuhause nervten. Doch eigentlich hatte er sowieso noch nach den Schafen sehen wollen. Meist tat er es täglich, auch wenn es eigentlich nicht notwendig war.

Indie freute sich über den Spaziergang und schlug von sich aus den immer gleichen Weg ein. Eng an die Hauswände gedrückt, flitzte er die Gassen entlang und setzte sich am *The Old Sun Pub* wie üblich hin, um auf Jacks Zeichen zu warten, dass er stark befahrene Straße überqueren dürfe, die aus dem Ort herausführte.

Mit ausladenden Schritten folgte er dem Hund. Sein Puls beruhigte sich, je näher sie dem Moor kamen. Geduckt lief Indie durch den Eingang des Friedhofes, doch Jack pfiff ihn zurück und stapfte den schmalen, steilen Weg entlang der Friedhofsmauer den Hügel hinauf.

»Nachher, erst zu den Schafen«, raunte er dem Hund zu, als dieser ihn wieder überholte.

Allmählich setzte die Dämmerung ein, und trotz des dicht bewölkten Himmels wusste Jack genau, wo sich die Sonne in diesem Moment hinter den Wolkenbergen befand und hinter welchem Berg sie bald untergehen würde. Nichts war ihm vertrauter als dieser Landstrich und die Natur der Pennines.

***

**Em**

Em schnäuzte sich zum wiederholten Mal ins Taschentuch und stopfte es zu den übrigen in die bereits von benutzten Tüchern ausgebeulte Jackentasche. Was war nur mit ihrer Nase los? Kam der plötzliche Schnupfen von dem kühlen Wind, der unablässig um ihren Kopf pfiff, oder hatte sie sich eine Erkältung eingefangen?

Über ihren Haaren thronte die dicke Strickmütze mit dem unechten Fellpuschel, die sie zu Hause nur im tiefsten Winter trug. Sie zog die Hände in die Ärmel des Parkas zurück und lief weiter. Nach dem Tag in den Geschäften und der Pause in einer Teestube, war ihr nun vor dem Abendessen nach etwas frischer Luft gewesen. Und davon gab es hier draußen am Rand des Moors genug.

Sehnsüchtig sah sie hinauf zu den Hügeln, hinter denen die Weite des Moors beginnen musste, welches Iris so unglaublich beeindruckend mit ihren Fotos eingefangen hatte. Sobald das Wetter es zuließ, würde sie sich zu einer Wanderung aufmachen. Und das Ziel stand bereits fest: Top Withens, oder wie sie es in Gedanken nannte: Wuthering Heights. Aber in diesem Moment war es schon schön, die

Farben der Heidepflanzen zu betrachten und den letzten Moment vor der richtigen Dämmerung zu genießen.

Den Ort hatte sie schon vor Minuten hinter sich gelassen und war einfach einem schmalen Weg gefolgt, der entlang schiefer Steinmauern weiter auf das Moor zuführte. Hier und da wurde sie von neugierigen Schafen beäugt, und amüsiert betrachtete sie die niedlichen Gesichter und schiefen Zähne der Tiere, die nahe dem Weg grasten.

Ein wenig entfernt tauchte ein kleines Häuschen auf. Noch war nur das dunkle Dach zu erkennen, doch je weiter sie darauf zuging, desto mehr gaben die Steinmauern von dem Cottage frei.

Em bemerkte, wie der schiefe Steinwall zu Beginn des Grundstücks, auf dem das Cottage stand, in eine neue Mauer überging. Akkurat und nicht so scheinbar wahllos wie zuvor, waren die schmalen Felsenstücke hier aufgeschichtet und mit runden Abschlusssteinen verziert.

Wie früher als Kind, wenn sie an einem Zaun entlangging, legte sie ihre Handfläche an die Mauer und spürte den rauen Stein unter ihren Fingerspitzen, während sie sich dem Gebäude näherte. Sie reckte den Hals und sah hinüber zu dem Haus, das inmitten von ungemähtem Rasen stand. Mit weißen Fensterläden wirkte es heimelig.

Hinter dem Gebäude war ein steiler Hang zu erkennen. Wie wild und ursprünglich die Natur hier doch war. Die Lage des Cottages war einzigartig und spektakulär, fand Em.

Eine Tafel über der verwitterten Holztür zog ihre Aufmerksamkeit auf sich. »Morning Star«, flüsterte sie in den Wind. Wie passend solch ein Name doch für ein Häuschen wie dieses war. Einen Augenblick versuchte sie sich vorzustellen, wie es wäre, von hier die aufgehende Sonne hinter den moorigen Hügeln zu betrachten. Was jetzt in einheitlichem Grau vor ihr lag, würde in den ersten Sonnenstrahlen des Tages atemberaubend leuchten.

Als sie den offenen Durchgang in der Mauer erreichte, blieb sie stehen. Was war das? Irritiert ging Em in die Hocke und streckte ihre Hand aus. Neben dem Durchgang waren zwei runde Glasstücke in die Mauer eingelassen. Vorsichtig fuhr sie darüber und lächelte. »Geschliffene Flaschenböden«, murmelte sie zu sich selbst. Irgendjemand hatte die Glasstücke säuberlich abgeschliffen und hier eingesetzt.

Erneut bedauerte sie es, dass die Sonne sich heute einfach nicht zeigen wollte und die Dämmerung mit jeder Minute zunahm. Sicherlich sah es wunderbar aus, wenn sich die Sonne in dem Glas brach. *Wie zwei Sterne.*

Em stand wieder auf und sah sich um. Niemand war auf dem Weg, der sie hierhergeführt hatte, zu erkennen. Das Haus schien nicht bewohnt. Zögernd trat sie durch den Eingang und auf die unebenen flachen Natursteine, die als Pfad verlegt worden waren.

Neben der altersschwachen Haustür war ein offensichtlich neuer Briefkasten angebracht, der von dem Namen des Cottages in geschwungenen goldenen Lettern geziert wurde. Wie schön diese Tradition doch war, Landhäusern Namen und keine Hausnummern zu geben. Musste man Post also tatsächlich mit *Morning Star* versehen, damit sie hier landete?

Unter dem Briefkasten entdeckte Em einen Blecheimer, der mit Mörtel gefüllt zu sein schien. Mit einem Finger klopfte sie auf die harte Oberfläche. Wie merkwürdig das hier war. Dieses Haus sollte renoviert werden, und jemand hatte sich dabei viel Mühe gegeben. Und doch sah es aus, als wäre das Vorhaben einfach von einem auf den anderen Tag aufgegeben worden.

Inzwischen war ihre Neugierde kaum noch auszuhalten. Sie ging um das Haus herum und versuchte, durch die dreckigen Fenster ins Innere zu spähen. Eine zur Hälfte abgerissene Wand war in einem Raum zu erkennen, der vermutlich als Wohnzimmer gedacht war. Sollte hier ein Durchgang zur dahinter liegenden Küche geschaffen werden? Eine Leiter und ein schwerer Hammer lehnten daran, und wie eben schon, hatte Em das Gefühl, dass die Gegenstände einfach stehen gelassen worden waren.

Sie wandte sich von dem Fenster ab und drehte sich um. Scharf sog sie die frische Luft ein und konnte nicht vom Ausblick wegsehen. Trotz des nahenden Abends war durch den grauen Schleier die rötlich braune Farbe des Moors auf den Hügeln zu erkennen.

Bereits unter dem Hang, der nur wenige Meter hinter der Rückseite des Hauses begann, war die Vegetation anders als hier. Kein saftiges und buschiges Gras mehr, dafür vertrocknete Farne, Heidepflanzen, und immer wieder ragten mächtige Felsen daraus hervor. Em schätzte, dass der Hang etwa zehn Meter abfiel und in ein kleines Tal überging. Weiter hinten reihten sich sanfte Hügel aneinander.

Wer auch immer vorhatte, an diesem Plätzchen zu leben, sollte einen Weg den Hang hinab anlegen. Einen eigenen Pfad ins Moor und auf die wilden Wolken zu, die der Wind über die Pennines trieb. Ungern löste sie ihren Blick von dem Anblick und ging über das feuchte Gras zurück auf den Weg.

Bald würde es dunkel werden, und wenn sie die Karte auf ihrem Handy richtig deutete, sollte sie diesem Weg noch ein wenig folgen, dann entlang der Friedhofsmauer gehen und über die Hauptstraße zurück nach Haworth gelangen.

Ob die Zeit dafür reichte, ehe es dunkel wurde? Beschwingt lief sie weiter, und erneut fischte sie ein Taschentuch aus der Jackentasche. Es musste der Wind sein, denn krank fühlte sie sich nicht. Nein, diese Aussicht weckte das Verlangen in ihr, einfach immer weiterzugehen und die Landschaft zu erkunden. Zu sehen, was sich hinter dem nächsten Hügel befand und dem dahinter. Doch das musste mindestens bis morgen warten, wenn das Wetter ein Einsehen mit ihr hatte und endlich keinen Regen mehr schickte.

Kaum hatte sie das Grundstück des niedlichen Hauses hinter sich gelassen, entdeckte sie die Umrisse einer Person. Em kniff die Augen zusammen und bemühte sich, durch das trübe Dämmerlicht mehr zu erkennen. Ja, jemand stand, mit den Armen auf die Mauer gestützt, dort und sah auf die dahinter liegende Weide.

Ein dunkler Schatten flitzte von der anderen Seite des Weges auf sie zu und umrundete sie dann wedelnd. »Indiana Bones«, rief Em aus und versuchte vergeblich, den Hund zu streicheln.

So schnell, wie er gekommen war, verschwand er auch schon wieder zu seinem Herrchen. Eine Mischung aus Unwohlsein und Vorfreude stieg in ihr auf. Vorfreude, weil sie in dieser fremden Gegend jemanden traf, den sie etwas kannte, und Unwohlsein, weil sie ahnte, dass Jack nicht hierhergekommen war, um mit einer Touristin zu sprechen.

Sie nahm sich vor, ihn nur zu grüßen und dann einfach weiterzugehen. Überzeugt von ihrem Plan streckte sie den Rücken durch und schritt auf ihn zu. Gerade, als sie ihn erreichte und einen unaufdringlichen Gruß murmeln wollte, begann es in ihrer Nase schon wieder zu jucken.

Em schnappte nach Luft, presste die Augen zusammen und machte ungewollt aufgrund des kräftigen Niesers einen Schritt nach vorn. Während ein zweiter folgte, stieß sie mit dem Kopf gegen seine Schulter und spürte, wie ihr die Mütze über die Augen rutschte.

Hektisch kramte sie ein Taschentuch aus der übervollen Jackentasche und schob zeitgleich mit der anderen Hand die Mütze nach oben, um wieder etwas sehen zu können. Gerade noch rechtzeitig schnäuzte sie sich kräftig und schielte dabei zu Jack hinauf, der sie mit einem amüsierten Ausdruck musterte.

»Entschuldige«, murmelte sie und ärgerte sich, nicht einfach in die andere Richtung gegangen zu sein. Sie hatte ihm praktisch ins Gesicht geniest, und, wie sie glaubte, war ihm dabei auch noch auf den Fuß getreten.

»Bist du krank?«, fragte er mit tiefer Stimme, und sein Blick wanderte über ihre dicke Mütze und den um den Hals geschlungenen Strickschal.

»Nein, mir läuft nur die Nase vom Wind«, sagte sie matt und stopfte das Taschentuch zu seinen Vorgängern.

»Deine Nase ist total rot. Du siehst aus, als hättest du eine Allergie.« Weiterhin auf die Mauer gestützt, bewegte er sich kein bisschen, und langsam, aber sicher wurde Em sein Blick unangenehm.

Fahrig strich sie sich die Haarsträhnen, die sich aus dem lockeren Knoten gelöst hatten, unter die Mütze zurück. »Kann man gegen Wind allergisch sein?« Flüchtig sah sie ihn an. *Nun lach schon.*

Nichts, keine Reaktion.

Seufzend lehnte sie sich ebenfalls gegen den Steinwall und linste zu den Schafen, die dahinter grasten. Irritiert sah sie genauer hin. Einige der Schafe hatten rote Farbe im Fell. Es musste Farbe sein, denn für Blut war es zu hell, und bei einem derartigen Blutverlust würden die Tiere vermutlich nicht einfach seelenruhig Gras kauen. »Warum sind die rot?«

Jack sah einen Augenblick zu ihr, dann deutete er zur linken Seite. »Siehst du das da mit der roten Brust?«

Em nickte. Vom Hals bis hinunter zu den Knien sah das Vieh aus, als wäre es in roten Puder gefallen.

»Das ist der Bock.« Dann deutete er zu zwei Schafen, die in ihrer Nähe grasten. »Letztes Jahr hatte ich zu wenige Lämmer, deshalb habe ich mir bei einem Bekannten einen anderen Bock ausgeliehen. Und um zu sehen, ob er seinen Job gut macht, habe ich ihn angemalt.«

Em bemühte sich, seinen Worten zu folgen. Das hier waren also Jacks Tiere. Tatsächlich passte es zu ihm, ein solch einsames Hobby zu haben, und nun war auch klar, weshalb

Indiana Bones so gut horchte. Das Tier musste ein ausgebildeter Hütehund sein.

»Ich fürchte, ich verstehe nicht ganz, was du meinst«, gab sie zurück.

Jack zog die Augenbrauen hoch, und sie glaubte den Ansatz eines Grinsens in seinen Mundwinkeln zu entdecken. »Wenn der Bock sich einer Dame nähert und tut, was er tun soll, dann hinterlässt er dabei Spuren. Und so kann ich abschätzen, wie viele Lämmer es nächstes Jahr geben wird.«

»Er hinterlässt Spuren?« Em blickte zwischen dem Bock und den Schafen hin und her.

»Er färbt ab, Em …« Kopfschüttelnd lachte er heiser.

Mehrere Schafe reckten ihr grasend den rotgetünchten Hintern zu. »Ach du meine Güte«, entfuhr es ihr, und gleich darauf lachte sie ausgelassen auf. Prustend konnte sie ihren Blick nicht von den eingefärbten Schafshintern nehmen. Wie kam man nur auf so eine verrückte Idee? Wobei es eigentlich sehr logisch klang. Doch dass das Liebesleben der Schafe so zur Schau gestellt wurde, war gewöhnungsbedürftig.

Oder empfand sie das nur so, weil sie in der Stadt und nicht auf dem Land aufgewachsen war? Das einzige Tier, das sie in ihrer Kindheit gehabt hatte, war ein Kanarienvogel namens Elvis gewesen, von Iris wegen der gelben Federtolle so benannt, die er stolz auf seinem Kopf zur Schau getragen hatte.

Elvis war eines Tages gegen das Wohnzimmerfenster geflogen. Vermutlich hatte der Vogel wegen seiner übermäßigen Haarpracht kaum etwas gesehen und deshalb die Fensterscheibe erwischt. Nachdem sie den schlaffen winzigen Körper mit ihrer Mutter im Stadtpark beerdigt hatte, wollte Em kein weiteres Haustier mehr haben. Am nächsten Tag erzählte sie in der Schule, dass Elvis gestorben sei, und ihre Lehrerin hatte mehr als verwirrt gewirkt. Warum, hatte sie natürlich erst Jahre später verstanden.

Sie lachte erneut auf. Als sie sich eine Träne aus dem Auge wischte und zu Jack hinübersah, bemerkte sie, wie er sie beobachtete. Ausnahmsweise waren seine Augenbrauen nicht zusammengezogen, und er wirkte um Jahre jünger. »Was ist?«, fragte sie glucksend nach.

Er richtete sich auf und sah von ihr weg. »Hab lange Zeit niemanden mehr so lachen gehört«, murmelte er und stapfte los.

Verdutzt sah sie ihm nach.

Nach mehreren Schritten blieb er stehen und sah über die Schulter. »Kommst du jetzt, oder willst du dich in der Dunkelheit im Moor verirren?«

Rasch schloss sie zu ihm auf. »Mal den Bock doch nächstes Jahr mit mehreren Farben an«, schlug sie vor.

»Warum denn das?«

»Das müsste hübsch aussehen. Wie bunte Wattebäusche auf einer Wiese. Jedes Schaf ein kleines Kunstwerk. Ich bin mir sicher, es wäre ein Hingucker.«

Ein verächtliches Schnaufen war zu hören. »Das würde lächerlich aussehen.«

»Aber jeder, der es sieht, würde lächeln. Und darauf kommt es doch bei der Kunst an. Dass sie Gefühle auslöst.« Em sah es regelrecht vor sich. »Du wärst der Erste, der mithilfe von Schafen Kunst macht.«

»Das ist keine Kunst. Und abgesehen davon ist hier kein Platz für Kunst. Das passt nicht in diese Gegend.«

Em sah zu ihm hoch. »Doch, hier ist der richtige Ort dafür. Und ich habe auf dem Weg ein ausgezeichnetes Beispiel dafür entdeckt.«

Er sagte nichts, sah sie nur fragend an.

»Morning Star.« Sie sprach mit Bedacht den Namen des Cottages aus.

Abrupt blieb er stehen und presste die Kiefer aufeinander.

»Was soll an Morning Star kunstvoll sein? Es ist ein Haus, nichts weiter. Wände und ein Dach.«

»Das Glas neben dem Eingang. Ich wünschte, die Sonne hätte geschienen. Es muss traumhaft aussehen, wenn sich das Licht in den Flaschenböden bricht.« Verzückt stellte sie es sich erneut vor.

»Das ist nur eine Spielerei. Mehr nicht.« Energisch schritt er weiter.

Em atmete tief ein. Warum war dieser Kerl so schwierig? Ließ er grundsätzlich keine andere Meinung gelten als seine eigene? Doch sie hatte nicht vor klein beizugeben. Sie, die ihr Leben lang von Kunst umgeben gewesen war, erkannte diese, wenn sie sie sah. Auch in Alltagsgegenständen und an den unwahrscheinlichsten Plätzen.

»Es muss nicht immer ein Bild oder eine Figur sein. Kunst kann alles sein, was den Betrachter entzückt.« Sie überquerte den Weg und folgte ihm über den schmalen Trampelpfad den Hügel hinab. »Und mich hat es entzückt. So wie das ganze Haus. Weißt du, ob es fertig renoviert wird?«

»Nein«, brummte er vor ihr.

»Du weißt es nicht, oder es wird nicht weiter renoviert?«

»Dort passiert nichts mehr.« Jack beschleunigte seine Schritte, und Em hatte Mühe, nicht zurückzufallen.

»Vielleicht wird es ja dann verkauft, und jemand anderes wird es fertigstellen. Ich würde es zu gerne sehen, wenn die Renovierung beendet ist. Der Ausblick vom Wohnzimmerfenster aus ist unglaublich.«

Unerwartet blieb Jack stehen, und sie lief gegen seinen breiten Rücken. Irritiert machte Em einen Schritt zurück, als er sich zu ihr umdrehte. »Du warst auf dem Grundstück?«, presste er hervor.

»Ich konnte nicht widerstehen. Ist doch sicher nicht schlimm.« Entschuldigend grinste sie ihm zu. »Ist ja keiner dagewesen.«

Ohne ein weiteres Wort drehte er sich wieder um und stapfte weiter. Warum nur reagierte Jack so heftig? War das einfach sein Charakter, oder hatte er ein Problem mit ihr? Allmählich hatte Em das Gefühl, dass sie es bei Jack nur falsch machen konnte. Vermutlich sollte sie ihm einfach aus dem Weg gehen.

Nachdenklich blickte sie sich um. Inzwischen war es beinahe dunkel, und erst jetzt erkannte sie die ausladende Friedhofsmauer, die einige Meter rechts von dem Trampelpfad den Hügel hinabführte. Offensichtlich war der Friedhof am Hang angelegt worden.

Die lange Mauer und die hohen Bäume wirkten imposant und ein wenig unheimlich. Vor allem weil es hier sonst kaum Bäume gab. Und wenn man hinaus aufs Moor sah, dann war dort nicht einer zu erkennen. Aber hier ragten dunkle Tannen in den Abendhimmel. Der Friedhof musste alt sein. Vermutlich war er gebaut worden, nachdem der kleine zwischen Kirche und Brontë-Haus gelegene Friedhof nicht mehr ausgereicht hatte. Und das musste vor langer Zeit gewesen sein.

Raschelnd rannte Indiana Bones an ihr vorbei durch das hohe Gras und sprang in großen Sätzen hinüber zur Mauer. Er huschte an dieser entlang nach unten und bog in das große Tor ein, das schon von hier aus zu erkennen war. Das Verhalten des Hundes war mehr als merkwürdig. Er tauchte auch nicht wieder auf.

Kurz darauf kamen sie ebenfalls auf der Höhe des Eingangs an, und Em entdeckte Indiana Bones aufrecht sitzend mitten auf der breiten Zufahrt des Friedhofes. Jack sah zu ihm hinüber und schien zu zögern. Dann pfiff er, und das Tier huschte wieder an seine Seite.

Nachdem sie die breite Straße überquert hatten und nebeneinander auf dem Seitenstreifen auf die Lichter des Ortes zugingen, betrachtete sie unauffällig Jacks dünne offene Jacke. Wie kam es, dass sie sich hier sprichwörtlich den Hintern abfror, ihre Nase lief und der Wind beißend ihr Gesicht umspielte, während er nicht einmal die Schultern hochzog?

»Wieso frierst du nicht?«, rutschte es ihr heraus.

»Du frierst?« Überraschung zeichnete sich auf seinem Gesicht ab.

Em nickte.

Wortlos zog er sich die Jacke aus und legte sie ihr mit einer raschen Bewegung über die Schultern. »Man könnte meinen, du machst in Sibirien Urlaub«, sagte er mit einem amüsierten Unterton.

Dieser Mann war also doch nicht aus Stein. Die Geste rührte sie mehr, als sie es erwartet hätte. Der gleiche Geruch wie im Badezimmer kroch in ihre Nase, und, ob sie es wollte oder nicht, Em fand ihn seltsam angenehm. Mochte sie Jack etwa?

Etwas an ihm faszinierte sie. Jack war undurchsichtig und rau, und es lockte sie, herauszufinden, was hinter dieser verschlossenen Art verborgen lag. Niemals war sie zuvor einem Mann wie ihm begegnet.

Ihre Ex-Freunde waren unternehmungslustig und offen gewesen, so wie sie selbst. Mit ihnen hatte sie lachen und sich unterhalten können, auch wenn keiner von ihnen der Richtige gewesen war. Und seit der Erkrankung ihrer Mutter hatte ihr Liebesleben praktisch nicht mehr existiert. Zu wertvoll waren diese letzten Monate gewesen, um sie mit Männern zu vergeuden.

»An was denkst du?«, brummte er.

Überrascht wandte sie sich ihm zu. »Meine Mutter ist mir in den Sinn gekommen.«

»Hast du schon gefunden, wonach du suchst?« Sein Interesse schien ehrlich, beinahe war es, als könne er nachvollziehen, was sie hier tat.

Ihr Vater und auch ihre Freundinnen hatten sie für verrückt erklärt, als sie den Flug nach England gebucht hatte. Keiner verstand, was sie hier zu finden hoffte.

Mühsam schüttelte sie den Kopf. »Ich habe mir den ganzen Tag Geschäfte angesehen, in denen sie vermutlich ebenfalls war, bin durch Gassen gelaufen, die sie fotografiert hat, und fühle mich ihr trotzdem nicht näher als zuvor.« Em hatte Mühe ein Schluchzen zu unterdrücken. »Die anderen hatten wohl recht. Es war eine dumme Idee, hierherzukommen und zu glauben, einfach etwas über sie finden zu können. Und ich weiß noch nicht einmal, warum diese Wochen, die sie hier verbracht hat, für sie so wichtig waren. Und doch muss es so gewesen sein. Mein Vater sagt, sie war anders, als sie zurückkam. Und dann die Dinge, die sie mir auf dem Sterbebett gesagt hat.« Sie blieb stehen und hob hilflos die Hände. »Was, wenn sie doch einfach nur verwirrt war und nicht wusste, was sie sagte?«

Jack sah sie noch ernster an als üblich. »Sagt man nicht, dass man im Moment des Todes erkennt, was einem wirklich wichtig war?«

»Meinst du, das ist tatsächlich so?«

»Es geht nicht darum, was ich glaube. Du kanntest deine Mutter. Du wirst spüren, ob sie nur wirres Zeug geredet hat oder ob etwas dahintersteckte.«

Em schloss die Augen und rief sich den schmerzhaftesten Moment ihres Lebens erneut ins Gedächtnis. »Sie hat jedes Wort so gemeint«, flüsterte sie und sah ihn wieder an.

»Gut.« Zufrieden nickte er. »Dann hör nicht auf zu suchen.« Er schob die Hände in die Hosentaschen und lief weiter.

Em hielt sich in der Dunkelheit nahe bei ihm, und bald erreichten sie die ersten Häuser. Jack war der Erste, der ernst nahm, was sie umtrieb. Ausgerechnet dieser Kerl, über den sie so gut wie nichts wusste. Verstand er sie, weil er das Gefühl kannte, das sie empfand? Dieses Nagen tief in ihr drin und den Wunsch etwas zu finden, was nicht gefunden werden wollte?

»Danke«, murmelte sie, als sie in die Gasse einbogen, in der das B&B lag.

»Wenn du mal Hilfe brauchst, was diese Sache angeht, dann sag Bescheid. Ich kenne die Gegend und den Ort wie meine Westentasche.«

Neugierig schielte sie zu ihm. »Lebst du hier gerne?«

Sie konnte erkennen, wie sich seine Kiefer aufeinanderpressten. »Ich liebe und ich hasse es. Vieles ist mir zuwider, und an manchen Tagen ertrage ich es kaum.« Seine Stimme klang fest und hart, und Em stellten sich unwillkürlich die Härchen an den Armen auf.

»Warum ziehst du dann nicht weg?«

Wieder war die angespannte Kaumuskulatur im Schein der Laterne zu sehen. »Ich kann hier nicht weg. Ich bin an diesen Ort gebunden, und das wird auch immer so bleiben. Ob es mir passt oder nicht.«

Zu gerne hätte sie nachgefragt, was er damit meinte, doch schon hatten sie die Haustür erreicht und traten in den Flur, wo Rosie mit einem breiten Lächeln auf sie zukam.

»Habt ihr euch zusammen draußen rumgetrieben?«

»Sind uns begegnet«, brummte Jack und ging ohne Umwege zur Treppe.

»Habt ihr Hunger?«, rief die warmherzige Frau ihnen hinterher, als auch Em die Stufen hinaufging.

»Nein«, brummte Jack.

»Hab noch ein paar Kekse, das wird für heute reichen. Aber vielen Dank.« Dankbar lächelte Em ihr zu und ging die restlichen Stufen hoch.

»Dann gute Nacht.« Jack war schon bei seiner Zimmertür angelangt.

»Warte«, rief Em und eilte auf ihn zu.

Er drehte sich um und sah sie abwartend an.

»Deine Jacke.« Rasch zog sie den Stoff von ihren Schultern und hielt sie ihm hin.

Wortlos griff er danach, doch Em ließ nicht los. Wie angewurzelt starrte sie in seine Augen und legte den Kopf schief. Schließlich hob sie die freie Hand und streckte sie aus. Er rührte sich nicht, sah sie jedoch argwöhnisch an. Ebenso wie der Hund, wenn sie versuchte ihn zu streicheln.

Sanft legte sie den Zeigefinger auf die Falte zwischen seinen Augenbrauen. »Was hat nur diesen Graben in deine Haut gezeichnet?«, flüsterte sie.

Jack trat zurück und stieß gegen die Tür. Fahrig öffnete er sie und verschwand, ohne sie noch einmal anzusehen, im Zimmer.

Em hielt den Atem an und starrte auf die Tür. Was hatte sie sich nur gedacht? Warum hatte sie das getan? Es war ihm doch anzumerken, dass er seine Ruhe haben wollte, und trotzdem hatte sie nicht widerstehen können. War es die Hoffnung gewesen, ihm ein angenehmes Gefühl vermitteln zu können, so wie er es vorhin bei ihr getan hatte?

Doch Jack wollte keinen Kontakt zu ihr, alles an seinem Verhalten signalisierte dies. Beinahe panisch war er ins Zimmer gestürzt.

Nein, hier lief nichts wie geplant. Dieser Ort verwirrte sie, auch wenn er wunderschön war. Sie sollte Jack aus dem Weg gehen und tun, was er gesagt hatte: weitersuchen.

# Kapitel 5

**Jack**

Jack lehnte mit dem Rücken an der Holztür und hielt den Atem an. Er war sich sicher, dass sie noch dort stand. Endlich hörte er leise Schritte im Flur und dann, wie ihre Tür ins Schloss fiel.

Erleichtert atmete er aus und drückte den Lichtschalter. Das fahle Licht erhellte den schlichten Raum. Kaum etwas aus seinem früheren Leben hatte er mit hierhergebracht. Weil er es nicht ertrug, diese Dinge um sich zu haben. *Was hat nur diesen Graben in deine Haut gezeichnet?* Ems Worte hallten in seinem Kopf wider. *Dunkelheit. Dunkelheit und Schmerz.* Doch das hatte er nicht aussprechen können. Weil es zu wehtat, auch nur daran zu denken.

Stöhnend setzte er sich aufs Fußende des Bettes und starrte auf das Bild an der Wand. Ein Ölgemälde des Hochmoors. Gezeichnet von einem Maler aus dem Ort. Er dachte an Ems

Geplapper über die Kunst. Und dann an ihr beinahe hysterisches Lachen bei den Schafen.

Wie gut es gewesen war, diese Laute zu hören. So unbeschwert und gelöst. Und dass, obwohl sie noch um ihre Mutter trauerte und sich auf diese merkwürdige Suche nach einer vermutlich nicht existenten Sache begeben hatte. Doch selbst das hielt diese Frau nicht davon ab, sich zu freuen. Ihren Gefühlen freien Lauf zu lassen.

Er kniff die Augen zusammen und starrte an die Wand. Em war um Morning Star geschlichen, und es hatte ihn Mühe gekostet, sie dafür nicht anzubrüllen. Morning Star sollte nicht betreten werden. Von niemandem. Auch nicht von ihr.

Nachdenklich fuhr er mit dem Zeigefinger die Falte zwischen seinen Augenbrauen nach, so wie sie es eben getan hatte. Die plötzliche Berührung hatte ihn aus dem Konzept gebracht. Zu unerwartet und zu persönlich war diese winzige Geste gewesen, und er hatte in diesem Moment das Gefühl gehabt, dass sie in ihn hineinzusehen versuchte.

Fragend hatte ihr Blick förmlich in seiner Seele herumgestochert und ihn nervös werden lassen. Sein Verhalten war lächerlich gewesen. Ein aufgelegter Finger gab ihr noch lange keinen Einblick in sein Innenleben, aber vermutlich war es doch genau das, was sie versucht hatte zu erlangen. Selbst wenn sie seinen Kopf mit beiden Händen umfassen würde, hätte sie keine Ahnung von dem Sturm, der in seinem Innern wütete.

*Ach verdammt.* Murmelnd stand er auf und öffnete die Tür. Er hatte vergessen, Indie zu füttern, und wenn seine Mutter es bemerkte, würde sie den Hund sicherlich wieder mit Schinken mästen. Aus Ems Zimmer drang kein Laut, und Jack schlich den Flur entlang und die Treppe hinunter. Auffordernd umrundete Indie ihn, kaum dass er die letzte Stufe zurückgelegt hatte.

»Schon gut«, sprach er zu ihm und betrat die hinter der

Treppe gelegene gut ausgestattete Küche des B&B. Seine Mutter stand an der Arbeitsplatte und war damit beschäftigt, Sandwiches zu schmieren. Auf dem Tablett daneben türmten sich die dreieckigen Brote bereits auf einem Teller.

»Bekommst du Besuch?«, fragte er, während er das Hundefutter aus dem Schrank nahm und es ins Schälchen kippte.

Mit aufgestellten Ohren saß Indie davor und wartete auf das Zeichen. Kaum merklich nickte er dem Hund zu, der sich sofort auf das Trockenfutter stürzte.

»Auch wenn du sagst, dass du keinen Hunger hast, musst du etwas essen. Und Emily kann nicht von Keksen leben. Du nimmst das Tablett gleich mit hoch, damit ihr essen könnt.«

Grinsend lehnte er sich neben seine Mutter an den Küchenschrank und verschränkte die Arme. »Ich weiß, was du vorhast, aber es wird nicht funktionieren.«

Gespielt unwissend sah sie ihn an. »Von was redest du?«

»Das weißt du genau.« Er deutete auf das Tablett. »Verteil die Brote auf zwei Teller.« Ganz sicher würde er nicht gemeinsam mit Em essen, auch wenn das der Plan seiner Mutter war.

Seufzend stellte sie einen zweiten Teller auf das Tablett und schichtete die Hälfte der Brote darauf. »Manchmal bist du furchtbar stur. Und dabei gefällt sie dir doch«, bemerkte sie mit vorwurfsvollem Ton.

»Wie kommst du denn darauf?«

Rosie legte das Messer zur Seite und stemmte die Hände an die Hüften. »Ihr wart zusammen essen, und heute seid ihr gemeinsam zurückgekommen. Jeden anderen hättest du Eigenbrötler doch einfach im Moor stehen lassen. Und sie hat sogar noch deine Jacke bekommen.« Triumphierend gab sie sein Grinsen von eben zurück.

»Em war kalt und mir nicht. Das ist alles. Und in ein, zwei Wochen wird sie, wie jeder andere Gast in diesem Haus, einfach wieder verschwinden. Also mach dir keine Hoffnungen. Du kennst meine Einstellung zu diesem Thema.«

»Es würde dir so guttun, dich endlich mal wieder zu amüsieren. Ihr könntet doch einfach ausgehen. Ich erwarte ja nicht, dass daraus was wird, aber sie ist ein nettes Mädchen und lacht so schön.«

»Wenn du willst, dass sie auch weiterhin lacht, dann ist meine Gesellschaft nichts für sie.«

»Ach, Jack.« Kopfschüttelnd griff sie nach dem Tablett und hielt es ihm auffordernd hin. »Bring es Emily zumindest, damit ich gleich die Küche putzen kann.«

»Danke.« Es tat ihm leid, dass er seine Mutter ein ums andere Mal enttäuschte. So, wie es jetzt war, hatte sie sich ihre Familiensituation ganz sicher nicht vorgestellt. Aber er auch nicht. Und wie sie musste er mit der Realität zurechtkommen.

Jack balancierte das Tablett die schmale Treppe hinauf. Musste er nun tatsächlich in ihr Zimmer? Oder reichte es, den Teller vor der Tür zu platzieren, zu klopfen und sich in seinen Raum zu verziehen? Nein, das wäre zu kindisch. Er hatte sich vorhin bescheuert aufgeführt und war vor ihr geflüchtet. Wenn er nicht wollte, dass sie ihn für einen totalen Trottel hielt, dann sollte er diesen Eindruck berichtigen. Unwillig klopfte er.

Ihre helle Stimme klang durch das Holz: »Die Tür ist auf, Rosie.«

*Na dann.* Er trat ein, ehe er es sich anders überlegen konnte. Em saß mit dem Rücken zu ihm an dem schmalen Holzschreibtisch, den die Gäste üblicherweise nur als Ablagefläche nutzten. Em allerdings hatte darauf einen Laptop aufgebaut und tippte flink.

»Erledigt«, murmelte sie und drehte sich um. Er erkannte, wie ihr Gesicht einfror, als sie ihn und nicht Rosie erblickte.

»Mum schickt dir Sandwiches.« Wenig sanft stellte Jack

das Tablett auf dem Bett ab. »War nicht meine Idee«, setzte er hinzu.

»Danke.« Sie wich seinem Blick aus.

»Verflixt«, murmelte er und steckte die Hände in die Hosentaschen. »Das mit eben tut mir leid. Ich weiß auch nicht, was da los war.«

»Nein.« Mit einem bedauernden Ausdruck sah sie zu ihm auf. »Ich gehe immer sehr offen auf Menschen zu, und manchmal bin ich wohl sehr direkt. Das liegt einfach an meiner Persönlichkeit.« Sie atmete tief ein. »Tut mir leid«, fügte sie hinzu.

»Es ist dein Glück, dass du so unbeschwert bist. Du hast nichts falsch gemacht.« Zur Bestätigung seiner Worte zwang er sich zu einem Lächeln. Dann schielte er an ihr vorbei auf den Laptop. »Was machst du gerade?« Er wollte diesen peinlichen Moment auflösen, und gespieltes Interesse schien ein guter Weg dafür zu sein.

»Ich arbeite nur etwas und habe eben einen neuen Auftrag bestätigt.«

»Was genau machst du?« Diese Frage interessierte ihn tatsächlich. So recht konnte er Em noch nicht einschätzen.

»Ich bin Grafikerin. Gestalte hauptsächlich Buchcover und Werbeflyer.«

»Das klingt kreativ«, murmelte er.

Sie schüttelte den Kopf, zog die Beine an und legte die Arme darum. »Das ist nicht wirklich kreativ. Mein Vater ist kreativ, und meine Mutter war es auch. An mir ist diese Gabe leider vorbeigegangen.« Hell lachte sie auf. »Gene sind schon eine komische Sache. Man sollte meinen, dass die Tochter eines Malers und einer Fotografin es zu mehr bringt als zur Grafikerin.«

»Wir sind nicht unsere Eltern«, sagte er mehr zu sich selbst als zu ihr.

»Vielleicht hast du recht.« Fröhlich strahlte sie ihn an. »Reichst du mir einen Teller?«

»Natürlich.« Er beugte sich vor und streckte Em ihren Anteil hin.

Kauend deutete sie auf das ungemachte Bett. »Setz dich doch.«

*Du wolltest nicht mit ihr essen.* Nickend griff er nach einem Brot und ließ sich auf die Matratze sinken. *Verdammt.* »Deine Mutter war also Fotografin?«

»Mmmh.« Kauend nickte sie und sprang dann plötzlich auf. »Du hast doch gesagt, dass du mir helfen würdest.« Blitzschnell schlug sie die Klappe des Koffers zurück und zog mit einer Hand einen dicken Bildband heraus, während sie sich mit der anderen den Rest des Brotes in den Mund schob. Mit einem Satz war sie neben ihm auf dem Bett.

Irritiert betrachtete Jack die Seiten mit den Fotos, die sie schnell durchblätterte. Die meisten Orte kamen ihm vertraut vor.

Sie deutete auf eine Seite. »Sie war tatsächlich bei Top Withens.«

»Sieht so aus«, bestätigte er bei dem Blick auf das Bild der Ruine.

»Ich muss so schnell wie möglich dorthin.« Em blätterte weiter. »Und weißt du zufällig, wo dieses Haus zu finden ist?«

Jack glaubte zu erstarren. Fest und entschlossen lag ihr Finger auf dem Haus auf der Buchseite. Er schluckte den Sandwichbissen in seinem Mund hinunter. »Das ist Hillcrest. Das Haus meines Onkels«, murmelte er und konnte seinen Blick nicht von dem Bild aus einer anderen Zeit lösen.

Ein alt anmutendes Auto stand vor dem großzügigen Landhaus, und die Farben waren weniger intensiv als bei heutigen Fotos. Natürlich, dieses Bild war über dreißig Jahre alt, wie die anderen in diesem Buch ebenfalls. Er konnte sich sogar noch an die alte Schrottkarre erinnern. Wie oft war Edward damit mitten im Moor stehen geblieben? Das Bild musste zu einer Zeit aufgenommen worden sein, als er ein kleiner Junge gewesen war und sein Vater noch lebte.

»Es ist echt das Haus deines Onkels?« Em strahlte ihn an. »Das ist großartig. Kannst du mir sagen, wie ich dort hinkomme?«

»Was willst du da überhaupt?« Er griff nach einem zweiten Sandwich. Jetzt, da er angefangen hatte zu essen, merkte er, dass er tatsächlich Hunger hatte.

Em fuhr mit der flachen Hand über die aufgeschlagene Doppelseite. »Abgesehen davon, dass dieses Anwesen wunderschön ist und meine Mutter dort war, erscheint mir daran etwas merkwürdig.«

»Merkwürdig?«

»Schau dir das an.« Sie schlug die Seite um und tippte auf weitere Bilder, die das Haus seines Onkels zeigten. »Sie hat die Verzierungen an den Türen fotografiert und dann das hier.«

Ihr Finger ruhte auf einem Bild, und Jack beugte sich ein wenig zu ihr, um es besser sehen zu können. Einige ihrer offenen Haare, die ungekämmt ein Stück über ihre Schultern fielen, berührten seine Wange. Doch anstatt sie beiseitezuschieben, haftete sein Blick auf dem Steinmosaik, das ihm bestens vertraut war.

»Sie war in diesem Haus, oder?«, flüsterte Em und drehte ihr Gesicht zu ihm.

Einen Augenblick verharrte er in ihrer Nähe, dann richtete er sich wieder auf. »Es ist aus dem Eingangsbereich. Sie muss tatsächlich im Haus gewesen sein.«

»Dann hat dein Onkel meine Mutter gekannt.« Ihre Stirn runzelte sich, und ihr Blick wanderte wieder auf das Bild.

»Oder meine Grußmutter hat sie ins Haus gelassen. Sie hat damals noch gelebt, und es ist nicht unwahrscheinlich, dass sie eine nette Fotografin hätte Bilder machen lassen.« Jack überlegte. »Ist es das, was du so merkwürdig findest? Dass deine Mutter im Haus war? Gibt es von anderen Häusern ähnliche Bilder?«

»Ja, die gibt es.« Zur Bestätigung schlug sie eine andere Seite auf und Jack erkannte auf den Bildern die Springs Farm. »Aber es ist der Blickwinkel der Bilder, der mich irritiert.«

»Der Blickwinkel?«

Em seufzte und strich sich die Haare hinter die Ohren. »Ich weiß nicht, wie ich es beschreiben soll. Die Bilder vom Haus deines Onkels sind irgendwie«, sie biss sich auf die Lippe und schien nach dem richtigen Wort zu suchen, »persönlich.« Sie nickte. »Ja, sie sind persönlich. Als hätte sie eine Verbindung dazu gehabt.«

Ungläubig griff Jack nach dem Bildband und suchte die fraglichen Seiten wieder heraus. »Und das erkennst du anhand von ein paar Fotos?«

»Ich kenne ihre Art zu fotografieren und bemerke, ob sie es aus einem rein professionellen Blickwinkel aufgenommen hat, oder ob sie ein eigenes Gefühl einfangen wollte.« Nun rutschte sie an ihn heran, um auf die Seiten sehen zu können. »Hier zum Beispiel«, murmelte sie und zeigte auf ein Bild. »Sie hat aus dem Haus heraus durch ein Fenster die Aussicht fotografiert. Man sollte meinen, es ginge dabei um die Landschaft dahinter, aber das ist nicht so.« Em machte eine Pause und lächelte. »Sie hat einen Teil der Wand und auch die Fensterbank mitfotografiert, und es wirkt, als wolle sie einen Moment einfangen. Einen Moment in diesem Zimmer. Nicht die Aussicht, auch wenn sie natürlich spektakulär ist.«

»Es muss ein Fenster im Obergeschoss gewesen sein. Wenn du recht hast, was könnte sie dann versucht haben, einzufangen?«

»Um das rauszufinden, möchte ich das Haus gerne sehen.« Flehend sah sie ihn an. »Kannst du mir sagen, wo es ist?«

»Im Hochmoor. An einer ziemlich abgelegenen Stelle.«

Jack legte den Zeigefinger auf das Foto. »Ich denke, es ging doch um die Aussicht und nicht um das Zimmer.«

»Wie kommst du darauf?« Neugierig sah sie ihn an, und Jack wich ihrem Blick aus. »Weil hinter diesem Hügel in direkter Linie Top Withens liegt. Es sind mehrere Hügel dazwischen, und man muss sich sehr genau auskennen, um das zu erkennen, aber es ist so.«

»Immer wieder Top Withens«, flüsterte Em. »Trotzdem würde ich gerne das Haus sehen, wenn es dir nichts ausmacht?«

»In Ordnung.« Er stand auf und griff nach seinem Teller. »Morgen ist Sonntag, und ich arbeite nicht. Wir starten nach dem Frühstück. Ein Weg dauert etwa eine Stunde.« Amüsiert grinste er sie an. »Pack genug Taschentücher ein, Em.«

»Können wir auch mit dem Auto fahren?« Sie sah ihn zweifelnd an. »Wenn's regnet hätte ich wenig Lust, zwei Stunden zu laufen. Du hast doch ein Auto, oder?«

Er lachte heiser auf. »Ja, ich habe ein Auto. Aber morgen früh wird die Sonne scheinen. Deine Mutter ist damals ganz sicher dorthin gewandert, um die Gegend zu fotografieren. Wenn du etwas über ihre Zeit hier rausfinden willst, solltest du es machen wie sie.«

»Gut kombiniert.« Em ließ sich nach hinten ins Kissen fallen und sah an die Decke.

»Schlaf gut.« Mit schnellen Schritten verließ er das Zimmer und schoss die Tür.

Eigentlich sollte er darüber nachdenken, warum er sich schon wieder mit dieser Frau unterhalten und es nicht einmal furchtbar gefunden hatte. Stattdessen war nur Hillcrest in seinen Gedanken. Ems Mutter war also ausgerechnet an dem Ort gewesen, den er als sein wahres Zuhause betrachtete. Seit über hundert Jahren war Hillcrest nun schon im Besitz seiner Familie, auch wenn heute nur noch Edward in dem für eine Person viel zu großen Haus lebte.

Sollte sein Onkel ihre Mutter tatsächlich gekannt haben? Er könnte ihn gleich jetzt anrufen und fragen, ob er sich an eine Fotografin von vor über dreißig Jahren erinnerte. Doch vermutlich hatte es wenig Sinn. Selbst wenn Edward sie damals getroffen hatte, sollte er es wirklich nach so langer Zeit tatsächlich noch wissen?

Em würde ihn morgen selbst fragen können. Wie er seinen Onkel kannte, würde er den Tag mit Gartenarbeit verbringen und auf jeden Fall anzutreffen sein. Jack entschied sich, ihren Besuch nicht anzukündigen.

Müde schlurfte er zurück in sein Zimmer und setzte sich ans Fenster, um die restlichen Brote zu essen. Er hatte sich tatsächlich darauf eingelassen, mit Em zwei Stunden durch die Gegend zu wandern. Offensichtlich konnte er sich noch selbst überraschen.

***

**Em**

»Keine Rotznase.« Em deutete lachend auf ihre Nase und atmete demonstrativ tief ein. Die Sonne schien warm auf ihr Gesicht, und sie schloss einen Moment die Augen und blieb stehen.

Wie atemberaubend das Moor bei Sonnenschein aussah. Ganz anders, als sie es in den letzten Tagen erlebt hatte. Doch da war sie auch nur bis an dessen Rand gelangt, während die einzigartige sturmgepeitschte Natur des Moors sie jetzt mit ihren Gerüchen und dem Vogelgezwitscher umgab.

»Also doch auf Wind allergisch?«, brummte Jack, und sie hörte, wie er weiterstapfte.

Rasch öffnete sie die Augen und saugte, während sie ihm auf dem kaum erkennbaren Trampelpfad folgte, den Anblick bis zum Horizont in sich auf. Die Fotos in dem Bildband hatten die wilde Schönheit dieser Gegend gut eingefangen, und dennoch überwältigten sie die Eindrücke in diesem Moment. Hatte sie jemals eine schönere Landschaft gesehen?

Indiana Bones jagte an ihr vorbei, glucksend rannte sie ihm einige Schritte hinterher und warf dann einen Ast, den sie seit einigen Minuten mit sich herumtrug.

Bellend sprang der Hund in die Heidepflanzen hinein und hüpfte auf der Suche nach dem Stock wie ein Känguru durch die Vegetation. Ausgelassen lachte sie über den ulkigen Hund und setzte sich am Wegesrand auf einen glatten, wuchtigen Felsen.

»Wir laufen doch erst seit einer halben Stunde.« Fragend hob Jack die Hände.

»Es ist einfach zu schön hier. Ich möchte gar nicht ankommen.« Vor dem Felsen tauchte der Hund auf und sah sie auffordernd an. Sie beugte sich vor und zog ihm den Ast aus der Schnauze. »Dein Hund möchte auch eine kleine Spielpause machen. Wir haben doch Zeit, oder?«

»Hab heute nichts mehr vor«, raunte Jack und folgte ihr zu dem Stein. Er wirkte angespannt, als er sich mit etwas Abstand neben sie setzte.

»Es ist so wunderschön, findest du nicht?«

Sie spürte, wie sein Blick auf ihr ruhte, und nahm eine Nickbewegung wahr.

»Du bist oft hier draußen, oder?«

»So oft es geht.« Er zog seine Mütze ab und legte sie auf den Stein.

In der Sonne glänzten seine dunkelbraunen Haare beinahe schwarz. Er hatte nicht einmal eine Jacke dabei und trug nur wieder einen schlichten dunkelbraunen Pulli. Seit sie losgegangen waren, hatte Em Mühe, den Anblick seines Rückens, wenn er vor ihr ging, zu ignorieren. Magisch schien sie hier nicht nur die Aussicht auf den Horizont anzuziehen, sondern auch der Blick auf Jacks kräftige Schultern und seine gut sitzende Jeans.

Inzwischen stand fest, dass dieser Kerl tatsächlich ganz passabel aussah. Zwar noch immer etwas verwegen, und dank seiner wilden Haare und des Bartes etwas vernachlässigt, doch was sie unter seiner Kleidung erahnte, war vielversprechend. Hastig wandte sie, in der Sorge, dass er ihre Gedanken erraten könnte, das Gesicht von ihm ab.

»Wie gut, dass der Wetterbericht recht hatte und heute endlich die Sonne scheint.«

Leise hörte sie sein tiefes Lachen. »Der Wetterbericht hat seit einer Woche Regen für heute angekündigt. Auf den ist hier nie Verlass.« Er machte eine Pause. »Man muss nur auf den Wind und den Geruch der Luft achten, um zu wissen, wie das Wetter wird.«

Sein Lachen war nicht ausgelassen oder herzlich, aber es berührte etwas in ihr. Dieser Kerl lachte nicht viel. Um das zu erkennen, brauchte man nicht mehr als eine halbe Stunde mit ihm. Und dabei klang dieser raue Ton so anziehend. Sie wandte sich ihm nun doch zu und bemerkte, dass sein Blick auf ihr geruht hatte. Wie ein Kind, das mit der Hand im Keksglas erwischt worden war, senkte er die Augen.

»Du darfst schauen, Jack, ich tue es doch auch«, flüsterte sie.

»Du solltest nicht schauen. Und ich auch nicht.« Endlich sah er sie wieder an. Seine Augen wirkten tief und düster.

Em glaubte, ihr Herz würde sich zusammenziehen. Was war das nur für eine Aura, die dieser Mann ausstrahlte? Ablehnend und anziehend zugleich. Und wieder grub sich die Furche zwischen seinen Augenbrauen tief und unnachgiebig in seine Haut. Alles hier war so schön und so ergreifend, dass sie glaubte vor Freude zerspringen zu müssen. Doch Jack saß hier und schien nichts davon wahrzunehmen.

»Versuch den Moment zu genießen, Jack. Es ist ein Augenblick, der nie wiederkommen wird. Sieh dir nur all die Schönheit hier an.«

Dunkel schien sein Blick sich in sie hineinzubohren. »Das tue ich«, raunte er leise und streckte seine Hand aus.

Em hielt die Luft an, als seine Fingerspitzen über die Jacke an ihrem Oberarm fuhren. Durch den Stoff war die Berührung kaum zu spüren, und doch löste sie ein Kribbeln in ihrem Magen aus.

Indies Bellen durchbrach die Stille, und Jack runzelte die Stirn. Fahrig zog er die Hand zurück und sah von ihr weg.

Es war nicht zu übersehen, dass er diese winzige Berührung schon jetzt bereute.

»Lass uns weitergehen«, murmelte Em und bemühte sich, sich das Gefühlschaos in ihrem Innern nicht anmerken zu lassen.

Jack nickte, erhob sich und stapfte an ihr vorbei zurück auf den Weg. Ein Pfiff, und der Hund umrundete ihn aufmerksam.

»So ein Mist«, rutschte es ihr auf Deutsch raus, und sie sah, wie sich sein Rücken einen Moment anspannte.

Was war nur mit ihr los? Sie fühlte sich von Jack angezogen, es zu leugnen hatte keinen Sinn. Dabei sah ihr Plan nicht vor, sich von einem Mann bei ihrer Suche ablenken zu lassen. Schon gar nicht von einem wie Jack, der sie offensichtlich nur als nervig empfand. Oder spürte er ebenfalls diese Anziehung? Seine Blicke jedenfalls verwirrten sie. Nein, alles an ihm verwirrte sie.

Em schob die Unterlippe vor. Sie wollte sich umdrehen und zurückrennen. Weg von ihm und dem Verlangen, ihn berühren zu wollen. Wieder betrachtete sie seine Schultern, und ein Ziehen lief durch ihren Körper. Warum nur wollte sie ihre Hand ausstrecken und damit über seinen Pulli streichen, fühlen, was sich darunter verbarg?

Jack durfte es nicht bemerken. Zu deutlich war seine Ablehnung gegen Nähe zu ihr, und ob sie es wollte oder nicht, es war verletzend. Sie musste sich zusammenreißen, wenn sie das Haus sehen wollte, das ihre Mutter so aufmerksam fotografiert hatte. Mit aufeinandergepressten Lippen folgte sie ihm und zwang ihren Blick auf den unebenen Boden des Pfads.

# Kapitel 6

**Jack**

Energisch schritt er weiter den Hügel hinauf und wagte es nicht, zurückzusehen. Konnte sie mit seiner Geschwindigkeit überhaupt mithalten?

Seufzend ging er etwas langsamer, um Em die Möglichkeit zu geben, zu ihm aufzuschließen. Was für ein Glück, dass der Hund ihn zurück in die Wirklichkeit geholt hatte. Einen Moment länger in ihrer Nähe, und er hätte sich vielleicht vergessen und etwas getan, was nicht passieren durfte.

Wie hypnotisiert hatte er auf ihre Lippen gestarrt. Wie sie ihn leicht geöffnet zu locken schienen, während Em mit ihrer einzigartigen Begeisterung die Landschaft betrachtete. Und alles, was er hatte wahrnehmen können, war ihr freundliches Gesicht und der blumige Geruch gewesen, den die sanfte Briese zu ihm trug.

Und dann hatte sie auch noch gestanden, dass sie ihn ebenfalls ansah. Was sollte das bedeuten? Fand sie ihn etwa anziehend? Ausgerechnet ihn? Er, der nichts zu geben hatte und dessen Vergangenheit auch seine Zukunft beherrschte? Nein, das konnte nicht sein. Es durfte nicht sein.

Jack streckte seinen Rücken durch und trat kräftig vorwärts. Er würde sie nach Hillcrest bringen, obwohl er bezweifelte, dass dies ihr bei dieser merkwürdigen Suche half, auf die sie sich begeben hatte, und sich dann von ihr fernhalten.

»Ist es das?«, hörte er Em leise, fast flüsternd hinter sich fragen.

Er sah auf zu dem Haus, das einsam inmitten der Moorlandschaft auf einem flachen Hügel aufragte. »Hillcrest«, stieß er hervor.

»Ich hatte nicht angenommen, dass es so einsam liegt«, bemerkte sie, immer noch leise.

Jack ließ seinen Blick über die Pennines schweifen. Dieses Haus war perfekt. Zu allen vier Seiten freier Blick bis zum Horizont, und nur in einer Richtung waren weit hinten die Häuser von Haworth zu erkennen. Keine Nachbarn, kein Verkehr, keine Menschen. Nur dieser eine Wanderweg und die Geröllstraße, um mit dem Auto hierherzugelangen.

Wie hatte Ems Mutter damals nur dieses Haus entdeckt? Er wollte seine Frage aussprechen, doch kein Wort kam über seine Lippen. Besser er sagte gar nichts, bis er herausgefunden hatte, warum zum Teufel diese Frau ihn fast dazu brachte, seine Vorsätze zu vergessen.

Schweigend gingen sie nebeneinander die Einfahrt entlang. Nur Indie wirkte ausgelassen und rannte bellend um das Haus herum, um Edward zu suchen.

»Fragen wir deinen Onkel nach meiner Mutter?«, fragte sie und sah auffallend von ihm weg.

»Möchtest du das denn?«

»Vielleicht.« Sie atmete tief ein, und er erkannte, dass ihr

Gesicht trotz des anstrengenden Marsches blasser wirkte als üblich.

»Wenn du es möchtest, dann frage ich ihn nach ihr.«

Zaghaft nickte sie und blieb stehen. Prüfend sah sie sich um. »Etwa von hier aus muss sie das erste Foto gemacht haben«, stellte sie überzeugt fest und formte mit den Händen ein Rechteck, dass sie mit ausgestreckten Armen hochhielt.

Bellend kam Indie zurück, und hinter ihm humpelte Edward, mit seinem unverkennbar unrunden Gang, auf sie zu. Jack ging zu ihm, während Em weiterhin ihre Augen nicht von dem Haus lösen konnte.

»Was machst du denn hier, Junge? Hab heute nicht mit dir gerechnet.« Freundlich schlug er ihm auf die Schulter.

»Kleine Wanderung.« Er deutete mit dem Kopf über seine Schulter zu Em. »Kann sie sich hier etwas umsehen?«

»Du bringst eine Frau mit?« Fassungslosigkeit stand ihm ins Gesicht geschrieben. »Ist die Hölle zugefroren?«

»Übertreib nicht gleich«, presste Jack hervor.

Neugierig schielte Edward an ihm vorbei. Jack erkannte, wie sich seine Augen zu schmalen Schlitzen verengten. Zuckend sah er zur Seite und dann noch einmal zu der Frau in seiner Einfahrt. »Was will sie hier?«, raunte er ihm unwirsch zu.

»Sie sucht etwas und hofft, es hier zu finden. Darf sie sich etwas umsehen?«

Der alte Mann richtete sich auf und streckte seinen Rücken durch. »Ist das die Frau, von der du erzählt hast?«

Jack nickte. »Kannst du dich zufällig an eine Fotografin von vor über dreißig Jahren erinnern, die Bilder von Hillcrest gemacht hat?«

Fest pressten sich unter dem Schnauzbart die schmalen Lippen seines Onkels aufeinander. »Davon weiß ich nichts. Muss deine Grandma zugelassen haben.«

»Was ist los mit dir?«

Edwards Verhalten war mehr als merkwürdig. Sein Onkel sah aus, als ob er eben einen Geist gesehen hatte. Weiter starrte der Mann an ihm vorbei, und Jack runzelte die Stirn. Über seine Schulter sah er auf Em und dann zurück zu Edward.

»Du kennst sie.« Jack deutete seinen Blick, obwohl es keinen Sinn ergab.

»Ich bin ihr nie begegnet«, drückte Edward hervor und sah endlich von ihr weg. »Ihr könnt euch umsehen, und dann verschwindet ihr wieder.« Er machte zwei Schritte auf die Haustür zu und drehte sich dann noch einmal um. Stechend sah er ihn aus seinen dunkelgrauen Augen an. »Halte dich von dieser Frau fern, Jack.«

Mit einem Satz war Jack vor ihm – nah mit seinem Gesicht an dem seines Onkels. So nah, dass er die Pfeife riechen konnte, die Edward vermutlich eben geraucht hatte. »Woher kennst du sie?«, zischte er ihm zu.

»Ich habe dieses Mädchen nie gesehen, das schwöre ich dir.« Keinen Zentimeter wich der alte Mann zurück.

»Warum soll ich mich dann von ihr fernhalten?«

»Weil ich ein ungutes Gefühl habe. Mehr nicht. Und jetzt lass mich in Ruhe, ich bin müde.« Energisch drehte er sich um, verschwand im Haus und warf die Eingangstür zu.

Er sollte sich von Em fernhalten? Kopfschüttelnd drehte er sich zu ihr um und beobachtete, wie sie gedankenverloren eines der Blumenbeete seitlich der Begrenzungsmauer des Parkplatzes betrachtete. *Zu spät.*

Was war nur plötzlich mit Edward los? Am liebsten wollte er ihm folgen und dazu nötigen, auszuspucken, was da durch seinen Kopf geisterte. Doch sein Onkel war nicht mehr der Jüngste, und sein fassungsloses Gesicht beim Blick auf Em hielt Jack davon ab, ihn weiter unter Druck zu setzen. Dann musste eben jemand anderes seine Frage beantworten.

Entschieden stapfte er auf Em zu und griff nach ihrem Arm.

Sie zuckte zusammen und sah ihn mit weit aufgerissenen Augen an.

»Du warst schon mal hier, oder?« Er nahm selbst wahr, wie tief und heftig seine Stimme klang, doch in diesem Moment war es ihm egal.

»Hier? Bei diesem Haus?«, fragte sie verwirrt nach.

»In Haworth.«

Mit Schreck im Blick schüttelte sie seinen Arm ab, und Jack war nicht sicher, ob die Frage oder sein Auftreten sie so eingeschüchtert hatte. Sie machte einen Schritt nach hinten, um Distanz zwischen sich und ihn zu bringen. »Ich war noch nie in England.«

»Du sagst die Wahrheit?« Er suchte in ihren Augen nach Hinweisen.

»Was ist denn plötzlich mit dir los?« Sie machte einen weiteren Schritt zurück. »Du erschreckst mich.«

Er seufzte, und seine Schultern sackten nach unten. Mit der Hand rieb er sich über den Nacken und sah auf die wenigen zerrissenen hellen Wolken an dem weiten Himmel. »Entschuldige. Das wollte ich nicht«, brummte er. Was tat er hier denn? Zuerst diese merkwürdigen Empfindungen, und jetzt ging er sie derart an. Und doch verbarg Edward etwas, da war er sich sicher.

Unsicher sah Em ihn an. »Meinst du, ich kann mit deinem Onkel reden und fragen, ob er sich an meine Mutter erinnern kann?«

»Das habe ich schon getan.« Dass er Em verschreckt hatte, war nicht zu übersehen. Wie bereit zum Sprung, stand sie vor ihm, und ihr Blick wanderte unablässig zwischen ihm und dem Haus hin und her.

»Und?«

»Er kann sich nicht erinnern.«

Sie stieß einen kleinen Seufzer aus und nickte. »Das wäre auch zu einfach gewesen, nehme ich an.« Sie schob die Unterlippe vor. »Warum hast du gefragt, ob ich schon einmal hier war?« Trotz ihrer leisen Stimme schwang Trotz darin mit.

Sicherlich war sie von seinem Auftreten verwirrt. Und er war es auch. Trotzdem wollte er nicht zugeben, dass Edwards Verhalten ihn dazu veranlasst hatte.

»Können wir es einfach vergessen?«, fragte er.

Sie nickte kaum merklich und deutete dann mit dem Kopf zur Haustür. »Dürfen wir rein? Ich würde gerne das Fenster sehen, aus dem das Bild aufs Moor aufgenommen wurde.«

»Er fühlt sich nicht gut und braucht heute seine Ruhe. Aber du kannst dir das Grundstück anschauen, wenn du magst.«

Beinahe trotzig schob sie ihre Unterlippe vor. »In Ordnung. Du musst auch nicht mitkommen. Ich laufe nur einmal ums Haus, und dann können wir zurück in den Ort gehen. Du hast ja heute sicher noch etwas anderes vor, als mit mir in der Vergangenheit zu stochern.«

Sie war verletzt. Es sollte ihm eine Lehre sein, dieser Frau nicht zu nahe zu kommen. Jack sah ihr nach, wie sie mit schnellen Schritten hinter dem Haus verschwand.

Doch wenn er und nun auch Edward dieses merkwürdige Gefühl beim Anblick von Em hatten, steckte dann doch etwas dahinter? Gab es etwas, was sie ihm vorenthielt? Ihre merkwürdige Suche in diesem Ort und der Zufall mit Hillcrest, erschien beinahe zu unwahrscheinlich, um zufällig zu sein.

Vielleicht war es ratsam, sie doch im Auge zu behalten. Allerdings mit dem notwendigen Abstand. Morgen würde er sehen, wie sein Onkel sich bei der Arbeit verhielt. Es musste doch herauszufinden sein, ob Edward etwas wusste.

***

Bedacht ging Em auf dem moosigen Kiesweg um das Haus herum. Hillcrest war so atemberaubend und besonders wie seine Umgebung. Ein altes Landhaus mit dunklen Steinwänden, umgeben von einer schiefen Mauer und einigen großen Bäumen. Den einzigen Bäumen weit und breit.

Jenseits der Mauer wuchsen nur niedrige Büsche und Heidepflanzen. An einer Seite des Hauses waren rund geschnittene Büsche zu entdecken, und Em hielt darauf zu. Auf dem Weg stand eine Schubkarre mit Zweigen, und daneben lehnte eine lange Astschere. Jacks Onkel lebte allein hier, also musste er diese Büsche geschnitten haben. Selbst aus der Entfernung hatte sie auf dem Hof seine von Erde verdreckten Hände erkannt.

Sie presste die Lippen aufeinander und sah an der Hausfassade hoch. Eines dieser Fenster musste das sein, durch das ihre Mutter damals fotografiert hatte. Doch aus irgendeinem Grund wollte der Mann, der hier lebte, nicht, dass sie sein Haus betrat. Und dann war da noch Jacks seltsames Verhalten eben.

Hinter einem Fenster im ersten Stock erkannte sie eine Bewegung des halb zugezogenen Vorhangs. War das ein Gesicht gewesen, das fluchtartig zurückgezogen worden war? *Was ist hier los?*

Entschlossen schlich sie weiter, bis sie eine angelehnte Hintertür erreichte. Vorsichtig stieß sie diese auf und versuchte gerade hineinzugucken, als der Alte ihr plötzlich zuvorkam und die Tür mit einem lauten Knall wieder zudonnerte.

Erschrocken trat sie zurück auf den Kiesweg. Das Herz schien ihr bis zum Hals zu schlagen. Immerhin wusste sie jetzt, woher Jack sein merkwürdiges Verhalten hatte: Es lag ganz klar in der Familie.

Enttäuscht folgte sie dem Weg und gelangte schließlich

über die andere Hausseite wieder beim Hof an. An einem der hohen Pfeiler, an denen das gewaltige Metalltor in der Einfahrt befestigt war, lehnte Jack und sah in die Ferne.

Nur zögernd wollten ihre Beine weitergehen. Erneut zog sich bei seinem Anblick etwas in ihr zusammen. Unbewusst fuhren die Finger ihrer rechten Hand über die Stelle am Oberarm, wo er sie berührt hatte. Mit einer Energie, die so wild und lebendig gewesen war und sie in einen Strudel aus Empfindungen gerissen hatte.

Und das war nur eine einzige Berührung gewesen. Wie würde sich erst noch mehr anfühlen? Doch dann hatte er zurückgeschreckt, und alles an ihm hatte sich wieder verschlossen.

Sie blieb stehen, und ihr Blick haftete auf ihm. *Warum hast du mich danach nicht mehr angesehen?*

Als hätte er ihre Gedanken gehört, drehte er plötzlich den Kopf in ihre Richtung, und Em zuckte schon wieder zusammen. Warum passierte das nur dauernd? Lag es an seinem intensiven Blick? In dem sie glaubte, alles von Wut, Verzweiflung und Impulsivität bis hin zu Sehnsucht zu erkennen?

*Reiß dich zusammen.* Betont selbstsicher ging sie auf ihn zu und an ihm vorbei. Hinter ihr war ein Pfeifen zu hören und dann Jacks Schritte auf der Geröllstraße.

»Geht es über die Straße schneller in den Ort?«, rief sie nach hinten, ohne sich umzusehen.

»Ja. Ist aber nicht annähernd so schön wie der andere Weg.«

Em ignorierte seinen Einwand und lief eilig an der Abzweigung zum Pfad, über den sie hergekommen waren, vorbei.

Den ganzen Weg zurück hatte Jack sich hinter ihr gehalten. Erst am B&B trat er an ihr vorbei, um ihr die Tür aufzuhalten, doch dann entschied er sich um, ergriff ihre Hand und zog sie zur Seite. Sein Griff war fest und bestimmt. Sein Geruch umgab sie augenblicklich und raubte Em jeglichen Willen, sich zu wehren. Schon spürte sie seine Lippen auf ihren und seinen Bart, der kratzend ihre Haut zu entzünden schien.

Seine Küsse waren sanft. So sanft, wie es nicht zu Jack zu passen schien. Vorsichtig vergrub sich seine Hand in ihren Haaren und fuhr dann über ihren Hals.

Ein leises Seufzen entrang sich ihr, woraufhin seine Hand einzufrieren schien. Bewegungslos verharrte sein Mund auf ihren Lippen, und Em betrachtete blinzelnd seine geschlossenen Augen.

»Verdammt«, murmelte er noch immer an sie gedrückt. Dann öffneten sich seine Lider, und er trat zurück. Er sah sie nicht an. »Entschuldige. Wird nicht wieder vorkommen«, sagte er heiser.

Genauso schnell, wie er sie überrumpelt hatte, war der Moment wieder vergangen. Was bitte war das? Sie fasste sich an ihre Lippen, die noch heiß glühten. Ihr Herz schlug beinahe schmerzend schnell. *Nicht mehr vorkommen?* Dieser Satz traf sie wie der Blitz, und Enttäuschung machte sich in ihr breit.

*Er hat es schon wieder getan.* Sie schon wieder berührt und es dann bereut. Hatte dieser Kerl die geringste Ahnung, was er damit in ihr auslöste?

Schnaubend lief sie an ihm vorbei und gleich darauf die Treppe hinauf. Es überraschte sie nicht, dass er es vorzog, unten zu bleiben. Hektisch schloss sie die Zimmertür auf, ließ den Parka einfach auf den Boden und sich auf den Holzstuhl vor dem Schreibtisch fallen.

Ausgelaugt legte sie die Handflächen gegen das Gesicht. Nichts hier lief so wie geplant. Sie ignorierte das Brennen in ihren Augen und griff nach dem Handy. Sie würde nicht weinen. Nicht wegen Jack und nicht, weil sie noch immer keinen Hinweis auf die Zeit ihrer Mutter hier gefunden hatte.

Ihre Hand mit dem Handy sank nach unten. Oder hatte sie das doch? Dieser Onkel hatte sich ihr gegenüber mehr als merkwürdig verhalten und sie dann auch noch beobachtet. Und da waren Jacks komische Fragen gewesen. Mit zusammengekniffenen Augen hatte er sich vor ihr aufgebaut und sie gefragt, ob es die Wahrheit war, dass sie zum ersten Mal hier war.

Em atmete tief ein und zwang sich, den Kuss, der sich wieder in ihre Gedanken schlich, zumindest für einen Moment zu vergessen. Irgendwas stimmte hier nicht. Warum diese Frage? Hatte sein Onkel Jack dazu veranlasst? Seinen Argwohn geweckt? Schließlich hatte dieser Mann ihr wortlos die Tür vor der Nase zugeknallt.

Eilig suchte sie die Nummer von Rollo heraus und tätigte einen Videoanruf. Piepen ertönte und schließlich zeigte sich erst flackernd, dann scharf ein Bild. Das breite Lachen ihres Vaters.

»Hallo, du.« Er hielt sein Telefon viel zu nah vor sich, weshalb sie hauptsächlich seine Nase und seinen Mund sah.

»Weiter weghalten, Papa.«

»Natürlich.« Lachend veränderte er den Winkel. Im Hintergrund war die Küche zu erkennen, und Em vermutete, dass er auf einem der Stühle am Esstisch saß.

Eine aufgeregte Stimme war zu hören: »Wie geht es unserer Prinzessin?« Und gleich darauf schob sich Marks Gesicht neben das von Rollo.

»Ganz gut«, log sie und betrachtete die beiden Männer, mit denen sie sonst zusammenlebte. Augenblicklich fühlte sie sich weniger einsam.

»Sind die Engländer lieb zu dir?«, fragte Mark. »Und das Essen, ist das so schlecht, wie alle immer sagen?« Ehe sie antworten konnte, war er schon wieder aus dem Bild verschwunden, um gleich darauf mit einem Joghurt in der Hand wiederaufzutauchen.

»Das Essen geht bisher.«

Mark löffelte und nickte.

»Und die Menschen hier sind eigentlich nett.«

»Eigentlich?«, warf Rollo mit gerunzelten Augenbrauen ein.

Sie dachte an Jack und seinen Onkel. Dann an Rosie. »Die Frau, der das Bed & Breakfast gehört, ist bezaubernd. Euch würde sie gefallen«, erzählte sie.

»Gut. Gut.« Mark kratzte den Becher aus. »Muss wieder in die Werkstatt. Die Büste will nicht so, wie ich es will.« Er hatte an dem Projekt schon vor ihrem Abflug gearbeitet. »Ich lass euch alleine weiterreden.« Lächelnd hauchte er ihr einen Kuss zu und ging dann pfeifend davon.

Ihr Vater wartete ab, bis er außer Hörweite war und runzelte dann die Stirn. »Was ist los?«

Tief atmete sie ein und aus. Natürlich sah er ihr an, dass etwas nicht stimmte. »Ich weiß auch nicht«, begann sie unsicher. »Es läuft nicht so, wie ich es gehofft hatte.«

»Das habe ich vermutet.« Sein Gesichtsausdruck ließ keinen Schluss zu, was genau er damit meinte.

»Ich hatte gehofft, dass ich hierherkomme und so etwas wie eine Eingebung bekomme, der ich folgen kann. Und dann finde ich etwas über Mama raus.«

»Du weißt, ich war von deinem Plan nicht begeistert. Sie war vor über dreißig Jahren dort und seitdem nicht mehr. Ich verstehe immer noch nicht, warum du überhaupt geflogen bist. Ihr Leben war hier. Bei uns.«

Em setzte sich auf. In ihrem Rücken zog es unangenehm. »Und was ist mit dem, was sie gesagt hat? Was hatte es mit dem Buch auf sich?«

Rollo stöhnte laut und schüttelte den Kopf. »Sie war voller Opiate und schon beinahe auf der anderen Seite. Sie hat fantasiert, nehme ich an. Du solltest ihren Worten nicht zu viel Beachtung schenken. Erinnere dich lieber an die Frau, die sie früher war.« In seinen Augen war der gleiche Schmerz zu erkennen, den sie empfand. Schluckend sah sie einen Moment weg.

»Warum fehlt ihre Kiste aus diesem Jahr?«, murmelte sie.

Ihr Vater schnaufte. »Vielleicht hat es diese Kiste nie gegeben.«

Unzufrieden sah sie wieder zu ihm. »Du weißt, dass das nicht stimmt. Es hat immer zwei Kisten gegeben. Zwei Kisten für jedes Jahr in über vierzig Jahren. Wo ist die Kiste von ihrer Zeit in Haworth?«

Jetzt war es Rollo, der am Bildschirm vorbeisah. »Keine Ahnung.«

Die gleiche Antwort wie die letzten Male. Em kaute auf ihrer Unterlippe und überlegte. »Du hast mal gesagt, dass sie irgendwie verändert war, als sie aus England wiedergekommen ist.« Das hatte er ihr vor ein paar Wochen an einem Abend mit zu viel Wein erzählt.

»Habe ich das gesagt?«, fragte er mit übertrieben gleichgültigem Gesichtsausdruck.

»Das hast du.« Em runzelte die Stirn. »Du verheimlichst mir was, Papa, das weiß ich genau.«

»Ach, Em. Das ist alles ewig her. Das war ein anderes Leben.«

»Dann erzähl mir davon.« Sie machte eine kurze Pause. »Bitte. Ich komme hier nicht wirklich weiter. Und ich brauche einen Abschluss.«

Wieder stöhnte er und fuhr sich durch seine grau gesträhnten kurzen Haare. »Sie war ruhig, als sie zurückkam.«

»Ruhig?« Em richtete sich noch ein Stück weiter auf und starrte auf das Display. »Ruhig wie entspannt nach einer schönen Reise?«

Er schüttelte den Kopf. »Ungut ruhig. Verzweifelt ruhig.«

»Hat sie gesagt, was hier passiert ist?« Sie ignorierte ihre nassen Handflächen.

»Nur in Rätseln.« Rollo sah zur Seite und schien sich zurückzuerinnern. »Ich habe sie damals natürlich darauf angesprochen, und sie meinte nur, dass sie etwas gefunden und dann wieder verloren hätte und dass ihr Leben dadurch für immer verändert sei.«

»Etwas gefunden und verloren«, flüsterte sie.

»Sie wollte nicht mehr dazu sagen, dabei hat sie mir sonst immer alles erzählt. Aber es muss schlimm gewesen sein.« Er schloss die Augen, und Em glaubte, seine schwere Atmung zu erkennen. »Sie war immer wie du. Fröhlich, hat viel gelacht und war laut. So lebensfroh wie du eben. Und das hat sich danach geändert. Sie hat kaum noch gelacht und wurde still.«

»Was ist dann passiert?«

»Zwei Jahre nicht viel. Sie hat gearbeitet, sich zurückgezogen und schien zu trauern. Und dann haben wir dich bekommen, so wie wir es schon Jahre zuvor ursprünglich im Spaß angedacht hatten.« Rollos Gesicht hellte sich auf. »Nach deiner Geburt konnte sie wieder lachen und dir die Mutter sein, an die du dich erinnerst. Aber ganz so wie früher ist sie nie wieder geworden.« Wieder sah er am Bildschirm vorbei ins Nichts. »Es war beinahe, als wäre ein Teil von ihr gestorben.«

Em fühlte ihr Herz schwer werden. »Warum hast du mir das nicht früher gesagt?«, sprach sie leise ins Handy.

»Ach, Kind.« Rollo sah sie mit einem traurigen Lächeln an. »Ich wollte nicht, dass du diese Reise machst, und dachte, wenn ich es dir erzähle, dann willst du noch dringender gehen.«

»Warum wolltest du nicht, dass ich gehe?«

»Dieser Ort hat deine Mutter verändert, und ich habe keine Ahnung, was damals mit ihr passiert ist. Natürlich mache ich mir da Sorgen um meine Tochter, die noch immer den Tod ihrer Mutter nicht verarbeitet hat.« Wieder dieses traurige Lächeln. »Wie ist Haworth denn so?«, fragte er schließlich.

»Es ist schön. Wie in dem Bildband. Euch beiden würde es

hier auch gefallen, da bin ich mir sicher. Und dann das Moor.« Vor ihrem geistigen Auge sah sie die rotgelben Hügel, durch die sie vorhin noch gewandert war. »Es ist so unglaublich malerisch. Du würdest sofort deine Farben und Pinsel auspacken und es malen.«

»Das würde ich vermutlich.« Er lachte dröhnend auf.

Em fiel etwas ein. »Papa?«

»Ja, Schatz?«

»Hat Mama jemals einen Ort namens Hillcrest erwähnt?«

»Nein, das hat sie nicht.« Er sagte die Wahrheit, da war sie sich sicher.

»In Ordnung.«

»Und was machst du heute noch?«

Sie zuckte mit den Schultern. »Ich bin vorhin viel gelaufen. Also etwas ausruhen und dann was essen gehen. In irgendeinen Pub oder so.« *Und mindestens ein Glas Wein trinken nach diesem Tag.* »Einfach etwas faulenzen.«

»Das klingt gut. Meldest du dich bald wieder?«

»Natürlich.« Lächelnd verzog sie ihre Lippen zu einem Kuss.

»Pass auf dich auf, Em.« Seine Stimme hatte einen nachdenklichen und besorgten Klang. Dann flackerte das Bild, und der Anruf war beendet.

Nachdenklich warf sie das Handy auf das Bett und streifte die schweren Wanderschuhe ab. Einen Moment rieb sie die schmerzenden Füße, dann legte sie diese auf dem Schreibtisch ab und lehnte sich im Stuhl zurück. Sie betrachtete die Blümchentapete, während sie die Worte ihres Vaters noch einmal durchging.

Sie hatte sich nicht geirrt. In diesem Ort musste ihre Mutter etwas erlebt haben, was Iris bis zu ihrem Tod nicht verwinden konnte. Nur wie zum Teufel sollte sie herausfinden, was es gewesen war?

An die Wand gedrückt spähte Em um die Ecke und die Treppe hinunter. Aus dem Raum, in dem das Frühstück eingenommen wurde und der den Gästen den restlichen Tag als Aufenthaltsraum zur Verfügung stand, drang Stimmengewirr.

Sie trat einige Stufen hinab und lauschte erneut. Jacks raue Stimme war nicht zu hören. Eigentlich war es auch sehr unwahrscheinlich, dass sich der Einzelgänger bei den Gästen aufhielt.

Rasch huschte sie nach unten und schielte in den hell erleuchteten Raum. Das englische Paar, das am gleichen Tag angereist war wie sie, unterhielt sich mit einem Mann und einer Frau, die sie bisher noch nicht gesehen hatte. Offensichtlich waren das neue Gäste, doch da sie in der oberen Etage keine Schritte auf dem Flur oder Geräusche aus den Zimmern gehört hatte, mussten sie ebenfalls in einem der besseren Räume hier unten übernachten.

Fest presste sie die Lippen aufeinander. Also war sie auch weiterhin mit Jack allein im oberen Stockwerk. Prüfend sah sie zum Tresen hinüber, doch die Hundedecke lag einsam an der Wand.

Erleichtert zog sie den Reisverschluss des Parkas hoch und setzte die Mütze auf. Statt eines Mittagessens hatte sie einmal mehr nur Kekse in sich hineingestopft und währenddessen über das seltsame Verhalten von diesem Onkel und die Worte ihres Vaters nachgedacht. Und über diesen wahnsinnigen Kuss.

Inzwischen war es bereits nach sieben Uhr, längst dunkel, und ihr Magen verlangte lauthals nach einem richtigen Essen. In der Küche hörte sie Rosie klappern. Vermutlich kochte sie – wie eigentlich alle zwei Stunden – frischen Tee. Rasch trat Em über den weichen Teppich zur Eingangstür und verschwand leise in die Dunkelheit.

Hell erleuchtete der Mond die Gassen. Auch jetzt noch war der Himmel weitgehend wolkenlos. Flüchtig sah sie hinauf. *Beinahe Vollmond.* Nach nur zwei Minuten erreichte sie das *Old White Lion Hotel*, in dessen Restaurant sie mit Jack gegessen hatte.

Zögernd betrachtete sie die Fassade, dann ging sie auf die schwere Eingangstür zu. Sie würde sich nicht von ihren wirren Empfindungen davon abhalten lassen, hier zu essen. Zielstrebig folgte sie den Gängen in den hinteren Barraum. Den Tisch, an dem sie gesessen hatten, beachtete Em nicht und nahm stattdessen auf der anderen Seite des Raumes an einem kleinen runden Holztisch Platz.

Hinter dem Tresen erkannte sie die gleiche Frau, die sie damals bedient hatte. Fröhlich lächelte sie ihr zu, während sie Gläser in das Regal hinter der Bar einräumte. Ihre Stimme schallte herüber: »Komme gleich.«

Em griff nach der Speisekarte. *Kein Yorkshire-Pudding.* Ofenkartoffeln mit Cheddar. Augenblicklich lief ihr das Wasser im Mund zusammen. Vielleicht war es doch keine gute Idee, ganze Mahlzeiten mit Keksen zu ersetzen.

Strahlend rauschte die Bedienung auf sie zu. »Willkommen zurück.«

»Danke.« Fragend sah sie die Frau an, die ihr einige Jahre älter erschien, als sie es selbst war. »Kitty, oder?«

»Genau.« Sie hielt ihr die Hand hin, und Em griff danach. »Und du heißt?«

»Emily. Aber alle nennen mich Em.«

»Und heute bist du alleine hier, oder wartest du noch auf jemanden?«

Kittys Tonlage verriet, dass die Frage nicht nur so dahergesagt war, sondern die Antwort sie wirklich interessierte. Es war klar, auf wen sie anspielte.

»Nur ich, und das wird auch so bleiben«, erklärte sie entschieden.

»Alles andere hätte mich auch gewundert.« Unzufrieden

blickend klappte Kitty den Block auf. »Was darf ich dir bringen?«

»Eine Ofenkartoffel mit Cheddar und die Suppe des Tages, bitte.«

»Kommt gleich, Süße.«

Kitty wollte sich umdrehen, doch Em griff nach ihrem Arm. Entschuldigend lächelte sie der Frau zu. Warum tat sie das nur? Sie sollte es lassen, das gehörte sich nicht.

»Warum hätte es dich gewundert?« Die Frage hatte sie eigentlich für sich behalten wollen.

Seufzend sah Kitty sich um, doch außer ihnen war niemand in dem Gastraum. Vermutlich ging der Abendbetrieb hier erst später richtig los. Nickend setzte sie sich auf den Stuhl ihr gegenüber und stellte die Ellenbogen auf dem Tisch auf. »Ich nehme an, wir sprechen beide von dem gleichen Mann?«

Em spürte ein Glühen auf ihren Wangen. »Ja.« Mehr brachte sie nicht heraus.

»Wie gut kennst du ihn?«

»Gar nicht.« Sie zuckte mit den Schultern. »Wir haben uns an dem Tag kennengelernt, als wir hier waren.«

»Seitdem habt ihr euch nicht mehr gesehen?« Es war weniger eine Frage, sondern klang mehr nach einer Feststellung.

»Doch.« Em zuckte mit den Schultern. »Wir wohnen im gleichen Haus und laufen uns ab und zu über den Weg. Heute haben wir eine kleine Wanderung gemacht. Aber Jack spricht nicht viel. Ich werde einfach nicht schlau aus ihm.«

»Ihr wart zusammen wandern?« Mit zusammengekniffenen Augen sah Kitty sie an.

Das Schlucken fiel ihr schwer. Hatte sie Kittys freundschaftliche Art Jack gegenüber etwa falsch gedeutet? War Kitty an ihm interessiert und dachte nun, dass sie sich zwischen sie drängte? »Ich hatte Jack um Hilfe gebeten, um einen bestimmten Platz zu finden, sonst wäre er gar nicht mitgekommen«, beeilte sie sich, hinzuzusetzen.

»Schau an.« Plötzlich zeichnete sich wieder das fröhliche Lächeln auf ihren Lippen ab. »Das freut mich ehrlich, wenn er endlich etwas aus seinem Schneckenhaus kommt. Das hast du gut gemacht.«

Also war Kitty nicht eifersüchtig. Erleichtert lächelte sie zurück. »Ist er immer so komisch oder nur bei mir?«

Amüsiert kicherte Kitty und strich sich den schwarzen Pony zur Seite. »Er war schon immer etwas merkwürdig, würde ich sagen. Doch es war nicht so extrem. In der Schule war er immer beliebt, und die Mädels sind ihm regelrecht hinterhergerannt. Aber Jack hat das nie beeindruckt. Er hat einfach sein Ding gemacht.« Sie atmete hörbar aus. »Und dann hat sich alles geändert, und er wurde so, wie er jetzt ist. Und ich kann es ihm nicht verdenken.«

An Ems Armen richteten sich die kleinen Härchen auf, und sie spürte, wie der Schauer auch über ihren Rücken lief. »Gibt es einen Grund dafür?«

Fahrig strich sich die Bedienung über die Schürze und stand plötzlich auf. »Das ist Jacks Geschichte. Ich habe ein schlechtes Gefühl dabei, darüber zu sprechen. Und ich kenne auch nur das, was von außen sichtbar ist. Aber ich vermute, dass er nie eine Chance hatte, anders zu werden. Das Schicksal schlägt ein zweites Mal zu, und wenn ich daran denke, wie es das letzte Mal geendet hat, dann wird mir schlecht.« Abwesend starrte sie auf den Fußboden.

Em hielt die Luft an und versuchte aus Kittys Worten schlau zu werden.

Auf einmal sah die Bedienung wieder auf und lachte gespielt. »Tut mir leid, ich habe mich hinreißen lassen. Aber ich war mit Jack viele Jahre in einer Klasse, und da ist es nicht schön, so etwas mit anzusehen.« Sie trat einen Schritt zurück.

»Kannst du mir einen Rat geben?«, fragte Em direkt. Diese Frau wusste ganz offensichtlich etwas, im Gegensatz zu ihr.

Wieder seufzte Kitty. »An Jack Morris kann man sich nur die Finger verbrennen.« Kaum hatte sie die Worte ausgesprochen, machte sie auf dem Absatz kehrt.

Obwohl ihr Appetit nach dem Gespräch mit Kitty nahezu verschwunden war, hatte Em sich gezwungen, beide Teller leer zu essen. Sie war schon immer etwas zu schmächtig gewesen und musste darauf achten, nicht ungewollt Gewicht zu verlieren. Und wenn sie hier weiter forschen und zur Sturmhöhe wandern wollte, würde sie all ihre Kraft brauchen.

Kitty war, nachdem sie ihr das Essen serviert hatte, nicht wiederaufgetaucht. Stattdessen hatte eine andere Bedienung kassiert und ihr mit einem breiten Lächeln einen schönen Abend gewünscht. War es Zufall, oder ging Kitty ihr bewusst aus dem Weg?

Grübelnd schlüpfte Em in die Jacke und zog die Mütze auf. Mit eiligen Schritten ging sie durch den Flur und hinaus. Eisig schlug ihr die Abendluft entgegen. Zögernd sah sie sich um. Sie wollte noch nicht zurück ins B&B und Jack begegnen. Und sie hatte das Verlangen nach einem Glas Wein, um ihre Gedanken zu beruhigen.

Etwas entfernt erkannte sie das Schild eines Pubs. *The Black Bull.* Das imposante Eckhaus war ihr schon einige Male aufgefallen, und die hellen Lichter hinter den Scheiben versprachen Behaglichkeit. Sie vergrub ihre Hände in den Jackenärmeln und ging zielstrebig darauf zu.

# Kapitel 7

Jack

Verlassen lagen die Gassen des Ortes in der Dunkelheit. Nur das Klingeln von Indies Halsband begleitete seinen Weg durch Haworth. Seit Stunden war er ziellos durch die Gegend gelaufen, um dem aus dem Weg zu gehen, was zu Hause auf ihn wartete: Em.

Er hatte sie verwirrt und auch enttäuscht, das war nicht zu übersehen gewesen. Leidenschaftlich hatte sie den Kuss erwidert, zu dem er sich gegen jede Vernunft hatte hinreißen lassen. Und es fühlte sich so verflucht gut an, zumindest für einen Moment. Warum nur hatte er sich nicht wie sonst im Griff gehabt?

Schon auf dem Weg zurück hatte er mit dem Wunsch gekämpft, sie an sich zu ziehen. Schweigend war er hinter ihr hergegangen und nicht fähig gewesen, an etwas anderes zu denken. Seit Jahren hatte er keine Frau berührt, geschweige denn geküsst. Und er hatte sich geschworen, es nie wieder zu tun.

Und dann war Em hier aufgetaucht und brachte ihn seitdem aus dem Konzept. Mit diesem verdammten Lachen, das so schön klang und bei dem er sich so wohlfühlte, wie es ihm in seinem Leben zuvor nur für wenige Jahre vergönnt gewesen war.

Der Gedanke an den Kuss ließ ihn nicht los. Er hatte es getan, obwohl Edward ihn noch gewarnt hatte – warum auch immer. Vielleicht war auch ein wenig Trotz dabei gewesen, als er sich nicht zurückhalten konnte, sie zu packen und einfach zu küssen. Er hatte die Stimmen in seinem Kopf nur für einen kurzen Moment vergessen wollen.

Diese weichen wunderbaren Lippen hatten ihn angezogen, auch wenn er es nicht wollte. Das Laufen hatte die Erinnerung daran nicht getrübt, wie er es sich erhofft hatte. Und doch wusste er eins genau: Em und er – das war nicht gut. Und es durfte sich auf keinen Fall wiederholen.

Sicherlich war sie wütend auf ihn, was eigentlich nicht verkehrt war. So kam sie zumindest nicht auf die Idee, dass zwischen ihnen mehr passieren könne. Und doch wollte Jack nicht, dass sie wütend war. Em sollte weiterhin lachen und sich gut fühlen, nur eben nicht in seiner Nähe.

Er musste mit ihr reden. Sich entschuldigen und hoffen, dass es für sie keine Bedeutung hatte. Und dann würde er sich von ihr fernhalten, so, wie es Edward ihm, aus welchem Grund auch immer, geraten hatte. Zufrieden mit seinem Plan nahm er sich vor, Em eine Nacht Zeit zu lassen und am nächsten Tag ein Gespräch zu suchen.

Beinahe war er schon zu Hause. Sein Blick wanderte nach links. Ruckartig blieb er stehen und zog die Augenbrauen zusammen. Hellbraunes Haar glänzte in einem der Fenster des Black Bulls. Auch wenn er nur ihren Hinterkopf sah, bestand kein Zweifel. *Verdammt.* Er konnte es bis morgen hinausschieben, aber letztlich führte kein Weg daran vorbei, sich dem zu stellen, was vorgefallen war.

Wenn es nur nicht ausgerechnet dieses Haus wäre. Mit einem Schaudern betrachtete er die Fassade. Noch nie hatte er den Pub betreten – und das, obwohl er hier aufgewachsen war. Selbst wenn seine Freunde sich früher hier getroffen hatten, war er nicht mitgegangen.

Irgendwann hatten sie ihm zuliebe ihre Treffen in einen anderen Pub verlegt. Zwar hatten sie nie ausgesprochen, dass sie es für ihn taten, doch das war auch nicht nötig gewesen. Jeder hier wusste von seiner düsteren Familiengeschichte.

Abwartend starrte Indie ihn an. Er konnte einfach weitergehen und so tun, als ob er sie nicht gesehen hätte. Oder er trat sich selbst in den Hintern und sprang endlich über seinen Schatten.

Entschlossen griff er nach der Klinke und trat ein. Eine grüne halbhohe Holzverkleidung war an den Wänden des großzügigen Raumes angebracht, darüber grober weißer Putz. Auf der rechten Seite lag der dunkle Holztresen, und links saß die Frau, für die er sich in diesem Moment mehr zusammenreißen musste, als die fröhlichen Gäste an den Tischen auch nur im Entferntesten ahnen konnten.

Jack zog den Kopf ein, um unter einem der Holzbalken an der niedrigen Decke hindurchzugehen, und hielt auf Em zu. Noch bemerkte sie ihn nicht. Ihre Hände lagen an einem Weinglas, und abwesend sah sie auf den Tisch.

Er presste die Lippen aufeinander und trat vor sie. »Hallo.« Das Zucken in ihrem Blick entging ihm nicht. »Hast du was dagegen?« Er deutete auf den Stuhl, der ihr gegenüberstand.

Schmal und ein wenig verloren saß sie auf einer Eckbank mit scheußlichen Polstern mit Blumendruck. Sie nickte nur, lehnte sich zurück und legte die Hände in den Schoß.

Jack zog die Jacke aus und warf sie über die Lehne, während Indie sich neben dem Tisch zusammenrollte. Kaum saß er, tauchte der untersetzte Wirt mit seiner weißen Schürze neben ihm auf. »Was zu trinken?«

»Ein Wasser.«

Der Wirt kommentierte seine Bestellung mit hochgezogenen Augenbrauen und rauschte davon.

Em griff nach dem Weinglas und nippte angespannt daran, während Jack sich Mühe gab, es zu ignorieren.

Schon kam der Wirt zurück und stellte das Wasser vor ihn. »Wenn du noch was anderes willst, komm zum Tresen«, brummte er ihm zu. Er schenkte Em ein freundliches Lächeln, doch ihr Blick haftete noch immer an der Tischplatte.

»Was machst du hier?« Jack bemühte sich, wenig geschickt, ein Gespräch zu beginnen.

»Nachdenken.« Flüchtig streifte ihr Blick ihn.

»Ist es dir nicht recht, wenn ich hier bin? Ich kann auch wieder gehen, wenn dir das lieber ist.«

»Nein.« Wieder nippte sie. »Vermutlich sollten wir reden.«

»Das sollten wir wohl.« Angespannt legte er die Mütze auf den Tisch und fuhr sich durch die Haare. »Es tut mir leid«, raunte er ihr zu.

»Was?« Kampfbereit sah sie ihn nun doch an. »Dass du mich geküsst hast oder dass du es danach bereut hast?«

»Beides«, brummte er und nahm einen Schluck von dem kalten Wasser.

»Ist schon vergessen«, gab sie zurück und leerte das halb volle Glas in einem Zug. »Das ist es doch, was du willst. Oder nicht?« In ihren Augen war ein Rausch an Gefühlen zu erkennen.

»Das wievielte Glas war das?« Er presste die Kiefer aufeinander.

»Das zweite. Hast du ein Problem damit?« Ihre Wangen glühten, als sie seinem Blick standhielt. Sie wirkte anders als bisher, und er war sich nicht sicher, ob es am Alkohol oder an ihm lag. Ihre Leichtigkeit schien wie weggewischt.

»Ich hab es nicht so mit Alkohol«, antwortete er ausweichend und verschränkte die Arme.

»Du hast es nicht so mit Menschen, mit Alkohol oder mit mir.« Mit vorgeschobener Unterlippe nickte sie trotzig.

»Bist du angetrunken?«

»Das hoffe ich doch.« Sie hob den Arm, um dem Wirt ein Zeichen zu geben, und Jack seufzte.

»Das hilft nicht«, murmelte er.

»Dir vielleicht nicht, aber mir.«

Tief atmete er ein, um sich zu beruhigen. »Pass auf Em, es tut mir wirklich leid. Ich hätte dich nicht küssen sollen.«

»Weil du mich nicht magst?« Wieder schob sie die Unterlippe vor.

Er fuhr sich über den Bart. Solche Gespräche waren nicht sein Ding, und wie es sich hier andeutete, stellte er sich mehr als ungeschickt an. »Ich habe nie gesagt, dass ich dich nicht mag.«

»Wie bist du dann erst, wenn du jemanden nicht magst?« Hell lachte sie auf und schüttelte den Kopf. Dann lehnte sie sich ins Polster zurück und ließ ihren Blick durch das Zimmer schweifen. »Ist es nicht gemütlich hier? Und all die Brontë-Bilder an den Wänden. So viel Geschichte an jeder Ecke in diesem Ort, und dich scheint das nicht im Geringsten zu interessieren.« Es klang wie ein Vorwurf, und Jack hatte Schwierigkeiten, ihren Gedankensprüngen zu folgen. Immerhin konzentrierte sie sich jetzt nicht mehr auf diesen verdammten Kuss.

»Weißt du, dass du dir gerade in dem gleichen Raum einen antrinkst, in dem Branwell Brontë sich in den Tod gesoffen hat?« Den Widerwillen in seiner Stimme hörte er selbst deutlich heraus.

»Der Bruder?«, fragte sie nach.

Nickend nahm er einen weiteren Schluck Wasser. »Der einzige Sohn des Pastors und Hoffnungsträger der Familie. Er soll ein begnadeter Maler und Dichter gewesen sein.« Er machte eine Pause. »Bis er angefangen hat, hier zu trinken. Später kam dann Opium dazu.«

»Wirklich?« Mit großen Augen sah sie sich erneut um. »Ich dachte, du interessierst dich nicht für die Geschichte deiner Heimat«, stieß sie mit einem bissigen Unterton hervor. »Im Museum hast du meine Begeisterung jedenfalls nur belächelt.«

Er zog die Augenbrauen zusammen. Em schien gut darin zu sein, Gefühle und Menschen zu lesen. Besser als er.

»Ich habe nie gesagt, dass mir die Geschichte egal ist. Allerdings sehe ich sie so, wie sie war, und nicht mit dem romantischen Blick der Touristen und der Einheimischen, die von ihnen leben.«

Sie lehnte sich ein wenig über den Tisch und sah ihn direkt an. »Aber hier ist an jeder Ecke Romantik. Die kleinen Läden, die Gassen, das unglaubliche Talent – hier in diesem Ort entstanden. Und es hat zwei der größten Liebesgeschichten der Weltliteratur hervorgebracht. Hier ist der Boden, auf dem das alles gewachsen ist.« Ein verklärtes Lächeln zog sich über ihre Lippen.

»Willst du wirklich alles über diesen Ort wissen?«, raunte er ihr zu.

»Natürlich. Ich muss etwas herausfinden, wie du weißt.«

»Dann solltest du auch das wahre Haworth von damals sehen.« Er zog seinen Geldbeutel aus der Hosentasche und warf einige Scheine auf den Tisch.

Verwirrt starrte sie ihn an. »Jetzt?«

»Hast du noch was anderes vor?«

»Ein weiteres Glas und dann besinnungslos ins Bett fallen«, platzte es aus ihr heraus.

*Nicht, so lange ich es verhindern kann.* Demonstrativ stand er auf und reichte ihr ihre Jacke.

Stöhnend griff Em danach und folgte ihm nach draußen.

Murrend zog sie den Reißverschluss bis ganz nach oben und dann diese übertrieben dicke Wollmütze aus der Jackentasche. »Und jetzt?« Sie funkelte ihn an.

»Schließ deine Augen«, forderte er sie auf.

»Warum?«

»Tu es.«

Seufzend folgte sie seiner Anweisung. »Und nun?«

Jack drehte sich um. Niemand war zu sehen. Er trat näher an sie heran und senkte seine Stimme. »Es ist achtzehnhundertsiebenundvierzig.«

»Das Jahr, in dem *Sturmhöhe* veröffentlicht wurde«, murmelte sie.

»Ganz genau.« Einen Moment betrachtete er ihr Gesicht. Die freche Stupsnase und die bildschönen geschwungenen Brauen. Den Wimpernkranz an ihren geschlossenen Lidern. Em musste tatsächlich hübsch sein, wenn sogar er es bemerkte. »Du atmest ein, und als Erstes fällt dir der Geruch auf.«

»Welcher Geruch?«

»Sei still, und hör zu.« Er lehnte sich ein wenig mehr zu ihr. »Das stinkende Abwasser, das zusammen mit dem Unrat die Gassen hinabläuft. Den Geruch der Menschen, die so gut wie nie in den Genuss eines Bades kommen. Die Hinterlassenschaften des Viehs.« Er hielt inne und kontrollierte, ob ihre Augen noch geschlossen waren. »Du trägst einen langen schweren Rock, der sich beim Gang über den Boden vollsaugt. Alles ist feucht und klamm. Das Klima ist so herb, dass die Feuchtigkeit selbst im kurzen Sommer nicht aus den Häusern weicht. Es gibt nur wenige Straßen hier, danach meilenweit nur Moor und Gras. Die Pferde, die die schweren Kutschen durch den Ort ziehen, rutschen immer wieder auf dem Kopfsteinpflaster der steilen Gassen aus.« Einen Moment betrachtete er ihre schwere Atmung. »Das Leben ist hart und finster. Gemüse und Obst wächst im rauen West Yorkshire nur schlecht. Der Boden ist schlammig und wie im Moor kaum zum Anbau geeignet.« Er hielt inne. »Siehst du es vor dir?«

»Ich glaube, ja«, flüsterte sie und öffnete zögernd die Lider.

»In Ordnung. Dann komm mit.«

Wortlos folgte sie ihm in die Gasse, die zur Kirche hinaufführte. Als er durch das schiefe Tor und auf den Weg des alten Friedhofs trat, blieb sie zögernd stehen. »Was machen wir hier?«

»Inschriften lesen.«

Langsam folgte sie ihm auf den schmalen Kiesweg. Im fahlen Mondschein lagen die Grabsteine, die ihm auch bei Tageslicht einen Schauer über den Rücken jagten, gespenstisch vor ihnen.

»Von welchem Grab?«, fragte sie leise nach.

»Such dir eins aus«, forderte er sie auf.

Mit zusammengepressten Lippen ging sie einige Schritte und deutete dann auf einen der vielen Sandsteingrabsteine. Einige standen aufrecht, andere Gräber wurden von liegenden Platten bedeckt. »Der hier?«

»Ich nehme an, der wird es tun.« Er zog sein Handy aus der Hosentasche, stellte die Taschenlampenfunktion an und trat neben sie, um den Stein zu beleuchten. »Lies vor.«

Sie seufzte und kniff die Augen ein wenig zusammen, um die verwitterte Schrift entziffern zu können. »In Erinnerung an Sally, Tochter von Isaac und Ellin Denby von Hillhouse, die am ersten November achtzehnhundertsieben im Alter von vier Jahren starb.« Ihre Stimme brach ab.

»Weiter.«

Em warf ihm einen verwirrten Blick zu und sah dann wieder auf den Stein zurück. »Ebenso in Erinnerung an John, ihren Sohn, der am dreizehnten Februar achtzehnhundertelf in seinem zweiten Lebensjahr starb.« Sie holte hörbar Luft. »Ebenso an John, ihren Sohn, gestorben als Säugling achtzehnhundertzwölf.« Ein Zittern schwang in ihrer Stimme mit.

»Ebenso an ihren Sohn Jonas, gestorben am dreizehnten Februar achtzehnhundertsechzehn im dritten Lebensjahr.« Mit bebenden Lippen sah sie zu ihm auf. »Diese Menschen haben so viele Kinder beerdigt.«

Stumm nickte er und ließ ihr die Zeit zu verarbeiten, was sie eben gelesen hatte.

Erneut suchten ihre Blicke die Inschrift. »Sie haben einem zweiten Sohn den gleichen Namen gegeben. Vermutlich als Erinnerung an den ersten und dann auch ihn hier begraben.« Kaum merklich schüttelte sie den Kopf. »Zwei Kinder am dreizehnten Februar, vier Jahre auseinander.« Prüfend glitt ihr Blick über die unzähligen Grabsteine. »Sind die anderen ähnlich?«

»Die meisten.«

»So viele Kinder«, murmelte sie leise und schlang die Arme um ihren Körper.

»Die Mütter haben sie ausgetragen, geboren und dann hier in der feuchten Erde vergraben. Alles Leben, die nie gelebt wurden.« Ein Band schien sich um seine Brust zu legen und ihm das Atmen schwer zu machen. »Dieser Ort hatte die niedrigste Lebenserwartung in ganz England. Ein Durchschnitt von fünfundzwanzig Jahren, und nur jedes zweite Kind wurde älter als sechs Jahre.«

»Warum nur?«, flüsterte sie und sah ihn aus traurigen Augen an.

»Unter anderem das Wasser.« Er deutete die Gasse hinab. »Die Wasserqualität war furchtbar, und die Menschen haben nicht verstanden, dass ein Friedhof am Hang das Ganze nicht gerade besser macht. Diese Gräber hier haben die Lebenden sozusagen vergiftet, und das Schicksal hat sich ständig wiederholt. Es gibt Berichte, dass nicht einmal das Vieh dieses Wasser trinken wollte, aber die Menschen hatten keine andere Wahl.«

Mit einer fahrigen Bewegung drehte Em sich zur Seite und

drückte sich an ihn. Ihre Stirn an seine Brust gepresst, verharrte sie in der Position. »Das ist furchtbar«, nuschelte sie in den Stoff seiner Jacke.

»Das ist es.« Einen Moment überlegte er, wie ihre Haare riechen mochten, doch die dicke Wollmütze verhinderte, dass er es herausfand. Mit einem Seufzen legte er einen Arm um sie, berührte sie dabei jedoch kaum. »Dieser Ort verschluckt Kinder«, murmelte er und setzte sein Kinn auf ihrem Kopf ab. Ihre Nähe war tröstlich für den Sturm der Gefühle, der in ihm tobte. Gefühle, die er meistens wegschob und unterdrückte.

»Du meinst, er verschluckte Kinder«, verbesserte sie ihn.

Jack presste die Kiefer aufeinander und antwortete nicht.

Leicht fuhr ihre Hand über seinen Rücken, dann löste sie sich von ihm und sah ans Ende des Friedhofs, wo das Brontë-Wohnhaus im Schatten der großen Bäume stand. »Und die Schwestern haben bei jedem Blick aus den Fenstern auf diese Wirklichkeit gesehen. Und dennoch haben sie es geschafft, in dieser finsteren Welt etwas zu schreiben, was die Menschen bewegt.«

»Du meinst die Menschen, die an diesen Grabsteinen vorbeieilen, um sich ein altes Kleid und Möbel anzusehen?« Er vergrub die Hände in den Hosentaschen und folgte ihrem Blick.

»Es geht nicht um ein Kleid oder die Möbel. Es geht um die Suche nach dem, woher diese leidenschaftlichen Geschichten kamen.« Sie drehte sich um und lächelte ihm mühsam zu, woraufhin sich etwas in ihm zusammenzog. »Immerhin weiß ich jetzt, warum *Sturmhöhe* so düster und ergreifend geschrieben ist.« Sie fasste an seinen Arm und zog ihn zurück in die Gasse. »*Sturmhöhe* ist düster, weil Haworth und das Leben hier düster waren. Sogar noch düsterer, als du es bist, Jack.«

Ihre Worte trafen ihn. Ihre Bezeichnung für ihn passte mehr, als sie es ahnen konnte. »Ich habe nie eines der Bücher gelesen«, sagte er und duldete es, dass sie weiterhin bei ihm eingehakt ging. Vermutlich konnten sie jetzt beide etwas tröstliche Nähe gebrauchen.

»Ich habe in den letzten Monaten alle gelesen. Sie wären wohl auch nichts für dich. Bis auf *Sturmhöhe.* Dort könntest du vermutlich eine überraschende Entdeckung machen.« Schon etwas lebendiger grinste sie ihm zu.

»Und welche?«

»Lies einfach das Buch, Jack.«

*Sicher nicht.* Schweigend ging er weiter und bog in die Straße ein, in der das B&B lag. Als sie am *The Old White Lion* vorrübergingen, öffnete sich die Tür, und Kitty trat heraus. Nachdem sie ihre Zigarette angezündet hatte, entdeckte sie die beiden und hob sichtlich überrascht ihre Hand zum Gruß.

Hektisch winkte Em zurück und sah dann verlegen zur Seite.

»Ist was?«, raunte er ihr zu.

»Ich fürchte, ich verbrenne mir die Finger«, gab sie zurück und lachte hell.

»Du tust was?«

»Denk nicht drüber nach. Es war nur ein Spruch.«

»Du bist komisch, hat dir das schon mal jemand gesagt?«

»Und das sagst ausgerechnet du?«

Jetzt arbeitete sich auch bei ihm ein Lachen aus der Brust. »Du hast recht. Mir steht es nicht zu, so etwas zu sagen.«

Sie sah nach oben auf den Mond und schüttelte den Kopf. »Das ist der merkwürdigste Urlaub, den ich je gemacht habe.«

»Das liegt wohl daran, dass du auf den Spuren der Vergangenheit bist, und die Vergangenheit manchmal merkwürdig ist.«

»Oder tragisch, wie im Fall von diesem Ort.«

Sie hatten die Haustür erreicht, und er sah sie einen Moment an. »Nimmst du es mir übel, dass ich deinen romantischen Blick auf Haworth getrübt habe?« Vielleicht war es nicht fair gewesen, sie derart zu belasten. Em schien ein gefühlvoller Mensch zu sein und hatte auf dem Friedhof sichtlich aufgewühlt gewirkt.

»Du weißt, ich will alles wissen. Irgendwas hier ist der Schlüssel zum Geheimnis meiner Mutter.«

Nickend griff er nach der Klinke und hielt ihr die Tür auf. Flink huschte sie an ihm vorbei und die Treppe hinauf.

»Schönen Abend gehabt?«, hörte er seine Mutter aus dem Aufenthaltsraum fragen. Mit einem Buch saß sie vor dem Kamin und grinste ihm selig zu.

»Schlaf gut, Mum.« Polternd schritt er die Treppe hoch und sah gerade noch, wie die Badezimmertür zufiel.

Kaum, dass er seine Zimmertür geschlossen und die Arbeitskleider für den nächsten Morgen gerichtet hatte, hörte er die Dusche rauschen. Noch immer wusste er nicht, was er von seiner Mitbewohnerin halten sollte. Aber ihre Lippen schmeckten besser, als es ihm recht war.

Unerbittlich piepste der Wecker in seinem nervig schrillen Ton. Jack rappelte sich gähnend auf und griff nach seinem Handy. Mit hochgezogenen Augenbrauen las er die Nachricht, die Edward ihm spät letzte Nacht geschickt hatte. *Fühle mich nicht gut. Mach heute ohne mich weiter.*

Sein Onkel war nie zu krank, um zu arbeiten. Selbst mit Grippe schleppte er sich noch aus dem Haus. Ganz offensichtlich wollte er ihm aus dem Weg gehen. In was für ein Wespennest hatte er da gestern nur gestochen?

Missmutig stand er auf und zog sich an. Nun würde er mit seinem Auto nach Hillcrest fahren müssen, um dort den Kastenwagen mit den Materialien und Werkzeugen zu holen. Er konnte nur hoffen, dass Edward den Schlüssel hatte stecken lassen, denn ihm war nicht danach, zu klingeln und mit ihm zu reden. Edward verheimlichte etwas, und es fuchste ihn, dass er nicht erkannte, was es war.

Auf Socken trat er in den Flur und lauschte. Aus Ems

Zimmer war kein Laut zu hören. Vermutlich schlief sie um diese Zeit noch. Beinahe vermisste er es, ihr Lächeln heute Morgen zu sehen, aber vermutlich war es besser so. Diese Frau verwirrte ihn, und das Letzte, was er brauchen konnte, war mehr Verwirrung.

***

**Em**

In einen dicken Wollpulli gehüllt trat Em aus ihrem Zimmer und lief zur Treppe. Von unten waren Gesprächsfetzen zu hören.

»Diese Frau, mit der er sich rumtreibt, die tut ihm nicht gut«, sagte eine tiefe, rauchige Stimme.

»Emily?« Rosie klang überrascht. »Sie ist ein ganz liebes Mädchen.«

»Das ist es ja. Halte ihn von ihr fern.«

Em hielt den Atem an. Leise ging sie einige Stufen nach unten und lehnte sich vor. Sie sah nur den Rücken des Mannes, doch sie hatte ihn schon einmal gesehen. Das musste Jacks Onkel sein. Die grauen Locken passten zu dem Mann, auf den sie bei ihrem Besuch in Hillcrest einen flüchtigen Blick geworfen und der ihr die Tür vor der Nase zugeknallt hatte.

»Was ist denn los?«, fragte Rosie mit Besorgnis in der Stimme.

»Hör einfach auch mich«, antwortete er kurz angebunden.

»Jack ist erwachsen, und ich kann ihm nicht vorschreiben, mit wem er sich trifft. Und außerdem ist es doch schön, dass er endlich mal wieder Kontakt zu jemandem aufnimmt und sich nicht nur mit dem Hund im Moor rumtreibt.«

»Wie lange wird sie denn noch hier sein?« Der Mann stemmte seine Hände an den Hosenbund.

»Das steht noch nicht fest.« Sie hörte Rosie laut ausatmen. »Ist da etwas, das ich wissen sollte?«

»Nein«, antwortete er eine Spur zu schnell. »Ich fahr wieder nach Hause. Wenn dir irgendwas merkwürdig vorkommt, dann ruf mich an.«

»Du machst mir Angst, Edward.«

»Das möchte ich nicht.« Seine Stimme klang etwas weicher. »Gib mir einfach Bescheid, wenn Jack sich eigenartig verhält.«

Rosie lachte hell auf. »Du meinst eigenartiger als normal?«

»Wir sehen uns.« Mit schlurfenden Schritten stapfte er zur Tür.

Em ging auf Zehenspitzen zurück in den Flur und in ihr Zimmer. Leise schloss sie die Tür und stürzte ans Fenster. Mit eingezogenem Kopf lief dieser Edward die Gasse entlang. Dieses Mal war sie es, die schnell den Kopf zurückzog, als er plötzlich stehen blieb und zu ihrem Fenster hinaufsah. Einen kurzen Moment hatte sie geglaubt, seinen grimmigen Blick auf sich zu spüren.

Mit weichen Knien sank sie auf die Bank vor dem Fenster. Dieser Mann wollte nicht, dass Jack sich mit ihr abgab. Also war ihr ungutes Gefühl am Tag zuvor nicht ohne Grund gewesen. Irgendetwas ging hier vor.

Schnell stand sie auf und griff nach ihrer Jacke. Dann huschte sie die Treppe hinunter. Rosie stand hinter dem Tresen und lächelte ihr zu. Die gerunzelten Augenbrauen entgingen Em nicht.

»Ich frühstücke heute mal in einem Café«, erklärte sie bemüht freundlich.

»Ich mache Ihnen gerne etwas, auch wenn die Frühstückszeit eigentlich schon vorbei ist.« Noch immer hielt sich das Lächeln, doch es wirkte eingefroren.

»Machen Sie sich wegen mir keine Mühe.« Flink huschte sie zur Eingangstür und trat hinaus.

Die Luft fühlte sich feucht an, doch es regnete nicht. Allerdings fehlte der gestrige Sonnenschein, und dünner Nebel hing in der Gasse. Em wickelte den Schal fester um ihren Hals und atmete tief ein. Zielstrebig ging sie auf die Straße mit den Geschäften und Pubs zu und sah sich nach einer Frühstücksmöglichkeit um.

Das dunkelgrüne Schild eines kleinen Cafés zog ihren Blick auf sich. *Emma's.* Weiße Gardinen an den Fenstern strahlten genau das aus, was sie jetzt brauchte: Gemütlichkeit.

Klingelnd verkündete die Glocke über der Tür ihr Eintreten. Ein Schild am Tresen wies darauf hin, dort zu bestellen und sich dann einen Platz an einem der winzigen Tische zu suchen. Die unzähligen verschiedenen Kuchensorten, niedlich arrangiert unter filigranen Glasglocken, verstärkten ihren Hunger nur noch.

Warum eigentlich nicht Kuchen zum Frühstück? Bei allem, was sich hier abspielte, konnte sie Nervennahrung gebrauchen. Wenn schon süß, dann richtig. Erwartungsvoll bestellte sie einen Salted Sticky Toffee Cake und eine Kanne Schwarztee.

Die Bedienung brachte ihr beides an den Tisch direkt hinter dem Frontfenster. Wie klein die Läden und Cafés in diesem Ort doch waren. Viel Platz boten die schmalen, alten Häuser nicht, dafür umso mehr Behaglichkeit.

Genüsslich schob sie sich die erste Gabel des klebrigen Kuchens in den Mund. An den ganzen Zucker, den sie sich damit einverleibte, versuchte sie nicht zu denken.

*Edward.* Was hatte sie diesem Mann getan, dass er extra zu Rosie lief, um dafür zu sorgen, dass sie Jack nicht zu nahe kam? Oder lag es gar nicht an ihr, sondern an Jack? Kitty hatte schon diese merkwürdigen Andeutungen gemacht und damit vermutlich versucht ihr zu verstehen zu geben, dass sie sich nicht für ihn interessieren sollte. Und doch hatte es Kitty ursprünglich gefallen, sie mit ihm zu sehen.

Mit gerunzelter Stirn nahm sie einen vorsichtigen Schluck des heißen Tees aus der zierlichen, mit rosa Blümchen verzierten Tasse. Zwei Leute, die sie davon abhalten wollten, sich Jack anzunähern. Abwesend schob sie sich eine weitere Gabel in den Mund und genoss die Süße.

Dass er gestern Abend zu ihr in den Pub gekommen war, hatte sie überrascht. Sie hatte angenommen, dass er die Sache einfach aussitzen würde. Er machte nicht gerade den Eindruck, gesprächig zu sein, und dennoch hatte er sie aufgesucht und den Kuss angesprochen. Und sich dafür entschuldigt.

Wie auch am Abend zuvor, baute sich Wut in ihr auf. Sie wollte nicht, dass er sich für diesen Kuss entschuldigte. Sie wollte einfach wissen, warum er sich danach so seltsam und kühl verhalten hatte und es als einen Fehler ansah. War es das?

Sein Kuss war voller Verlangen gewesen. Er hatte ihn genossen, da war sie sich sicher. So wie sie. Und doch war es eine Schnapsidee gewesen, sich küssen zu lassen. Noch dazu von einem Mann, den sie nicht kannte und der so viele Fragen aufwarf. Von diesem Einzelgänger, der so unheimlich verschlossen war.

Doch gestern hatte er sie überrascht. Als er sie gebeten hatte, die Augen zu schließen und diese Worte über das Leben von früher in ihr Ohr raunte. Wie ein Film war das Bild des damaligen Haworth vor ihrem geistigen Auge abgelaufen. Beinahe hatte sie geglaubt, den Gestank zu riechen. Und dann war er mit ihr auf den Friedhof gegangen. Erneut zog sich ihr Magen zusammen, als sie an die vielen Gräber dachte.

War ihre Annahme nicht gewesen, dass Jack nicht nur introvertiert, sondern auch wenig gefühlvoll war? Schlagartig hatte sich ihre Meinung geändert, als sie den Schmerz in seinen Augen sah. Den Schmerz über unzählige Kinderseelen, die nur wenige Straßen von seinem Zuhause in winzigen Gräbern übereinanderlagen. Als er über die Mütter sprach, die ihre Kinder dort beerdigen mussten, schien er deren Seelenqualen zu spüren.

Nein, Jack war nicht gefühlskalt. Er war das genaue Gegenteil davon, man musste nur hinter diese finstere Fassade sehen. Mit der Gabel schob sie ein Kuchenstück auf dem Teller hin und her. War es ihr gelungen, wirklich hinter diese Fassade zu schauen, oder verbarg sich da etwas, von dem sie keine Ahnung hatte?

Dieser Edward kannte seinen Neffen, sollte sie sein Verhalten als Warnung betrachten? Dafür, sich von Jack fernzuhalten? Was brachte es überhaupt, sich mit ihm anzufreunden? Er lebte hier, war der wohl schwierigste Mann, der ihr je begegnet war, und bald würde sie wieder abreisen. Wofür tat sie sich dieses Grübeln an?

Stattdessen sollte sie sich auf den Grund für ihre Reise konzentrieren. Auch wenn Rollo endlich ihren Verdacht bestätigt hatte, dass ihre Mutter in diesem Ort etwas Einschneidendes erlebt haben musste, so war sie der Lösung des Rätsels bisher keinen Schritt näher gekommen. Stattdessen wanderten ihre Gedanken immer wieder zu Jack.

Erstaunt stellte sie fest, dass sie bereits das ganze große Kuchenstück verdrückt hatte. Genüsslich trank sie den wärmenden Tee und bezahlte dann.

Mit vollem Magen war die feuchte Kälte deutlich besser auszuhalten. Ziellos sah sie die Straße hinunter. Was sollte sie mit diesem Tag anfangen? Sie hatte nicht daran gedacht, sich von Jack den Weg zu Top Withens erklären zu lassen und so grenzenlos, wie sie das Hochmoor am gestrigen Tag erlebt hatte, wäre es vermutlich leichtsinnig, einfach loszulaufen. Abgesehen davon war eine vierstündige Wanderung bei diesem Wetter auch nicht verlockend.

Einige Häuser weiter entdeckte sie bei der kleinen Galerie, durch dessen Fenster sie schon einmal gespäht hatte, die geöffnete Ladentür. Beschwingt ging sie darauf zu und betrat den winzigen Verkaufsraum. Von allen Seiten leuchtete ihr das Moor entgegen. Kunstdrucke von Ölbildern und Kreidezeichnungen hingen und standen an jedem freien Platz, und am Boden stapelten sie sich hintereinander in ihren Passepartouts.

Am Schreibtisch saß ein Mann und sah zu ihr auf. »Kann ich Ihnen helfen?«

Begeistert deutete sie auf die Bilder. »Sind die alle von Haworth und der Umgebung?«

»Ich male nur diese Region.«

»Die sind von Ihnen?«

Ihr Strahlen musste ansteckend sein, denn das Gesicht des Mannes hellte sich auf. »Jedes Einzelne«, verkündete er.

Ems Blick wanderte über die Gemälde. Die meisten waren realistisch und zeigten das Moor so, wie sie es am Tag zuvor gesehen hatte. Berauschend farbintensiv. Einige Bilder waren im Sommer gemalt worden, denn die Heideblumen zeigten sich in voller Pracht. So musste es ausgesehen haben, als ihre Mutter damals für ihren Auftrag hier arbeitete.

Mit einem Kribbeln im Magen, das sonst nur die Bilder ihres Vaters in ihr auslösten, kniete sie sich hin und blätterte durch einen Stapel Drucke, die an einem Regal lehnten. Als leuchtendes Orange und Braun ihr ins Auge stachen, hielt sie inne. Bedacht zog sie das abstrakt gearbeitete Ölbild heraus.

Im Gegensatz zu den anderen Bildern musste man hier wissen, was man betrachtete, um zu erkennen, dass es ich um ein Werk handelte, das die Wildnis der Pennines darstellte. Mit groben Pinselstrichen waren die Umrisse der Hügel herausgearbeitet worden. Em glaubte beinahe, in das Bild hineingezogen zu werden.

Genau so hatte sie die Umgebung während des Spaziergangs mit Jack wahrgenommen. Langsam stand sie auf und konnte ihren Blick noch immer nicht von den satten Farben nehmen.

»So male ich eigentlich«, erklärte der Künstler. »Tatsächlich ist das mein Lieblingsbild.«

Em sah auf. »Es ist berauschend.«

Mit der Hand deutete er auf die Bilder an der Wand. »Die realistischen hier kaufen die Kunden gerne, deshalb male ich sie. Aber das hier«, er sah auf den Kunstdruck in ihren Händen, »das bin ich.«

»Ich nehme es«, entschlüpfte es ihr spontan.

»Eine ausgezeichnete Wahl.« Er trat auf sie zu und lehnte sich über das Bild. »Das ist die Sicht auf Top Withens.«

Ein Kribbeln durchfuhr ihren Körper. »Ich nehme es«, beteuerte sie erneut.

»Wunderbar.« Er trat hinter den Schreibtisch, um den Betrag in die Kasse einzugeben.

Ein plötzliches Verlangen, das sie schon seit Jahren nicht mehr verspürt hatte, breitete sich in ihr aus. »Kann ich bei Ihnen zufällig etwas Zeichenpapier kaufen?«

Er zog die Augenbrauen hoch. »Sie malen?«

»Schon länger nicht mehr«, antwortete sie ausweichend.

Nickend öffnete er eine Schublade und zog einen Block hervor. »Dann möchte ich Ihnen diesen hier schenken. Von einem Künstler an einen anderen.«

»Ich bin kein Künstler«, murmelte sie und legte das Bild auf die Tischplatte, damit er es einpacken konnte.

»Vielleicht ja doch?« Ein aufmunterndes Lächeln zog sich über seinen breiten Mund. »Brauchen Sie auch Farben?«

»Ein Bleistift reicht.«

»Dann noch ein Bleistift.« Einen Moment kramte er in der Schublade und schob Stift und das Papier in eine Tüte. Dann packte er den Kunstdruck vorsichtig in einen Umschlag. »Dreiunddreißig Pfund für dieses Stück vom Moor«, erklärte er lachend.

Em gab ihm fünfunddreißig und griff nach der Tüte. »Ich werde es in Ehren halten«, beteuerte sie.

»Da bin ich mir ganz sicher.« Zufrieden lehnte sich der Mann im Stuhl zurück. »Viel Erfolg beim Zeichnen.«

Hatte sie das eben tatsächlich getan? Wollte sie wirklich tun, was sie schon seit Jahren aus ihrem Leben verdrängt hatte? Zögernd sah sie sich in der Straße um. Nur, was sollte ihr Motiv sein? Die niedlichen Geschäfte? Nein, das war zu banal. Es musste etwas sein, was sie berührte.

Mit schnellen Schritten bog sie in die Gasse zur Kirche ab und trat auf den Kiesweg des Friedhofes. Im Nebelschleier lag hinter den Grabsteinen das Wohnhaus der Brontës, das am Abend zuvor von der Dunkelheit verschluckt worden war. Augenblicklich wurden die gleichen Empfindungen in ihr wach, wie bei ihrem Besuch mit Jack.

Langsam ging sie zwischen den Gräbern hindurch und las die Inschriften, die noch nicht zu verwittert waren. Wie viele Menschen lagen hier auf dem kleinen Stück Land? Waren es Hunderte oder mehr? Fröstelnd setzte sie sich auf eine niedrige Mauer und zog Bleistift und Block heraus.

*Nicht denken. Einfach machen.*

Mit steifen Fingern führte sie den ersten Strich aus.

# Kapitel 8

**Jack**

Jack stellte den Motor aus und sah auf das imposante Landhaus. Wie erwartet hatte der Schlüssel am Morgen im Kastenwagen gesteckt und Edward sich nicht gezeigt. Und auch jetzt war von seinem Onkel nichts zu sehen.

Sollte er klingeln und ihn zur Rede stellen? Vermutlich würde der alte Mann auch heute kein Einsehen haben. Oh, wie Edward ihn manchmal wahnsinnig machte. Und doch bedeutete dieser Mann ihm viel.

»Was meinst du?«, brummte er dem Hund auf dem Beifahrersitz zu, doch Indie stellte nur die Ohren auf und legte den Kopf schief. »Dann eben nicht.«

Er stieg aus und knallte die Tür etwas zu laut zu, um Edward die Chance zu geben, sich doch noch zu zeigen. Doch die Haustür öffnete sich nicht.

»Sturer alter Bock.« Murmelnd ging er zu seinem Auto und ließ Indie hineinspringen. Dank Edward hatte er den ganzen Tag ohne eine Minute Pause geschuftet, und nun fühlten sich all seine Glieder schwer an. Nach Hause zu gehen kam dennoch noch nicht infrage. Sein allabendliches Ritual ausfallen zu lassen war keine Option.

Durch die breite Einfahrt fuhr er auf den Parkplatz des weitläufigen neueren Friedhofs und stieg aus. Die Dämmerung hatte bereits eingesetzt, und wie meist war hier um diese Uhrzeit keine Menschenseele zu sehen. Der Hund schnüffelte im Gras, während er auf den Eingang starrte.

Den ganzen Tag hatte er immer wieder an Em gedacht. An den Kuss und an den gestrigen Abend. An ihre Reaktion auf dem alten Friedhof. Sie hatte sein Bedauern gespiegelt, und das erste Mal hatte er das Gefühl gehabt, seine Gedanken teilen zu können. Sie hatte ihn nicht ausgelacht für seine Sicht auf die Dinge und seine Schwermut. Stattdessen suchte sie seine Nähe und war einen Augenblick in seine Welt abgetaucht.

Hier war er mit ihr vorbeigegangen, als sie sich am zweiten Abend ihres Aufenthalts zufällig begegnet waren. Wie wütend er auf sie gewesen war, weil sie sein Heiligstes betreten hatte, während er selbst seit Jahren keinen Fuß auf das Grundstück gewagt hatte. Und wie begeistert sie von allem dort gewesen war. All das, was ihn vor langer Zeit ebenso an dem Platz fasziniert hatte.

»Was meinst du, ist es heute so weit?« Fragend sah er den Hund an.

Vielleicht war es endlich an der Zeit, dass er etwas tat, was er bisher aufgeschoben hatte. Die Welt war auch nicht untergegangen, nur weil er gestern den *Black Bull* betreten hatte. Energisch stieß er einen Pfiff aus und lief die Einfahrt zurück und auf den Weg, der an der Friedhofsmauer entlangführte. Als er den Hügelkamm erreicht hatte, bog er auf die schmale Landstraße ein. Wurden seine Schritte langsamer, oder bildete er sich das nur ein? *Stell dich nicht so an.*

Prüfend warf er einen Blick auf die Schafe. Der Bock leistete gute Arbeit, die meisten Schafe standen mit leuchtend roten Hinterteilen auf der Weide. Ems Lachen kam ihm in den Sinn. Ausgelassen hatte sie beinahe Tränen gelacht, und das nur wegen seiner Schafe.

Wie sehr er sie beneidete, sich über kleine Dinge freuen zu können. Sie schien beinahe eine Gabe zu haben, die gute Seite in allem zu erkennen. Ihre Begeisterung war lebhaft, voller Energie.

Als er aufsah, stand er bereits vor dem kleinen Tor. Jack presste die Lippen aufeinander und kniete sich hin. Mit zitternden Fingern berührte er die beiden Glasscheiben in der Mauer. *Meine Sterne.* Indie war längst bellend hinter dem kleinen Haus verschwunden.

Stöhnend stand er auf und suchte an seinem Schlüsselbund den passenden Schlüssel heraus, dann trat er über den schmalen Weg zur Haustür und öffnete sie.

Der Geruch von feuchtem Stein und Stillstand schlug ihm entgegen. Nur wenig Licht drang durch die Fenster herein. Der verdreckte Boden knirschte unter seinen Schuhsohlen, als er in den Wohnbereich hinüberging.

Alles hier war so wie an dem schicksalhaften Tag, an dem er nicht nur das Cottage, sondern auch sein Leben zurückgelassen hatte. Mit der Hand berührte er den Stiel des schweren Hammers, mit dem er damals die Wand zertrümmert hatte, um dem Haus mehr Weitläufigkeit zu geben. Sogar seine alte Thermoskanne stand noch in der Ecke.

Das ungeputzte Wohnzimmerfenster gab den Blick auf das Moor frei, und Jack hielt einen Moment inne. Diese Aussicht war der Grund gewesen, dass er das kleine baufällige Cottage vor Jahren gekauft hatte.

Er lehnte die Stirn gegen die Scheibe. Beinahe schmerzend kroch die Kälte des Fensters in seinen Kopf. Das Dach hatte er als Erstes erneuert, um hier im Trockenen arbeiten zu können. Dann war der Kamin dran gewesen. Im Winter über Stunden zu schuften, war nur mit einem Feuer möglich gewesen.

Er löste sich vom Fenster und ging zu dem Kamin hinüber. Die Kiste mit dem Holz stand verstaubt daneben. Ob das Teil noch zog? Er wusste nicht, warum er es tat, aber zielstrebig begann er, das Holz aufzuschichten. Dünne Äste, darüber immer dicker werdend die Holzscheite. Selbst die Streichhölzer lagen noch auf dem Steinvorsprung.

Kurze Zeit später prasselte ein beruhigendes Feuer in dem einzigen Kamin, den er je gebaut hatte. Der sein Leben hätte erwärmen sollen.

Den Plan, das obere Stockwerk zu betreten, verschob er auf ein anderes Mal. Das alles überwältigte ihn schon genug. Und dabei hatte er seit Monaten das Gefühl gehabt, sich langsam, aber sicher wieder gefangen zu haben.

Die ohnmächtige Trauer vom Anfang war über die Jahre leichter erträglich geworden. Zwar begleitete sie ihn auch heute noch jeden Tag, doch es ging wieder. Was allerdings nie zurückgekehrt war, war die Hoffnung. Es gab keine Hoffnung für ihn. Die Zukunft war nichts als ein düsteres Bild aus einsamen Nächten, stillen Wanderungen durchs Moor und verbissener Arbeit an baufälligen Mauern. Jeden Tag. Immer wieder.

Indies Bellen erklang. Ein Blick nach draußen verriet, dass es inzwischen beinahe dunkel war. Das Klopfen an der Tür ließ ihn zusammenfahren. Nur das warme Licht des Feuers erhellte den Raum, in dem er seinen Gedanken nachhing. Wer kam auf die Idee, an ein leer stehendes Haus zu klopfen? Mit schallenden Schritten ging er in den Flur und entriegelte die schwere Originaltür des Cottages.

»Was willst du hier?«, entfuhr es ihm etwas zu barsch, was er sogleich bereute.

Mit einem unsicheren Lächeln sah Em zur Seite und zuckte mit den Schultern. »Ich habe die letzten Stunden am Laptop gesessen, um ein paar Aufträge fertigzumachen, und wollte noch etwas frische Luft schnappen. Als ich hier vorbeiging, kam dein Hund mir entgegen, und dann habe ich Rauch aus dem Kamin gesehen.« Sie schielte an ihm vorbei ins Haus. »Wieso bist du hier, ich dachte hier wohnt niemand?«

Er schloss die Augen einen Moment und trat zur Seite. »Das ist mein Haus.«

»Deins?« Mit erstauntem Blick trat sie ein. Knallend fiel die Tür ins Schloss.

Wortlos ging er in den unfertigen Wohnbereich zurück, stellte einen Eimer verkehrt herum vor das Feuer und bedeutete ihr, sich zu setzen, während er selbst auf die Holzkiste sackte.

Mit weit geöffneten Augen sah sie sich um und rieb dabei ihre Hände. »Die Wärme tut wirklich gut. Der Wind ist eisig«, sprach sie leise.

Auch seine Glieder fühlten sich nach knapp zehn Stunden Arbeit im Yorkshire-Wind steif an. Nickend warf er ein weiteres Scheit ins Feuer.

»Morning Star«, flüsterte Em andächtig und strahlte ihn an, was ihm einmal mehr das Gefühl gab, sein Leben im völlig falschen Licht zu sehen. Doch während Em von Helligkeit umgeben schien, war bei ihm nur Finsternis zu finden.

»Es hieß schon so, als ich es gekauft habe.«

»Und wenn man Post hierherschicken will, dann muss man tatsächlich den Hausnamen draufschreiben und keine Hausnummer? Funktioniert das wirklich so?«

»Viele Häuser haben hier keine Hausnummer. Morning Star auch nicht.« Dass es niemals dazu kommen würde, dass hier Post ankam, behielt er für sich.

»Ich glaube, ich habe noch nie so ein schönes Haus gesehen.« Sie rückte ein wenig näher ans Feuer und streckte ihre Hände den Flammen entgegen.

»Das hier ist kein Haus, hier lebt niemand. Es ist eine baufällige Ruine und mehr nicht.« Bitter rieb er sich über den Bart.

»Ich meine das, was daraus werden kann.« Wieder lächelte sie ihm zu, und Jack wünschte, sie würde es unterlassen. »Ich sehe es beinahe vor mir.«

»Das habe ich auch mal«, murmelte er und stützte den Kopf in die Hände.

»Dein Onkel war heute bei deiner Mutter«, platzte es plötzlich aus ihr heraus.

Augenblicklich richtete er sich auf. »Im B&B?«

Sie nickte und runzelte die Stirn.

»Angeblich ist er krank, aber mir war schon klar, dass er mir nur aus dem Weg gehen will.«

»Und warum?«

»Da bin ich mir nicht sicher. Er war irgendwie merkwürdig. Hat rätselhafte Sachen gesagt.«

»Dass du dich von mir fernhalten sollst?« Wach sah sie ihn an.

»Woher weißt du das?«

»Ich habe ein Gespräch zwischen ihm und deiner Mutter belauscht. Also unabsichtlich.« Sie schüttelte den Kopf und starrte ins Feuer. »Er hat deiner Mutter gesagt, sie solle dafür sorgen, dass du nichts mit mir zu tun hast.«

»Er hat *was?*« Jack sprang auf und trat gegen die Kiste. Polternd kippte sie zur Seite, und die Holzscheite rutschten auf den staubigen Boden. »Und was hat meine Mutter gesagt?«

»Sie hat es nicht verstanden, und er hat auch nicht ausgeführt, wie er darauf kommt.« Im Schein des Feuers konnte er erkennen, wie sie ihre Unterlippe vorschob. »Aber jetzt schaut Rosie mich so komisch an, wenn sie mich sieht. Als hätte ich irgendwas getan.«

Das war doch nicht zu glauben. Was zum Teufel ging hier

vor? Seit wann mischte Edward sich derart in sein Leben ein? »Das liegt nicht an dir, ich nehme an, der Kerl wird langsam alt und eigenartig.«

»Warum will er nicht, dass wir uns näherkommen?«

»Näherkommen?« Fragend schielte er zu ihr hinüber. »Ist es das, was mit uns passiert?«

Em hielt den Blick weiter aufs Feuer gerichtet und zuckte mit den Schultern. »Vielleicht.« Er sah, wie sie tief Luft holte. »Würdest du das denn wollen?«

»Du bist sehr direkt.« Er beugte sich hinunter und sortierte das Holz zurück in die Kiste.

»Du hast mich geküsst. Das ist wohl direkter, oder nicht?« Als er aufsah, grinste sie ihn herausfordernd an.

»Ich habe mich doch schon entschuldigt«, brummte er ihr zu.

»Du bist so ein Idiot«, entfuhr es ihr. Ruckartig stand sie auf und trat vor ihn. Mit funkelnden Augen reckte sie das Kinn nach oben, um zu ihm aufzusehen. »Du sollst dich nicht für den Kuss entschuldigen.«

»In Ordnung. Dann entschuldige ich mich eben nicht.« Fasziniert betrachtete er das Licht und die Schatten, die das Feuer auf ihren offenen Haaren tanzen ließ.

Sie riss ihn aus seiner Beobachtung: »Und was machen wir jetzt?«

»Was meinst du?«

»Sollen wir uns noch mal küssen, um zu sehen, ob da mehr dahintersteckt?« Sie schlug die Augen nieder und rieb mit der Schuhspitze in der dicken Staubschicht.

»Willst du das denn?«, fragte er heiser nach.

»Kann schon sein.« Noch immer war ihr Kopf nach unten geneigt.

Jack seufzte auf und rieb sich über den Nacken. Wie sehr er sie in diesem Moment an sich ziehen und küssen wollte. Doch dass sie hier war, in diesem Haus, war ein Zeichen.

Wenn er Em gegenüber fair sein wollte, musste er die Karten auf den Tisch legen. Ihr seine Geister zeigen, damit sie die Möglichkeit hatte, zu entscheiden, ob sie seine Nähe wirklich wollte. »Komm mit.«

***

## Em

Statt ihr eine klare Antwort zu geben, ob er an ihr interessiert war, schleppte dieser undurchschaubare Kerl sie durch die Dunkelheit.

Gerade so war der schmale Pfad entlang der Friedhofsmauer zu erkennen, und immer wieder stolperte sie über Zweige und über Büsche, die in den Weg hineinragten. Zielstrebig stapfte Jack vor ihr und schien nicht auf die Idee zu kommen, ihr zu sagen, wo er hinwollte. Ihr blieb nichts anderes übrig, als ihm zu folgen und abzuwarten.

Hier und da leuchteten die hellen Flecken auf Indies Fell auf, doch gleich darauf verschwand der Hund wieder zwischen Gestrüpp. Wie ungern sie eben das wohlige Feuer und dieses wunderbare Haus verlassen hatte. Und das alles, um außerhalb von Haworth durch die Wildnis zu streichen?

Jack hatte bereits das Ende des Wegs erreicht und wartete, bis sie ihn eingeholt hatte.

»Und jetzt?« Fragend sah sie ihn an.

Mit der Hand deutete er auf die Einfahrt des Friedhofs.

»Das ist nicht dein Ernst, nicht um diese Zeit.« Energisch verschränkte sie die Arme vor der Brust.

»Es ist notwendig«, sagte er leise. »Bitte.«

»Aber du bleibst in meiner Nähe!« Wenig begeistert ging sie auf das breite Tor zu, dessen hohen Gittertüren wie gewaltige Flügel offen standen.

»Versprochen.«

Hinter dem Tor teilte sich der Weg in zwei Richtungen, was dahinter lag, war durch die Dunkelheit nicht zu erkennen. Indie lief ihnen voraus rechts entlang und schien bestens zu wissen, wohin sein Herrchen gehen wollte. Hier und da tauchten Grabsteine auf, die im Gegensatz zu den Friedhöfen, die sie kannte, nicht ordentlich in Reihe, sondern ohne klares Muster angelegt erschienen.

»Ich mag keine Friedhöfe«, flüsterte Em und rückte etwas näher an ihren Begleiter heran. Selbst um ihre Mutter trauerte sie lieber zu Hause, oder sie sprach in Gedanken auf Spaziergängen mit ihr. Nur ab und zu führte sie das Pflichtbewusstsein an ihr Grab.

Jack zog sein Handy aus der Hosentasche und stellte das Licht an. »Besser?«

»Etwas«, log sie.

Der Weg führte den Hang hinauf, und Em überlegte, wer auf die Idee gekommen war, einen Platz wie diesen für solch einen Ort auszuwählen. Aber da es hier nicht wirklich ebene Flächen gab, hatte es vermutlich keine anderen Möglichkeiten gegeben.

Schließlich hielt Jack an und atmete hörbar durch. Dann richtete er das Licht auf den Grabstein, der vor ihnen lag. *In Erinnerung an Madeline Stuart.*

Irritiert betrachtete sie die goldenen Buchstaben und die Geburts- und Todesdaten. Die Frau war mit einunddreißig vor vier Jahren verstorben. »Wer war sie?«, fragte sie vorsichtig.

»Meine Verlobte«, sagte Jack, beinahe tonlos.

In der Dunkelheit suchte ihr Blick sein Gesicht, doch unter dem dichten Bart war keine Regung zu erkennen. Das war es also. Die Last, die er mit sich herumschleppte.

»Das tut mir furchtbar leid.« Wieder sah sie auf den Namen, der ihm so viel bedeutet haben musste. »Wie ist sie gestorben?« Sanft legte sie ihre Hand an seinen Arm. »Du musst nicht darüber sprechen, wenn du nicht willst.«

»Doch, genau das muss ich. Es wird Zeit.« Er räusperte sich und verschränkte die Arme vor der Brust. »Sie war schwanger, und wir wollten heiraten. Das Jahr zuvor hatte ich Morning Star gekauft, um dort mit ihr zu leben und eine Familie zu gründen. Ich war in jeder freien Minute im Cottage, um es zu renovieren. Habe mich richtig darin verbissen.« Er stieß ein Brummen aus, und Em konnte seinen Atem in der eisigen Luft erkennen. »Dabei hätte ich meine Zeit mit ihr verbringen sollen, aber ich hatte ja keine Ahnung davon, was auf uns zukommen sollte.«

Mühsam presste Em die Lippen aufeinander. Sein Schmerz war geradezu greifbar. Abwartend sagte sie nichts und hoffte, dass er weitersprechen würde.

»An dem Tag, als es passiert ist, bin ich wie immer direkt von der Arbeit aus zum Cottage gefahren. Ich wollte die Wohnzimmerwand rausreißen, weil Maddie sich eine offene Küche wünschte. Irgendwann rief sie an und fragte, ob ich bald vorhätte, nach Hause zu kommen.« Er zögerte und rieb sich über das Gesicht. »Ich meinte, ich käme bald, habe dann aber noch mindestens zweieinhalb Stunden weitergemacht. So genau weiß ich das gar nicht mehr.« Seine Stimme stockte, und er ging in die Hocke. Seine Hand fuhr in die Kieselsteine des Weges. »Als ich endlich zu unserer Wohnung gefahren bin, habe ich schon vor dem Haus gehört, wie Indie unablässig bellte. Dass etwas nicht stimmte, war offensichtlich. Ich stürzte rein und fand sie bewusstlos auf dem Sofa.«

Em kniete sich neben ihn, traute sich jedoch nicht, nach seiner Hand zu greifen. Immer wieder schüttelte er den Kopf. »Sie war zuckerkrank und die Schwangerschaft eine Belastung und nicht einfach. Doch zwei Wochen zuvor hatten die Ärzte die Insulindosen neu eingestellt, und es ging ihr besser. Eigentlich.« Wieder pausierte er und schien Mut zu brauchen, um weiterzusprechen. »Ich habe den Notruf gewählt, und innerhalb kürzester Zeit lag sie auf der Intensivstation. Allerdings war es zu spät und der Schock, den sie erlitten hatte, zu schwerwiegend. Ich konnte nichts weiter tun, als ihre Hand zu halten und zuzusehen, wie sie nur kurz darauf starb.«

»Und euer Kind auch.«

»Sie war erst in der neunzehnten Woche und das Kind noch nicht weit genug entwickelt, um im Brutkasten zu überleben. Ein paar Wochen mehr und ein Notkaiserschnitt hätte zumindest meine Tochter retten können.«

Er hatte an dieser Stelle nicht nur die Frau, die er liebte, sondern auch sein Kind beerdigt. Em wischte sich die Träne von der Wange, die zu unterdrücken unmöglich gewesen war. Sie hatte um ihre Mutter getrauert und tat es noch immer. Doch was Jack verloren hatte, war unbegreiflich.

Er sah zu ihr herüber, und sie glaubte, unter seinem Bart ein trauriges Lächeln zu entdecken. »Jetzt weißt du es«, murmelte er, stand auf und reichte ihr seine Hand.

Zitternd griff sie danach und ließ sich von ihm hochziehen. »Ich weiß nicht, was ich sagen soll, außer dass es mir so unheimlich leidtut.«

»Du musst nichts sagen. Ich wollte einfach, dass du einen Teil meiner Geister kennst.«

»Einen Teil?«, fragte sie leise nach.

Er antwortete nicht, sondern trat an den Grabstein heran und fuhr mit der Hand darüber. »Ich komme fast jeden Abend her, um beiden eine gute Nacht zu wünschen. Ich weiß, das ist unsinnig, aber es ist zur Gewohnheit geworden.«

»Es ist nicht unsinnig. Es ist wunderschön.« Sie folgte ihm und legte ihre Hand ebenfalls auf den Stein. »Schlaft gut.«

»Sie hätte dich gemocht«, brummte Jack ihr zu, während er zurück auf den Weg ging.

Eilig huschte sie hinter ihm her. »Maddie?«

Er nickte. »Sie hat ebenso gerne gelacht wie du. Ich glaube, sie hat für uns beide gelacht, wenn ich es nicht konnte.«

»Trauerst du noch?« Wie weit war dieser Mann mit der Verarbeitung seines Verlustes?

»Seit einer Weile ist das vorbei. Die ersten beiden Jahre waren schlimm. Natürlich werde ich immer trauern, aber es bestimmt mich nicht mehr so wie zuvor.«

»Und trotzdem bist du so ein merkwürdiger Einzelgänger.« Sie erkannte erleichtert, dass sie das Tor beinahe erreicht hatten.

Jack lachte tief auf. »Das war ich schon, bevor ich Maddie kennengelernt habe. Das liegt mir im Blut.«

»Und das bedeutet?«

»Das ist eine Geschichte für einen anderen Tag.«

»Ich bin noch eine Weile hier.«

»Ich weiß. Und inzwischen stört mich das auch nicht mehr so.«

Sie zog die Augenbrauen hoch. »Ich habe dich gestört?«

»Du hast mich durcheinandergebracht.«

»Und jetzt tue ich das nicht mehr?«

»Doch. Aber ich mag es irgendwie.«

»Irgendwie«, wiederholte sie. »Also nerve ich dich nicht?«

»Ein klein wenig.«

»Soll ich damit aufhören?«

»Auf keinen Fall.« Er versetzte ihr einen leichten Stoß an den Oberarm, was sie beinahe stolpern ließ.

Mit einem Klaps auf seinen Hinterkopf revanchierte sie sich für den Angriff. »Dein Onkel denkt, ich soll damit aufhören.«

»Mich interessiert nicht, was mein Onkel denkt«, brummte Jack.

»Aber wie kommt er nur darauf?« Die Frage ließ sie einfach nicht los. »Sollte er sich nicht für dich freuen?«

»Ach, Em. Was weiß denn ich? Vielleicht hat er Sorge,

dass ich es nicht aushalten könnte, wenn mir mein Herz erneut gebrochen wird.«

Nahm Edward an, dass sie ihm sein Herz brechen würde? Sie hatten sich nur einmal geküsst, und das Herz dieses Mannes war von seiner Vergangenheit erfüllt. »Also soll ich ignorieren, was er gesagt hat, ebenso wie die Blicke deiner Mutter?«

»Das wäre wohl das Beste.«

»Wird gemacht.« Lächelnd ging sie neben Jack zu seinem Auto.

Jack hatte sich geöffnet, und es musste ihn einiges an Überwindung gekostet haben. Ein Ziehen in ihrem Bauch begleitete den Wunsch nach einem Kuss. Doch Jack zu küssen, nachdem sie am Grab seiner Verlobten gestanden hatten, wäre respektlos der Frau gegenüber, die diesen Mann einst liebte.

Einen Moment versuchte sie sich vorzustellen, wie Jack wohl heute wäre, wenn das alles nie passiert wäre – als liebenden Familienvater im Wohnzimmer des renovierten Morning Stars. Wie er mit seiner Tochter durch den Garten auf das Moor zuging.

»Stimmt was nicht?«, brummte er und betrachtete sie stirnrunzelnd.

Eilig schüttelte sie den Kopf. »Nur ein Gedanke.«

»Ein schöner?«

Lächelnd hakte sie sich bei ihm ein. »Ich bin mir sicher, er hätte dir gefallen.«

***

**Jack**

In Arbeitshose und den schweren Schuhen klopfte er an Ems Tür. »Bist du wach?«, rief Jack ungeduldig.

»Es ist offen, komm rein«, schallte es zurück, gefolgt von lautstarkem Gähnen.

Einen Augenblick genoss er den Anblick, der sich ihm bot. Eingemummelt in gleich zwei Decken, die sich wie ein Berg über ihrem schmalen Körper auftürmten, sah sie ihn mit verstrubbelten Haaren müde an. »Abendessen. Gegen sechs im *The Fleece Inn?*«

»Das ist unten in der Straße hinter den Geschäften, oder?«, fragte sie nach und gähnte erneut ungeniert.

»Genau. Also ja?«

»Ja. Wenn du bezahlst.«

»Das kann ich mir gerade noch leisen«, scherzte er und warf einen letzten Blick auf ihr müdes Gesicht. Sah sie nicht niedlich aus, so verschlafen, wie sie war?

Zufrieden zog er die Zimmertür zu und eilte die Treppe nach unten und in die Küche. Wie jeden Morgen hatte seine Mutter ihm bereits einen beachtlich gefüllten Frühstücksteller gerichtet, was wohl einer der Vorzüge an seiner Wohnsituation war. Immerhin kam er so in den gleichen Genuss wie die Gäste.

Mit verengten Augen reichte sie ihm den Teller. »Warum pfeifst du?«

Überrascht sah er sie an. »Ich habe nicht gepfiffen.«

»Hast du doch. Ein Lied. Ich habe es genau gehört.«

»Ich pfeife aber nie.«

»Ich weiß.« Kopfschüttelnd hielt sie ihm das Besteck hin. »Gibt es denn einen besonderen Grund dafür?«

»Ich sage doch, ich habe nicht gepfiffen.«

»Ach, lassen wir das.« Kopfschüttelnd wandte sie sich wieder der Pfanne zu.

»Danke dir, es sieht wie immer wunderbar aus.« Er trat hinter sie und drückte ihr einen Kuss auf die Wange.

Lachend fuhr seine Mutter herum. »Wofür war der denn?«

»Für das Frühstück, nehme ich an.«

»Den letzten Kuss hast du mir mit etwa zehn Jahren gegeben«, bemerkte sie und stemmte die Hände in die Hüften.

»Na, dann wurde es mal wieder Zeit.« Mit schnellen Schritten trat er in den Flur, um in den Frühstücksraum zu gehen.

»Du pfeifst schon wieder«, rief Rosie ihm hinterher.

»Tu ich nicht«, gab er lauthals zurück und setzte sich an seinen Stammplatz in der Ecke neben dem Kamin, wo er meist seine Ruhe vor den Gästen hatte.

Hatte er tatsächlich ein Lied gepfiffen? War er etwa gut gelaunt? Lag es daran, dass es sich anfühlte, als sei ihm eine Last von den Schultern gefallen, seit er endlich über Maddie und das Kind gesprochen hatte? Offensichtlich war dafür nötig gewesen, dass eine fremde Frau in seinen Ort kam.

Gierig lud er sich Baked Beans auf die Gabel und ließ ein Stück Speck fallen, das der Hund unter dem Tisch schmatzend hinunterwürgte.

Es hatte sich tatsächlich gut angefühlt, Em das Grab zu zeigen. Seine Trauer für einen Moment zu teilen und sich nicht wie üblich allein zu fühlen. Sie hatte ehrlich betroffen gewirkt. Ja, diese Frau, die so schön lachen konnte, hatte ein gutes Herz. Und sie strahlte wie die Sonne, sobald sich Freude auf ihrem Gesicht abzeichnete.

Wo das alles hinführen sollte, war ihm noch nicht klar. Aber sie war noch eine Weile hier, und er konnte es herausfinden. Endlich versuchen, sich zu öffnen.

Schwatzend betraten zwei ältere Damen das Zimmer und setzten sich an den Tisch neben ihn. Eine hielt den Stadtplan von Haworth in der Hand und ganz offensichtlich besprachen sie die Pläne für den Tag.

Jack schaufelte sich die Eier in den Mund und leerte den Tee. Doch er war nicht schnell genug.

»Können Sie uns nicht sagen, was man hier unbedingt sehen muss?«, flötete die Frau mit dem Stadtplan, und ihre grauen Locken wippten auf und ab, als sie sich zu ihm umdrehte.

»Die Gräber«, brummte er und stand auf.

Hörbar sog die Frau Luft ein und schüttelte pikiert den Kopf, während er nach seinem Teller und dem Besteck griff.

Jack unterdrückte ein Grinsen und trug das Geschirr zurück in die Küche. »Drüben sind zwei Gäste, die wissen wollen, was man hier unternehmen kann«, sagte er zu seiner Mutter. »Mein Vorschlag hat ihnen nicht gefallen.«

»Das wundert mich nicht.« Tadelnd sah sie zu ihm auf. »Dann biege ich das besser schnell wieder hin, ehe du sie ganz vergraulst.«

»Sag ihnen einfach, ich sei nur ein merkwürdiger Gast«, rief er ihr zu, während sie aus der Küche rauschte.

»Das stimmt ja auch, Jack!« Lachend bog seine Mutter in den Speiseraum ab.

»Schätze, sie hat recht.« Schulterzuckend sah er auf Indie. »Dann gehen wir mal los.«

Ihm war schon wieder danach, zu pfeifen. Zur Abwechslung war er heute wohl mit dem richtigen Fuß aufgestanden.

# Kapitel 9

## Jack

Jack warf einen Blick durch eines der Fenster, und sofort fanden seine Augen, was sie suchten. Die Frostbeule hatte sich den Platz am Kamin gesichert. Sicherlich würde ihm in spätestens einer halben Stunde der Schweiß runterlaufen.

Lächelnd beobachtete er, wie sie mit konzentriertem Blick auf einem Block kritzelte. Malte sie da? Neugierig ging er zur Eingangstür des *The Fleece Inns* und trat in die warme und schwere, nach Essen duftende Luft.

Indie stürmte voraus und schnupperte an ihren Beinen. Anscheinend gewöhnte sich sogar der menschenscheue Hund langsam, aber sicher an den Gast.

Em sah auf und winkte, dann schlug sie hektisch den Block zu und steckte den Bleistift in den unordentlichen Knoten, in den sie ihre Haare gewickelt hatte. In einem dicken Pulli und einer schlichten Jeans beobachtete sie, wie er auf sie zukam.

»Entschuldige die Verspätung, aber Edward mimt weiter den Kranken, und so bleibt alles an mir hängen.«

»Ich habe mich beschäftigt und die Atmosphäre genossen.« Wohlig streckte sie ihre Hand zum Kamin.

»Atmosphäre?«

Seufzend lehnte sie sich gegen die beige-weiß kariert gepolsterte Lehne der Eckbank. »Auf dem Auge bist du wirklich blind, oder? Warum wolltest du dich sonst hier treffen?«

»Weil das Essen gut ist?« Schmunzelnd neigte er sich ein wenig zu ihr. »Dann weih mich ein, was macht die Atmosphäre hier aus?«

Sie kräuselte die Nase und schien zu überlegen, ob er sie nur aufziehen wollte. Doch tatsächlich hatte er sich hier nie bewusst umgesehen, obwohl er im Fleece regelmäßig aß.

»Auf den Kamin muss ich nicht extra hinweisen, oder?«

»Nein, dass der dir gefällt, sehe ich schon.«

»Schau dir die gedrechselten Tische an.« Sie deutete in den Raum hinein.

»Du erkennst, was gedrechselt ist?«

Sie zuckte mit den Schultern. »Einer meiner Väter ist Holzbildhauer, das färbt wohl etwas ab.«

Hatte er sich verhört? Oder war es ein Grammatikfehler in ihrem Englisch? »*Einer* deiner Väter? Wie viele hast du denn?«

»Zwei.« Als wäre nichts dabei, nahm sie einen Schluck von ihrem Kräutertee.

»Wie kann man zwei Väter haben?«

»Das ist eine lange Geschichte.«

»Heute bist du dran«, brummte Jack und gab dem Kellner ein Zeichen.

Wie üblich füllte dieser ihm ein Wasser ein und brachte es herüber. »Jack, schön dich zu sehen. Habt ihr schon gewählt?«

»Das indische Curry«, platzte es aus Em heraus. Entschuldigend sah sie zu ihm. »Ich habe den ganzen Tag am Laptop gearbeitet und mal wieder das Mittagessen vergessen.«

»Dann zwei Currys.«

»Kommt gleich.« Grinsend verzog der Kellner sich wieder hinter den Tresen.

»In so einem Ort kennt jeder jeden, oder?«, fragte sie.

»Allerdings. Und jeder meint, sich immer eine Meinung bilden zu müssen.«

»Und das stört dich?«

Er sah sie an und entdeckte goldene Sprenkel in ihren hellbraunen Augen. Waren diese zuvor auch schon dagewesen, oder sah er erst jetzt genauer hin? »Lenk nicht ab, wir waren bei deinen komischen Familienverhältnissen.«

»So komisch sind die gar nicht.« Sie schob die Unterlippe vor, wie sie es immer tat, wenn ihr etwas nicht passte. »Mein Vater, also mein leiblicher Vater, und meine Mutter waren seit der Studienzeit beste Freunde.« Sie machte eine Pause und schien zu überlegen. »Vermutlich sollte ich erwähnen, dass er schwul ist, sonst ergibt der Rest wenig Sinn.«

»Langsam wird es interessant.« Amüsiert stützte Jack die Arme auf dem Tisch auf.

»Na, jedenfalls hatten sie im Studium so eine eigentlich verrückte Abmachung getroffen: Sollten sie beide nie den richtigen Partner finden, dann würden sie zusammen ein Kind bekommen, da für beide klar war, dass sie Eltern sein wollten.«

»Sie waren ihrer Zeit um Jahrzehnte voraus, könnte man sagen, oder?«

»Ja, das war damals wirklich nicht alltäglich. Soll ich jetzt weitererzählen?«

»Ich bitte darum.«

»Sie haben also diese Abmachung getroffen, und dann hat jeder sein Leben gelebt. Natürlich waren sie die ganze Zeit über befreundet, aber lange war es kein Thema mehr. Und dann irgendwann haben sie wieder darüber gesprochen. Anscheinend hörte meine Mutter die Uhr ticken, und so haben sie es einfach gemacht.«

»Gemacht?« Mit gerunzelten Augenbrauen sah er sie an. »So richtig?«

Glucksend lachte Em auf. Wie schön es war, dass sie ein so unkompliziertes Verhältnis zu ihrer Familie zu haben schien. »Ich bin ein Retortenbaby. Im Labor gezüchtet und dann eingesetzt.«

Nickend griff er nach seinem Glas. »Das klingt logisch. Aber wie kommt jetzt der zweite Vater ins Spiel?«

»Sei doch nicht so ungeduldig«, wies sie ihn zurecht. »Sie haben mich also bekommen, haben das erste Jahr auch zusammengelebt, um sich gemeinsam um mich zu kümmern, und dann hat mein Vater Mark kennengelernt. Das ist der Holzbildhauer.«

»Noch kann ich folgen«, versicherte er, auf ihren nachfragenden Blick hin.

»Rollo und er sind dann recht schnell in eine eigene Wohnung im gleichen Stadtteil gezogen, und ich kann mich nicht an die Zeit vor Mark erinnern. Er ist all die Jahre genauso mein Vater gewesen.«

Ihr Gesicht strahlte Zufriedenheit aus. Diese Frau ruhte in sich, und ein klein wenig keimte Neid in ihm. »Das klingt wirklich schön.«

»Das war es.«

»Also bist du die Tochter einer Fotografin, eines Malers und eines Bildhauers. Kein Wunder, dass du überall Kunst siehst.«

»Ich hatte gar keine andere Wahl. Bei uns ging es immer um Kreativität und darum, sich auszudrücken.«

Er deutete auf den Block, den sie vorhin unauffällig zur Seite geschoben hatte. »Und du malst auch?«

War das Wehmut in ihrem Blick? »Früher einmal. Ich wollte an eine Kunsthochschule, wurde allerdings abgelehnt.«

»Das tut mir leid.«

»So war es nun mal. Über Jahre hatte ich nur dieses eine Ziel und habe an der Mappe gearbeitet, mit der ich mich bewerben wollte. Und dann kam die Absage.«

»Weißt du, woran es gelegen hat?«

Sie nickte und legte ihre Hände an die Tasse. »Rollo ist mit mir meine Bilder durchgegangen und war schmerzhaft ehrlich. Er hat mir aufgezeigt, dass meine Technik zwar gut war, es mir aber nicht gelungen ist, Gefühle und Stimmungen zu transportieren.«

»Das ist hart.«

»Das war es. Aber er hatte recht. Mit etwas Abstand kann ich ihm nur zustimmen. Ich habe nie richtig gespürt, was ich gemalt habe. Ich wollte es einfach, weil es irgendwie klar war, dass ich auch etwas Künstlerisches machen würde. Eine Weile wusste ich danach nicht, was ich mit meinem Leben anfangen sollte. Schließlich habe ich einen Kompromiss gefunden und wurde Grafikerin. Kreative Arbeit, aber in einem Rahmen, den ich hinbekomme. Und ich glaube, ich bin ganz gut. Immerhin konnte ich mich selbstständig machen und lebe jetzt davon.« Sie sah zu ihm auf und lächelte.

»Du hast das Beste aus der Situation gemacht.«

»Darum geht es doch. Wenn das Leben nicht so läuft, wie man es sich vorstellt, dann findet man einen anderen Weg, um glücklich zu werden.«

»Das ist manchmal nicht so einfach«, murmelte er und verdrängte die dunklen Gedanken, die durch seinen Kopf geisterten.

»Man darf nur nie aufgeben.« Flüchtig fuhr sie über seine Hand.

Die Berührung hinterließ ein angenehm warmes Gefühl

auf seiner Hand. »Darf ich es sehen?« Er deutete auf den Block.

»Ach, ich weiß nicht. Es ist nur Gekritzel. Eigentlich weiß ich nicht mal, warum ich nach über zehn Jahren plötzlich wieder einen Stift in die Hand nehme.« Zögernd griff sie nach dem Block und schlug ihn auf.

Mit den Fingern fuhr er über die angefangene Bleistiftskizze. Sie hatte den Kamin und den Tisch gezeichnet, an dem sie saßen. Wie gemütlich dieses Bild wirkte. Beinahe konnte er die Atmosphäre spüren, von der sie eben gesprochen hatte. Der Raum selbst löste diese Empfindung nicht bei ihm aus, das Bild hingegen tat es.

»Hast du noch eins?« Ohne auf eine Antwort zu warten, schlug er die Seite um und starrte auf Grabsteine. »Du hast den alten Friedhof gemalt«, brummte er und betrachtete die gekonnten Striche, mit denen sie den Ort, an den er sie geführt hatte, aufs Papier gebracht hatte.

Weiter hinten war im Nebel das Wohnhaus der Schriftstellerinnen zu erahnen. Wie ein Lichtblick lag es, erst auf den zweiten Blick zu erkennen, zwischen den Bäumen.

»Einem Foto wäre es niemals gelungen, diese Stimmung einzufangen, aber dir ist es mit einem einfachen Bleistift geglückt.«

»Es ist nur eine Skizze. Einfach Gekritzel.«

»Ich kenne mich mit Bildern nicht aus, aber das hier soll kein Gefühl haben?« Kopfschüttelnd sah er sie an. »Vielleicht hast du ja nur immer die falschen Motive gemalt.«

Sie stützte den Kopf in die Hände, und ihr Blick huschte über das Bild. »Es war merkwürdig. Als ich dort auf der Mauer saß, habe ich alles gespürt. Alles, was du mir an dem Abend vor Augen geführt hast. Vielleicht inspiriert mich dieser Ort ja.« Hell lachte sie auf und zog den Block aus seinen Händen.

Jack beobachtete, wie sie ihn in ihren Rucksack steckte und noch ein Stück weiter an den Kamin rutschte. Diese Frau war ein Glückskind. Das Leben hatte es gut mit ihr gemeint. Die Lebendigkeit, die sie ausstrahlte, kam aus ihrem Innern und schien unerschütterlich. Allein ihre Anwesenheit hier beruhigte ihn.

Schweigend verschränkte er die Arme und genoss den Anblick ihres entspannten Gesichtsausdrucks. Em lebte im Hier und Jetzt und nicht in der Vergangenheit.

»Das Essen war so gut.« Mit leichten Schritten lief sie neben ihm die Gasse hinauf zum B&B.

»Das war es.«

»Vielleicht können wir das wiederholen?«

»Vielleicht machen wir das.« Ein Lächeln zuckte in seinen Mundwinkeln. »Jetzt habe ich dir alles von mir erzählt. Du bist nun wieder dran.« Abwartend schielte sie zu ihm hinüber.

»Es war ein schöner Abend, lass es uns nicht kaputtmachen«, raunte er.

»Würde es das denn?« Prüfend sah sie ihm in die Augen.

»Da bin ich mir ziemlich sicher.«

Nickend vergrub sie ihre Hände in den Jackentaschen. »Dann ein anderes Mal.«

Mit Schwung öffnete er die Eingangstür und ließ sie vorausgehen. Jack nahm einen Schatten im Aufenthaltsraum wahr und wusste, dass seine Mutter dort saß. Doch sie rührte sich nicht und rief auch keinen Gruß.

*Verdammter Edward.* Er ignorierte Rosie und folgte Em die Stufen hinauf. Er blieb dann, wie sie auch, vor ihrer Zimmertür stehen.

»Vielen Dank für die Einladung. Du bist ein ausgezeichneter Fremdenführer«, sagte sie und legte den Kopf schief.

»Du bist die Erste, die das sagt«, gab er zurück.

Sie machte einen kleinen Schritt auf ihn zu und sah nervös zu ihm hoch. Er wusste, auf was sie wartete. Sie wollte, dass er sie an sich zog und küsste. Und alles in ihm schrie danach, nur sein Verstand wehrte sich dagegen. Er atmete ein und glaubte, einen Hauch ihres Dufts zu riechen. Wie gern wollte er seine Nase an ihrem Hals vergraben.

»Em …«

»Ja?« Flüsternd kam sie noch ein wenig näher, bis sie sich beinahe berührten.

»Das ist keine gute Idee.«

»Du hast es schon einmal getan.«

»Ich weiß.«

»Und du willst es nicht mehr?« Scheu sah sie zur Seite und trat einen Schritt zurück.

Er schloss die Augen einen Moment und rieb sich stöhnend über den Nacken. »Ich will es. Aber es wäre falsch.«

»Weil du noch trauerst.« Es klang nicht nach einer Frage, mehr nach einer Feststellung.

»Nein.« Die Stärke seiner Stimme überraschte ihn selbst.

Wie sollte er erklären, was er empfand? Dass er ihre Unbeschwertheit nicht mit seiner Dunkelheit zerstören wollte. Wie sehr er sich davor fürchtete, sie in seinen Strudel hineinzuziehen. Em durfte keine Gefühle für ihn aufbauen.

»Ich bin nicht gut für dich«, stieß er hervor. Erst jetzt, in diesem Moment, begriff er, was für ein Fehler es gewesen war, zu glauben, dass er mit ihr Zeit verbringen konnte, wie andere Leute es taten. Doch andere Menschen waren nicht annähernd so verkorkst wie er.

Mit zusammengezogenen Augenbrauen sah sie ihn nun doch wieder an. »Und du meinst nicht, dass ich selbst entscheiden kann, was gut für mich ist?«

»Das kannst du nicht. Du kennst das Ausmaß nicht.«

»Dann zeig es mir«, forderte sie ihn trotzig auf.

»Du könntest es nicht verstehen. Nicht mit deinem perfekten Leben und deiner glücklichen Familie. Wenn das größte Problem in deinem Leben war, nicht an einer Kunsthochschule angenommen zu werden, dann kannst du nicht spüren, was ich spüre.«

Hörbar schnappte sie nach Luft. »Woher willst du wissen, was ich spüren kann? Ich habe meine Mutter an Brustkrebs verloren und ihr die letzten Monate ihres Lebens beim Sterben zugesehen. Die Kunsthochschule war ganz sicher nicht mein größtes Problem.« Sie legte die Hand an die Klinke ihrer Tür. »Verdammt, Jack. Ich bin als Kind schwuler Väter aufgewachsen. Glaubst du nicht, dass ich da ein dickes Fell gebraucht habe?«

Er hatte sie verärgert. Und vielleicht war das nicht verkehrt. Sollte sie auf ihn sauer sein und darüber vergessen, dass sie eben noch seine Lippen auf ihren hatte spüren wollen.

Er streckte den Rücken durch und hob den Kopf an. »Gute Nacht, Em.« Energisch drehte er sich um und schritt zu seiner Tür.

»Du kannst mich mal, Jack«, hörte er hinter sich, als er die Tür schloss.

Das war überraschend impulsiv und deutlich. Und er verdiente es vermutlich. Nicht für gerade eben, sondern, weil er sie mit diesem einen Kuss überhaupt erst darauf gebracht hatte, sich von ihm angezogen zu fühlen.

»So ist es besser.« Jack zog sich den Pulli über den Kopf und trat ans Fenster. Er hatte einen kleinen Ausflug in eine andere Welt gemacht. Wie normale Menschen zu Abend gegessen und sich dabei entspannt unterhalten. Doch sein Leben war nicht normal. Die Erinnerung an die Stunden mit Em mussten reichen. Mehr davon durfte es nicht geben.

***

**Em**

Am späten Vormittag trat Em dick eingemummelt die Treppe

hinunter. Unter der Jeans trug sie eine Leggins. Unter ihrer Jacke steckten gleich mehrere Schichten Kleidung. Über dem Unterhemd trug sie ein langärmeliges Hemd, ihren dicksten Wollpulli, eine Strickjacke und dann den Parka. Sicherlich sah sie um mehre Kleidergrößen dicker aus, als sie es tatsächlich war. Doch sie wollte gut vorbereitet sein, und ausziehen konnte sie immer noch etwas.

»Wo wollen Sie denn hin?«, rief Rosie mit einem Blick auf ihre Aufmachung aus.

»Top Withens«, erklärte Em und zog sich den Rucksack auf.

»Jetzt?«

»Warum nicht? Die Sonne scheint, und das erscheint mir ideal.«

»Hat Jack Ihnen zumindest den Weg erklärt?«

Demonstrativ hielt sie das Handy hoch. »Hab es in der Landkarten-App gefunden. Verlaufen ist so unmöglich.«

»Sie wissen, dass Sie sicher an die vier Stunden unterwegs sein werden?«

»Es ist erst elf. Ich bin also lange vor der Dämmerung zurück.«

»Haben Sie was zu essen eingepackt?«, fragte Rosie mit mütterlich strengem Ton.

»Kekse.« Sie deutete auf den Rucksack.

Tadelnd schüttelte Rosie den Kopf. »Setzen Sie sich einen Moment, und ich richte Ihnen ein Sandwich und Tee.«

»Das muss nicht sein«, wehrte Em ab, doch Rosies Blick machte klar, dass sie keine Einwände gelten lassen würde.

Em schob die Unterlippe vor und ließ sich auf den Sessel im Flur fallen. Auch wenn diese Frau sie seit Edwards Auftauchen merkwürdig ansah, so war sie doch durch und durch gutherzig. Und vermutlich war es nicht verkehrt, mehr Proviant mitzunehmen.

Immerhin musste sie nicht befürchten, Jack über den Weg

zu laufen. Noch früher als üblich hatte sie seine schweren Schritte im Flur gehört und sich mit schlechten Gedanken noch einmal im Bett eingerollt.

»Hier, das sollte reichen.« Rosie huschte auf sie zu und hielt ihr eine Papiertüte und eine Thermoskanne hin.

»Vielen Dank.« Eilig stopfte sie beides in den Rucksack. »Waren Sie schon einmal dort oben?«

»Ach, in der Jugendzeit. Seitdem nicht mehr. Ich habe es nicht so mit dem Moor.« Sie hielt inne und schien ins Nichts zu sehen. »Mein Mann ist sehr oft nach Top Withens gewandert, vor allem in den letzten Monaten.«

»Den letzten Monaten?«

»Vor dem Unfall«, sprach Rosie leise, und gleich darauf überzog ein aufgesetztes Lächeln ihre Lippen. »Aber das ist ewig her. Ich wünsche Ihnen viel Spaß.« Ohne, dass Em die Gelegenheit hatte, zu antworten, verschwand sie erneut in der Küche.

War Jacks Vater bei einem Unfall ums Leben gekommen? Gestern Abend im Inn hatte sie nicht den Mut aufgebracht, ihn auf seinen Vater anzusprechen. Zu offensichtlich hatte er sie um ihre Väter beneidet. Dass Rosie allein lebte, war unschwer zu erkennen, doch hatte sie bisher angenommen, dass Jacks Eltern sich getrennt hatten.

Em trat aus der Tür und reckte das Gesicht einen Moment der Sonne entgegen. Wie gut das warme Licht tat. Heute war der richtige Tag, um endlich zu dem Ort zu wandern, an dem sie hoffte, eine Erklärung für die merkwürdigen letzten Worte ihrer Mutter zu finden. Oder zumindest eine Idee, wie sie weiter vorgehen sollte.

Langsam, aber sicher gingen ihr die Anhaltspunkte und die Motivation aus. Der Aufenthalt in Haworth schien ins Nichts zu führen und hatte ihr stattdessen bisher nur Verwirrung um Jack eingebracht. *Denk nicht an ihn.*

Lange hatte sie letzte Nacht über den Mann gegrübelt, der

nur wenige Meter entfernt in seinem Bett lag und vermutlich nicht einmal wusste, wie sehr er sie verletzt hatte. Was im Fleece so schön begonnen hatte, endete in Frust und Zweifeln. Es war ein Fehler gewesen, nach dem Essen auf ihn zuzugehen und sich seine Nähe zu wünschen.

*Hör endlich auf, an ihn zu denken!*

Sie zog das Handy aus der Jackentasche und lief los, folgte dem kleinen blauen Pfeil auf dem Display, der sie zu der entlegenen Stelle führen sollte, die ihr Ziel war.

Ein in den Boden eingelassenes Gitter, das offensichtlich Tiere davon abhalten sollte, diese Stelle zu überwinden, stellte die Grenze zum Moor und den Anfang des Pfades dar, den die Brontë-Schwestern vor vielen Jahren laut Aufzeichnungen regelmäßig einschlugen. Beinahe ehrfürchtig trat Em über das Gitter.

Ihr Weg hatte sie die letzte halbe Stunde am Rande der Landstraße aus Haworth hinaus und am neuen Friedhof vorbeigeführt. Seitdem hatten die Gedanken um Maddies unglückliches Ende ihr Herz beschwert.

Während rechts des Schotterweges, auf dem sie lief, eine krumme Steinmauer entlangführte, die Schafweiden einfasste, öffnete sich die Landschaft zur linken Seite ins Moor. Dunkelgelbe Grasbüschel ragten kniehoch aus satter grüner Wiese hervor und zogen sich wie ein Teppich über den sanft ansteigenden Hügel.

Wie seltsam diese Trennung der Landschaft durch eine einzelne Steinmauer doch war. Em lehnte sich auf eines der darin regelmäßig auftauchenden Gatter und ließ den Blick über das dahinterliegende Tal schweifen. Hügeliges Weideland, durchzogen von Mauern und Straßen, mit vereinzelten Farmen und hier und da weitflächigeren Ansammlungen von Häusern.

Als hätte der Mensch der Natur das Land bis zu genau dieser Grenze abgerungen, lag hinter ihr die schier unendliche Weite des Hochmoors. Tief atmete sie ein und genoss einen weiteren Moment die Sonne in ihrem Gesicht. Es war, als hätte sie mit der Grenze zum Moor auch ihre Sorgen zurückgelassen. Und nun drängte sie der Wunsch, mehr von dieser Landschaft zu entdecken, dazu, weiterzugehen.

Trotz des Rucksacks auf ihren Schultern, fühlten sich die Schritte leicht, beinahe schon beschwingt an. Dieser Landstrich schien ihr einen Energieschub zu versetzen, wie sie ihn lange nicht gespürt hatte.

An merkwürdigen Felsformationen vorbei, die aussahen, als hätte ein Riese hier mit gewaltigen Felsbrocken Murmeln gespielt, ließ sie die Zivilisation immer weiter hinter sich.

Schon jetzt bestand der Weg nur noch aus einem schmalen Trampelpfad, auf dem kaum mehr als beide Schuhe nebeneinander Platz hatten. Immer wieder rannen kleine Rinnsale die Hügel hinab, und das ein oder andere Mal musste sie den matschigen Weg umgehen und durch die Heidepflanzen an den Hängen klettern.

Dies war die Strecke, die die Brontë-Schwestern schon als Kinder immer wieder liefen. Und dies die Landschaft, die sie später zu ihren Werken inspirierte. Ems Herz fühlte sich in Anbetracht der sie umgebenden Pracht der Natur an, als würde es vor Freude über jeden kleinen Stein und jeden sturmgepeitschten Busch überlaufen.

Kein Wunder, dass Jack sich hier so viel herumtrieb. Würde dieses Paradies vor ihrer Haustür liegen, könnte auch sie der Verlockung einer Wanderung über diese Pfade nicht widerstehen.

Immer wieder sah sie sich um, doch keine Menschenseele war mehr zu entdecken. Sie war allein hier in dieser einzigartigen Einsamkeit, und doch fühlte sie sich nicht annähernd so verloren wie sonst seit dem Tod ihrer Mutter.

Im Vorbeigehen riss sie den kleinen Zweig einer Heidepflanze ab. Einige Blüten hingen noch daran, auch wenn sie jetzt, um diese Jahreszeit, eingetrocknet waren. Trotzdem war in den winzigen lila Blütenknospen die Schönheit zu erahnen, die hier im Sommer herrschen musste.

Diesen Weg war auch Iris nach Top Withens gegangen. In dem Bildband hatte sie ein Foto der *Brontë-Brücke* entdeckt, die vor ihr lag und von lautem Rauschen schon seit einer Weile angekündigt wurde.

Mit jedem Schritt, den sie sich der flachen Steinbrücke näherte, wurde das gluckernde Wasser lauter. Und doch zeigte sich am Hang ein wenig beeindruckender Wasserlauf, und auch unter der Brücke gab es nicht annähernd so viel Wasser, wie es der Lärm vermuten ließ. Warfen die Hügel, die das schmale Tal, das sie hier durchwanderte, umgaben, den Schall zurück und sorgten so für dieses Getöse?

Mit flinken Schritten überquerte sie die Brücke und sah sich ratlos um. Wo bisher noch ein erkennbarer Pfad gewesen war, baute sich nun ein mit dickem Gras bewachsener steiler Hang auf. Em fischte das Handy aus der Jackentasche und kontrollierte die Karte. Sie musste links entlang, auch wenn sie keinen Weg erkannte.

Es brauchte mehr Anstrengung als erwartet, nach oben zu steigen, und nach kurzer Zeit begannen die Muskeln in ihrem Hintern zu schmerzen. Sie hatte mit einem netten Spaziergang gerechnet, doch das wurde immer mehr zu einem handfesten Geländemarsch. Und diese Wege waren die Geschwister tatsächlich als Kinder gelaufen?

Wie unbeschreiblich es sein musste, hier mit den Augen eines Kindes umherzustreunen. Sie selbst hatte als Stadtkind höchstens einmal einen Ausflug zum Park gemacht. Ihr Leben hatte sich meist innerhalb von Mauern und auf begrenzten Spielplätzen abgespielt. Die Wildheit dieser Natur schon als Kind zu erleben, musste erhebend und beeindruckend sein. Wenn der kindliche Geist aus jeder Felsformation die Umrisse von Tieren hervortreten ließ, und Steine in den Fluss unter der Brücke geworfen werden konnten.

Endlich hatte sie es nach oben geschafft und schlüpfte durch eine schmale Öffnung in einer Steinmauer. Einen Augenblick blieb sie stehen und atmete durch. Das Brennen in ihren Muskeln ließ langsam nach.

Wie nur hatten die Menschen vor Hunderten von Jahren die nötigen Steine für diese Mauern bis hier transportiert? Wäre sie nicht sauer auf Jack, so hätte sie ihm die Frage stellen können.

Eilig wischte sie den Gedanken an ihn weg. Dieser Tag gehörte nur ihr. Ihr und der Schönheit, in der ihre Seele badete.

Vor ihr öffneten sich die Hügel und gaben den Blick auf neue Anhöhen frei. Ein Blick auf die Uhr verriet, dass sie schon seit fast eineinhalb Stunden unterwegs war. Und noch immer lag ihr Ziel in einiger Entfernung. Zögernd sah sie zurück. Jeden Meter, den sie ging, würde sie auch wieder zurücklegen müssen, um ins B&B zu kommen. Langsam, aber sicher schwante ihr, dass dieser Ausflug einen kräftigen Muskelkater mit sich bringen würde.

Trotzdem zog es sie weiter. Hin zu der Ruine, die irgendwo in diesen Hügeln lag. Em blieb stehen und legte die Hand über ihre Augen. War der kleine dunkle Punkt am Horizont das, was sie glaubte? Eilig überprüfte sie die Karte. *Ich bin bald da.*

Noch war die Stelle zu klein, um als Haus erkennbar zu sein. Doch Em glaubte, Bäume zu erkennen, die sie auch auf dem Gemälde auf dem Einband von *Sturmhöhe* gesehen hatte. Ein Gebäude mit wenigen Bäumen mitten in einer, wie es schien, von Gott verlassenen Gegend, in der sonst nicht einmal ein Busch höher wuchs als bis zum Knie.

Die letzten Meter führten bergauf, und wieder beschwerte sich ihr Hintern lauthals. Em glaubte, keinen Schritt mehr gehen zu können. Nur noch dieser eine Weg nach oben, und dann hatte sie ihr Ziel erreicht. Sie griff an die Träger des Rucksacks und lehnte sich nach vorn.

Wie ein Trugbild tauchten die dunklen Mauern vor ihr auf. Verwittert durch die Jahrhunderte, an manchen Stellen eingefallen und ohne Dach, thronte Top Withens am Hang des Hügels.

Em hielt die Luft an und sah sich um. Niemals hatte sie etwas Schöneres gesehen. Nichts als Weite und herbstliche Farben. Hügel hinter Hügel bis zum Horizont.

Ein kleiner Anbau an der Seite der Ruine weckte ihr Interesse. Vorsichtig schob sie die grüne Holztür auf und lugte hinein. Ein fensterloser Raum, nur mit einer Bank ausgestattet, die sich über die ganze Länge zog. Sicherlich war dies ein Schutzraum, falls Wanderer hier oben von Unwettern überrascht wurden.

Sorgsam schloss sie die Tür wieder und ging um die Mauern herum auf die andere Seite. Vor ihr lagen die knorrigen Bäume und der noch immer intakte Eingang der Ruine. Em sah in den Himmel und wickelte den Schal ein wenig enger um den Hals.

Das Wetter schlug um. Innerhalb der letzten Minuten war nicht nur die Sonne hinter dicken Wolken verschwunden, auch die leichte Brise, die sie auf dem Weg hierher begleitet und die fast schon lauwarm gewesen war, wurde spürbar kühler und stärker.

Sie nahm das Handy und suchte den Song *Wuthering Heights* heraus. Weit und breit war niemand, warum also nicht diesem Augenblick auf solch eine Art begegnen? Die ersten Klänge des Liedes mit der hellen, etwas schrägen Stimme von Kate Bush erfüllten die Luft. Jack würde sie sicher auslachen, dass sie diese merkwürdige und dennoch für den Moment so passende Musik abspielte.

Beinahe ehrfürchtig trat sie durch die Türöffnung und in den zerfallenen Innenraum der Ruine. Die Natur hatte sich längst den Boden zurückerobert, und sie ging langsam über den steinigen Boden mit vereinzelten Grasbüscheln. Eine schmale Fensteröffnung in der breiten Mauer zog sie an.

Mit den Händen stützte sie sich an den dunklen Steinen ab und sah hindurch. Wie passend das Fenster ausgerechnet an dieser Stelle war. Wie eine Öffnung zu einer geheimnisvollen Welt gab es den Blick auf die wilden Hügel frei.

In der Richtung, in die es zeigte, musste Haworth liegen. Doch nichts war von hier aus zu sehen, außer der einzigartigen Natur. Kein Haus und kein Baum, abgesehen von denen, die vor der Ruine dem Wetter trotzten. Wie war es nur dazu gekommen, dass sich Menschen ausgerechnet diesen abgelegenen Flecken Moor ausgesucht hatten, um hier zu leben?

Kate Bushs Liedzeilen über Heathcliff und seine Catherine umgaben sie. Das hier war der Ort, den Emily Brontë sich für ihre einzigartig tragische Liebesgeschichte ausgesucht hatte. Und Em verstand, warum. Dieser Platz bettelte geradezu darum, dass über ihn geschrieben wurde oder dass man ihn in Gemälden verewigte.

Neugierig schritt sie zu einer Schautafel. Mehrere Bilder zeigten die Farm heute und vor langer Zeit. Die ältesten stammten aus den Jahren 1872 und 1895. Die Farm sah auf ihnen vermutlich ebenso aus wie zu der Zeit, als Emily sie für ihre Geschichte wählte. Damals waren diese Mauern noch bewohnt. Auf einem Bild von 1960 waren das Dach und einige der Seitenwände bereits eingefallen.

Ihr Blick huschte über die Zeilen. Alles in ihr wollte mehr über diesen Ort und das Leben hier erfahren. Über vierhundert Jahre war diese Farm bewohnt, und natürlich waren hier Schafe gehalten worden. Was sonst sollte dieses unwirtliche Land auch sonst hergeben?

Die Farmer hier waren Weber und hatten, laut diesem Text, ihre Waren meilenweit durch das Moor bis nach Bradford oder Halifax transportiert, um zu handeln. Em konnte sich die Mühe, die mit solch einem Transport verbunden war, kaum vorstellen.

»Vierhundert Jahre«, flüsterte sie und sah sich erneut um. Wie viele Menschen waren hier über die Jahrhunderte geboren worden, und wie viele hier in der Einsamkeit gestorben? Ganze Leben hatten sich auf diesem Fleckchen Erde abgespielt. In diesen Mauern war gearbeitet, gelacht und getrauert worden. Und in Emily Brontës Fantasie hatte hier Heathcliff gelebt, war über die Pfade der Umgebung gewandelt und hatte sich nach einer Liebe, die verloren war, verzehrt.

Der Wind wurde selbst innerhalb der Mauern allmählich stärker, und Ems Finger fühlten sich steif an. Das Lied war inzwischen verstummt, und die dunklen Wolken ließen erahnen, dass die Sonne ihren Weg durch sie hindurch heute nicht mehr finden würde.

Em ging auf eine Ecke in dem Gemäuer zu und setzte sich auf den Naturboden. Aus dem Rucksack zog sie die Teekanne und das Sandwich. Rosie hatte richtig gelegen: Ihr Magen knurrte schon seit einer Weile und verlangte nach Essen. Die frische Luft und die Anstrengung des Weges forderten ihren Tribut.

Mit kalten Händen umfasste sie den verführerisch dampfenden Schwarztee. Vorsichtig nahm sie einen kleinen Schluck und genoss die Wärme, die sich in ihrem Magen ausbreitete. Lächelnd huschte ihr Blick über die Wände. War dies nicht ein einzigartiger Ort?

Etwas an der gegenüberliegenden Wand zog ihre Aufmerksamkeit auf sich. Em kniff die Augen zusammen und sah genauer hin. Eingekratzt über mehrere Steine prangten dort Buchstaben.

Sie stellte den Tee ab und stand auf. Sie trat näher heran und starrte auf die Kratzer. Weit oben an der Mauer waren unverkennbar Namen eingekratzt.

Em kletterte auf die eingefallenen Reste einer schmalen

Zwischenmauer, um näher heranzukommen. Das konnte nicht sein! Sie streckte den Arm aus und fuhr mit zitternden Fingern über die Buchstaben. *Heathcliff loves Iris.*

Die Jahre hatten die Kratzer in den dunklen Steinen verblassen lassen, doch es bestand kein Zweifel an dem, was dort stand. Der Name ihrer Mutter musste bereits seit einer Ewigkeit an dieser Stelle eingeritzt sein.

Mit trockenem Mund trat sie unwillkürlich zurück. Unter ihrem Fuß gab einer der mit losem Mörtel umfassten Steine nach. Mit einem Schrei versuchte sie noch nach der Mauer vor ihr zu greifen, doch längst strauchelte sie rückwärts.

Ungelenk sprang Em zur Seite und kam mit dem linken Fuß auf Felsstücken auf. Der Schmerz durchfuhr ihren Knöchel und zuckte den Unterschenkel hinauf. Augenblicklich schoss Feuchtigkeit in ihre Augen, und sie hielt sich krampfhaft das untere Bein. Der Schmerz schnürte ihr beinahe die Luft ab, und die Schneidezähne bohrten sich in ihre Unterlippe.

Allmählich gelang es ihr, wieder tief einzuatmen. Der Schmerz ließ etwas nach, doch an seine Stelle war ein unangenehmes Pochen getreten. Em stützte sich an der eingefallenen Mauer ab und versuchte zaghaft, den Fuß zu belasten. Wieder zuckte das Stechen durch ihren Knöchel hinauf ins Bein.

»Mist«, murmelte sie und setzte sich auf die kalten groben Steine. Prüfend fuhr sie mit den Fingern in den Schuh hinein und tastete sich ab. Ein wenig war es möglich aufzutreten, also war vermutlich nichts gebrochen. Erleichtert lockerte sie die Schnürsenkel etwas, um den Druck zu mindern. Konnte ihr etwas Dümmeres passieren, als sich hier oben, mitten in den Pennines, den Knöchel zu verstauchen? Em entschied einige Minuten zu warten und dann einen erneuten Versuch zu unternehmen.

Mit einem unguten Gefühl im Magen sah sie zu den Buchstaben in den Steinen hinauf. Warum nur, stand der Name ihrer Mutter dort neben dem des Protagonisten aus *Sturmhöhe?*

Was hatte sie sich dabei gedacht, an diesem Ort eine merkwürdige Nachricht zu hinterlassen? Hatte Iris nicht zuletzt geflüstert, dass die Wahrheit hier oben läge? Ohne Zweifel musste sie diesen Schriftzug gemeint haben. Doch was sollte die Wahrheit sein?

Ihre Gedanken überschlugen sich. Em suchte nach der passenden Erklärung, verwarf Annahmen, die gleich durch neue ersetzt wurden. Das hier war nicht nur verwirrend, es machte ihr Angst, weil nur eine Lösung Sinn ergab.

Rollo hatte erwähnt, dass ihre Mutter nach den Wochen in Haworth anders gewesen war als zuvor. In sich gekehrt und verändert. Und dann hatte sie diesen Roman umklammert. Ihn mit letzter Kraft an ihr Herz gedrückt und irgendetwas vor sich gesehen, nur eben nicht Em. Ihre Mutter hatte ihr nicht als Letztes gesagt, dass sie sie liebte. Stattdessen war ihre Seele an diesen Ort gereist. Weit weg von ihr und noch viel weiter von der Realität entfernt.

Em fuhr sich über das Gesicht und schob die losen Haarsträhnen, die seit dem Sturz vom Wind um ihr Gesicht gewirbelt wurden, zurück unter die Mütze. Rollo hatte richtig gelegen: Sie war verwirrt gewesen in den letzten Stunden. Aber das war nicht das erste Mal. Iris musste hier oben den Verstand verloren haben. Und sich in dieser Geschichte um Heathcliff verirrt haben.

# Kapitel 10

**Em**

So vorsichtig, wie es ging, stand Em auf und humpelte zurück zu ihrem Rucksack. Ein wenig konnte sie laufen, und so schien sich ihre Vermutung mit der Verstauchung zu bestätigen. Doch anstatt sich über eine kleinere Verletzung freuen zu können, starrte sie hilflos durch die Fensteröffnung auf die sturmgepeitschten Hügel. Niemals würde sie es so zurück nach Haworth schaffen.

Es half nichts. Sie musste Rosie anrufen und um Hilfe bitten, auch wenn ihr nicht klar war, wie man sie mit dieser Verletzung über die Pfade bringen sollte. Allerdings hatte sie zuvor auf der Karte entdeckt, dass es einen weiteren Weg von hier aus in die Zivilisation gab, der mit etwas Glück besser ausgebaut war. Rosie würde sicher Rat wissen, beruhigte sie sich und griff nach dem Handy in ihrer Jackentasche.

Das durfte nicht wahr sein! Em schloss die Augen und lehnte die Stirn gegen die Mauer. Augenblicklich drang die

Kälte der Steine durch ihre Haut. Mit wenig Hoffnung drückte sie auf das zerbrochene Display, doch es blieb dunkel.

Es gab keine andere Erklärung, als dass sie bei dem Sturz gegen die Mauer gestoßen war. Es war viel zu schnell gegangen, als dass sie es sicher sagen konnte. Alles was zählte, war, dass es kaputt war und sie hier festsaß. *Nicht auch das noch.*

Matt wischte sie sich den Regentropfen, der auf ihrer Wange aufgekommen war, ab. Diese Ruine schien eindeutig etwas gegen ihre Anwesenheit zu haben. Eilig beugte sie sich hinunter, schüttete den Tee zurück in die Kanne und warf das Sandwich ebenfalls in den Rucksack. Zumindest vor dem Regen würde der kleine Raum, den sie vorhin entdeckt hatte, sie schützen.

Em schloss die Tür, öffnete sie jedoch sofort wieder. Da der Schutzraum keine Fenster hatte, breitete sich in dessen Innern totale Finsternis aus, sobald die grüne Tür ins Schloss fiel. Ohne Handy hatte sie auch kein Licht, und es kam nicht infrage, in diesem gruseligen und trostlosen Raum im Dunkeln zu hocken.

Schnell schob sie einen Stein vom Boden gegen die Tür und fixierte sie halb geöffnet. Zwar drang der feuchte Wind so hinein, doch ebenfalls auch Licht. Em humpelte ans Ende des Zimmers und hockte sich auf die Bank. Seufzend zog sie die Beine an und massierte die schmerzende Stelle an ihrem Knöchel.

Draußen war zu erkennen, wie der Wind dunkle Wolken über das Moor trieb. Dicke Tropfen schlugen auf dem Boden auf, jedoch blieb ein richtiger Schauer aus.

Fröstelnd rieb sie über ihre Beine. Die kalten Mauern schienen die Luft im Innern des Raumes weiter herunterzukühlen. Vermutlich war es draußen einige Grad wärmer, doch dafür war sie hier nicht der vollen Kraft des Windes ausgeliefert. Das alles war ein Albtraum.

Frustriert kramte sie im Rucksack, wickelte das Sandwich

aus und biss hinein. Sie konnte nichts anderes tun, als hier zu sitzen und zu hoffen, dass ein Wanderer die Ruine passieren würde. Und wenn das nicht geschah, dann sollte Rosie früher oder später auffallen, dass sie nicht zurückkam.

Mit gerunzelter Stirn schluckte sie hinunter. Oft genug hatte Rosie nicht mitbekommen, wenn sie das B&B betreten oder verlassen hatte. Gäste kündigten ihr Kommen und Gehen nicht an. Also war es gut möglich, dass sie ihr Fehlen gar nicht bemerken würde. »Verdammt«, zischte sie sich selbst zu. Und Jack würde ihr unter Garantie aus dem Weg gehen wollen und es ebenfalls nicht wahrnehmen. Spätestens beim Frühstück allerdings sollte Rosie ihren fehlenden Gast bemerken.

Hilflos sah sie sich in dem finsteren Raum um. Auf keinen Fall wollte sie die Nacht hier draußen verbringen. In Eiseskälte und bei den Buchstaben, die sie am Geisteszustand ihrer Mutter zweifeln ließen. Was um Himmels willen war mit Iris hier in England geschehen?

War ihre Mutter neben ihrem künstlerischen Tun nicht immer durch und durch Realistin gewesen? Und jetzt sah es ganz danach aus, als ob sie sich hier einer Träumerei hingegeben hatte. Ein Schauer lief Em über den Rücken, und sie wusste nicht, ob es von der Kälte oder ihren Gedanken kam.

Mit zitternden Händen angelte sie die Thermoskanne aus dem Rucksack und schenkte sich etwas ein. Mit der einzigen Wärmequelle, die ihr zur Verfügung stand, sollte sie sparsam umgehen, auch wenn ihr danach war, alles auf einmal zu trinken, um sich etwas aufzuwärmen.

Seufzend lehnte sie sich an die Wand. Noch bis vorhin war ihr ein Leben hier in dieser gottverlassenen Gegend romantisch und leidenschaftlich vorgekommen. Doch jetzt spürte sie nur die Einsamkeit und den Wind, der immer wieder zur Tür hereinwehte.

Nicht nur die Kälte und ihre Mutter setzten ihr mit jeder

Minute mehr zu, Jacks Abweisung schmerzte ebenso. Hier auf dieser Bank, wo sie nichts anderes tun konnte, als abzuwarten und auf Hilfe zu hoffen, bot sich ihr nichts, um sich abzulenken.

Sie nahm einen Schluck und genoss das volle Aroma des Tees. Rosie hatte einen Schluck Milch hinzugegeben. Es war sehr fürsorglich von ihr gewesen, Em Proviant einzupacken. Und das, obwohl sie nach den Äußerungen von Jacks Onkel annehmen musste, dass Em ihrem Sohn schaden würde. Noch immer verstand sie nicht, woher das Misstrauen des Mannes kam. Doch Rosie musste sich keine Sorgen machen. Jack hatte deutlich gezeigt, dass sie ihn nur störte.

*Hör auf zu denken.*

Em legte den Hinterkopf an die Wand und schloss die Augen.

Ein Geräusch ließ sie hochfahren. Suchend sah sie sich um. Die Tasse war ihr aus der Hand gerutscht und hatte sie aus einem wirren Traum geweckt. Bilder von ihrer Mutter, wie sie zu dem Song von Kate Bush, ähnlich theatralisch wie diese in ihrem Musikvideo, in der Ruine tanzte. Und Jack, der danebenstand und sie mit seinen schwarzen Augen beobachtete.

Em setzte sich auf, und erst jetzt bemerkte sie das Klappern ihres Kiefers. Klackend schlugen die Zähne aufeinander. Draußen war es fast dunkel, und im Innern des Anbaus reichte das Licht gerade noch, um die Tasse der Thermoskanne aufzusammeln und in den Rucksack zu stecken.

Sie konnte hier nicht weiter sitzen, oder sie lief Gefahr, sich eine Lungenentzündung zu holen. Mit etwas Glück war der Fuß nach der Ruhepause wieder belastbarer. Eilig warf sie sich den Rucksack über die Schultern und schob die steifen Hände in die Jackentasche. Schritt für Schritt humpelte sie langsam durch die Tür. Der Schmerz war noch da. Em biss die Zähne aufeinander und lief weiter auf den Weg.

»Mist.« Ernüchtert blieb sie stehen und schüttelte über die absurde Situation, in die sie sich hier gebracht hatte, den Kopf. Sie konnte gehen oder besser gesagt humpeln. Aber sie würde es mit diesem Fuß niemals zwei Stunden durch unwegsames Gelände schaffen.

Mit zusammengekniffenen Augen sah sie über die in der aufziehenden Dunkelheit liegenden Hügel. Und vermutlich hatte es auch keinen Sinn. Wie sollte sie im Dunkeln den richtigen Pfad finden? Wahrscheinlicher war es, dass sie sich verlief und die Nacht ungeschützt irgendwo draußen verbringen musste.

Sie drehte sich um und sah auf die düsteren Mauern, die ihr jetzt nur noch gespenstisch vorkamen. Dann doch besser der kleine Schutzraum und die harte Bank. So schnell es die Verletzung zuließ, stakste sie zurück und schloss die Tür hinter sich.

Sie weiter offen zu lassen, brachte nichts mehr. Fast war jede Helligkeit verschwunden, und so würde wenigstens der unerbittliche Wind keinen Weg hereinfinden. Mit heftig schlagendem Herzen tastete sie sich an der Wand entlang zur Bank und ließ sich fallen. Von draußen war das Pfeifen des Windes zu hören. Hier im Innern der Mauern nur ihr Herz. Und die verwirrenden Gedanken hatten schon wieder unerbittlich Besitz von ihr ergriffen.

***

## Jack

Der Tag war hart und lang gewesen. Edward, dieser Mistkerl, hatte sich auch heute nicht dazu herabgelassen, wieder aufzutauchen. Ohne Pause hatte Jack Steine geschleppt, und beinahe jeder Muskel in seinem Körper schmerzte. Und mehr und mehr hatte im Laufe der Stunden sein schlechtes Gewissen zugenommen.

Am Abend zuvor hielt er es für notwendig, Em von sich wegzustoßen. Ihr unmissverständlich klarzumachen, dass es nicht gut für sie war, sich auf ihn einzulassen. Doch er hatte es ihr nicht erklärt. Sie kannte nur einen Teil der Geister, die sein Leben bestimmten, ob er es wollte oder nicht.

Er musste mit ihr reden. Ihr erklären, warum es für sie keine Hoffnung auf Nähe gab, und weshalb sie sich nicht danach sehnen durfte. Dass er nie in der Lage sein würde, sich aus Furcht vor einem erneuten Verlust auf eine Frau einzulassen.

Er war nicht der erste Morris, der abseits des wahren Lebens existierte. Und das, was er tat, war tatsächlich nur als Existieren zu bezeichnen. Ein Leben sah anders aus. Ein Leben sah Lachen, Frieden und Kinder vor. Und genau das würde für ihn nie zur Wirklichkeit werden.

Was also sollte Em davon haben, sich auf ihn einzulassen? Er war ein Mann ohne Zukunft, und das Schicksal musste für dieses Glückskind andere Pläne haben. Ja, genau so würde er es ihr erklären. Und hoffen, dass sie ihn verstand.

Er öffnete die Tür und trat ein. Nur das Licht im Flur brannte, und Stille empfing ihn. Waren die Gäste außer Haus oder auf ihren Zimmern? Und wo war seine Mutter?

»Mum?«

Mit schnellen Schritten trat er in die Küche und schaltete das Licht ein. Mit Frischhaltefolie abgedeckt stand ein Teller mit Sandwiches auf der Arbeitsplatte. *Bingo.* Wie jede Woche traf seine Mutter sich mit ihren Bekannten zum Bingo im Gemeindezentrum.

Eilig zupfte er die Folie zurück und griff nach einem Brot. Immerhin gab ihm das die Gelegenheit, in Ruhe mit Em zu reden. Kauend füllte er dem Hund das Fressen ein und schritt dann die Treppe nach oben. Hoffentlich war Em überhaupt bereit, ihm zuzuhören.

Energisch klopfte er an ihre Tür. Nichts. Noch einmal traf seine Faust das Holz, dann drückte er die Klinke runter und trat in den dunklen Raum. Blinzelnd sah er sich um, nachdem er den Lichtschalter betätigt hatte. Vermutlich war sie essen gegangen und saß irgendwo allein an einem Tisch und verfluchte ihn innerlich.

Auf dem Schreibtisch lag aufgeklappt der Bildband mit den Aufnahmen ihrer Mutter. Es war unangemessen, in ihren Bereich einzudringen, während sie nicht hier war. Dennoch zogen die aufgeschlagenen Seiten seine Aufmerksamkeit auf sich. *Top Withens.* Geisterhaft lag die Ruine im sommerlichen Moor, ganz so, wie er es kannte.

Jack biss erneut vom Sandwich ab und sackte auf den Stuhl. Ems Mutter hatte wirklich über Talent für ihren Beruf verfügt. Obwohl er nicht zählen konnte, wie oft er den Pfad zu dem alten Farmhaus selbst gelaufen war, zog ihn die Stimmung auf den Bildern in die Landschaft hinein.

Er hielt inne und runzelte die Augenbrauen. Es konnte kein Zufall sein, dass ausgerechnet diese Seiten aufgeschlagen waren. Eilig zog er das Handy aus der Hosentasche und wählte die Nummer seiner Mutter.

»Jack?« Im Hintergrund war Stimmengewirr zu hören. Das Treiben fröhlicher Menschen, die in der Gegenwart lebten und nicht in der Vergangenheit.

»Weißt du, wo Emily ist?«, fragte er ungeduldig.

»Ist sie noch nicht zurück?« In der Stimme ihrer Mutter schwang Besorgnis mit. »Sie ist am späten Vormittag aufgebrochen.«

»Top Withens?«

»Ja.« Einen Moment sagte sie nichts. »Sie müsste doch längst zurück sein.«

»Sicherlich isst sie einfach in einem der Pubs etwas.«

»Vermutlich hast du recht.«

»Hatte sie ihren Rucksack dabei?« Suchend sah er sich in

dem Zimmer um, doch der dunkelgrüne Rucksack, den er bei ihr gesehen hatte, war nirgends zu erkennen.

»Ja, das hatte sie.« Wieder war das Stimmengewirr im Hintergrund zu hören. »Magst du nicht zur Sicherheit nachsehen, ob du Emily finden kannst?«

Ein ungutes Gefühl legte sich über ihn. »Mach dir keine Gedanken. Sicherlich sitzt sie irgendwo im Warmen und schlägt sich nach der Wanderung den Bauch voll.«

»Du hast bestimmt recht. Ich bin hier noch bis spät beschäftigt, sollte sie nicht bald zurückkommen, dann geh sie bitte in den Pubs suchen.«

»Mache ich«, log er und stand auf, während er auflegte.

Em saß nicht irgendwo und aß. Er trat ans Fenster und sah hinaus in die Dunkelheit. Etwas in ihm wusste längst, dass sie noch dort draußen war. Jack presste mahlend die Kiefer aufeinander. Schnell schaltete er das Licht aus, warf die Tür zu und stürzte die Treppe nach unten.

Indie kam ihm wedelnd entgegen. »Bleib hier«, befahl er dem Hund und eilte zur Haustür heraus und um die Hausecke zum Schuppen. Fahrig riss er dessen Holztor auf und suchte tastend im Regal nach seinem Helm. Jetzt blieb nur zu hoffen, dass das alte Geländemotorrad ansprang. Jack griff an den Lenker und stemmte sich dagegen, um es aus dem Schuppen hinauszuschieben.

Ein jammernder Ton drang aus dem Motor. »Verdammt«, fluchte er und trat gegen das Vorderrad. »Komm schon!« Wieder ein Jammern, dann endlich ein stotterndes, kurz darauf gleichmäßiges Grummeln. Hastig schwang er sich auf den Sitz und zog den Helm auf.

Natürlich war es strengstens verboten, das Moor mit Motorrädern zu durchfahren, doch das interessierte ihn in diesem Augenblick nicht. Die Frage war jedoch, ob er die Strecke mit dem Bike überhaupt passieren konnte.

Heulend jaulte der Motor auf, als er die Gasse entlangfuhr

und das Visier herunterklappte. Schon jetzt spürte er die Kälte und den Wind an seinen Händen. Das Bild einer zitternden Em kam in ihm auf. Fluchend verscheuchte er es und konzentrierte sich auf die Straße.

Der erste Teil des Pfades durchs Moor war mit dem Motorrad gut zurückzulegen gewesen. Doch nun wurde es schwieriger. Steile Stellen, kleine Wasserläufe und felsiger Untergrund machten die nächtliche Fahrt zum Drahtseilakt. Immer wieder brach das Motorrad unter ihm weg, oder die Räder drehten durch. Jack kniff die Augen zusammen und betrachtete die vom Lichtkegel des Motorrads erleuchtete wilde Landschaft.

Er konnte nur hoffen, dass Em sich an den vorgegebenen Weg gehalten hatte und nicht irgendwo falsch abgebogen war. Wenn sie orientierungslos durchs Moor irrte, gab es bei Nacht kaum Chancen, sie zu finden. Allerdings gab es in dieser Gegend durchgängig Netz, und eigentlich sollte ihr etwas Derartiges nicht passieren. Warum verdammt noch mal, hatte er sie nie nach ihrer Handynummer gefragt?

*Weil du dich von ihr fernhalten wolltest.*

Angespannt lehnte er sich nach vorn über den Lenker, um an dem rutschigen Hang mehr Stabilität zu kriegen. Ratternd arbeitete das Bike sich die Wiese entlang nach oben.

Jack hielt an und schob das Visier hoch. Seine Lunge verlangte nach Sauerstoff. Unangenehm rann ihm der Schweiß trotz der Kälte vom Nacken in den Stoff des Pullis. Den Großteil der Strecke hatte er bereits zurückgelegt und nichts entdeckt. Hockte Em am Ende doch neben dem Kamin im *The Fleece Inn?* Machte er sich umsonst verrückt?

Zögernd kniff er die Augen zusammen und drehte am Lenker, um zu erkennen, wo genau er sich befand. Im Lichtkegel entdeckte er die Steinstufen, die durch einen schmalen

Bach führten. Es war nicht mehr weit bis zu Top Withens. Mit dem Motorrad höchstens noch fünf Minuten.

Wo er schon hier war, konnte er dort noch zur Sicherheit nachsehen und dann dem *Pennines Walk* zurück in die Zivilisation folgen, für den Fall, dass Em für den Rückweg diese Strecke gewählt hatte. Erneut lehnte er sich vor und jagte das Gefährt knatternd über die Hügel.

Hektisch sprang er ab und stützte das Bike auf seinen Ständer. Im Schein der Motorradlampe ragten die verwitterten Wände der Ruine aus der Nacht heraus. Nie zuvor war er in der Dunkelheit hier oben gewesen. Zu jeder Jahreszeit ja und bei jedem Wetter auch, doch niemals nach der Dämmerung. Beinahe gespenstisch wehte der unerbittliche Wind, der diesem Ort seinen Namen geben hatte, durch seine Haare.

»Em!«

Außerhalb des Lichtkegels war kaum etwas zu erkennen. Prüfend sah er nach oben. Obwohl heute Vollmond war, verdeckten undurchlässige Wolken den Himmel. Durch hohes Gras stapfte er zu der Türöffnung in der teilweise eingefallenen Mauer.

»Em!« Hallend warfen die Steine seinen Ruf zurück.

*Verflixt.* Sein Gefühl hatte ihn in die Irre geleitet. Wie so oft hatte er das Schlimmste angenommen und war panisch geworden. Vermutlich war sie längst zurück im B&B und ärgerte sich in ihrem Zimmer über sein Verhalten vom Tag zuvor. Seufzend ging er an der Mauer entlang zurück auf den Weg.

»Jack?«

Er fuhr herum. Hatte er sich nur eingebildet, seinen Namen zu hören? Spielten seine Gedanken und der Wind ihm einen Streich?

»Jack!«

Da war es wieder. Lauter und deutlicher.

»Ich bin hier, Em!« Stolpernd stürzte er zu dem kleinen

Anbau seitlich der Ruine. In der geöffneten Tür erkannte er einen Schatten.

»Oh, Gott sei Dank!« Sie warf sich gegen ihn, und ihre Finger krallten sich in seine Jacke. »Ich dachte schon, ich müsste die ganze Nacht hier oben aushalten.«

Jack spürte, wie ein heftiges Zittern immer und immer wieder ihren Körper durchlief und auf seine Brust überging.

Er griff nach ihrer Hand. »Du bist ja eiskalt.« Mit beiden Händen begann er über den Stoff ihrer Jacke zu reiben. »Was ist denn überhaupt passiert?«

»Ich habe nicht aufgepasst und mir den Fuß verstaucht«, erklärte sie mit dünner Stimme.

»Wie lange bist du schon hier oben?«

Das Zittern ließ nicht nach, und er glaubte ihre Zähne klappern zu hören.

»Keine Ahnung. Mein Handydisplay ist bei dem Sturz kaputt gegangen, und ich habe keine Uhr. Wie spät ist es denn?«

»Es muss nach neun sein.«

»Dann sieben oder acht Stunden.« Fest drückte sie sich gegen ihn, und wieder war das Aufeinanderschlagen ihrer Zähne zu hören.

»Wir sollten dich dringend in die Wärme bringen.« Bestimmt griff er unter ihren Arm, um sie zu stützen und führte sie zum Motorrad. »Du musst dich gut festhalten, richtig gut. Der Weg ist mehr als schwierig zu fahren, und mit zwei Personen wird es nicht leichter.«

Im fahlen Licht des Scheinwerfers betrachtete er ihr bleiches Gesicht mit dem zitternden Kiefer. Er wollte sie an sich ziehen. Stattdessen nahm er den Helm von der Sitzfläche und reichte ihn ihr. Zögernd griff sie danach. Sie hatte Probleme, den Verschluss zu schließen.

»Meine Finger sind ganz steif«, murmelte sie.

Jack trat auf sie zu und bedeutete ihr, das Kinn zu heben.

Mit einem Klacken rastete der Verschluss ein. »Nicht vergessen: gut festhalten.«

Em nickte und beobachtete, wie er aufstieg. Mit unsicheren Bewegungen kletterte sie hinter ihn und griff in seine Jacke.

»Du kannst die Hände auch unter die Jacke schieben, dann werden sie wieder warm«, brummte er.

Er spürte, wie sich ihre Finger zögernd ihren Weg unter seine Jacke bahnten und sich ihr Körper an seinen drückte. Er musste sie dringend in die Wärme bringen, wenn sie nicht noch ernsthaft krank werden sollte.

Erleichtert parkte Jack das Motorrad vor dem Schuppen. Zu zweit war es noch deutlich schwieriger gewesen, die herausfordernde Strecke zu bewältigen. Zweimal hatte sie absteigen müssen, damit er das Bike rutschige Stellen hinunterfahren konnte.

Doch es war endlich geschafft. Noch immer schüttelte es Ems ganzen Körper. Als sie den Helm abzog, rutschte er ihr aus der Hand und schlug knallend auf dem Steinboden auf. »Entschuldige.«

»Schon gut.« Rasch befestigte er den Helm am Lenker und ging vor ihr zur Haustür.

Kaum umgab sie das Licht und die Wärme des Flurs, erkannte er die blauen Lippen.

Aus dem Aufenthaltsraum warfen die beiden älteren Touristinnen ihnen neugierige Blicke zu. Jack schob Em die Treppe hinauf und stapfte ins Bad. Während sie auf einem Bein in der Tür stand und offensichtlich bemüht war, ihren klappernden Kiefer unter Kontrolle zu bringen, steckte er den Stöpsel in die Wanne und stellte das heiße Wasser an.

»Was macht der Fuß?«

»Pocht trotz der Kälte. Aber ich glaube, er ist wirklich nur verstaucht.« Sie humpelte zur Toilette und setzte sich vorsichtig auf den Deckel. Mit zitternden Fingern öffnete sie den Parka und ließ ihn neben sich fallen. Wie hilflos und bleich sie wirkte. Ungeduldig zerrte sie an den Schnürsenkeln herum und seufzte müde.

»Lass mich das machen.«

Jack kniete sich vor sie und löste die Bändel. So sanft wie möglich streifte er den Schuh ab, und dennoch stöhnte sie leise auf. Nachdem er auch die Socke abgerollt hatte, betrachtete er die blaue Verfärbung auf ihrer Haut. Wie ein Eisklumpen lag der Fuß in seiner Hand.

»Das wird noch ein paar Tage wehtun«, brummte er. »Aber immerhin ist nicht mehr passiert, und du kannst ihn etwas belasten.« Erneut trat er vor die Wanne und griff nach dem Schaumbad, das seine Mutter auf dem Badewannenrand für die Gäste deponiert hatte. Er schraubte den Verschluss ab und roch daran. »Ich hoffe, du magst Lavendel.« Mit festem Druck spritzte er einen Schuss ins Wasser, und augenblicklich bildeten sich unzählige Blasen auf der Wasseroberfläche.

Hinter ihm kicherte Em amüsiert.

»Was ist?«

»Das war zu viel. Viel zu viel.« Ein Lächeln zog sich über die blauen Lippen.

»Ich benutze das nie.« Jack stellte die Flasche zurück und ging zur Tür. »Du musst dich richtig durchkochen, nicht dass du noch krank wirst nach diesem Abenteuer.«

Nickend rappelte sie sich auf. »Danke.« Sie wich seinem Blick aus und schlüpfte aus dem Ärmel ihres Pullis.

»Schon gut.« Rasch schloss er die Tür und atmete durch.

Hätte er sich nicht dazu durchgerungen, mit ihr zu sprechen, hätten er und seine Mutter heute vermutlich nicht mehr bemerkt, dass Em nicht von ihrem Ausflug zurückgekehrt war.

Erschöpft sackte Jack auf den Boden und lehnte sich gegen

die Badezimmertür. Hinter ihm war das Rascheln von Kleidung zu hören, dann leises Platschen.

»Wie ist die Temperatur?«, brummte er zur Tür.

»Es fühlt sich an wie tausend kleine Nadelstiche auf der Haut.«

»Das ist, weil du so durchgefroren bist. Aber das muss jetzt sein.«

»Ich weiß.«

Einige Minuten verstrichen, und seine Glieder wirkten schwer wie Blei. War es die Müdigkeit nach dem harten Arbeitstag, oder der Gedanke an das, was hätte passieren können, wenn er Em nicht gefunden hätte?

»Bist du noch da, Jack?«

»Ja.«

»Magst du reinkommen?«

Er setzte sich auf und starrte auf die Tür. »Ins Bad?«

»Ja.«

»Liegst du noch in der Wanne?«

»Ja. Aber hier ist so viel Schaum, dass du nichts sehen würdest.« Unsicherheit schwang in ihrer Stimme mit.

»Willst du, dass ich reinkomme?«

»Ich fühle mich irgendwie einsam«, sprach sie so leise, dass er es kaum verstand.

Mit aufeinandergepressten Lippen stand er auf und legte seine Hand an die Klinke. Kaum, dass er den Raum betrat, schlug ihm die feuchte Luft entgegen. Ein Film überzog bereits den Spiegel. Seine Augen fest auf die Wand geheftet, zog er seine Jacke aus und setzte sich auf den Toilettendeckel. Erst jetzt wagte er es, zu ihr zu sehen.

In einem Berg aus Schaum lugte nur ihr Gesicht und die zu einem Knoten am Oberkopf gebundenen Haare heraus. Auf dem Wannenrand ruhte der verletzte Fuß, und Jack betrachtete die zierlichen Zehen.

»War wohl wirklich etwas zu viel Schaum«, gab er zu und lehnte sich gegen den Wasserkasten.

»Es ist perfekt. Ich spüre schon die Lebensgeister zurückkommen.« Zuckend lächelte sie ihn an.

»Wegen gestern«, begann er.

Augenblicklich schlug sie die Lider nieder und spielte mit einer Hand im Schaum.

»Es tut mir leid. Ich habe nicht richtig erklärt, was ich sagen wollte.«

»Ich war auch nicht wirklich nett«, gab sie zu.

»Es hat mich überrascht, wie impulsiv du werden kannst.« Er lachte auf.

»Wenn Gefühle dabei sind, passiert mir das gelegentlich.« Sie konzentrierte sich weiterhin auf den Schaum.

Seufzend lehnte er sich vor und streckte seinen Arm aus. Sanft strich sein Zeigefinger über den dunklen Schatten an ihrem Knöchel. Er nahm wahr, wie sie zurückzuckte.

»Entschuldige«, murmelte er und zog seine Hand weg.

»Es hat gutgetan.«

Als er aufsah, haftete ihr Blick aus den warmen braunen Augen auf ihm. Frech leuchteten die goldenen Flecken in ihren Pupillen wie Funken. Sein Kopf forderte ihn auf, aufzustehen und hinauszugehen. Zumindest eine Tür zwischen sich und diese Frau zu bringen, doch sein Körper rührte sich nicht von der Stelle.

»Ich will dich, und das ist ein Fehler«, raunte er ihr zu.

»Jack …« Flüsternd richtete sie sich etwas auf, und der Schaum gab ihre Schlüsselbeine frei.

*Steh sofort auf und mach, dass du hier rauskommst.*

Mit weichen Knien stand er auf und setzte sich auf den Rand der Wanne. Unsicher sah sie zu ihm auf. Wie in Trance schob er seinen Ärmel zurück und tauchte die Hand in das wohlig heiße Wasser. Seine Fingerspitzen fanden ihre Seite und legten sich an ihre Taille.

Mit geschlossenen Augen sank sie zurück in den Schaum und lehnte den Kopf an den Wannenrand. Streichelnd fuhren seine Finger über ihre Haut, und Jack lehnte sich vor, um sie an ihren Rücken schieben zu können. Kaum merklich reckte sie das Kinn und atmete tief ein.

Wie gut sich ihre Haut anfühlte. Verführerisch kroch die Wärme seinen Arm hinauf. Er wollte sie. Mit allem, was er war, wollte er Em in diesem Moment. Ihre Haut spüren, ihre Lippen schmecken und sie genießen.

Ruckartig senkte er sich noch ein wenig weiter nach unten und legte seine Lippen an ihre Wange. Suchend drehte sie ihr Gesicht zu ihm und fand seinen Mund. Mit einer Zärtlichkeit, die er längst vergessen hatte, berührten ihre Lippen vorsichtig, beinahe angstvoll, seine.

Sie sollte keine Angst vor ihm haben. Egal, wie dunkel und eigenartig er auch war, sie sollte sich bei ihm sicher fühlen. Seine Hand griff an ihren Nacken, und er presste seinen Mund fester auf ihren. Ein Raunen drang aus ihr, als sie sich hochschob und ihre nassen Hände an seinen Hals legte. Kitzelnd rannen die Wassertropfen unter seinen Pulli.

Sie löste sich unwillig von ihm. »Kannst du mir ein Handtuch reichen?«

Es kostete ihn Überwindung, sich von ihr zu entfernen und aus dem schmalen Schrank ein weiches Handtuch zu holen. Er faltete es auseinander, streckte es ihr entgegen und sah von ihr weg. Als er sich umdrehte, stand sie in das Handtuch gehüllt vor ihm.

Dunkle Flecken bildeten sich auf dem Vorleger um ihre Füße. Jack legte beide Hände an ihren Rücken und begann zu reiben.

Em schien es zu genießen, dann griff sie nach seiner Hand. »Komm mit.« Sie zog ihn in den Flur und zu seinem Zimmer.

Die Tür symbolisierte die letzte Schwelle zwischen dem

Jetzt und dem Moment, an dem er sich völlig in dieser Frau verlieren würde. Wenn er das tat, gab es kein Zurück mehr.

Zu sehr zog Em ihn an, als dass er sich einreden konnte, dass das, was gleich passieren sollte, bedeutungslos sein würde. Em war dabei, ihn aus seinem Winterschlaf zu wecken, der längst viel zu lange anhielt. Schon jetzt spürte er, wie das Leben pulsierend durch seine Adern rauschte.

Bestimmt öffnete er die Tür und warf sie hinter ihnen laut ins Schloss. Als er die Bettdecke zurückschlug, bot er ihr mehr als nur sein Bett an.

# Kapitel 11

**Em**

Wohlig schmiegte sich ihr Gesicht an seine Brust, und Em atmete seinen verführerisch herben Geruch ein.

»Jetzt wird es kompliziert«, raunte Jack, während seine Finger kreisend ihre Schulter streichelten.

»Es wird sich alles finden.« Em wollte nicht nachdenken. Nicht in diesem Moment. Alles, wozu sie fähig war, war seine Nähe in sich aufzunehmen. Den süßen Nachgeschmack der Leidenschaft zu genießen, die wie eine Lawine über sie hinweggerollt war.

»Ich bin so froh, dass dir nichts passiert ist.« Er drückte seine Lippen an ihren Oberkopf.

Em bemühte sich, den Schmerz in ihrem Knöchel zu ignorieren. Sie brauchte dringend ein Schmerzmittel, doch alles in ihr sträubte sich dagegen, diesen Augenblick zu beenden.

»Du hast mich gefunden«, flüsterte sie.

Jack hatte sie nicht nur in der eisigen Dunkelheit des

Hochmoors gefunden, er hatte so viel mehr gefunden. Ihre Sehnsucht, ihr Verlangen nach ihm, und er hatte ihre verwirrten Gedanken beruhigt.

Schattenhaft tauchten die in den Stein gekratzten Namen in ihren Gedanken auf. Hilflos biss sie sich auf die Unterlippe.

»Wie war es eigentlich?«, fragte er. »Also ehe du dich außer Gefecht gesetzt hast?«

Schluckend drehte sie ihr Gesicht zu ihm und suchte in seinen dunklen Augen nach Trost. »Ich glaube, mit meiner Mutter hat etwas nicht gestimmt«, flüsterte sie kaum hörbar.

Jack schob einen Arm unter seinen Hinterkopf und runzelte die Stirn. Da war sie wieder, die Falte. Em seufzte und schmiegte sich erneut an ihn.

»Was soll das heißen?«

Wie sollte sie erklären, was sie selbst nicht verstand? »Sie muss verwirrt gewesen sein. Ich glaube, das Buch hat sie zu sehr in ihren Bann gezogen, und sie ist hier einem Gespenst verfallen.«

Wie hatte das ausgerechnet ihrer resoluten und starken Mutter passieren können? Stunden hatte sie in dem kleinen, kalten Raum der Ruine darüber nachgedacht. Es gab keine andere Möglichkeit. Keine logische Erklärung. Ihre Mutter musste zeitweise ihren Verstand verloren haben.

»Was bringt dich nur auf diese Idee?«

»Sie hatte recht. Die Wahrheit lag dort.« Fest drückte sie ihre Augen zu, um das Brennen in ihnen zu unterdrücken. Weg war die Seligkeit des Moments mit Jack. »Eingekratzt in die Steine, die dort schon seit Jahrhunderten liegen.«

Brummend setzte er sich auf und lehnte sich gegen das Kopfende des Bettes. »Du sprichst in Rätseln.«

Em rutschte auf das Kissen.

»Ihr Name stand dort«, murmelte sie und schloss die Augen.

»Viele Leute haben dort ihre Namen eingeritzt. Ich verstehe nicht, was dich daran so verwirrt.«

»Es war nicht nur ihr Name.« Mühsam schluckte sie und sah zu ihm auf. »Da stand nicht nur ihr Name …«

»Was noch?« Seine Stimme klang ernst und unnachgiebig.

»Es ist so verrückt, dass ich mich nicht traue, es auszusprechen.« Wieder schluckte sie.

Ungeduldig fasste er unter ihr Kinn und hob ihren Kopf an. »Glaub mir, mir kannst du alles erzählen. Ich kenne mich aus mit durchgeknallten Verwandten.«

»Heathcliff.« Kaum hörbar sprach sie den Namen aus, der ebenfalls in dem Stein verewigt worden war. Wie ein in der Zeit eingefrorenes Sinnbild des offensichtlich verwirrten Geisteszustands ihrer Mutter hatte der Name des Romanhelden sie aus dem Stein angestarrt.

»Wiederhol das.« Ruckartig rutschte Jack von ihr weg und sah sie mit zusammengekniffenen Augen an.

Wollte er sie quälen? Sah er nicht, wie sehr sie das alles aus der Fassung brachte. »Da stand Heathcliff liebt Iris«, murmelte sie hilflos.

Einen Moment ruhte sein Blick auf ihr. Dann sprang Jack auf und klaubte seine Kleider vom Boden zusammen.

Erschrocken setzte Em sich hin und wickelte die Decke um ihren Körper. »Was ist denn los?«

Er sah sie nicht an, sondern stieg in die Hose. »Sie hieß also Iris«, presste er heraus und schüttelte den Kopf. »Meine Blume«, murmelte er und zog sich den Pulli über.

Was sagte er da, und warum zog er sich plötzlich so hektisch an? »Jack, was ist los?«

Er drehte sich zu ihr um, und Em hielt die Luft an. Finster und verschlossen starrte er sie an. Ohne etwas zu sagen, griff er nach seinen Schuhen und ging zur Tür.

»Wohin gehst du?«, rief sie mit sich überschlagender Stimme.

Jack drehte sich im Türrahmen um, und Em erkannte, wie seine Kiefer aufeinander mahlten. Wortlos warf er die Tür zu, und sie hörte seine rumpelnden Schritte auf der Treppe.

Zitternd zog sie die Decke noch ein Stück weiter nach oben. Da war sie wieder, die Kälte. Nagend breitete sie sich in ihr aus. Jack war gegangen. Einfach so. Und sie lag hier, in seinem Bett, umgeben von seinem Geruch.

Eilig kletterte Em aus dem Bett und hob das Handtuch auf. Klamm legte es sich an ihren Körper. So schnell es mit dem verletzten Fuß möglich war, humpelte sie über den Flur in ihr Zimmer. Mit fahrigen Bewegungen kramte sie frische Kleidungsstücke aus dem inzwischen deutlich leereren Koffer und zog den Vorhang zu. Kaum hatte sie sich angezogen, klopfte es an der Tür. *Gott sei Dank.*

»Komm rein«, rief sie angespannt.

»Sie sind zurück? Ich habe mir schon Sorgen gemacht.« Prüfend musterte Rosie sie.

Em schluckte und sackte auf die Matratze. Jack war nicht zurückgekommen. Er hatte sie in dem Bett, indem er sie gerade noch geliebt hatte, zurückgelassen. Sie wieder an die Kälte übergeben.

»Sie sind ja ganz bleich.« Trippelnd rauschte Rosie auf sie zu.

»Ich habe mir den Fuß verletzt«, antwortete sie hilflos und bemühte sich vergebens, die Tränen hinunterzuschlucken.

»Ach herrje.« Rosie setzte sich neben sie und tätschelte ihr den Rücken. »Wie ist das denn passiert?«

Sie schüttelte den Kopf. »Ich bin umgeknickt. Oben bei Top Withens. Und dann konnte ich nicht mehr zurücklaufen und habe alleine dort festgesessen.«

»Deshalb steht Jacks Motorrad in der Einfahrt.« Wissend nickte die ältere Frau. »Zum Glück hat er Sie gefunden.«

»Ja, er hat mich gefunden. Und dann ist er wieder gegangen.« Erneut fuhr sie sich mit dem Ärmel über die Wangen.

»Das ist vielleicht besser«, bemerkte Rosie mit nachdenklichem Blick.

Em schob die Unterlippe vor. »Wegen dem, was Edward gesagt hat?«, fragte sie geradeheraus.

Rosie zuckte zusammen. »Woher wissen Sie das?«

»Ich habe es zufällig gehört.« Es war ihr egal, ob die Frau ihr die Zufälligkeit des belauschten Gesprächs abnahm. Alles in ihr war aufgewühlt. Jack war gegangen und hatte sie zurückgelassen, nachdem sie sich so nahe gewesen waren. Hilflos schüttelte sie den Kopf und starrte auf den Fußboden.

»Das hätten Sie nicht hören sollen. Ich weiß auch nicht, was mit meinem Schwager los ist. Haben Sie eine Ahnung, warum er so etwas sagen könnte?« In ihrem Gesicht suchte Rosie nach einer Antwort.

Doch ein erneutes Schulterzucken war alles, was Em ihr bieten konnte. Nein, sie hatte keine Idee, warum Edward sie nicht leiden konnte oder warum Jack sie derart finster angesehen hatte, ehe er aus dem Zimmer gestürzt war. Sie wusste auch nicht, was mit ihrer Mutter los gewesen war, dass sie ihren Namen und den einer verdammten Romanfigur in den Stein gekratzt hatte.

»Ich weiß gar nichts«, murmelte sie. Einsam, wie sie es in diesem Moment war, kullerte erneut eine Träne über ihre Wange und tropfte auf ihre Hose. Em betrachtete den dunklen runden Fleck, der sich in dem Stoff ausbreitete.

»Herrje.« Rosie trat an sie heran und legte ihr eine Hand auf die Schulter, während die andere ihre Wange tätschelte.

Ein schweres Blumenparfüm hing in ihrer Bluse, als Em ihren Kopf dagegenlehnte. Wie gut diese mütterliche Geste tat.

Schließlich löste sich Rosie von ihr und lächelte sie sanft an. »Ich hole Ihnen jetzt ein Schmerzmittel, ein Eis-Pack für den Fuß und eine Tasse Tee. Und dann versuchen Sie zu schlafen.« Prüfend sah sie auf die zierliche goldene Uhr an ihrem Arm. »Es ist schon kurz nach zwölf.«

»Und was ist mit Jack?«, flüsterte Em, während sie ins Bett kroch und die Decke über sich zog.

»Vermutlich streift er durchs Moor. Machen Sie sich keine Gedanken, ich habe damit aufgehört, mir Sorgen zu machen. Ich kann gar nicht zählen, wie oft er sich schon nachts aus dem Haus geschlichen hat, wenn er nicht schlafen konnte.« Sie lächelte warm. »Bin gleich zurück.«

Em lauschte ihren Schritten auf der Treppe und hörte unten das Klingeln des Halsbands. Nein, Jack ging nicht spazieren. Dann hätte er den Hund mitgenommen. Etwas anderes ging hier vor, und wie alles in diesem Ort, verstand sie es nicht.

***

## Jack

Mit aufeinander mahlenden Zähnen starrte Jack auf die vom Scheinwerfer beleuchtete einsame Schotterstraße vor ihm. Der Wind bog die Grasbüschel zu beiden Seiten des Weges, und die ersten Regentropfen platzten schwer auf die Windschutzscheibe.

Heute Nacht würde ein Sturm um Top Withens wüten, wie es ihn in dieser Gegend öfter gab. Fast roch er das Unwetter schon, das sich in der Dunkelheit des Horizonts mit jeder Minute aufbaute. Ein Glück, dass Em inzwischen sicher im B&B war.

Unnachgiebig umklammerten seine Hände das Lenkrad. In seinem Bart hing noch der Geruch von Lavendel, auf ihn übertragen von Ems entzückend weicher und unwiderstehlicher Haut. Einen Augenblick schloss er die Augen und mahnte sich, sich zu konzentrieren.

Er wusste längst, was er suchte, oder vielmehr, was er gleich finden würde. Oft genug hatte er es in den Händen gehalten und dennoch nicht die Verbindung entschlüsselt. Nicht einmal in diesem ersten Moment, als er Em erblickt und gespürt hatte, dass er sie längst kannte. Wie zum Teufel hatte ihm das alles nur entgehen können?

Schlitternd kam der Wagen auf dem großzügigen Hof zum Stehen. Jack sprang heraus und jagte die wenigen Stufen zur Tür hinauf. Beißend fuhr der Wind unter seinen Pulli. Nicht einmal an eine Jacke hatte er gedacht, doch das spielte keine Rolle.

Fest schlug seine Hand gegen das spröde Holz der Tür. »Edward!« Mit einem Wirbelwind an Gefühlen in sich war ihm danach, die Tür einzutreten. Fluchend betätigte er die Klingel und hämmerte erneut an das Holz.

»Jack?«, hörte er seinen Onkel sagen und dann das Schloss knacken. »Was soll der Mist?«, fuhr Edward ihn an, als Jack ihn zur Seite stieß und ins Treppenhaus stapfte.

»Du wirst mir gleich etwas erklären.« Einen Moment trafen sich ihre Blicke, und in denen seines Onkels schien sich Furcht zu spiegeln.

Drei Stufen auf einmal nehmend stürzte Jack die Treppe rauf und riss die zweite Tür auf der rechten Seite des breiten Gangs auf. Staubige, abgestandene Luft umfing ihn augenblicklich. Im Dunkeln fischte er mit der Hand nach dem altertümlichen Lichtschalter, der an einer langen Schnur von der stuckverzierten Decke herunterhing. Blinzelnd sah er sich in dem Raum um und ging zielstrebig auf den eingestaubten Nachttisch neben dem Bett zu.

Das alte Zimmer seines Vaters wurde selten betreten und noch seltener genutzt. Nur hin und wieder hatte er als Kind oder Jugendlicher die Nächte hier verbracht, wenn er bei Edward auf Hillcrest übernachtete. Doch das letzte Mal war inzwischen viele Jahre her, und vermutlich hatte sein Onkel das Zimmer seit damals nicht einmal gelüftet.

»Was willst du hier? Was soll dieser Auftritt?«, presste Edward hervor, der in der offenen Tür stand.

Jack sah auf das Fenster. Das Fenster aus dem Bildband. Natürlich hatte er gleich erkannt, in welchem Zimmer dieses Foto aufgenommen worden war, doch er hatte angenommen, dass es nur ein Zufall war. Doch gab es so was wie Zufälle überhaupt? War nicht alles, was geschah, ein Wink des Schicksals, und man musste sich nur die Mühe machen, diese Momente richtig zu deuten?

»Jack!«

Mit wildem Blick fuhr er herum und funkelte seinen Onkel an. Dann griff er nach der Schublade des Nachttischs, zog sie auf und nahm die rostige Blechdose mit den ausgeblichenen Keksbildchen auf dem Deckel heraus. Scheppernd kam der Deckel auf dem Nachttisch auf, und winzige Staubteilchen tanzten in der Luft. Zielstrebig fasste er in den Stapel Fotos hinein und nahm eines davon heraus.

Jack ließ die Dose auf das Bett fallen und trat auf Edward zu. Mit zusammengekniffenen Augen hielt er ihm das Foto hin. »Es wird Zeit, dass du den Mund aufmachst«, zischte er ihm zu, ging an ihm vorbei in den Flur und die Treppe hinunter.

Energisch schob er die schwere Tür des Wohnzimmers auf und sackte auf das abgenutzte Ledersofa. Er würde sich hier keinen Zentimeter wegbewegen, ehe er nicht alles wusste. Während er nebenan in der Küche das Rauschen des Wasserhahns und dann das Klirren von Tassen hörte, drehte er das verblichene Foto in seiner Hand.

*Meine Blume.* Er hatte die Handschrift seines Vaters nie gesehen, aber das hier musste sie sein. Wie eine Nachricht aus einer anderen Welt starrte die dunkle Tinte auf dem hellen Hintergrund ihn an. Erneut drehte er das Bild.

Er hatte es beim ersten Anblick von Em gespürt: Es war nicht das erste Mal, dass er diese Gesichtszüge sah. Doch er war nicht darauf gekommen. Mühsam schluckte er und versuchte den Gedanken an die Frau in seinem Bett zu verdrängen.

Er hatte dieses Gesicht schon einmal gesehen, und doch war es nicht das von Em gewesen. Jack schloss die Augen und rieb sich mit der Hand über das Gesicht. Wie hatte er das übersehen können? Spätestens nach Edwards merkwürdigem Verhalten hätte es ihm einfallen müssen. Doch das war erst vorhin geschehen. Als Em den Namen ihrer Mutter erwähnt hatte. »Heathcliff liebt Iris«, murmelte er und lehnte sich zurück.

Die Tür öffnete sich, und Edward trat mit zwei Tassen auf einem Tablett herein. Wortlos reichte er ihm eine davon und setzte sich dann gegenüber von ihm in seinen Lieblingssessel, in dem er jeden Abend saß. Angespannt beobachtete Jack, wie er in den Tee blies und vorsichtig einen Schluck nahm.

»Edward«, raunte er ihm zu und hielt erneut das Bild hoch.

»Schon gut. Ich muss nur überlegen, wo ich anfange.« Seufzend lehnte er sich zurück und stellte die Tasse auf dem kleinen Glastisch neben dem Sessel ab.

»Ich habe das Bild so häufig angesehen, als ich jünger war. Ich hatte immer gedacht, dass diese Frau eine Freundin meines Dads sein musste. Eine, die er vor Mum geliebt hat«, flüsterte Jack und platzierte das Bild vorsichtig, beinahe zärtlich neben sich auf dem glänzenden Leder.

Wie oft hatte er sich als Junge in das ehemalige Zimmer seines Vaters geschlichen und dort dessen Sachen durchsucht. Immer auf der Suche nach etwas, das ihm seinen verstorbenen Vater näherbringen würde. Irgendwann hatte er die Dose mit den Fotos entdeckt. Verblichen und teilweise zerknickt hatte das Blech sie über die Jahrzehnte konserviert.

Sein Dad als junger Mann mit Edward, vor dem ersten Firmenauto, das sie sich gekauft hatten und bei der Arbeit an einer Mauer. Ein Bild von ihm hinter dem Haus. Eines am Küchentisch mit einem schweren Krug Bier vor ihm.

Jack kannte jedes der Fotos. Sie hatten sich in sein Gedächtnis eingebrannt, um die Lücke zu füllen, die das Schicksal an der Stelle, an der die Erinnerungen an seinen Vater sein sollten, hinterlegt hatte. Diese Dose war sein Schlüssel zu einer Zeit gewesen, über die nie jemand sprach. Weder Edward noch seine Mutter.

Sein Onkel riss ihn aus seinen Gedanken: »Er hat sie geliebt.« Jack sah auf und beobachtete, wie er mit gerunzelter Stirn auf den Boden sah. »Was hat er diese Frau geliebt«, wiederholte Edward leise und schüttelte den Kopf.

Jack zwang sich, sich zu konzentrieren. »Wann war das?«

»In einem anderen Leben.« Edward sah noch immer nicht auf, und seine Gedanken schienen weit entfernt zu sein.

»Wann?«, presste Jack hervor.

»Vor etwa dreiunddreißig Jahren.«

Jack hielt die Luft an. Das konnte nicht sein. »Damals war ich schon auf der Welt«, stieß er hervor.

Edwards Augen wanderten langsam zu seinem Gesicht. »Ja, das warst du. Ich glaube, du warst zweieinhalb. Ein aufgeweckter kleiner Wirbelwind.«

»Und Dad war mit Mum verheiratet«, setzte er hinzu, um seinem Entsetzen Nachdruck zu verleihen.

Edward nickte und verschränkte die Arme vor der Brust. »Du warst auf der Welt, und deine Eltern waren verheiratet. Das waren die Umstände damals.« Er machte eine Pause und sein Blick huschte durch den Raum. »Und dann ist er dieser Fotografin begegnet.«

»Ems Mutter.«

»Die Ähnlichkeit ist nicht zu übersehen. Selbst auf die Entfernung, bei eurem Besuch am Sonntag, war es mehr als offensichtlich. Dieses Lächeln, die Farbe ihrer Haare. Es war, als würde Iris hier auftauchen, als wären die Jahrzehnte nie vergangen, seit ich sie das letzte Mal gesehen habe.«

Jack hatte so viele Fragen, doch keine von ihnen wollte ihm in diesem Moment einfallen. Abwartend streckte er die Beine aus und sank in das Polster. Sollte Edward seine Geschichte so erzählen, wie er es für richtig hielt. Dass er endlich ehrlich sein würde, erkannte Jack an seinem sentimentalen Blick. Den hatte er immer, wenn er von früher erzählte. Von seiner Großmutter oder der Zeit, als die Brüder nach der Schule *Morris Brothers* gegründet hatten.

»Ich weiß nicht genau, wie sie sich damals überhaupt begegnet sind. Jedenfalls ist diese Frau wochenlang mit ihrer Kamera durch die Gegend gelaufen und hat alles fotografiert. Irgendwann hat dein Vater ihr angeboten, ihr die schönsten Stellen im Moor zu zeigen. Für diesen Bildband, an dem sie gearbeitet hat, brauchte sie auch Aufnahmen des Pennine Walks. Und niemand kannte sich dort oben besser aus als dein Vater.«

Ein Zucken war in seinen Mundwinkeln zu erkennen, dann sah Edward ihn an. »Er war wie du. Ihr seid euch so verdammt ähnlich, dass ich mir manchmal nicht sicher bin, wen von euch ich vor mir habe. Er hat sich, so wie du, schon als Kind den ganzen Tag im Moor rumgetrieben.« Sein Onkel atmete hörbar aus. »Deine Grandma hat ihm, ohne es zu ahnen, den passenden Namen gegeben. Was als Liebhaberei für die Romane bei meiner Geburt angefangen hat, war bei deinem Vater ein Omen.«

»Was meinst du?«, fragte Jack heiser nach.

»Habe ich dir nie erzählt, wie wir zu unseren Namen gekommen sind?« Überrascht zog sein Onkel die Augenbrauen hoch.

»Nein. Das hast du nicht«, antwortete er ungeduldig. Was hatte die Art und Weise, wie die Brüder ihre Namen bekommen hatten, mit der Geschichte zu tun, die Edward ihm endlich erzählen sollte?

»Nun denn. Sie war ein großer Brontë-Fan. Hat all ihre Bücher gelesen, die meisten mehr als einmal.« Er deutete auf das kleine Ölgemälde an der Wand, das Elisa Morris kurz nach ihrer Hochzeit zeigte.

Jack nahm einen Schluck vom Tee, um sich seine Unbeherrschtheit nicht anmerken zu lassen. Er wollte nichts über seine Großmutter hören. Nicht heute.

»Als ich dann auf die Welt kam, hat sie mich nach Edward Rochester aus Jane Eyre benannt.«

»Der Roman von Charlotte Brontë«, murmelte Jack nickend. Er wusste, was Edward als Nächstes erzählen würde, doch er verstand nicht, warum er es tat.

»Und dann kam zwei Jahre später dein Vater.« Mit schmalen Augen betrachtete er die Wand, als würde er dort die Bilder längst vergangener Zeiten erkennen. »Mit dunklen, fast schwarzen Augen und einem Kopf voller schwarzer Haare.« Diesmal lächelte der alte Mann tatsächlich. »Und so hat sie sich gegen unseren Vater durchgesetzt, der endlich einen Sohn nach sich benennen wollte.«

»Heathcliff hat ihr besser gefallen als Andrew?« Jack zog die Augenbrauen hoch.

»Ich glaube nicht, dass das etwas mit gefallen zu tun hatte. Sie ahnte, dass dieser Name zu ihm passte. Aber sie hatte keine Ahnung, wie sehr.« Unzufrieden presste er die Lippen aufeinander.

Jack erinnerte ihn an den Grund des Gesprächs: »Die Fotografin, Edward.«

»Ach ja. Natürlich.« Schwer atmete er durch. »Heathcliff hat sie also durch das Moor geführt. Immer wieder. Und irgendwann hat er sie hierhergebracht und mir vorgestellt. Ich habe direkt erkannt, dass zwischen den beiden etwas war. Der Blick deines Vaters hat an den Lippen dieser Frau gehangen, und wenn sie lachte, dann hellte sich sein ganzes Gesicht auf, wie ich es bei ihm nie zuvor gesehen hatte.« Er machte eine Pause und sah wieder auf das Bild seiner verstorbenen Mutter. »Deshalb habe ich dir von der Namenssache erzählt. Dein Vater war anders, und das schon als Kind. Er war schwierig, unausgeglichen und ungeduldig.« Leise lachte er auf. »Vermutlich hat unsere Mutter nur wegen ihm so früh graue Haare bekommen.«

Jack wagte nicht, seinen Onkel zu unterbrechen. Doch was er hier hörte, passte zu dem, was im Ort seit seiner Kindheit hinter vorgehaltener Hand getuschelt wurde. Immer hatte das Ende seines Vaters sein eigenes Leben überschattet. Er war der Sohn des verrückten Morris' gewesen. Und bis heute war es ihm nicht gelungen herauszufinden, wie es dazu gekommen war.

Doch Edward hatte endlich vor, ihm alles zu erzählen. Die Angst vor dem, was er gleich zu hören bekommen sollte, schnürte ihm die Brust zu.

»Heathcliff war ein düsterer Geselle und konnte nur mit wenigen Menschen gut. Außer, wenn er getrunken hat. Dann war er unbeschwerter und beinahe charmant. Ich glaube, so hat er damals auch deine Mutter kennengelernt.«

»Er war Alkoholiker«, brach es aus Jack heraus. Auch wenn er vieles nicht wusste, das wusste er mit Bestimmtheit. Sein Vater hatte sich im Black Bull regelmäßig an den Rand der Besinnungslosigkeit gesoffen.

»Das war er sicher. Später. Damals noch nicht. Damals hat er nur ab und zu einen über den Durst getrunken«, führte Edward aus. »Jedenfalls hat diese Frau eine völlig neue Seite aus ihm herausgelockt. Nie habe ich ihn so entspannt erlebt wie mit ihr. Wenn sie lachte, war Heathcliff selig.«

»Er war verheiratet«, rief er seinem Onkel ins Gedächtnis und drückte die Zähne aufeinander.

»Das war er. Und ich weiß, wie sehr ihn die Gewissensbisse belastet haben. Es war nur eine kurze Zeit. Einige Wochen im Sommer. Irgendwann habe ich bemerkt, dass die beiden sich oben ins alte Zimmer von Heathcliff geschlichen haben, wenn deine Grandma und ich außer Haus waren.«

Sein Vater hatte also in diesem Haus mit Ems Mutter geschlafen. Unmerklich schüttelte er den Kopf und umfasste die heiße Tasse. Der Schmerz in seiner Hand lenkte von den Gedanken an Em ab. »Und dieser Frau war es egal, dass er Familie hatte?«

»Nein, das war es nicht. Ich weiß, dass sie darüber geredet haben. Aber sie konnten beide nichts gegen diese Anziehung machen. Ich bin mir sicher, dass sie ihn geliebt hat. Wie sehr, das kann ich nicht sagen, aber sie war fasziniert von ihm. Spielerisch ist es ihr gelungen, den Panzer zu durchbrechen, den Heathcliff schon sein ganzes Leben vor sich hertrug. Nicht einmal deiner Mutter ist es gelungen, ihn auf diese Art zu erleben. Iris schon. Sie hat ihn herausgelockt und ihn mit ihrer Lebensfreude verzaubert.«

*So wie Em mich.* Schwer schluckte er und presste seine Handfläche erneut gegen die Tasse. »Und dann? Wie ging es weiter?«

Mit einem Stöhnen stand Edward langsam auf und ging, sein Bein nachziehend, zum Fenster. Jack wusste nicht, was er in der Dunkelheit hinter der Scheibe zu finden hoffte, vermutlich war es die Vergangenheit, die sich dort in diesem Moment befand.

»Sie ist so schnell verschwunden, wie sie aufgetaucht ist. Von einem Tag auf dem anderen war sie weg und Heathcliff wieder so verschlossen wie immer.« Er seufzte leise. »Es wurde schlimmer als zuvor. Er hatte sich nicht mehr im Griff.«

»Der Alkohol?«, brummte Jack.

»Der auch. Sein ganzes Verhalten. Er wurde unruhiger als früher. Ist stundenlang durchs Moor gewandert, wenn er im

Black Bull getrunken hatte. Hat vor sich hingemurmelt und immer wieder die Nächte bei Top Withens verbracht.«

Jack hielt seinen Blick fest auf das graue Haar auf Edwards Hinterkopf gerichtet.

»Das war die Zeit, zu der die Leute angefangen haben, über ihn zu reden. Und deine Mum hat alles versucht, kam aber nicht an ihn ran. Ständig ist er hier nachts aufgeschlagen, die Treppen hochgerumpelt und ist dann bewusstlos auf seinem Bett zusammengebrochen.«

Das Bett, in dem er Iris geliebt hatte. Jack stellte die Tasse weg und sprang ebenfalls auf. Hier ruhig zu sitzen, während Edward ihm diese Dinge erzählte, war nicht möglich.

»Die Arbeit hat er auch nicht mehr auf die Reihe bekommen, und mit jedem Monat, der verging, wurde es schlimmer. Ich habe immer wieder versucht, mit ihm zu reden, aber jedes Mal wiederholte er nur, dass er sein Glück verloren hätte. Also habe ich ihn an deine Mutter und dich erinnert, doch mehr als ein trauriges Lächeln hat das nicht aus ihm herausgelockt. Irgendwann wurde es richtig schlimm. Er war sich sicher, verflucht zu sein.«

»Verflucht?« Jack ballte die Hände in seinen Hosentaschen und widerstand dem Bedürfnis, einen Schrei loszulassen. Das alles hier war schlimmer als erwartet. Also stimmten die Gerüchte. Sein Vater hatte seinen Verstand verloren. Weil er diese Frau liebte.

»Er meinte, es käme von seinem Namen. Er machte deiner Großmutter Vorwürfe, ihn so genannt zu haben, und ich glaube, das hat ihr Herz gebrochen. Er sagte, dieser Ort sei verflucht, ebenso wie er selbst.« Edward drehte sich ruckartig um und betrachtete ihn sorgenvoll. »Und er war sich sicher, diesen Fluch auch auf dich übertragen zu haben.«

Wortlos hielt er dem Blick seines Onkels stand. Sie kannten beide die Wahrheit. Wussten, dass auch er zeitweise dem Wahnsinn verfallen war. Sicherlich hatte Edward die Sprüche seines Vaters damals als dummes Gerede abgetan, doch jetzt sprachen seine Augen eine andere Sprache. Sorge lag darin.

»Er sagte, die Finsternis läge in seinem Blut, und er sei sich sicher, dass du nie glücklich werden würdest. So wie er.« Humpelnd trat sein Onkel auf ihn zu und fasste an seinen Arm. »Er war nicht verrückt, aber er war wahnsinnig. Wahnsinnig vor Herzschmerzen, ausgelöst von dieser Frau. Er war nicht zurechnungsfähig, und nichts von dem, was er gesagt hat, entspricht der Wahrheit.«

»Und wenn doch?« Jack lachte trocken auf. »Willst du mir sagen, dass mein Leben bisher unter einem guten Stern stand? Auch ich habe eine Liebe verloren und noch mehr.«

»Aber du bist nicht daran zerbrochen«, stieß Edward hervor.

»Nur beinahe. Eben genug, um die Gerüchte im Ort zu befeuern, dass sich die Vergangenheit wiederholen würde.«

»Ich glaube, du missverstehst die Besorgnis der Menschen.« Er streckte seinen Arm aus und legte ihn auf Jacks Schulter. Der warme Druck der breiten Hand wirkte beruhigend. »Auch deine Mum und ich haben befürchtet, dass sich die Geschichte wiederholen würde.«

»Ich trinke nicht. Das habe ich nie getan.« Auch wenn die Vergangenheit immer ein Rätsel für ihn gewesen war, die Sucht seines Vaters war es nicht. Und abgesehen von dem ein oder anderem Bier in der Jungendzeit machte er bis heute einen Bogen um Alkohol. »Ich werde mich nicht wie er betrunken ins Auto setzen und gegen eine Mauer fahren«, presste er hervor.

»Jack.« Edward verstärkte den Druck auf seine Schulter. »Dein Vater war nicht betrunken, als er starb.«

»Natürlich war er das.« Jack machte einen Schritt zurück, und Edwards Hand sackte nach unten. »Jeder kennt die Geschichte: Er ist betrunken ins Auto gestiegen und gegen eine Mauer gefahren, die er selbst erst Monate zuvor gebaut hat.«

»Das ist die Version, für die deine Mum und ich uns entschieden haben.«

»Version?«, wiederholte er tonlos.

»Heathcliff hat sich umgebracht, Jack.« Edward atmete tief ein und sah ihn aus wässrigen Augen an. »Dein Vater hat seinem Leben ein Ende gesetzt.«

# Kapitel 12

**Em**

Im Morgengrauen schreckte Em aus einem unruhigen, leichten Schlaf auf. War das die Eingangstür gewesen, die ins Schloss gefallen war? Hektisch rappelte sie sich auf und lauschte in das blasse Licht, das durch die Vorhänge drang, hinein.

Das Klimpern des Halsbandes war zu hören. Beim Eintreten von Gästen stand der Hund nicht von seiner Decke auf, so gut kannte sie ihn inzwischen. *Jack.* Er kam zurück. Eilig kletterte Em aus dem Bett und griff nach der Klinke. Als sie die Tür aufriss, starrte Jack sie aus dunkel unterlaufenen Augen an.

»Du bist wieder da«, flüsterte sie und musterte seine eingefallenen, bleichen Wangen, unter denen sein Bart noch ein wenig wilder wirkte als üblich.

Er nickte nur und bewegte sich nicht. Ein mulmiges Gefühl beschlich sie. Sein Blick wirkte leer und abwesend. Und noch immer spürte sie den Schmerz und die Verwirrung darüber, dass er sie einfach in seinem Bett zurückgelassen hatte.

Doch etwas stimmte nicht. Die hängenden Schultern, das farblose Gesicht. Beherzt griff sie nach seinem Arm und zog ihn ins Zimmer. Em schob ihn um das Bett herum und bedeutete ihm, sich auf den Stuhl zu setzen. Nachdem er sie derart verletzt hatte, wollte sie ihn nicht zu nahe bei sich haben, auch wenn ihr ganzer Körper nach ihm zu schreien schien. Sie setzte sich aufs Bett und sah ihn abwartend an. »Wo warst du?«, flüsterte sie ihm zu und versuchte, in seinem wirren Blick zu lesen.

»Hillcrest«, brummte er.

»Und warum bist du so übereilt verschwunden?« Sie hatte Mühe, ihre Stimme ruhig klingen zu lassen, während in ihrem Innern ein Sturm zu toben schien. »Du bist einfach weggegangen«, setzte sie hinzu und sah zu Boden.

»Es war wegen dem, was du gesagt hast«, raunte er ihr zu.

Em sah erneut auf. »Was meinst du?«

»Das über deine Mutter.«

Sie hielt die Luft an und legte eine Hand an den Hals. »Ich habe dir mein Herz ausgeschüttet. Dir erzählt, dass ich befürchte, dass meine Mutter verwirrt war. Dass sie sich in diesen Roman hineingesteigert hat und irgendwie die Realität aus den Augen verlor.« Mühsam schnappte sie nach Luft. »Und du haust einfach ab«, stieß sie bitter hervor.

»Sie war nicht verwirrt«, antwortete er leise und nahm den Geldbeutel aus der hinteren Hosentasche.

»Woher willst du das wissen?«, fuhr sie ihn an. Statt einer Antwort schlug er den Geldbeutel auf und zog etwas heraus. Mit eisigem Blick reichte er ihr das Papier.

»Woher hast du das?«, flüsterte Em und hielt ihre Augen auf das lächelnde Gesicht ihrer Mutter gerichtet. Arm in Arm stand sie mit einem Mann vor einer schweren Haustür und strahlte in die Kamera. Prüfend betrachtete sie den Mann. Die dunklen Locken kamen ihr bekannt vor, doch die Gesichtszüge waren anders. »Das ist die Haustür von Hillcrest«, stellte sie fest.

Jack nickte nur.

»Und wer ist der Mann?«

»Ihr Heathcliff.« Ruckartig stand er auf und zog mit einer schnellen Bewegung den Vorhang auf. Hinter der Glasscheibe breitete sich augenblicklich der wolkenverhangene Morgenhimmel aus. »Mein Vater.«

Mit zitternden Fingern fuhr Em über das verblichene Bild. Wie sie in diesem Moment die Sehnsucht nach ihrer Mutter beinahe überrollte. Doch gleichzeitig ratterte ihr Verstand und versuchte in Jacks Worten einen Sinn zu finden. »Das ist dein Vater?«, fragte sie leise nach.

»Ja. Er sieht mir nicht so ähnlich wie sie dir, aber das ist mein Vater.«

»Und wer hat dieses Bild gemacht?«

»Edward.«

»Er hat es dir gegeben?«

»Nein.« Jack drehte sich um, lehnte sich gegen die Fensterbank und stellte einen Fuß auf dem Vorsprung davor auf. »Dieses Bild habe ich schon unzählige Male gesehen. Allerdings ist das letzte Mal einige Jahre her. Deshalb bin ich nicht gleich darauf gekommen, warum du mir so bekannt vorkommst.«

Sie suchte nach seinem Blick, doch er wich ihr auffallend aus. »Ich kam dir bekannt vor?«, hakte sie nach.

»Ja.« Er schüttelte den Kopf und rieb sich über den Nacken. »Hätte ich es nur früher begriffen. Es war die ganze Zeit vor meiner Nase. Dreh das Bild um«, forderte er sie auf.

Zögernd tat sie, was er wollte. »Meine Blume«, las sie leise.

»Iris. Sie war seine Blume.« Ausdruckslos sah er sie an.

»Und was bedeutet das?« Em zog die Augenbrauen zusammen. »Das, was ich glaube?«

»Sie haben sich geliebt, sagt mein Onkel.«

»Du meine Güte.« Fahrig legte sie das Bild weg und vergrub ihr Gesicht in den Händen.

War es das gewesen, was ihre Mutter so verändert hatte? Eine unglückliche Liebe, die sie nie verschmerzen konnte? Wegen der sie sich nie wieder auf einen anderen Mann eingelassen und sich stattdessen für ein Kind mit ihrem besten Freund entschieden hatte?

Em glaubte ihre Gedanken hören zu können. Brüllend schob sich einer über den jeweils vorherigen. Schwer atmend presste sie die Handflächen gegen ihr Gesicht und bemühte sich ruhig zu bleiben. Jacks Vater hieß also tatsächlich Heathcliff. Sie war nicht verwirrt gewesen. Die Wahrheit lag, so wie sie es mit letzter Kraft beschrieben hatte, oben bei Top Withens. Eingekratzt in den Stein für alle Zeiten. »Sie haben sich geliebt«, flüsterte sie und sah auf.

Eisig ruhte Jacks Blick auf ihr, und sie spürte, wie ein Schauer über ihren Rücken lief. Nichts von der wohligen Wärme, die sie noch vor Stunden darin gesehen hatte, war noch vorhanden. Nur ablehnende Kälte.

»Was ist mit dir?«, flüsterte sie und stand auf. Sicherlich war er ebenso verwirrt wie sie. »Wir haben das Rätsel gelöst.« Mühsam lächelte sie ihn an. »Es ist vielleicht etwas merkwürdig, dass sich ausgerechnet unsere Eltern geliebt haben, aber endlich wissen wir, was damals passiert ist.«

»Ja, das tun wir.« Er hob seinen Arm und bedeutete ihr, nicht näher zu kommen. Angespannt trat seine Kiefermuskulatur hervor.

»Jack, was ist denn los?« Zögernd blieb sie stehen und presste die Lippen aufeinander. Irgendetwas stimmte ganz und gar nicht. Sie wollte einfach nur zu ihm, sich an ihn schmiegen und an seiner Brust riechen. Er war nur deshalb davongestürmt, weil er den Zusammenhang zwischen ihrer Mutter und seinem Vater entdeckt hatte. Und nicht, weil er das mit ihr bereute. Wie hätte er das auch können? Nie hatte sie sich so sicher und geborgen in den Armen eines Mannes gefühlt.

»Deine Mutter hat meinen Vater in den Tod getrieben.«

Hart ausgesprochen hallten seine Worte in ihren Ohren nach. Ein Rauschen mischte sich darunter, und Em spürte Schwindel in sich aufsteigen. Unsicher tastete sie nach der Matratze und ließ sich darauf sinken. Das Rauschen wurde stärker, und dunkle Flecken tanzten vor ihren Augen.

Blinzelnd bemühte sie sich, sich zu konzentrieren. Stechend mischte sich der Schmerz ihres Knöchels in das Durcheinander der Empfindungen. Sie wollte schlucken, doch ihr Mund war ausgetrocknet. Ihre Finger krallten sich in die Bettdecke.

»Em?«, hörte sie Jacks tiefe Stimme in einiger Entfernung.

Fest kniff sie die Augen zusammen und öffnete sie wieder. Das Blau des Teppichs bildete sich aus den dunklen Flecken heraus, dann zwei schwere Schuhe. Unsicher sah sie an den Beinen nach oben und in Jacks angespanntes Gesicht.

»Geht's wieder?«, fragte er nach und betrachtete sie verkniffen.

Nickend zeigte sie aufs Fenster. »Ich brauche Sauerstoff.«

Mit einem Satz war er dort und öffnete die Scheibe. Klarheit bringend drang die kalte Luft ins Zimmer. Em sog sie tief ein und stand dann langsam auf. »Was hast du da gesagt?«, stieß sie hervor und fixierte Jacks Rücken, während er auf die Gasse hinuntersah.

»Deine Mutter hat meinem Vater das Herz gebrochen. Sie ist einfach abgereist, und er hat sich nicht einmal ein Jahr später das Leben genommen.«

»Deine Mutter sagte, er sei bei einem Unfall ums Leben gekommen.« Sie hatte Mühe, nicht zu schreien. Was Jack hier über ihre Mutter sagte, rief Übelkeit in ihr hervor. Er hatte keine Ahnung, wie ihre Mutter gewesen war. Er hatte sie nicht gekannt. Wusste nicht, wie liebevoll und fürsorglich sie sein konnte.

»Das war die offizielle Version. Damit die Nachbarn nicht wissen, dass ihr Mann sich umgebracht hat. Sie hatte auch keine Ahnung von deiner Mutter.« Er drehte sich um und sah sie fest an. »Edward hat keiner Menschenseele je davon erzählt. Aber er hat dich sofort erkannt. Deshalb wollte er nicht, dass wir etwas miteinander zu tun haben.«

»Damit wir es nicht herausfinden?«, fragte sie etwas versöhnlicher nach.

»Nein.« Fest drang seine Stimme an ihr Ohr. »Damit sich die Geschichte nicht wiederholt.« Er schüttelte den Kopf und gab dem Fenster einen Schubs. Knarrend fiel es zu. »Ich wünschte, er hätte es mir eher erzählt.«

»Weil du dann nicht mit mir geschlafen hättest?« Ihre Stimme überschlug sich beinahe. Ems Fingernägel drückten gegen ihre Handflächen, während sie auf seine Antwort wartete.

»Ja.« Mit aufeinandergepressten Lippen stapfte er zur Tür. »Ich habe von Anfang an gewusst, dass du mir gefährlich werden wirst. Aber ich konnte nicht widerstehen.« Unruhig huschte sein Blick durch das Zimmer. »So wie mein Vater damals.«

Leise schloss er die Tür von außen, und Em hörte seine dumpfen Schritte, die zu seinem Zimmer führten.

Wie betäubt streckte sie sich auf dem Bett aus und drehte sich auf den Bauch. Heiß liefen die Tränen direkt in den bunten Blumenstoff des Bettbezugs. Immer wieder schüttelten Schluchzer ihren Körper. Er hasste sie. Und er glaubte, dass ihre Mutter etwas mit dem Tod seines Vaters zu tun gehabt hatte. Was war das nur für ein Durcheinander?

Alles was sie gerade erfahren hatte, überwältigte sie. Es war nicht der Heathcliff aus *Sturmhöhe* gewesen, an den ihre Mutter während ihres letzten Lebensmomentes gedacht hatte. Es war Jacks Vater gewesen. Sie hatte den Namen des Mannes genannt, in den sie sich vor über dreißig Jahren verliebte.

Em stützte sich auf die Ellenbogen und griff nach dem Foto. Wie glücklich ihre Mutter lächelte, und wie warm der Ausdruck des Mannes war, der sie ansah und im Arm hielt. Und diesen Mann sollte sie in den Selbstmord getrieben haben? Jack musste sich irren. Edward musste sich irren. Irgendetwas stimmte hier nicht.

Wenn sie Heathcliff wirklich geliebt hatte, warum war sie dann einfach gegangen? Ihre Mutter war leidenschaftlich in allem gewesen. Eine leidenschaftliche Fotografin und hingebungsvolle Mutter. Sie musste auch einen Mann mit allem, was sie war, geliebt haben, nur so entsprach es ihrem Charakter.

»Du hast dich also in einen Morris verliebt«, flüsterte Em und fuhr über das Bild. »Du hast dir auch die Finger verbrannt, so wie ich.«

Sie setzte sich auf und griff nach dem Bildband auf dem Nachttisch. Gezielt schlug sie die Seiten von Hillcrest auf und legte das Foto darauf. Als hätte es all die Jahre darauf gewartet, hier eingelegt zu werden, verschmolz es beinahe mit den anderen Bildern. Wenigstens ihr Bild war dort, wonach sich ihre Seele gesehnt hatte.

Em klappte das schwere Buch zu, stand auf, öffnete den Koffer und schob den Bildband hinein. Das Rätsel um ihre Mutter war gelöst. Eine unglückliche Liebe, die zwei Menschen nie losgelassen zu haben schien und einen davon das Leben kostete.

Em legte die Arme um ihren Körper und humpelte ans Fenster. Unter ihr erwachte der Ort langsam zum Leben, und hier und da huschte eine Gestalt über den Gehweg. Auch aus der Küche drangen inzwischen die ersten Geräusche der fleißigen Rosie.

Hatte ihre Mutter je erfahren, wie es mit Heathcliff ausgegangen war? Hatte sie von seinem Selbstmord gewusst? Wenn es so war, dann hatte sie es für sich behalten und es nicht einmal Rollo erzählt. War ein schlechtes Gewissen Grund dafür? Machte sie sich die gleichen Vorwürfe, wie sie Edward und Jack formuliert hatten? Auch wenn sie jetzt das Große und Ganze kannte, so waren da noch immer Fragen, die noch nicht beantwortet waren. Doch ob Jack Interesse daran hatte, die Antworten darauf zu finden, wagte sie zu bezweifeln.

Abwesend fuhren ihre Fingerspitzen über ihren Mund. Nicht einmal eine Nacht hatte sie an seiner Seite verbringen können. Eine Stunde war alles, was ihr dieser Ort und die Vergangenheit gewährt hatten. Eine Stunde, die sie ebenso lange verfolgen würde, wie die Wochen damals ihre Mutter. Es konnte nicht schon wieder so enden. In Traurigkeit und Verzweiflung. Von ihnen gab es nicht einmal eine in Stein geritzte Nachricht. Kein Bild. Von ihnen würde nichts bleiben.

Wieder brannten ihre Augen. Der Tod ihrer Mutter war endgültig und unwiderruflich erschienen, doch jetzt fühlte sie sich ihr näher als jemals zuvor. Wie ihre Mutter hatte sie sich in einen Mann aus diesem Ort verliebt, ohne es beabsichtigt zu haben. Jack hatte sie in ihren Bann gezogen, und letzte Nacht hatte er ihr Herz mit seinen Berührungen gestohlen. Es war nicht wie ihre unverbindlichen Beziehungen der letzten Jahre gewesen, zumindest nicht für sie.

Woher sollte sie schon wissen, was hinter diesem finsteren Blick und den zusammengezogenen Augenbrauen vorging? Es gab nur eine Möglichkeit, es herauszufinden.

Em drehte sich abrupt um und stürmte, auf einem Bein hüpfend, aus dem Zimmer. Hektisch schlugen sie mit ihren Fingerknöcheln an die Holztür. Ein letztes Mal mahnte sie sich, die Tränen hinunterzuschlucken, dann öffnete sie und trat ein.

***

## Jack

Jack hielt den Atem an und schloss die Augen. Warum nur kam sie in sein Zimmer? Verstand sie nicht, dass er sie nicht sehen wollte? Er hörte, wie sie die Tür schloss und auf ihn zukam.

Zögernd sah er über die Schulter und erkannte ihr aufgelöstes Gesicht. Eilig sah er wieder aus dem Fenster, wie schon die letzte Viertelstunde, seit er sie verlassen hatte. Er war müde. War er jemals so müde gewesen? Er wollte nur noch schlafen, und dennoch ahnte er, dass seine Gedanken es nicht zulassen würden.

»Jack?«, fragte sie kaum hörbar mit einem Zittern in der Stimme.

Mühsam fixierte er mit seinem Blick den Baum, der zwischen den Häusern auf der anderen Straßenseite hervorlugte. Nur einige letzte braune Blätter hingen noch daran, während die anderen schon neben dem Stamm zu Boden gefallen waren und zu verfaulen begannen.

»Was ist?« Er wusste, wie abweisend er klang, doch es musste sein.

Er hörte erneut ihre Bewegung auf dem Teppich, dann spürte er ihre Hand auf seiner Schulter. Fest presste er die Lippen aufeinander und starrte weiter auf den Baum. Ihre schmale Hand hatte kaum Gewicht, und dennoch schien sie ihn fast zu Boden zu zwingen.

»Es hat keinen Sinn«, raunte er und atmete tief ein.

Langsam rutschte die Hand von ihm hinunter. Wo sie eben noch gelegen hatte, schien alle Wärme aus seiner Haut gewichen zu sein.

»Aber das hat doch nichts mit uns zu tun. Das war lange vor unserer Zeit«, flüsterte sie hinter ihm mit brüchiger Stimme.

»Es war vor deiner Zeit, aber nicht vor meiner.« Er drehte

sich um und verschränkte die Arme vor der Brust. »Mich hat es damals schon gegeben. Für deine Mutter hat mein Vater meine Mutter und mich vernachlässigt. Wegen deiner Mutter hat er sich schließlich umgebracht. Und wegen deiner Mutter musste ich ohne Vater aufwachsen. Mir das Gemurmel im Ort anhören, dass mein Vater verrückt gewesen war, weil er tagelang durchs Moor wanderte. Weil er oben bei Top Withens immer wieder die Nächte verbrachte. Jeder glaubte, er hätte den Verstand verloren.« Er machte eine Pause und schüttelte den Kopf. »Und dabei war er nur wahnsinnig vor Liebeskummer. Vor Sehnsucht nach deiner Mutter.«

Em wich seinem Blick aus und schob die Unterlippe vor, was ihm verriet, dass sie einen Gegenangriff plante. »Wir wissen nicht, warum sie gegangen ist. Wir wissen nur, dass sie sich geliebt haben. Sie hat ihn ebenso geliebt, wie er sie, da bin ich mir sicher. Und sie hat nie wieder einen anderen Mann in ihr Leben gelassen. Vermutlich ist sogar das der Grund dafür, dass ich solch eine ungewöhnliche Familie habe. Weil meine Mutter keinen anderen Mann in ihrem Bett wollte und deshalb ein Kind mit ihrem schwulen Freund bekam. Siehst du ihre Seite denn gar nicht?«

»Sie konnte es sich aussuchen. Sie ist die, die gegangen ist.«

»Das wissen wir nicht, Jack. Und vielleicht werden wir nie erfahren, was damals tatsächlich zwischen den beiden passiert ist. Aber deshalb bin ich nicht hergekommen.« Sie machte noch einen winzigen Schritt auf ihn zu. »Es gibt nicht nur das Schicksal unserer Eltern. Es gibt auch unser eigenes. Und meins hat mich hierhergeführt.« Zaghaft streckte sie eine Hand aus und fuhr über seinen Bart. »Zu dir.«

Er griff nach ihrer Hand und zog sie von seinem Gesicht weg. Leblos sackte sie neben ihren Körper. »Das Schicksal in diesem Ort hat einen schrägen Sinn für Humor. Es nimmt mir die Verlobte und das Kind und bringt mir die Frau, deren

Mutter mir meinen Vater genommen hat. Du kannst nicht wirklich glauben, dass das funktionieren könnte.« Er hatte Mühe die Feuchtigkeit in ihren Augen zu ignorieren und konnte nur hoffen, dass Maddie es ihm verzeihen würde, dass er sie nutzte, um Abstand zwischen sich und Em zu bringen.

»Das kann nicht alles sein, was du fühlst«, flüsterte sie und schüttelte kaum wahrnehmbar den Kopf. »Sag mir, dass du keine Gefühle für mich hast. Denn ich habe welche für dich und bin mir sicher, dass wir einen Weg finden, mit der Vergangenheit zu leben. Wie auch immer sie gewesen sein mag.«

Was über ihre Lippen kam, klang verführerisch. Wenn es nur möglich wäre, alles auszublenden. Es war nicht nur die Vergangenheit, die zwischen ihnen stand. Es war alles, was er erlebt und verloren hatte. Die Essenz seines Lebens.

Schon einmal hatte er für eine Frau mehr empfunden, als es gut für ihn war, und geglaubt, das Glück in seinen Händen zu halten. Das erste Mal hatte er sich in Sicherheit gefühlt, mit einer glücklichen Zukunft vor sich und diesem Leben, das er sich ausgemalt hatte und an dem er jeden Tag arbeitete. Und dann war Maddie ihm entrissen worden.

Noch einmal würde er solch einen Schmerz nicht überstehen. Er konnte nicht noch ein Lachen verlieren. Lieber wollte er es gar nicht erst in sein Leben hineinlassen.

Seufzend setzte er sich auf das Fußende des Bettes und sah auf den Teppich. »Ich habe dir wohl ein falsches Bild vermittelt und muss mich bei dir entschuldigen.« Er machte eine Pause, um mehr Mut zu fassen. »Wir hätten nie miteinander schlafen sollen. Ich bin nicht bereit, zu lieben. Erst recht jetzt nicht, wo wir wissen, was deine Mutter mir genommen hat.«

»Jack …« Flüsternd setzte sie sich neben ihn, und er hörte sie schlucken. »Das kannst du nicht so meinen.«

Mit einer Hand an seiner Wange zwang sie ihn, sie anzusehen. Diese warmen hellbraunen Augen zu betrachten, mit dem goldenen Feuerwerk, das so gut zu ihrer lebenbejahenden

Persönlichkeit passte. »Was willst du mit einem Kerl wie mir? Ich will keine Kinder, damit dieser Ort sich nicht noch eines von ihnen greift. Ich trage die Düsterheit meines Vaters in mir, und es gibt nichts, was ich dagegen tun kann.«

»Es gibt etwas.« Ein sanftes Lächeln erhellte ihr Gesicht trotz der traurigen Augen. »Lass mich einen Teil dieser Düsterheit vertreiben.« Kaum spürbar berührten ihre Lippen seinen Hals.

Jack unterdrückte ein Stöhnen und streckte den Rücken durch. Schon einmal hatte eine Frau sein Leben mit ihrem Lachen erhellt. Und es war nicht gut für sie ausgegangen. Vermutlich hatte sein Vater recht, was diese Sache mit dem Fluch anging. Sie waren beide verdammt, niemals glücklich zu werden. »Es hat keinen Sinn, Em.«

Wieder schob sie ihre Unterlippe vor, und er konnte erkennen, wie viel Kraft es sie kostete, sich ihre Verletztheit nicht anmerken zu lassen. »Dann sag mir klar, dass du nichts für mich empfindest«, forderte sie ihn trotzig auf und sah ihn abwartend an.

Sein Blick glitt ihren Hals hinab, und er beobachtete, wie sie immer wieder angespannt schluckte. »Ich empfinde nichts für dich«, brummte er und hielt den Anblick ihrer sich unglücklich zusammenziehenden Augenbrauen aus.

Em schnappte nach Luft und stand fahrig auf. »In Ordnung.« Immer wieder nickte sie und presste die Lippen aufeinander. »In Ordnung. Dann gehe ich jetzt wohl besser rüber.« Seinem Blick ausweichend huschte sie zur Tür und schloss sie beinahe lautlos hinter sich.

Jack stützte den Kopf in die Hände. Wie überraschend einfach solch eine Lüge doch war. Einfacher, als stundenlang zu erklären, warum das mit ihnen keinen Sinn hatte. Zu beschreiben, dass er sie vermutlich immer spüren lassen würde, dass er ihre Mutter für das verachtete, was sie ihm angetan hatte. Und das hatte Em nicht verdient. Ebenso wenig wie einen Mann mit seinem Charakter.

Sie sollte glücklich sein, sie war dazu geboren worden, und zurück in den Schoß ihrer Künstlerfamilie gehen, vergessen, was hier passiert war. Wo er war, waren die Schatten. Unerbittlich hafteten sie an ihm, wo immer er hinging.

Nein, Em sollte ihn bestenfalls hassen. Ihn verfluchen, weil er sie trotz der gemeinsamen Nacht nicht wollte. Zumindest war es das, was er in ihre Gedanken geflüstert hatte. Lügen waren so viel einfacher als die Wahrheit. Nur sich selbst zu belügen, war kaum möglich. Um die Stimmen in seinem Kopf loszuwerden, die versuchten, ihm verlockende Märchen einzuflüstern, musste er seinen Körper an den Rand der Erschöpfung bringen. Ein anstrengender Arbeitstag und eine durchgemachte Nacht reichten dazu nicht aus. Und es gab etwas, was er mit eigenen Augen sehen musste. Das, was er all die Jahre übersehen hatte.

Er griff nach seiner Jacke und trat in den Flur. Kein Laut war aus Ems Raum zu hören. Den Bruchteil einer Sekunde berührte seine Hand ihre Tür, dann hastete er die Treppe nach unten und pfiff nach dem Hund.

»Jack?« Mit roten Wangen trat seine Mutter aus der Küche und trocknete ihre Hände an der Schürze. »Wann bist du nach Hause gekommen?« Besorgt betrachtete sie ihn. »Meine Güte, bist du bleich. Du solltest dringend etwas essen.«

»Es ist alles gut«, brummte er und zog den Reisverschluss der Jacke zu. »Edward und ich arbeiten heute nicht, und ich gehe stattdessen wandern.«

Tatsächlich hatte Edward vorgeschlagen, die Arbeit an der Mauer erst am darauffolgenden Tag weiterzuführen. Sie sollten sich nach der unruhigen Nacht beide ausschlafen, hatte er Jack gesagt, als er ihm zum Abschied väterlich die Schulter tätschelte. Doch er würde nicht schlafen. Das konnte er nicht. Noch nicht.

»Du siehst krank aus. Setz dich in den Speiseraum und iss was. Und dann gehst du ins Bett. Ich richte auch gerade ein Tablett für Emily. Ich dachte, nach der Aufregung gestern würde sie gerne im Bett essen.«

»Hab keinen Hunger.« Er ging einige Schritte auf die Haustür zu, während der Hund ihn aufgekratzt umrundete. »Ich glaube, sie schläft noch, warte besser noch etwas, bis du ihr das Frühstück bringst.« Sicherlich brauchte Em etwas Zeit, um sich wieder zu fangen, und nicht seine Mutter, die ihr im schlimmsten Fall unangemessene Fragen zu ihren verheulten Augen stellte.

»Wo willst du überhaupt hin um diese Zeit?« Sie stemmte die Hände in die Hüften und warf ihm einen strengen Blick zu.

»Top Withens.« Energisch griff er an die Klinke.

»Reicht es nicht, dass Emily sich dort gestern fast den Hals gebrochen hat? Musst du heute schon wieder hochgehen? Du bist wirklich fast genauso wie dein …« Sie brach ab und sah ihn erschrocken an.

»Wie mein Vater?«, schleuderte er ihr entgegen.

All die Jahre hatte sie ihm erzählt, dass er bei einem Unfall gestorben war. Und dabei war er gezielt und nüchtern in diese verdammte Mauer gebrettert. Jeder hatte ihn belogen. Jeder, der ihm etwas bedeutete. Edward hatte die Sache mit Iris nicht nur vor ihm, sondern auch vor seiner Mum verheimlicht. Und diese war ebenfalls unehrlich gewesen und hatte ihm nie erzählt, was für einen Charakter sein Vater hatte und dies lieber der Aufklärung durch den Dorfklatsch überlassen. Bis er tatsächlich geglaubt hatte, dass sein Vater verrückt gewesen war.

Rosie reckte das Kinn nach oben und streckte den schweren Busen vor. »Ja, manchmal erinnerst du mich sehr an ihn.«

»Dann weißt du, dass ich nichts dagegen machen kann.

Ich bin, wie ich bin.« Schnell trat er hinaus und stapfte, ohne sich noch einmal umzusehen, den Gehweg entlang.

# Kapitel 13

**Em**

Em lag auf dem Bett und starrte an die Decke. Fest und tief war Jacks Stimme von unten zu hören, dann wie die Haustür zuschlug. Eilig sprang sie auf und stürzte zum Fenster. Indiana Bones rannte den Gehweg entlang, und Jack folgte ihm mit hochgeschlagenen Jackenkragen und den Händen in den Hosentaschen.

Ems Blick ruhte auf seinem Rücken, bis er hinter einer Hauswand verschwand. Er hatte sich nicht nach ihrem Fenster umgesehen. Sie sackte auf die Bank vor dem Fenster und öffnete den Laptop. Es gab keinen Grund mehr, es weiter aufzuschieben.

Sorgsam führte sie die letzten Striche mit dem Bleistift. Prüfend betrachtete sie die Zeichnung erneut und hielt sie hoch. Es war wunderschön. Wenn ein Bild ihr jemals etwas bedeutet hatte, dann war es dieses. Alles, was sie fühlte, lag in den Bleistiftstrichen. Mühelos hatte sie vor sich gesehen, was nun auf diesem Papier verewigt war.

Ein Klopfen an der Tür ließ sie aufschrecken. »Ich komme.« So schnell wie möglich humpelte sie hinüber und öffnete. Vor ihr stand Rosie mit einem Tablett. Überladen mit Eiern, Speck und Bohnen stand darauf ein Teller neben einer Kaffeekanne.

»Ich dachte, Sie würden heute vielleicht gern hier oben und in Ruhe frühstücken?« Mit einem breiten Strahlen trat sie ein und stellte das Tablett auf dem ungemachten Bett ab. Irritiert sah sie sich um und deutete auf den geöffneten Koffer und das Kleiderchaos am Boden. »Sie packen?«

»Ja.« Verlegen sah Em zur Seite. »Ich weiß, ich hatte gesagt, ich würde noch länger bleiben, aber meine Pläne haben sich kurzfristig geändert, und ich habe vorhin meinen Flug umgebucht.«

»Sie gehen heute schon?« Überrascht zog sie die Augenbrauen hoch und legte den Kopf schief.

»Ja. Können Sie mir für in einer halben Stunde ein Taxi bestellen? Ich esse noch schnell und packe dann den Rest ein.«

»Ist bei Ihnen alles in Ordnung?« Em spürte erneut ihre mütterliche Fürsorge. »Was macht der Fuß?«

»Der ist schon nicht mehr so schlimm«, erklärte Em eilig. Lange würde sie dieses Verhör nicht mehr aushalten, so mühsam, wie sie die Tränen seit dem Gespräch mit Jack zurückhielt.

»In Ordnung, dann rufe ich das Taxi.« Sie trat in den Flur hinaus, zögerte jedoch, als sie nach der Klinke griff. »Weiß Jack, dass Sie heute Vormittag abreisen?«

»Ja«, flunkerte Em und fühlte sich augenblicklich schlecht, zu dieser wunderbaren Frau unehrlich zu sein. Doch sie wollte das Risiko nicht eingehen, dass Rosie Jack anrief, um ihm von ihren Plänen zu erzählen.

»Dann ist gut.« Sie schüttelte den Kopf. »Wissen Sie, warum er gerade unterwegs nach Top Withens ist? Ich verstehe einfach nicht, was hier vor sich geht.« Den zweiten Satz murmelte sie mehr zu sich selbst.

Jack wollte sich die Namen im Stein ansehen. Sich selbst ein Bild von dem machen, was sie inzwischen wussten. Seufzend trat sie auf Rosie zu und griff nach ihren Händen. Lächelnd reagierte die ältere Frau auf die Geste. »Ich habe kürzlich etwas herausgefunden, was mir mein ganzes Leben verheimlicht wurde. Dabei gab es keinen Grund dazu.« Sie machte eine Pause und drückte die warmen, weichen Hände der älteren Frau. »Ich wünschte, ich hätte diese Geschichte nicht selbst herausfinden müssen.«

»Das tut mir sehr leid.« Mit schmalen Lippen und mitleidsvollem Blick sah Rosie sie an.

»Reden Sie mit Jack. Sagen Sie ihm, was Sie für sich behalten haben. Er kann nicht zur Ruhe kommen, ehe er die Vergangenheit versteht.«

»Woher …« Sie brach ab und schüttelte den Kopf, dann drückte sie Ems Hände und zog sie gleich darauf an sich.

Em atmete den blumigen Geruch des Parfüms ein und genoss den beruhigenden Druck von Rosies herzhafter Umarmung.

»Ich werde bei Gelegenheit mit ihm sprechen«, versicherte Rosie, als sie sie aus ihrer Umarmung entließ.

Em strich sich mit dem Ärmel eine Träne aus dem Augenwinkel und lächelte Rosie zu. »Ich komme in einer halben Stunde runter und bezahle die Rechnung.«

»Das Taxi wird da sein.« Rosie machte auf dem Absatz kehrt und rauschte den Flur entlang.

»Eine halbe Stunde«, murmelte Em, humpelte zurück zum Schreibtisch und löste das Blatt vom Block.

Eilig kritzelte sie etwas auf ein zweites Blatt und brachte beides zu Jacks Tür. Zaudernd starrte sie auf die Klinke. Sie hatte vorgehabt, die Blätter unter der Tür durchzuschieben, doch sicher war diese nicht abgeschlossen. Jack schloss nie ab, das hatte sie inzwischen mitbekommen.

Sie horchte einen Moment. Unten sprach Rosie mit anderen Gästen und war mit dem Frühstücksservice beschäftigt. Leise drückte sie die Klinke und trat ein. Mit unsicheren Schritten ging sie auf das Bett zu und setzte sich wie in Zeitlupe. Mit der Hand fuhr sie über die Matratze, auf der Jack und sie sich geliebt hatten, oder was auch immer es für ihn gewesen war.

Sie hatte ihm hier sich selbst angeboten. Alles, was sie war, und alles, was sie zu geben hatte. Doch es war nicht genug. Nicht genug, um ihn vergessen zu machen, was ihre Familiengeschichten verband.

Mit einem Seufzen legte sie die Bilder auf die Bettdecke. Sie wollte aufstehen, doch ihr Körper weigerte sich, sich von der Stelle zu bewegen. Alles in ihr schrie nach dem Mann, der in diesem Bett schlief. Sie wollte die Augen schließen und sich an ihn lehnen. Sich wieder so geborgen fühlen wie am Abend zuvor, nachdem er sie im Moor gefunden hatte.

Mit zitternden Fingern griff sie nach dem Kopfkissen und vergrub das Gesicht darin. Wie sehr sie diesen herben Geruch liebte. Die Wildnis und das Feuer, die in seinem Duft lagen. Em musste sich zwingen, es wieder zurück an seinen Platz zu legen und das Zimmer zu verlassen. Wenn sie jetzt nicht ging, würde alles noch viel schlimmer werden.

Noch einmal sah sie sich in dem Zimmer um, das für kurze Zeit ihr Zuhause gewesen war. Sie versuchte, sich jede Kleinigkeit einzuprägen. Die Bank, von der aus sie gedankenverloren auf die Gasse geblickt hatte, die bunte Blumentapete, die ihr am Anfang so erdrückend vorgekommen war, inzwischen aber Geborgenheit in ihr auslöste.

Brav hatte sie trotz fehlenden Appetits beinahe das ganze

Frühstück in sich reingestopft, um genug Kraft für die Reise zu haben. Bedacht schloss sie die Tür und zog den Koffer zur Treppe. Nicht lange war es her, dass Jack ihn für sie nach oben getragen hatte. Und nun schleppte sie ihn selbst trotz ihres schmerzenden Knöchels nach unten, um zu verschwinden, ehe er zurückkam.

Hinter dem Tresen wartete Rosie auf sie, und Em bezahlte die Miete für das Zimmer und ein ordentliches Trinkgeld, das diese natürlich nicht annehmen wollte.

»Investieren Sie es beim Bingo, vielleicht bringt es Ihnen ja Glück.«

Rosie lachte hell auf. »Sie sind ein wunderbares Mädchen, Emily. Kommen Sie gut nach Hause.«

»Danke für alles.« Gerührt atmete sie durch und sah noch einmal zu dem Aufenthaltsraum, in dem sie jeden Morgen Rosies leckeres Frühstück genossen hatte.

»Ich habe dem Taxifahrer gesagt, dass er sie auf dem kürzesten Weg nach Bradford zum Bahnhof bringen soll. Nicht, dass er mit Ihnen einen Umweg fährt, um mehr zu verdienen.« Sie reichte ihr ein Blatt. »Hier habe ich Ihnen die Züge Richtung Manchester ausgedruckt. In einer Dreiviertelstunde fährt der nächste, das sollte je nach Verkehr eigentlich gut klappen.«

»Danke«, murmelte Em, faltete das Papier zusammen und steckte es in die Seitentasche des warmen Parkas. Es kostete sie Überwindung, den Koffer zur Haustür zu ziehen, doch es half alles nichts. Ihre Zeit hier war vorbei. Es blieb nur noch eine Sache, die sie vor dem Flug erledigen musste.

Der Taxifahrer sprang aus dem Auto und griff nach ihrem Koffer. Während er ihn in den Kofferraum packte, rutschte Em auf den Beifahrersitz und hob ihre Hand zu einem Abschiedsgruß an Rosie.

Neben ihr stieg der Fahrer ein und startete den Motor. Gemächlich rollte das Auto die Gasse entlang, und Em sah wehmütig den Weg zum Museum hinauf.

»Bradford Bahnhof, also?«, raunte der Taxifahrer ihr zu.

»Nein.« Sie griff nach dem Gurt und schnallte sich an. »Sagt Ihnen Hillcrest was?«

Der alte Mann schielte an ihr vorbei auf den Koffer und sah dann mit zusammengekniffenen Augen dem davonfahrenden Taxi hinterher. »Was willst du hier?«, brummte er und öffnete die Tür kein Stück weiter als nötig, um hinaussehen zu können.

»Mit Ihnen reden, Mr Morris. Ich glaube, das ist dringend nötig.«

Er deutete mit dem Kopf auf den Koffer. »Und danach verschwindest du aus Haworth?«

Em schluckte. »Versprochen.«

»Gut.« Er trat zurück und zog die schwere, verwitterte Tür auf. »Nenn mich Edward. Mr Morris klingt so alt.«

Em schmunzelte und hob den Koffer in den Flur. »Edward.«

Er nickte und warf die Tür zu. Dann sah er sich zögernd um. »Ich denke, ich sollte einen Tee kochen«, murmelte er zu sich selbst und schritt durch einen Durchgang neben der Eingangstür.

Em folgte ihm hinkend und öffnete ihre Jacke. Sie fand sich in einer geräumigen Landhausküche mit dunklen rustikalen Küchenschränken wieder. Abwesend ließ sie ihre Jacke auf die Eckbank fallen und fuhr mit der Hand über die Ritzen und Schnitte in der alten Tischplatte. Wie geölt fühlte sich das Holz von der vermutlich jahrzehntelangen Nutzung an.

An beinahe jeder freien Stelle lag oder stand etwas. Ein schiefer Stapel gelesener Zeitungen auf der Bank, Post und Werbehefte auf der Tischplatte neben mehreren benutzten Teetassen und einer Schale Walnüsse. Auf der Arbeitsplatte lagen wahllos Küchenutensilien verteilt und hier und da Sirup- oder Saftflaschen.

Unsicher setzte sie sich auf die Eckbank, beobachtete, wie Edward den Wasserkocher füllte und zwei Teebeutel Yorkshire-Schwarztee in eine weiße Kanne mit braun verfärbtem Rand goss. Mit geschäftiger Miene, die ihm vermutlich einige Minuten Ruhe vor ihren Fragen sichern sollte, suchte er Tassen und Löffel heraus.

»Milch?«, brummte er, ohne sie anzusehen.

»Ja, bitte.« Sie schmiegte sich an die Holzlehne der Bank, die von dem dahinterliegenden Heizkörper erwärmt wurde.

Wie gemütlich das Chaos in dieser Küche doch war. An einer Schnur entlang der Wand links von ihr waren Weihnachtskarten aufgehängt. Seit fast einem Jahr hatte niemand es für nötig gehalten, diese abzuhängen. Edward stand inzwischen mit verschränkten Armen vor dem Fenster und wartete darauf, dass der Tee durchzog. Seine Körperhaltung und die wilden Haare erinnerten sie an Jack. Ein Stechen durchzuckte sie. Sie durfte jetzt nicht an ihn denken, sie war wegen ihrer Mutter hier.

Edward fuhr herum und angelte mit einem Löffel die Teebeutel aus der Kanne. Achtlos klatschte er sie ins Waschbecken und goss dann die dampfende Flüssigkeit in die Tassen. Vorsichtig gab er in eine der Tassen etwas Milch und nickte dann zufrieden. Er schlurfte, das Bein nachziehend, mit den Tassen auf sie zu und stellte ihre etwas zu heftig hin, was dafür sorgte, dass der Tee bedenklich hoch an den Rand schwappte.

»Danke.«

»Schon gut.« Er zog einen Stuhl unter dem Tisch hervor und griff nach den Katalogen, die auf der Sitzfläche lagen. Er ließ sie unachtsam neben seine Tasse fallen und setzte sich stöhnend. Em legte den Kopf schief und las die Schriftzüge auf dem obersten Katalog.

»Sie gehen zu Auktionen?«, fragte sie und deutete mit dem Kopf auf den Katalog, der laut Beschreibung die zu versteigernden Gegenstände von drei bald anstehenden Auktionen beinhaltete.

»Ein Hobby, das ich mir nicht abgewöhnen kann.« Mit zitternder Hand führte er die Tasse an die Lippen und nahm einen vorsichtigen Schluck. »Aber ich bin ein alleinstehender Mann in einem großen Haus. Ich kann so viele unnütze Dinge anschleppen, wie ich will.« Dröhnend lachte er auf und stellte die Tasse ungeschickt ab.

Zitterte seine Hand immer so, oder war auch er nervös und von der Situation überfordert? Em nahm ebenfalls einen Schluck und rutschte dann wieder an die wohlig warme Lehne. Erneut ließ sie ihren Blick durch den Raum schweifen. »Das ist wohl die gemütlichste Küche, die ich je gesehen habe«, erklärte sie wahrheitsgetreu. Etwas an diesem Zimmer beruhigte sie. »Es ist fast, als wäre ich schon einmal hier gewesen.«

»Das warst du auch«, brummte Edward und verschränkte die Arme vor der Brust.

Em runzelte die Augenbrauen. »Ich war noch nie in England.«

»Doch, das warst du. Kurz vor deiner Geburt.«

»Moment.« Sie stützte die Ellenbogen auf die Tischplatte und starrte den Mann an. »Meine Mutter war einige Jahre, ehe sie mit mir schwanger geworden ist, hier. Sie müssen da etwas verwechseln.«

»Keine Verwechslung«, knurrte er und zog die Augenbrauen zusammen. »Diese Küche, diese Bank, dieser Tisch und dieses Gesicht.« Abwesend ruhte sein Blick auf ihr. »Und ein unübersehbar gerundeter Bauch.«

»Das ergibt keinen Sinn«, platzte es aus ihr heraus. »Damals muss Heathcliff längst tot gewesen sein«, überlegte sie laut.

Der alte Mann runzelte die Stirn und atmete hörbar aus. »Jack hat es dir erzählt?«

»Das hat er. Ehe er mich wegen meiner Mutter zum Teufel gewünscht hat«, antwortete sie mit Bitterkeit in der Stimme.

»Das hat er gesagt?«

»Mehr oder weniger. Aber ich bin nicht hier, um über Jack zu sprechen.«

»Nein, du willst über Iris reden.« Seine Augen sahen an ihr vorbei an die Wand. »Was war sie eine schöne Frau. Dieses Lachen, diese Lippen. Er hat sich hoffnungslos in sie verliebt, dieser Esel.« Wieder lachte er dröhnend auf. »Aber ich kann es ihm nicht verübeln. Sie war bezaubernd.« Sein Blick schien zurück in die Wirklichkeit zu kommen und fand ihr Gesicht wieder. »Du siehst aus wie sie. Immer wieder habe ich in den letzten dreißig Jahren an Iris gedacht und überlegt, wie ihr Leben wohl verlaufen ist. Und heute stehst du plötzlich vor meiner Tür, so wie sie damals.«

»Damals, als sie Heathcliff kennengelernt hatte?«

Energisch schüttelte er den Kopf, und Em betrachtete einmal mehr beeindruckt seine für dieses Alter sehr vollen Haare. »Es muss etwa drei Jahre später gewesen sein.« Er zog die Augenbrauen zusammen und klopfte mit dem Finger unruhig auf die Holzplatte. »Also drei Jahre, nachdem sie von einem Tag auf den anderen verschwunden ist.«

Em bemühte sich, ihn nicht finster anzusehen. Zu deutlich schwang der unausgesprochene Vorwurf in seinen Worten mit. »Sie ist noch einmal hierhergekommen?«

»Ja. Ohne Vorankündigung. Stand an einem regnerischen Tag plötzlich auf der Türschwelle und lächelte mich mit ihrem bezaubernden Lächeln an.«

»Was wollte sie?«

Edward lachte tief auf. »Langsam, junge Dame. Lass mich in meinem Rhythmus erzählen. Manches braucht seine Zeit.«

»Natürlich.« Demonstrativ nippte Em an der Tasse.

»Ich wusste nicht, wie ich reagieren sollte. Ich wollte sie wegjagen und anbrüllen für das, was sie meinem Bruder angetan hat. Aber sie sah so unschuldig aus, mit dem dicken Bauch und ihren Grübchen. Also habe ich sie reingebeten.« Er machte eine Pause, und ein Zucken war in seinen Mundwinkeln zu erkennen. »Allerdings habe ich ihr keinen Tee gekocht.«

»Und dann?«

»Wir sind ins Wohnzimmer gegangen. Sie hat sich auf das Sofa gesetzt und ich mich ihr gegenüber.« Edwards Augen schienen Flecken an der Wand zu suchen. Em war sich nicht sicher, ob er sich ihrer Anwesenheit überhaupt noch richtig bewusst war. »Da saß sie, hat mich nervös angelächelt und sich umgesehen. Sie meinte, dass sich in Hillcrest nicht viel geändert hätte, und ich antwortete, dass sich hier nie etwas ändert. Ich hatte keine Ahnung, was sie von mir wollte oder was sie schon wusste. Aber ihr Lächeln war, obgleich angespannt, noch zu fröhlich. Mir wurde klar, dass sie nicht ahnte, was hier vorgefallen war.«

Em traute sich nicht, sich zu rühren. Flach atmete sie ein, um den alten Mann in seiner Erzählung nicht zu stören. Nie war sie so nahe an der Wahrheit gewesen, und sie durfte sich diese Gelegenheit nicht mit einer unbedachten Äußerung gefährden.

»Also habe ich sie gefragt, was sie hier macht. Fotos, hat sie geantwortet. Natürlich.« Er lachte grummelnd und schüttelte den Kopf. »Ich glaube, ich habe sie nie ohne Kamera um ihren Hals gesehen.«

Em schluckte. Kameras waren die ständigen Begleiter ihrer Mutter gewesen.

»Sie hatte einen Auftrag in London. Obwohl sie sich eigentlich geschworen hatte, nie wieder nach England zu kommen, konnte sie nicht ablehnen. Das hat sie zumindest gesagt. Die Bezahlung war wohl zu gut, und sie sah es als letzte Gelegenheit, noch einmal Geld vor der Geburt zu verdienen.« Seine Augenbrauen zogen sich zusammen, und sein Blick wanderte von der Wand zu ihr. Offensichtlich erinnerte Edward sich nun doch an sie. »Da saß sie, keine drei Jahre später und schon schwanger. Und gleichzeitig lag mein Bruder auf dem Friedhof, und sein Sohn wuchs ohne ihn auf. Es war verzwickt. Ich wollte sie schütteln, weil sie Heathcliff derart in ihren Bann gezogen hat. Aber ich ahnte auch, dass sie längst nicht über ihn hinweg war. Schwangerschaft hin oder her.«

»Es war anders, als du denkst«, platzte es aus Em hervor. Der Wunsch ihre Mutter zu verteidigen, war stärker als die Furcht davor, dass Edward nicht weitererzählen würde. »Sie hat sich nie wieder auf einen Mann eingelassen. Mein Vater ist ihr schwuler bester Freund. Ich bin durch eine künstliche Befruchtung entstanden.«

Edward zog die Augenbrauen hoch. »Du bist ein Retortenbaby?«

Em hatte kein Problem mit ihrer Erzeugung. Doch so, wie Edward dieses Wort aussprach, klang es beinahe nach einer Beleidigung. »Sie wollte sich wenigstens ihren Wunsch nach einem Kind erfüllen, nachdem sie aus irgendwelchen Gründen nicht mit dem Mann leben konnte, den sie liebte«, gab sie schneidend zurück.

»Irgendwelche Gründe«, murmelte Edward. »Die hätte ich zu gerne gekannt, damals.« Sein Blick wanderte wieder zur Wand. »Jedenfalls hat sie etwas rumgedruckst und es schwer gehabt, mir in die Augen zu sehen. Vielleicht ahnte sie doch, was sie ausgelöst hatte. Sie erzählte, dass sie nicht herkommen wollte, aber schließlich doch ins Auto gestiegen ist und die Strecke von London in einem Rutsch durchgefahren war. Um Heathcliff nicht zu begegnen, fuhr sie direkt nach Hillcrest. Doch auch, wenn sie ihm offensichtlich aus dem Weg gehen wollte, hatte sie eine Frage hierhergeführt.«

»Und die war?« Gespannt betrachtete Em jede seiner Regungen.

»Wie es Heathcliff gehen würde.«

Em schluckte. Wie musste es sich anfühlen zu erfahren, dass der Mann, den man liebte, sich umgebracht hatte?

»Also habe ich es ihr gesagt. Dass er nach ihrem Weggang noch schräger wurde als üblich. Wie er ziellos durchs Moor wanderte, seine Arbeit und die Familie vernachlässigte und immer mehr getrunken hatte. Und wie er sein Leben an einer Mauer beendete, die er und ich zwei Monate zuvor gebaut hatten.« Verbitterung schwang in seiner Stimme mit, und einmal mehr erinnerte sie sein Anblick an Jack.

»Wie hat sie reagiert?«, fragte Em leise nach.

Edward zuckte mit den Schultern. »Gar nicht zuerst. Sie saß einfach nur still da, starrte auf den Boden, und die Minuten verstrichen. Ich dachte schon, sie würde nie aus ihrer Starre aufwachen, da fuhr sie sich auf einmal über den Bauch, murmelte, dass das Kind getreten habe und sprang auf. Ohne sich zu verabschieden lief sie hinaus, stieg in den Leihwagen und fuhr davon.« Er atmete tief durch und suchte ihren Blick. »Ich habe sie nie wiedergesehen oder etwas von ihr gehört.« Mit gerunzelten Augenbrauen betrachtete er sie. »Bis Jack mit dir hier aufgetaucht ist.«

»Die Fotos meiner Mutter haben mich zu diesem Haus geführt. Ich habe gleich geahnt, dass es ihr etwas bedeutet hat.«

Edward griff nach der Tasse und hielt inne. »Wie ist es Iris ergangen?«

Ein zaghaftes Lächeln umspielte Ems Lippen. Dieser Mann verachtete ihre Mutter nicht einfach, auch wenn er sich Mühe damit gab, es so wirken zu lassen. Nein, er musste ihre Mutter gemocht haben. »Mein Vater sagt, sie war nach dem Sommer hier nie wieder die Gleiche. Sie hat wohl eine harte Zeit gehabt, doch dann kam ich, und sie wurde wieder mehr sie selbst.« Sie machte eine Pause und biss sich auf die Unterlippe. »Das letzte Wort, das sie vor ihrem Tod flüsterte, war der Name deines Bruders.«

Ein Seufzen drang aus Edwards Brust. »Sie ist auch tot?«

Em nickte und drückte die Fingernägel in ihre Handinnenflächen. »Brustkrebs«, murmelte sie. »Vor einem halben Jahr.«

»Das tut mir sehr leid.« Er lächelte sie versöhnlich an. »Also hat sie meinen Bruder nicht vergessen?«

»Ich bin sicher, sie hat das alles hier nie vergessen.« Sie lehnte sich ein wenig zu Edward und entdeckte in seinen dunklen Augen etwas, das wie Rührung aussah. »Sie ist mit dem Bildband von damals in ihren Händen gestorben. Heathcliff, Hillcrest, Haworth und das Moor. Da waren ihre Gedanken, als sie diese Welt verlassen hat.«

Edward schluckte und stand auf. Mit schweren Schritten trat er an die Arbeitsplatte und sah zum Fenster hinaus. Em entschied sich einfach abzuwarten.

Nur das Ticken der Wanduhr war zu hören. Bewegungslos verharrte Edward noch immer an seinem Platz. Em griff nach ihrer inzwischen leeren Tasse, stand auf und ging zum Waschbecken. Sie stellte das Wasser an und wusch sie aus.

Edward sah über seine Schulter zu ihr, während sie die Tasse abtrocknete. »Hast du meinem Neffen das Herz gebrochen?«, fragte er unvermittelt und mit fester Stimme.

Scheppernd schlug die Tasse auf dem Boden auf und zersprang in unzählige Stücke. Schockiert sah Em auf den Boden, dann auf den Mann vor ihr.

»Lass das liegen, ich mache es nachher weg«, brummte er und kniff die Augen zusammen. »Also, hast du ihm das Herz gebrochen?«

»Nein.« Kräftig sog sie die Luft durch die Nase ein. »Er hat meins gebrochen.«

Edwards Gesichtszüge entspannten sich etwas. »Du liebst ihn?«

Nach einer Antwort suchend betrachtete sie die Scherben auf dem Boden. Sie hatte bisher keine Zeit gehabt, über ihre Gefühle nachzudenken und hatte nicht einmal in Gedanken ausgesprochen, was sie empfand. Aber was brachte es, das Unübersehbare zu leugnen? Mühsam nickte sie.

»Weiß er das?«

»Ich weiß es nicht«, gab sie zu. »Aber er will mich nicht, das hat er mir mehr als deutlich zu verstehen gegeben. Er ist noch immer nicht über Madeline hinweg, und es spielt keine Rolle, was ich mir wünsche.«

»Du weißt von Madeline?«, fragte er in einem merkwürdigen Ton nach.

Zögernd sah Em auf. »Und von dem Baby.« Sie machte eine Pause und schlang die Arme um ihren Oberkörper. »Ich konnte sehen, welches Leben er sich in Morning Star vorgestellt hat und was ihm genommen wurde. Jack ist nicht frei, und ich muss ihn mir aus dem Kopf schlagen.«

»Du warst in Morning Star?«, entfuhr es Edward.

»Habe Jack dort durch Zufall entdeckt«, erklärte sie eilig. Edward sollte nicht glauben, dass sie sich in Dinge einmischen wollte, die sie nichts angingen.

»Hmm.« Er lehnte sich gegen die Arbeitsplatte. »Das ist merkwürdig.«

»Was?« Neugierig betrachtete sie seine hochgezogenen Augenbrauen.

Abwehrend hob er die Hände. »Nichts.«

Em nickte irritiert. »Könntest du mir bitte ein Taxi rufen? Mein Handy ist defekt und am späten Nachmittag geht mein Flug.«

»Natürlich.« Edward stapfte in den Flur und griff nach dem Hörer..

»Danke, dass du dir die Zeit genommen hast.« Es war ernst gemeint. Obwohl Edward ihr zuerst ablehnend begegnet war und wie Jack ebenfalls eine Schuld in dem Verhalten ihrer Mutter sah, so war da mehr zu erkennen gewesen. Die Erinnerung an Iris hatte etwas in ihm berührt, und Em war sich fast sicher, dass dieser Kerl eigentlich gar nicht so übel war.

»Schon gut.« Ein warmes Lächeln zuckte in seinen Mundwinkeln.

Em zog sich die Wollmütze über und zog die schwere Tür auf. Noch einmal atmete sie den unvergleichlich frischen und würzigen Wind des Moors ein. In der Mitte des Hofs wartete bereits das Taxi. Sie wollte nach dem Koffer greifen, doch Edward kam ihr zuvor. »Ich mache das«, brummte er.

»Das muss nicht sein.«

»Doch, das muss es.« Er bedeutete ihr, vorzugehen, und folgte ihr mit dem schweren Gepäck. Hinkend ging er zum Kofferraum, hob es hinein und schlug scheppernd den Deckel zu.

»Dann alles Gute.« Er trat auf sie zu und streckte die Hand aus.

Lächelnd griff Em danach. »Für dich auch.« Sie öffnete die Beifahrertür und hielt zögernd inne. »Und hab ein Auge auf Jack, ja?«

»Das habe ich immer.« Mit aufeinandergepressten Lippen nickte er ihr zu.

Ein letztes Mal sah sie zurück auf das eindrucksvolle Haus. Der Bildband und die Fotos würden ihr bleiben. Ebenso wie ihre Erinnerungen, auch wenn diese schmerzhaft waren. Schnell rutschte sie auf den Sitz und schloss die Tür.

Der Wagen rollte über die schmale Schotterstraße und bog dann auf die Landstraße ein. Hinter der Scheibe haftete ihr Blick auf den Hügeln des Moors. Noch einmal versuchte sie, jede Kleinigkeit in sich aufzunehmen und alles in ihren Gedanken abzuspeichern.

Die Farben, die Gerüche und das Gefühl, welches die Landschaft in ihr ausgelöst hatte. Dieses Freiheitsempfinden und den Wunsch, ihre Eindrücke auf Papier festzuhalten, weil sie sonst befürchtete, dass all das hier in ihren Gedanken allmählich verblassen würde.

Das Moor hatte so vieles in ihr geweckt, vor allem aber war es für sie unweigerlich mit Jack verbunden. Das Moor und Jack hatten sie gleichsam in einen Rausch der Emotionen versetzt. Und weder das Moor noch Jack würde sie je wiedersehen. Blinzelnd versuchte sie die Feuchtigkeit aus ihren Augen zu vertreiben.

Das Taxi bog erneut ab, und die Aussicht auf die Hügel verschwand hinter einer der Steinmauern. Em schloss die Augen und lehnte den Kopf an. Es war vorbei. Sie hatte herausgefunden, weshalb sie hergekommen war. Endlich würde sie abschließen können.

# Kapitel 14

**Jack**

Mit dem Zeigefinger fuhr er die in den Stein eingeritzten Buchstaben nach. Nur wenige Minuten hatte er nach der Stelle suchen müssen, an der sein Vater und Iris sich für alle Zeit verewigt hatten. Wie viel einem doch entging, wenn man sich nicht die Zeit nahm, genauer hinzusehen. Seine Hand rutschte hinunter.

Seufzend legte er den Kopf in den Nacken und sah hinauf zu den dicken grauen Wolken, die der Nordwind über die Landschaft trieb. Er ließ sich neben Indie fallen, der sich nach dem langen Marsch neben seinen Füßen zu einer kleinen Verschnaufpause zusammengerollt hatte.

Er lehnte sich gegen die verwitterte Wand und spielte mit den Fingern in dem staubigen Boden. Wie oft war er schon hierhergelaufen? Dutzende Male, oder waren es gar Hunderte? Und dennoch hatte erst Em in sein Leben treten und ihn auf diese Stelle hinweisen müssen. Die Nachricht seines Vaters, die ihm all die Jahre entgangen war. Weil er nicht genau hingesehen hatte. Nicht jedes Detail betrachtete, wie Em es tat. Weil ihm die Schönheit und Eigenheiten der kleinen Dinge entgingen, für die sie ein Auge hatte.

Er zog die Mütze ab und fuhr sich durch die Haare. Sein Vater hatte Ems Mutter geliebt, daran bestand kein Zweifel. Und er war es, der die Buchstaben eingeritzt hatte. Wie auch er selbst, hatte er seinen Lebensunterhalt damit verdient, Steinmauern zu bauen und zu restaurieren, und entsprechend tief und genau waren die Kratzer in den Steinen hier.

Hatte er vor einer Ewigkeit zuerst den Stein bearbeitet und dann Iris in die Arme geschlossen und hier, an genau dieser Stelle, geküsst und ihr ewige Liebe geschworen? Und das, obwohl er mit seiner Mutter zusammenlebte?

Jack schüttelte den Kopf und streckte die Beine aus. Sein Vater war kein guter Mann gewesen, das stand außer Frage. Und wenn das zutraf, was Edward ihm erzählt hatte, ein ähnlich schwieriger Charakter wie er selbst.

Und dennoch hätte es nicht enden müssen, wie es geendet war. Hätte diese Frau ihm nicht das Herz gebrochen, sich nicht in sein Leben gedrängt und ihn dann einfach zurückgelassen, dann hätte er selbst nicht nur eine schwache Erinnerung an den Mann, der sein Vater gewesen war.

Das alles hatte sein Leben geprägt, ohne dass er selbst darauf Einfluss nehmen konnte. Das Gerede der Leute über den Mann, der durch das Moor streifte, düstere Dinge murmelte, seinen Kummer im Black Bull ertränkte und sich schließlich gegen eine Wand setzte, hatten sein Aufwachsen beeinflusst und seine Persönlichkeit geformt.

Seine Hand glitt über das tröstlich weiche Fell des Hundes. Wenn das alles nicht passiert wäre, was für ein Mensch würde er heute sein? Wäre er dann fähig gewesen, mit Maddies Tod anders umzugehen, ihn vernünftiger zu verarbeiten? Er hatte Jahre dafür gebraucht, und gerade jetzt, wo er seit einigen

Monaten das Gefühl hatte, endlich wieder freier atmen zu können, war Em aufgetaucht und hatte diese Kettenreaktion an Offenbarungen in Gang gesetzt und sich mit ihrem Lachen in seine Gedanken geschlichen.

Niemals hatte er angenommen, ein zweites Mal ein solches Lachen zu sehen und zu hören. Ein Lachen, dem er hilflos ausgeliefert war. Weil es seinen Panzer durchbrach. Und genau das durfte er nicht zulassen. Bei Maddie damals war er noch nicht der Mann gewesen, der er heute war. Zwar hatte Maddie es mit ihm nicht leicht gehabt, dennoch hatte er damals noch geglaubt glücklich werden zu können.

Inzwischen wusste er, wie zerbrechlich das Glück war und dass es nicht für ihn vorgesehen war. Aber jetzt war ausgerechnet Em in seinem Leben aufgetaucht und hatte alles mit ihrer Energie und ihren Nachforschungen durcheinandergebracht. Ihn durcheinandergebracht.

Unerbittlich zog der Wind durch die teilweise eingestürzten Mauern der alten Farm. Jack zog die Beine an und schlug den Kragen hoch. Der Himmel verriet ihm, dass sie es nicht mehr trocken nach Hause schaffen würden. Vielleicht noch eine halbe Stunde blieb, ehe sich Regen in den Wind mischen würde.

Hier oben hatte sein Vater sogar manche Nächte verbracht. Jack sah ihn vor sich, hier an dieser Stelle unter der eingeritzten Erinnerung, die seinem Vater alles bedeutet haben musste. Mehr als seine Mutter und mehr als er. Seine Liebe zu ihnen war nicht so stark gewesen wie seine Sehnsucht nach dieser Frau.

Und auch er hatte Mühe, die Erinnerungen an Ems weiche helle Haut aus seinen Gedanken zu verdrängen. Immer wieder glaubte er, ihren Geschmack zu schmecken, ihren Geruch zu riechen. Eine Stunde hatte er sie für sich gehabt. Eine Stunde, die für immer reichen musste.

Em war im Gegensatz zu ihm unbeschwert aufgewachsen,

während er den Preis für die Liebe ihrer Eltern zahlen musste. Er durfte sie nicht die Wut spüren lassen, die er auf das Schicksal und ihre Mutter empfand. Deshalb musste er sie von sich fernhalten. Em sollte weiterhin ein Glückskind bleiben.

Ruckartig stand Jack auf und setzte sich die Mütze auf die Locken. Ein letztes Mal betrachtete er den Namen seines Vaters. Nie hatte er sich ihm so nahe gefühlt, und nie hatte es ihm mehr Sorge bereitet, der Sohn dieses Mannes zu sein. So vieles von dem, was er über die Jahre über seinen Vater gehört hatte, traf auch auf Jack selbst zu. Der Unterschied war nur, dass Aufgeben für ihn nicht infrage kam.

Er hatte die Einsamkeit akzeptiert und fand sich in ihr zurecht. Nein, er war nicht bereit sich kleinkriegen zu lassen. Während sein Vater der Vorstellung eines Lebens mit Iris hinterhergetrauert hatte, würde er sich nicht ein zweites Mal auf das lockende Trugbild einer glücklichen Zukunft einlassen.

Er trat durch die Türöffnung in der Mauer, durch die vierhundert Jahre die Menschen getreten waren, die ihr hartes Leben hier oben mit der unbeherrschbaren Kraft des Windes führten.

Er hielt inne und berührte den steinernen Türrahmen. Ein ums andere Mal hatte sich der Kreis des Lebens hier geschlossen, und einzig der allgegenwärtige Wind war Zeuge dieser Ereignisse gewesen. Und sein Vater hatte diesen Ort mit einer lächerlich kindischen Handlung entweiht. So wie die Touristen, von denen immer wieder welche ihren Namen hier einkratzten oder die ihren Müll liegen ließen.

Vermutlich lagen Menschen in dieser Erde. Über die Jahrhunderte unkenntlich gewordene Gräber, die die Leben beherbergten, die hier einst geführt wurden. Die der Witterung getrotzt und sich ihr angepasst hatten. Und dann kam sein Vater wie ein verknallter Jugendlicher mit einer anderen Frau als seiner eigenen hierher, und hatte nichts Besseres zu tun, als seinen Namen zu hinterlassen.

Sein Blick glitt über die Reste der Behausung. Die Menschen wanderten nach Top Withens, weil Emily Brontë sich von diesem Ort inspiriert gefühlt hatte. Dabei sollten sie kommen, um zu sehen, wie hart das Leben früher war. Dafür danken, dass sie in einer Zeit lebten, in der es die größte Sorge war, wohin der nächste Urlaub gehen würde.

Wann immer er hier oben war, spürte er die Last der Vergangenheit auf seinen Schultern. Warum nur war er so empfänglich für die Härte der Geschichte? Weil er selbst mehr gelitten hatte, als er je geglaubt hätte zu ertragen?

Er schüttelte den Kopf und betrachtete die dunklen Wolkenberge am Horizont, die auf rötlich braune Hügel trafen. Er war durch mit diesem Ort. Es gab keinen Grund mehr, noch einmal hierherzukommen. Dieser Ort gehörte den Geistern, die hier gelebt hatten und seinem bedauernswerten Vater, der sich hier in der Hoffnung verloren hatte, mit Iris glücklich werden zu können.

Jack rollte seine Zunge zusammen und stieß einen Pfiff aus. Augenblicklich tauchte der Hund neben ihm auf und sah ihn aufmerksam an. »Das war's, mein Freund, ab jetzt ist dieser Weg nicht mehr unserer.« Die Peninnen boten mehr als genug Wanderwege. Diesen hier würde er von nun an meiden.

Mit den Händen in den Hosentaschen warf er einen prüfenden Blick auf den Himmel und stapfte los. Der erste Tropfen traf seine Wange. Er hatte sich geirrt. Er hatte keine halbe Stunde mehr, bis der Regen kam.

Unbemerkt war es ihm gelungen, ins Haus zu schlüpfen und den wachsamen Ohren seiner Mutter zu entgehen. Seit er wusste, was Edward ihr all die Jahre verheimlicht hatte, nagte sein Gewissen an ihm. Er würde mit ihr sprechen und alles erklären müssen. Allerdings brauchte er noch etwas Zeit, um seine Gedanken zu ordnen.

Mit einem Zeichen schickte er den klatschnassen Hund auf seine Decke und zog die schlammigen Schuhe aus. Leise eilte er zur Treppe, während er Rosie in der Küche Wasser in die Spüle einlaufen lassen hörte. Auch wenn ein heißer Nachmittagstee nach dem Marsch durch strömenden Regen verlockend war, zog er es vor, sich in sein Zimmer zu schleichen.

An Ems Tür verlangsamte er seine Schritte. Alles in ihm zog ihn zu ihr. Er wollte ihre Wärme spüren, nachdem das Moor ihn bis auf die Knochen durchgefroren hatte. Mit aufeinandergepressten Zähnen verschwand er in seinem Zimmer. Obwohl es noch nicht Abend war, verschluckten die Regenwolken schon jetzt die Helligkeit des Tages.

Er fasste an den Lichtschalter und öffnete die triefende Jacke. Selbst der Pulli darunter war durchnässt. Jack zog ihn aus und ließ ihn auf den Boden fallen, dann öffnete er seinen Gürtel. Etwas auf dem Bett zog seine Aufmerksamkeit auf sich.

Mit gerunzelter Stirn trat er auf die beiden Blätter zu, die auf der Decke lagen. »Was zum …« Mit steifen Fingern griff er nach dem Bild. *Morning Star.* Mit angehaltenem Atem huschte sein Blick über Ems Striche. Wie war das möglich?

Genau so hatte er das Cottage vor Jahren in seiner Vorstellung gesehen. Fertig renoviert, mit einem Weg, der ins Moor führte. Die weißen neuen Fensterrahmen als Kontrast zu den über die Jahrhunderte verdunkelten Steinwänden.

Jack sackte auf das Bett und schaffte es nicht, sich von der Zeichnung loszureißen. Wie ein Traum, den er einst vor langer Zeit geträumt hatte, hatte Em sein Haus gezeichnet. Sie hatte zwei Obstbäume neben dem Haus gemalt. Er schmunzelte. Offensichtlich glaubte Em, dass es doch möglich war, dem Klima und dem Boden Obst abzuringen.

Skizzenhaft angedeutet waren scharrende Hühner auf der

Grasfläche zu erkennen. Wie einladend das Haus auf dem Papier wirkte. Der Briefkasten, den er damals befestigt hatte, und der Rauch, der aus dem Kamin stieg. Hinter den Fenstern war eine brennende Lampe zu erkennen.

Wie schaffte sie es nur, solch ein Gefühl mit einem einfachen Bleistift zu erzeugen? Obwohl er in Unterhemd und mit nasser Hose hier saß, war ihm plötzlich nicht mehr kalt. Allein der Anblick des Häuschens breitete ein wohliges Gefühl in ihm aus. Er riss sich von der Zeichnung los und griff nach dem zweiten Blatt.

*Lies das Buch. Em.*

Seine Augen verengten sich zu Schlitzen, und das Schlucken fiel ihm schwer. Seine Hände ließen die beiden Blätter auf den Boden fallen, während er wie betäubt aufstand. Er stürmte in den Flur und klopfte nicht an. Das brauchte er nicht, denn er wusste schon, was ihn hinter ihrer Zimmertür erwartete.

Mit aufeinandermahlenden Kiefern betrachtete er das frisch bezogene Bett und das leere Zimmer. Der Koffer, ihr Chaos, ihr Geruch. Es war, als wäre es nie da gewesen. Es gab keine Spur mehr, die an Em erinnerte.

»Es ist besser so«, murmelte er zu sich selbst und schlurfte ins Bad hinüber. Ohne sich eine Gefühlsregung zuzugestehen, zog er die Kleider aus und stellte die Dusche an. Die Kälte kroch durch seinen Körper, wie er sie nie zuvor gespürt hatte.

***

**Em**

In eine Decke eingemummelt kauerte Em auf dem Stuhl und starrte auf die glänzend weiße Tischplatte.

Gluckernd lief der Weißwein in das Glas. Wortlos schob

Mark ihr das Glas hin und lehnte sich dann mit verschränkten Armen und gerunzelten Augenbrauen auf seinem Stuhl zurück. Dankbar lächelte sie ihm zu und griff nach dem Glas.

Wie meistens, wenn er den ganzen Tag im Atelier gearbeitet hatte, trug Mark nur ein Feinrippunterhemd und eine abgewetzte Jeans. Obwohl er schon Mitte fünfzig war, zeugten seine definierten Arme von den unzähligen Schlägen, die sie jeden Tag ausführten. Mark war einer dieser schwulen Männer, nach dem sich selbst heute noch die Frauen umdrehten, wenn Em mit ihm unterwegs war.

Sie betrachtete den Holzstaub auf dem Stoff des Unterhemds und widerstand dem Wunsch, sich an ihn zu lehnen. Bei ihm hatte sie sich immer anlehnen können. Starke Arme, die sie als kleines Mädchen durch die Luft wirbelten. Doch sie war kein kleines Mädchen mehr. Stattdessen würde sie wie eine erwachsene Frau mit all dem umgehen müssen, und das bedeutete in diesem Moment, ein zweites Glas Wein zu trinken.

Sie hatte Mark alles erzählt. Alles von Iris und Heathcliff. Von Rosie, dem B&B, von Hillcrest und Edward. Und von Jack. Natürlich hatte sie ausgelassen, dass sie mit ihm geschlafen hatte, über so etwas wollte sie nicht mit ihrem Vater sprechen. Selbst dann nicht, wenn es sich um den coolsten Kerl in der Stadt handelte.

»Das war es also, was sie nie losgelassen hat«, überlegte er laut und nahm einen Schluck aus der Bierflasche, die vor ihm stand.

»Du wusstest auch, dass da was war?« Müde sah sie ihn an.

»Rollo hat es erwähnt. Er hat regelmäßig davon angefangen und Iris wohl auch einige Male darauf angesprochen. Irgendwann hat er es aufgegeben und nur noch hin und wieder bei mir eine Bemerkung fallen lassen.«

»Ich wünschte, er wäre hier.« Unglücklich nippte Em an ihrem Glas.

»Wir wussten ja nicht, dass du heute schon zurückkommst.«

»Ich weiß.« Sie schob die Unterlippe vor.

Ihr Vater war für zwei Tage zu einer Vernissage nach Hamburg gefahren. Immerhin hatte Mark sie am Flughafen abgeholt und saß nun seit gut eineinhalb Stunden mit ihr hier in der dunklen Küche. Nur die kleine Wandlampe erhellte den Raum etwas.

Em kniff die Augen zusammen und bemühte sich, die Uhrzeit auf ihrer Uhr zu erkennen. Es war schon fast halb zwei. Jeder Muskel in ihrem Körper zog, als hätte sie einen Marathon hinter sich. Und doch sträubte sich alles in ihr dagegen, sich in die stille Einsamkeit ihres Betts zu begeben.

Mark riss sie aus ihren Gedanken: »Erzähl mir von ihm.«

Überrascht sah sie ihn an. »Von wem?«

»Jack.« Wissend ruhte sein Blick auf ihr.

»Da gibt es nichts zu erzählen«, antwortete sie eine Spur zu patzig und bereute es sofort.

Ein Grinsen überzog augenblicklich Marks Gesicht. Sie hatte sich verraten. »Wie ist er so?«

»Merkwürdig.« Mit dem Zeigefinger kratzte sie an ihrem Daumennagel und wich Marks Blick aus.

»Wirst du ihn wiedersehen?«

Etwas fester drückte sie die Nägel aufeinander und schüttelte den Kopf. »Er kann mir nicht verzeihen, dass meine Mutter seinen Vater in den Selbstmord getrieben hat.«

»Das glaube ich einfach nicht«, stieß er hervor. »Nicht Iris. Sie war nicht herzlos. Sie war wunderbar.«

»Ich weiß.« Em suchte seinen Blick und fand darin die schmerzhafte Erinnerung an die Frau, die auch für ihren zweiten Vater ein Familienmitglied gewesen war. »Aber nicht für Jack. Weil er sie nicht kannte. Er weiß nur, was man ihm erzählt hat. Er will nicht verstehen, dass auch Mama ganz sicher liebte.«

»Und deshalb lässt er sich die Möglichkeit nehmen, mit dir zusammen zu sein?« Ungläubig sah Mark sie an.

Der liebevolle Blick, mit dem er sie bedachte, tat gut. Für diesen Mann war sie die wunderbarste Frau auf der Welt, und natürlich konnte er nicht nachvollziehen, dass jemand sein geliebtes Mädchen nicht haben wollte. Doch Jack wollte sie nicht.

»Dass sein Vater auf diese Art gestorben ist, hat Jacks Leben von Anfang an belastet. Heathcliff muss nach Mamas Weggang in einen Wahn verfallen sein. Und Jack ist damit aufgewachsen, dass im Ort über seinen Vater gesprochen wurde. Die Leute werden ihn ebenso gemustert haben wie die anderen Eltern mich, als du und Papa mich damals in die Grundschule gebracht habt.«

Mark lachte tief auf. »Ja, das waren vielsagende Blicke damals. Andere Zeiten. Heute ist es nicht mehr so schwierig für Familien wie unsere.«

Sie nickte und nahm einen weiteren Schluck. Als sie das Glas abstellte, beobachtete Em, wie ein kleiner Tropfen außen entlang nach unten rann und auf die Lackplatte lief. »Und jetzt überleg, wie es sein muss, wenn dein Vater in dem Ruf stand, verrückt gewesen zu sein. Und weil du ihn nie wirklich kennengelernt hast und dir niemand etwas darüber sagt, weißt du nicht, was du denken sollst. Was nur Gerede ist und was tatsächlich passiert ist. Und dann bist du auch noch selbst ein wenig anders.«

»Anders?« Interessiert lehnte Mark sich nach vorn. Die hellblauen Augen blitzten trotz der späten Stunde wach unter den grauen Augenbrauen hervor.

Ein Lächeln huschte über ihre Lippen. »Düster. Aber auch gefühlvoll. Jack spürt das Leben auf eine andere Art als ich. Du weißt, ich bin hoffnungsloser Optimist. Das macht den

Alltag zwar leichter, aber mir entgeht dadurch oft die Tiefe der Dinge. Jack hingegen sieht, was hinter dem Scheinbaren steckt. Aber das ist häufig nicht schön. Es ist so viel leichter, nur das Schöne wahrzunehmen.«

»Und solch ein Charakter erfährt ein Drama, wie es mit seiner Verlobten passiert ist.« Mitfühlend schüttelte Mark den Kopf.

Schluckend dachte Em an den Moment an Madelines Grab zurück. Sie hatte seinen Schmerz nicht nur gesehen, sie hatte ihn gespürt. »Er hat schon einmal geliebt und verloren, er kann nicht noch einmal lieben. Und ich bin sogar noch gewarnt worden.« Kitty hatte richtiggelegen. Sich auf Jack einzulassen war falsch gewesen. Aber es war einfach passiert.

»Und jetzt ist dir in Haworth das Gleiche passiert, was deiner Mutter passierte«, sprach Mark leise und betrachtete sie nachdenklich. »Du hast dein Herz wie sie verloren.« Es war keine Frage, es war eine Feststellung.

Em nickte kaum merklich. Sie hatte sich verloren. In Jack, im Moor, in der Geschichte dieses Landstrichs.

»Du musst ihn vergessen.« Entschieden lehnte Mark sich wieder zurück. »Er hat seine Wahl getroffen.«

»Ich weiß.« Sie atmete tief ein. »Ich wollte herausfinden, was damals mit Mama passiert ist, und das ist gelungen. Nur wüsste ich zu gerne, wie es wirklich dazu gekommen ist, dass sie gegangen ist.« Sie machte eine Pause und dachte nach. Jacks Gesicht verblasste unter ihren Gedanken ein wenig in ihrer Erinnerung. »Warum hat sie weder euch noch mir von damals erzählt?«

»Weil es ihr unangenehm war?« Mark wirkte sichtlich erleichtert, dass sie nicht mehr von Jack sprach.

»Aber warum? Was war ihr unangenehm?«

»Em, das ist Jahrzehnte her. Du wirst das nicht bis ins kleinste Detail aufklären können. Vielleicht wird es Zeit, die Sache endlich ruhen zu lassen.«

Ein ungutes Gefühl durchzog sie. »Was, wenn es Schuld war?«

Mark kniff die Augen zusammen. »Du meinst, es könnte vielleicht doch so gewesen sein, dass sie einfach gegangen ist und sich am Ende die Schuld für Heathcliffs Tod gab?" Mark schien nachzudenken. »Der Mann war verheiratet, vielleicht wollte sie die Ehe nicht zerstören und ist deshalb gegangen.«

War es der Wein, der ihre Ohren so rauschen ließ? Em rieb sich über die Augen und seufzte. »Niemand ist perfekt. Wir auch nicht. Was, wenn Mama damals tatsächlich etwas getan hat, was sie danach bereute? Vielleicht wollte sie sich wirklich nicht zwischen Heathcliff und Rosie drängen und fühlte sich schuldig. Und hat nur deshalb nie einen von uns eingeweiht?«

Mark stöhnte auf und sah sie zweifelnd an. »Wir werden es nicht herausfinden. Und vermutlich ist das auch gut so. Deine Mutter hat sich viel Mühe gegeben, das alles für sich zu behalten. Ich denke, es wird Zeit, dass du ihre Privatsphäre respektierst. Lass sie endlich ruhen.«

Em schnappte nach Luft und sah zur Seite. »Ich fühle mich ihr näher, wenn ich nachforsche«, flüsterte sie.

»Das ist mir bewusst.« Mark stand auf und ging um den Tisch herum. Bestimmt zog er ihren Kopf an sich heran. Em vergrub ihr Gesicht an seinem Körper und genoss den Geruch von Holz, den sie schon als Kind geliebt hatte. Mark roch nach Holz, während Rollo nach Ölfarbe roch. Und Jack nach Moor. Nie wieder sollte sie diesen würzigen Geruch riechen oder seine von der Arbeit schwieligen Hände auf ihrer Haut spüren. Schluchzend arbeiteten sich ihre Gefühle aus ihr heraus.

»Wegen was genau weinst du gerade?«, fragte Mark leise nach.

»Wegen allem, ich heule nur noch, und das mache ich doch sonst nicht.« Sie schnappte nach Luft. »Ich weine wegen

Mama. Wegen Jack. Weil ich nie wieder die Farben der Landschaft dort sehen werde.«

»Es hat dir dort gefallen.« Gleichmäßig, als würde er einen Hund streicheln, fuhr seine Handfläche über ihre Haare.

»Ich habe wieder angefangen, zu zeichnen«, murmelte sie in sein Unterhemd.

»Tatsächlich?« Mark löste sich von ihr und kniete sich neben sie. »Das hast du seit damals, als du die Absage bekommen hast, nicht mehr gemacht. Warum ausgerechnet jetzt?«

Schniefend zuckte sie mit den Schultern. »Ich habe wohl meine Inspiration gefunden.«

»Das ist großartig. Rollo hat es immer betrübt, dass du nicht einmal mehr zum Vergnügen gezeichnet hast. Er wird begeistert sein.« Mit beiden Daumen rieb er ihr die Tränen von den Wangen und lächelte ihr sanft zu.

»Können wir das für uns behalten?«

»Dass du zeichnest?« Mit hochgezogenen Augenbrauen suchte er in ihrem Gesicht nach einer Antwort.

»Das mit Jack.«

»Verstehe.« Seufzend lehnte er sich gegen die Tischplatte. »Weil er nicht wollte, dass du nach Haworth reist und Sorgen hatte, die Geschichte könne sich wiederholen?« Er erriet ihre Gedanken.

»Auch wenn er nicht wusste, was Mama dort passiert ist, so hat er befürchtet, mir könnte es ähnlich ergehen.« Sie lachte hell auf. »Papa hat wohl recht gehabt. Noch ein Morris, der einer Sutter den Kopf verdreht hat.«

Mark griff nach ihrer Hand und zog sie hoch. »Na komm. Für diese Sutter wird es Zeit, endlich ins Bett zu gehen. Wir können morgen beim Frühstück weiterreden.«

Dankbar erwiderte sie seinen Handdruck. »Was auch immer damals passiert ist und warum Mama gegangen ist, es hat bewirkt, dass ich zwei Väter bekommen habe und Jack seinen verlor.«

Mark führte sie in den Flur und schob sie in ihr Zimmer. »Das Leben ist leider nicht fair, und du kannst nichts dafür. Du schuldest ihm nichts, weil du mehr Glück hattest. Wir alle hatten Glück. Ich hatte Glück.« Er hielt inne und lächelte sie an. »Hätten deine Mutter und Rollo sich nicht zu dieser verrückten Art der Familiengründung hinreißen lassen, hätte ich nie eine Tochter bekommen.«

Mehr als ein Nicken brachte sie nicht heraus. Wie sehr sie sich immer auf ihre beiden Väter hatte verlassen können. Ein unsichtbares Sicherheitsnetz, das immer da war, um sie aufzufangen. Das Leben hatte ihr die guten Karten ausgeteilt. Wie gern sie ein paar davon mit Jack geteilt hätte. »Gute Nacht.«

»Schlaf gut, Prinzessin.« Mark zog die Tür zu, und sie hörte seine Schritte auf dem Dielenboden hallen.

Noch immer hielt sie die Decke um sich gewickelt. Energielos schlurfte sie zum Bett und sank auf die Matratze. Vor zwölf Stunden hatte sie Hillcrest verlassen, und jetzt war sie wieder hier, in ihrem Leben. In dem großzügigen Loft des umgebauten Fabrikgebäudes, in dem ihre Väter vor einer Ewigkeit ein Stockwerk kauften und umbauten.

Selbst dieses Zimmer, ihr ehemaliges Kinderzimmer, das sie bis zur Erkrankung ihrer Mutter nur wenige Nächte im Jahr genutzt hatte, war riesig. Größer als die meisten Geschäfte in Haworth. Obwohl ihr hier alles vertraut war und sie diesen Raum immer gemocht hatte, fühlte sie sich nun müde und ausgelaugt, allein und ein wenig verloren.

Sicherlich hatte Jack inzwischen mitbekommen, dass sie abgereist war. Vermutlich war er froh, dass sie ihnen damit weitere Gespräche ersparte. Er würde ihr nicht noch einmal erklären müssen, warum er nicht bereit war, sie in sein Leben zu lassen. Er hatte es ihr am Grab gezeigt.

Und dennoch hatte sie es nicht geschafft, sich von ihm fernzuhalten. Zu faszinierend und anziehend war er gewesen. Diese dunklen Augen, die immer geradewegs in ihr Innerstes zu sehen schienen und die alles, was er je empfunden hatte, spiegelten, wenn man nur genau genug hinsah.

Es machte keinen Sinn, es leugnen zu wollen: Sie hatte sich in diesen Mistkerl verliebt. Alles in ihr sehnte sich danach, mit den Fingern durch seinen Bart zu fahren. Noch einmal den Blick zu sehen, den er gehabt hatte, als sie neben ihm lag. In diesem Moment hatte sie geglaubt, auch bei ihm Liebe zu spüren. Seufzend rollte sie sich zur Seite und drückte das Kopfkissen zurecht. Nie hatte sie sich so sehr geirrt.

Die erste Waschmaschine mit den dreckigen Kleidern schleuderte bereits auf Hochtouren, und Em kippte weitere Wäsche auf den beeindruckenden Haufen in der Badezimmerecke. Dass sie tatsächlich so viel Kleidung mitgeschleppt hatte, überraschte sie im Nachhinein doch. Und warum war auspacken so viel mühsamer als einpacken?

Sie warf einen Blick in den Spiegel über dem Waschbecken und betrachtete die dunklen Ringe unter ihren Augen. Die Nacht war hart und unruhig gewesen. Immer wieder war sie aus dem Schlaf aufgeschreckt und hatte geglaubt, in ihrem Bett im B&B zu liegen. Und jedes Mal war die Erkenntnis, wieder hier zu sein, bedrückend gewesen.

Sie strich sich über die fahl wirkende Gesichtshaut und die spröden Lippen. Sie fühlte sich krank. War das Liebeskummer? Fühlte Liebeskummer sich an wie eine aufkommende Grippe? Energisch trat sie heraus und warf die Badezimmertür hinter sich zu. Natürlich waren schon früher in ihrem Leben Beziehungen auseinandergegangen, und es war nie leicht gewesen. Doch dass ihr Körper derart auf ihr Herz reagierte, hatte sie noch nie erlebt.

Und dabei war sie mit Jack nicht einmal zusammen gewesen. Nur eine kurze Zeit kannte sie ihn jetzt, und dennoch verfolgten seine dunklen Augen sie in ihren Träumen. »Es war nur eine Nacht«, zischte sie zu sich selbst und ging durch den weitläufigen Flur.

Nein, es war nicht einmal eine Nacht gewesen. Eine Stunde, vielleicht zwei. Und doch hatte es genügt, um sich endgültig zu verlieben. Allerdings ging es nicht nur um ihre Zuneigung zu ihm. Jack hatte sie mit seiner Lebensgeschichte berührt. Ihr aufgezeigt, wie gut und glücklich ihr Leben bisher verlaufen war, auch wenn sie Iris hatte beerdigen müssen. Doch sie hatte lange Jahre ihre Unterstützung und Liebe gespürt. War von ihr behütet worden. Rosies Warmherzigkeit hatte offensichtlich nicht ausgereicht, um das grausame Ende von Heathcliff auszugleichen.

Em blieb stehen und runzelte die Stirn. Rosie hatte keine Ahnung. Bisher hatte sie keine Gelegenheit gehabt, über diesen Aspekt der Sache nachzudenken. Hatte Rosie vielleicht doch etwas geahnt? Oder glaubte sie sogar, dass Heathcliffs Freitod mit ihr zusammenhing? Was für ein unguter Gedanke das war. Was, wenn Rosie sich all die Jahre für seinen Tod verantwortlich gefühlt hatte?

Ob Jack ihr wohl seine Version erzählen würde? Em presste die Lippen aufeinander und sah auf den abgenutzten Dielenboden. Sicher würde er ihr sagen, dass diese schreckliche Frau aus Deutschland seinen Vater in den Tod trieb. Und Rosie würde erfahren, wen sie da in ihr Haus gelassen hatte.

Knallende Schläge hallten durch das riesige Loft. Wie beruhigend dieses Geräusch doch wirkte. Mark arbeiten zu hören bedeutete, dass sie nicht allein war. Dass das Leben hier wie immer weiterging, egal was sich in Haworth abspielte. Jack, der sie für die Taten ihrer Mutter verantwortlich machte, war weit weg. Rosie und das gemütliche B&B ebenfalls.

Em gab sich einen Ruck und ging weiter. In die Küche und durch die breite Flügeltür hinaus auf die ausladende Metallterrasse, die hier, im zweiten Stockwerk, über dem darunterliegenden Parkplatz thronte. Tief atmete sie ein und lehnte sich an das Geländer.

Von oben drang Geigenmusik aus einem gekippten Fenster. Karola, die über ihnen wohnte und im Orchester spielte, übte ihre täglichen zwei Stunden auf dem Instrument. Unter ihnen lebten mehrere Kunststudenten in einer WG. Wer genau dort gerade wohnte, war meistens kaum zu überblicken. Zu oft wechselten die Bewohner, und immer war etwas los.

Ihr Blick streifte über das ebenfalls restaurierte und zu Wohnungen umgebaute Fabrikgebäude gegenüber und zu den Reihenhäusern auf der anderen Straßenseite. Wie Perlen an einer Kette reihten sich die baugleichen Häuschen aneinander, hier und da von einer schmalen Straße unterbrochen.

Die Luft roch feucht, doch noch regnete es nicht. Fast hatte sich der Morgennebel aufgelöst. Die Dachfenster des Speichers gaben die Sicht auf das Stuttgarter Panorama frei. Oft ging sie nach oben, um dort einen Moment der Ruhe zu genießen. Doch der Blick auf Stuttgart war nicht die Aussicht, die sich in ihren Gedanken festgesetzt hatte. Die Sicht, die in ihrer Erinnerung eingebrannt war, war häuserlos und menschenleer.

Em löste sich von dem Geländer und trat zurück in die Küche. Die von Mark mit Betonsteinen und einer perfekt gearbeiteten Holzplatte gebaute Küchenzeile löste in Verbindung mit den Lauten der Geige und den Schlägen aus dem Atelier ein wohliges Gefühl von Zuhause aus. Auch wenn sie hier im letzten Jahr nur eingezogen war, um die letzten Monate an der Seite ihrer Mutter zu sein, hatte sie doch, seit sie denken konnte, in dieser Küche an den Wochenenden gefrühstückt, wenn sie bei Mark und Rollo übernachtete.

Iris hatte sich entschieden, ihre Wohnung aufzugeben, als ihre Gesundheit es nicht mehr zugelassen hatte, sich um die Räume zu kümmern. Natürlich hatten Rollo und Mark darauf bestanden, sie hier zu versorgen, anstatt zuzulassen, dass ihre

Mutter in ein Hospiz zog. »Noch einmal ist es so wie früher«, hatte Iris an dem Tag geflüstert, als sie ins Loft eingezogen war.

Rasch befüllte Em den Wasserkocher und kramte in einer der Schubladen nach Tee. Vielleicht wurde sie doch krank.

Em hörte, wie sich die Wohnungstür öffnete, und schielte in den Flur. Rollo trat ein und ließ eine Reisetasche fallen.

»Du bist schon zurück?« Eilig lief sie auf ihn zu.

Bunte Käfer zierten das Hemd ihres Vaters. Sicherlich hatte er es in dem Laden gekauft, aus dem auch das mit dem Vogeldruck stammte. Rollos Geschmack war schon immer etwas schräg und ausgefallen gewesen.

Er drückte sie und sah sie dann prüfend an. »Mark hat mir Bescheid gegeben, dass du früher heimgekommen bist. Da bin ich eher abgereist.«

Mark hatte ihrem Vater vermutlich gesteckt, dass sie keinen guten Eindruck auf ihn machte. Und sicherlich fielen Rollo die Augenringe und die bleiche Gesichtsfarbe ebenfalls auf.

»Ich muss dir was über Mama erzählen«, murmelte sie.

»Mark hat da was angedeutet.« Er seufzte und zog die Schuhe aus. »Du hast also etwas gefunden in diesem Ort?«

Nickend deutete sie zur Küche. »Habe gerade Tee aufgesetzt.«

Nun saß ihr Rollo mit gerunzelter Stirn gegenüber, so wie es am Abend zuvor Mark getan hatte. Immer wieder schüttelte er wortlos den Kopf und spielte abwesend an seinem Hemdkragen. »Warum hat sie mir das nicht gesagt? Wir haben uns immer alles erzählt. Aber als sie damals zurückkam, war sie verschlossen und wollte nicht einmal über ihre Arbeit dort sprechen. Und an dem Tag, als die Belegexemplare des Bildbands geliefert wurden, hat sie den Karton einfach in die Abstellkammer gestellt und ihn nicht einmal geöffnet. Irgendwann habe ich dann in einer Buchhandlung einen Blick darauf werfen können. Ich wusste, dass da etwas war.« Er atmete hörbar durch. »Ich wünschte, sie hätte mit mir darüber gesprochen, anstatt es in sich hineinzufressen.«

»Es war Mamas Entscheidung. Vielleicht war es einfach zu schmerzhaft, ihre Gefühle in Worte zu fassen.«

»Das kann gut sein.«

»Sie ist kurz vor meiner Geburt noch einmal in England gewesen. Damals hat sie von Edward erfahren, dass Heathcliff sich das Leben nahm. Ist dir, als sie zurückkam, irgendwas aufgefallen?«

Sein Blick schweifte in die Vergangenheit. »Das ist so furchtbar lange her. Aber ich erinnere mich, dass sie nach der Reise alle anderen Aufträge bis zur Geburt absagte. Die letzten Wochen der Schwangerschaft hat sie sich damals regelrecht zu Hause eingeigelt und erschien mir depressiv. Allerdings schob ich es auf die Hormone.« Er hob die Hände und ließ sie hilflos in seinen Schoß fallen. »Dabei hat sie getrauert, und ich habe es nicht bemerkt.«

Die Bestürzung war ihm anzusehen. Rollo hatte nicht erkannt, was wirklich mit ihrer Mutter los gewesen war. »Stimmt es vielleicht, was Edward und Jack glauben?« Zwar hatte sie Jack erwähnt, es aber unterlassen, durchscheinen zu lassen, was zwischen ihm und ihr vorgegangen war.

»Was meinst du?«

»Was, wenn Mama tatsächlich einfach überstürzt abgehauen ist und Heathcliff damit in Verzweiflung gestürzt hat? Und als sie dann erfahren hat, was nach ihrer Abreise geschehen ist, hat sie sich dafür verantwortlich gemacht? Sie musste von Rosie und Jack wissen. Der Kummer, dass ein Kind nun ohne Vater aufwuchs, wird Mama sicherlich zugesetzt haben.«

»Ich weiß es nicht. Deine Mutter war ein herzensguter Mensch. Aber auch die besten Menschen machen manchmal Fehler. Gut möglich, dass sie sich wegen der Affäre Vorwürfe machte.«

»Wie ging es dann weiter?« Em wickelte die Strickjacke enger um sich. Lag es an dem Thema, das ihr Schauer über den Rücken jagte, dass sie plötzlich fror?

»Du wurdest geboren.« Rollo lächelte. »Was auch immer vorher passiert ist, du hast sie ein Stück weit ins Leben zurückgeholt. Sie hat darauf bestanden, dich Emily zu nennen, und ich habe zugestimmt. Ich nehme an, sie hatte dank dir kaum noch Zeit, an andere Dinge zu denken, und nach und nach hat sich alles normalisiert.« Er zuckte mit den Schultern. »Nur manchmal wirkte sie abwesend und wie in eine andere Welt versunken. Und sie ist nie wieder mit einem anderen Mann ausgegangen.«

»Hast du sie darauf angesprochen?«

Er lachte amüsiert auf, was nicht recht zur Situation passte. »Allerdings, ich habe sogar ein paarmal versucht, sie zu verkuppeln. Aber sie meinte, mit Mark und mir hätte sie genug Männer in ihrem Leben und bräuchte nicht noch einen. Der ein oder andere hat sich an ihr ganz schön die Zähne ausgebissen, aber sie blieb ihrem Vorsatz treu. Und jetzt wissen wir auch, warum.« Er stützte sich auf dem Tisch ab, und ein mattes Lächeln überzog seine Lippen. »Sie hatte die große Liebe ihres Lebens längst erfahren.«

Em hielt die Luft an und versuchte, sich ihre Gedanken nicht ansehen zu lassen. Was, wenn es ihr dank Jack ebenso gehen würde? Wenn es ihr nicht gelingen sollte, ihn hinter sich zu lassen? Würden diese dunklen Augen in ihrer Erinnerung jemals zulassen, sich neu zu verlieben?

»Ich muss die Wäsche in den Trockner packen.« Hektisch sprang sie auf, eilte ins Bad und schloss die Tür. An die Wand gelehnt sackte sie auf den Boden, zog die Beine an den Körper und legte den Kopf darauf ab.

# Kapitel 15

**Jack**

Jack zielte und schlug mit dem Hammer zu. Eine Kante des Steins sprang ab und kam neben seinen Füßen auf. »Geht doch«, murmelte er und schob den Stein in die freie Fuge in der Mauer.

»Was nicht passt, wird passend gemacht?« Mit hochgezogenen Augenbrauen stand Edward ein paar Meter weiter und beobachtete sein Tun.

»Manchmal geht's nicht anders«, gab er knurrend zurück und fuhr mit der Hand über die unebene Mauer vor ihm. Steine zuzuschlagen lehnte er eigentlich ab. Die Kunst war, den Richtigen für jede Stelle zu finden. Doch diese hier hatte ihm Probleme bereitet.

»Es wird bald dunkel.« Edward lehnte sich an. Dass er müde aussah, entging Jack nicht. Langsam, aber sicher wurde sein Onkel zu alt für diesen Job. Doch noch wollte er nichts davon hören, die Arbeit an den Nagel zu hängen.

»Du kannst fahren. Ich laufe nach Hause.«

»Das sind über zehn Meilen.«

»Und?« Aus dem Augenwinkel warf er ihm einen verkniffenen Blick zu.

»Du bist schon den ganzen Tag so still. Gibt es dafür vielleicht einen bestimmten Grund?«, hakte Edward nach.

Jack lachte laut auf. »Jetzt sag nicht, ich sei sonst so unheimlich gesprächig.«

Edward verschränkte die Arme vor der Brust. »Hat das damit zu tun, dass *sie* abgereist ist?«

Der Felsbrocken, den er eben aufgehoben hatte, rutschte ihm aus der mit einem dicken Lederhandschuh bekleideten Hand. »Woher weißt du das?« Mit aufeinandergepresstem Kiefer trat er auf seinen Onkel zu.

»Sie kam bei mir vorbei. Auf dem Weg zum Flughafen.«

»Em war bei dir?«

Der alte Mann nickte und hielt seinem Blick stand. »Dir ist klar, dass sie dich liebt, oder?«

Jack glaubte, seinen Ohren nicht zu trauen. Ausgerechnet Edward, der sein ganzes Leben seinen Fragen ausgewichen war, sprach etwas derart Persönliches an? »Hat sie das etwa gesagt?«

»Es war offensichtlich genug, um nicht einmal einem alten Bock wie mir zu entgehen.«

»Man verliebt sich nicht in derart kurzer Zeit«, brummte Jack und wich dem Blick seines Onkels aus. »Man verknallt sich höchstens. Sie ist weg und wird bald merken, dass ich keine gute Wahl für sie gewesen wäre. Mit etwas Abstand wird die Erkenntnis schnell kommen.«

»Glaubst du dir das wirklich selbst, oder soll es nur eine Ausrede sein, weil du einen Fehler gemacht hast?«

»Was für einen Fehler?« Aufgebracht streckte er den Rücken durch und drückte seine Handflächen gegen die oberste

Steinreihe. »Du warst es doch, der wollte, dass ich mich von ihr fernhalte.«

»Aber das hast du nicht getan«, drückte Edward hervor. »Ich habe sie gefragt, ob sie dir das Herz gebrochen hat. So wie Iris es bei Heathcliff getan hat. Ich wollte einfach wissen, ob sich die Geschichte wiederholen wird.«

Ein dunkles Lachen entrang sich Jack. »Da ist nichts, was gebrochen werden könnte. Ist nichts mehr übrig.«

Edward atmete hörbar ein. »Sie meinte, du hättest ihres gebrochen.«

Etwas in ihm krampfte sich zusammen. Er sah Em vor sich, wie sie ihn anstrahlte und plapperte. Wie sie von ihrer Begeisterung über irgendetwas mitgerissen wurde und von innen heraus zu leuchten schien. »Das war nicht meine Absicht«, stieß er hervor und sah auf die Dächer des nächsten Ortes, hinter denen die Sonne langsam nach unten sank und ein fahles Novemberlicht hinterließ.

»Hast du denn etwas getan, um in ihr Gefühle zu wecken?«

Edwards Blick brannte in seinem Nacken. Erinnerungsfetzen von zarten, geschwungenen Lippen tanzten in seinen Gedanken. Ruckartig drehte er sich um und funkelte seinen Onkel an. »Ich laufe nach Hause. Wir sehen uns morgen früh.« Kräftig pfiff er nach dem Hund und vergrub die Hände in den Hosentaschen.

»Ganz wie du willst«, blaffte Edward ihm nach.

Hinter ihm näherte sich ein Auto, und Jack trat weiter an den Grasstreifen neben der schmalen Straße heran, um es vorbeizulassen. Statt ihn zu überholen, rollte das Auto langsam neben ihm weiter. »Ich habe doch schon Platz gemacht«, fluchte er leise und sah durch die Beifahrerscheibe.

Kittys breites Grinsen war zu erkennen, und dann fuhr die

Scheibe nach unten. »Treibst du dich mal wieder durch die Dunkelheit?«, rief sie ihm zu.

Jack zuckte mit den Schultern und stapfte weiter.

»Dein Hund sieht müde aus«, flötete sie fröhlich. »Steig ein, ich nehme euch mit.« Knirschend kamen die Reifen auf der Schotterstraße zum Stehen. Aufdringliche Popmusik drang durch das offene Fenster.

»Von mir aus.« Er öffnete die hintere Tür und bedeutete dem Hund, auf die Rückbank zu springen. Dann stieg er vorn ein und sackte auf den Sitz.

»Siehst scheiße aus«, kommentierte sie, während sie das Radio leiser stellte.

»Sehr charmant«, gab er murrend zurück.

»Was tust du hier? Ist doch nicht deine übliche Runde.« Konzentriert sah sie zu und fuhr los.

»Wollte nach der Arbeit lieber nach Hause laufen. Etwas Ruhe und so.«

»Hast du davon nicht genug?« Sie lachte über ihren Witz.

»Immer rein in die Kerbe«, gab er zurück und konnte sich ein Schmunzeln nicht verkneifen. Er wusste zu gut, was für ein Bild er abgab, wenn er durch die Gegend schlich. Entsprechend verhalten reagierten die meisten Leute auf ihn. Einige der älteren Frauen aus dem Ort senkten sogar den Blick, wenn sie ihm begegneten. Der englische Anstand reichte offensichtlich nicht aus, um den merkwürdigen Sohn des verrückten Morris zu grüßen.

Kitty knuffte ihn mit dem Ellenbogen in die Seite. »Wie geht es deiner deutschen Freundin?«, fragte sie scheinbar beiläufig, doch ihre rosa Wangen verrieten ihre Neugierde.

»Ist abgereist. Und sie ist nicht meine Freundin.«

»Und wann?«

Seufzend fuhr er sich über den Nacken und starrte auf die vom Scheinwerfer beleuchtete Straße. »Gestern.«

»Sie schien nett zu sein.« Sie warf ihm einen flüchtigen Seitenblick zu.

»Kann sein.«

»Kommt sie wieder?«

»Das glaube ich nicht.«

»Möchtest du das denn?«

»Nein«, antwortete er eine Spur zu laut und zu schnell.

»Interessant«, kommentierte Kitty.

Jack ignorierte es und sah sich nach Indie um. Wie erschossen lag er ausgestreckt auf der Rückbank und schnarchte.

»Ich würde dich ja auf ein Bier einladen, damit du mir dein Herz ausschütten kannst, aber ich fürchte, du wirst ablehnen.« Sie setzte den Blinker und passierte das Ortsschild von Haworth.

»Du weißt, ich trinke nicht, und ich schütte auch niemandem mein Herz aus«, brummte er, obwohl er ihre Fürsorge durchaus zu schätzen wusste. Er konnte es nur nicht zeigen.

»Es gibt auch etwas wie die goldene Mitte, Jack.« Tadelnd schüttelte sie den Kopf. »Es gibt nicht nur dein abstinentes Leben oder als Alternative sich zuzuschütten wie dein alter Herr.«

»Ich habe seine Gene und bin ihm angeblich sehr ähnlich, wie man mir immer wieder sagt. Was ist, wenn ich ebenso anfällig für den Rausch bin wie er?« Fragend sah er sie an.

»Ist vielleicht doch keine so gute Idee«, gab sie zu. »Und wenn ich trinke, und du redest?« Grinsend sah sie zurück.

»Ich rede nicht.«

»Dann trinke und rede ich, und du hörst zu.«

»Ein anderes Mal.« Er zwang sich ein Lächeln ab, doch vermutlich konnte sie es wegen des Barts nicht sehen. Prüfend fuhr er sich über das Gesicht. »Wird der langsam zu lang?«

Glucksend unterdrückte sie ein Lachen. »Du siehst aus wie

ein Landstreicher. Ich wäre fast an dir vorbeigefahren, wenn ich den Hund nicht erkannt hätte.«

»Vielleicht schneide ich ihn bei Gelegenheit ein wenig«, überlegte er laut und hoffte, dass Kitty ihren Vorsatz vergaß, ihn in irgendeinen Pub zu schleppen.

»Die Haare gleich mit.«

»Meine Mutter wäre im siebten Himmel, wenn ihr Sohn endlich wieder was hermachen würde. Du solltest mal sehen, wie mich diese älteren Damen ansehen, die bei ihr die Zimmer mieten. Als würde ich jeden Moment das Silber klauen.«

»Sag nur, sie erliegen nicht deinem einmaligen Charme?« Wieder gluckste es neben ihm.

Amüsiert lehnte er den Kopf zurück. Tatsächlich gelang es Kitty mit ihrer aufgekratzten Art, ihn auf andere Gedanken zu bringen. »Hab ich den denn?«

»Du hattest ihn mal. Sag nur, du hast vergessen, wie die Mädchen dir immer hinterhergerannt sind?«

»Kann mich nicht erinnern.« Er lachte heiser auf. »Das war ein anderes Leben.«

Kitty parkte den Wagen vor dem B&B. »Und sie hat dir wirklich nicht gefallen?«

»Wer?« Natürlich war ihm klar, dass sie auf Em anspielte, doch es passte ihm nicht, dass sie schon wieder das Gespräch ausgerechnet auf sie lenkte. Kitty konnte wie ein Bluthund sein. Hatte sie erst eine Spur aufgenommen, ließ sie nicht locker.

»Braune Haare, niedliches Gesicht. Hat dich fasziniert und etwas verschämt angesehen.«

Jack stöhnte gespielt und griff nach dem Türöffner. »Sie hat mir gefallen, das war ja das Problem. Und ab jetzt reden wir nicht mehr darüber. Wenn du mich noch mal irgendwo siehst, dann fahr einfach weiter.« Ihr zuzwinkernd stieg er aus und ließ den Hund aus dem Auto.

»Vergiss die Sache mit dem Frisör nicht«, rief sie ihm zu und fuhr los, sobald er die hintere Tür zugeschlagen hatte.

Mit gerunzelter Stirn sah er ihr nach. Warum zum Teufel war sich plötzlich jeder sicher, dass er einen Fehler gemacht hatte? Wünschten sie Em tatsächlich einen Kerl wie ihn an den Hals? *Fasziniert und etwas verschämt.* Das war ihm entgangen.

Hatte Em sich etwa schon am ersten Abend für ihn interessiert? Dabei war er alles andere als freundlich zu ihr gewesen. Bis auf die Sache mit dem Sofa. Er presste die Kiefer aufeinander. Die Sache mit dem Sofa war in der Tat ziemlich nett von ihm. Und genau aus dem Grund war er nie nett. Es weckte falsche Annahmen. Hätte seine Mutter ihn nur nie aufgefordert, ihr dieses verfluchte Museum zu zeigen. Energisch drückte er die Tür auf und trat ein.

***

**Em**

Das Klopfen an der Tür war leise und wirkte dadurch zögerlich. Em drehte sich auf dem Bürostuhl. »Komm rein.«

Rollo steckte seinen Kopf hinein. »Ich dachte, du würdest vielleicht noch schlafen, nachdem du gestern so krank gewirkt hast.« Ihr entging nicht, wie er den Schlafanzug musterte, den sie am späten Nachmittag noch immer trug. »Was machst du?«

»Arbeiten.« Mit dem Kopf deutete sie zum Bildschirm, auf dem der Entwurf eines Thriller-Covers prangte.

»Geht es dir denn gut genug dafür?« Er trat ein und setzte sich auf das Fußende ihres Bettes.

»Es lenkt mich ab. Und ich bin mit einigen Aufträgen ziemlich in Verzug. Ich hätte in England eigentlich mehr arbeiten müssen, aber irgendwie ist das untergegangen.«

Nickend sah er sich um und runzelte plötzlich die Stirn.

Em folgte seinen Blick. »Was hältst du davon?«

Statt einer Antwort stand er auf und ging auf die Kommode zu, auf der der in ein Passepartout eingeklebte Kunstdruck an der Wand lehnte. Mit verschränkten Armen betrachtete er das Bild einen Moment, nickte und räusperte sich, wie er es immer tat, wenn ihn etwas beeindruckte. »Ausgezeichnete Arbeit. Abstrakt und dennoch zu erahnen. Das ist das Moor, nehme ich an?«

»Die Hügel, an denen Top Withens liegt. Ich habe es in einer kleinen Galerie gekauft und mit dem Maler gesprochen.« Ein Lächeln zuckte in ihren Mundwinkeln, bei dem Gedanken an all die wunderbaren Werke, die eine noch wunderbarere Landschaft gezeigt hatten.

»Ein gutes Mitbringsel«, bestätigte ihr Vater. »Warum hast du es gekauft?«

Irritiert stand sie auf und stellte sich neben ihn. »Weil es mir gefällt, natürlich.«

Er sah sie an und schien in ihrem Gesicht zu forschen. »Ein Bild spricht uns an, weil es etwas in uns auslöst. Ein Gefühl, eine Emotion. Also noch mal: Warum hast du dich für dieses entschieden?«

»Weil die Farben des Moors genau so in der Sonne leuchteten wie kurz bevor …« Sie brach ab. … *Jack mich geküsst hat.* »So wie bei meiner Wanderung.«

Brummend nickte er.

Ihre Gesichtshaut fühlte sich heiß an. Sicher ahnte Rollo, dass mehr dahintersteckte als sie zugab. »Ich möchte dir was zeigen«, sagte sie leise und öffnete die Schreibtischschublade. Angespannt zog sie den Block heraus, den ihr der Maler in Haworth geschenkt hatte, und schlug die Seite mit dem Bild auf, das sie vom alten Friedhof gezeichnet hatte.

Rollo beugte sich zu ihr und runzelte die Stirn. »Du hast wieder angefangen?«

»Hat sich so ergeben«, erklärte sie unsicher. Das Urteil ihres Vaters war hart, aber ehrlich. Doch diese Ehrlichkeit hatte in der Vergangenheit geschmerzt.

Rollo griff nach dem Block, und sein Blick ruhte darauf. »Es ist gut«, raunte er ihr zu.

»Findest du wirklich?«

»Es ist gut«, wiederholte er. »Sehr gut. Besser als alles, was du früher gezeichnet hast.«

»Weil mich das Motiv berührt hat.«

»Die Grabsteine sind klar gezeichnet, während das Haus im Hintergrund wie aus einem Traum aufzusteigen scheint. War das beabsichtigt?«

Eilig schüttelte sie den Kopf. »Ich bin einfach einer Eingebung gefolgt.«

Rollo schlug, ohne nachzufragen, die Seite um und starrte auf das Blatt dahinter.

Em zuckte zusammen und trat unbewusst einen Schritt zurück. Das Herz schien ihr bis zum Hals zu schlagen. »Ich wollte nicht, dass du das siehst«, flüsterte sie.

»Diese Augen«, brummte Rollo.

Em wandte ihren Blick ab und ließ sich auf den Bürostuhl fallen.

»Darin liegt so viel. Traurigkeit, Schmerz, aber auch Willensstärke«, sprach er mit tiefer Stimme weiter. »Wer ist das?«

»Jack.«

Er drehte sich ihr zu und schien in sie hineinsehen zu wollen. »Warum hast du ihn als Motiv gewählt?«

»Damit er aus meinem Kopf verschwindet«, stieß sie hervor. »Ich dachte, wenn ich ihn aufs Papier bringe, dann lässt er mich in Ruhe.« Trotzig schob sie ihr Kinn vor. »Ich hatte es zumindest gehofft.«

Seufzend setzte er sich erneut aufs Bett, legte den Block jedoch nicht zur Seite und sah stattdessen schweigend darauf. Nach einer Weile, die ihr ewig erschien, räusperte er sich.

»Das andere war gut. Das hier ist perfekt.« Endlich warf er den Block neben sich und verschränkte die Arme vor der Brust. »Du liebst diesen Mann.« Es war keine Frage, es war eine Feststellung.

»Woher weißt du das?«, fragte sie leise nach.

»Solch einen Ausdruck kann man nur einfangen, wenn man die Empfindung des anderen spürt. Und hier hast du sehr viel gespürt. Mehr, als dir lieb ist. Das verrät die Unsicherheit in deinen ersten Strichen. Nach und nach wurdest du sicherer. Du hast deine Gefühle akzeptiert und wolltest sie aus dir herausbefördern.«

Em schloss die Augen. »Das liest du alles aus einem Bild?«

»Ich hatte einen Verdacht, Mark hat etwas in der Art angedeutet, aber er meinte, ich solle abwarten, bis du es mir selbst erzählst.« Als sie die Augen wieder öffnete, lächelte er ihr warm zu. »Das hast du mit diesem Bild getan.«

»Es stimmt«, gab sie zu.

»Gott weiß, ich habe all die Jahre versucht, dich zu motivieren, endlich wieder einen Stift in die Hand zu nehmen, aber du hast dich seit der Absage der Kunsthochschule geweigert wie eine Katze, die man zu baden versucht. Offenbar war dafür erst diese Reise notwendig.«

Ein müdes Lächeln schlich sich in ihr Gesicht. »Ich habe dort etwas gefühlt, was ich noch nie gefühlt habe. Nicht nur Jack. Es war, als hätte dieser Ort etwas in mir geweckt, was lange und tief in mir schlummerte.« Hilflos hob sie die Hände. »Ich kann es nicht erklären, aber ich habe mich dort so lebendig gefühlt wie nie zuvor. Es war, als hätte es die Inspiration in mir hervorgeholt, die ich mir früher immer gewünscht und nie gefunden habe.«

»So wirkt es auch auf mich.« Er lehnte sich ein wenig nach vorn und sah sie fest an. »Hast du vor, weiterhin zu zeichnen? Einfach so als Hobby? Du bist gut in deiner Arbeit, und sie macht dir Spaß, aber wenn du nur etwas von mir mitbekommen hast, dann müsste da diese Sehnsucht sein, deine Empfindungen aufs Papier zu bringen.«

Em presste die Lippen aufeinander. Wollte sie das? Gab es nicht wichtigere Dinge, über die sie sich klarwerden sollte? Sie konnte nicht ewig hier bei ihren Vätern wohnen. Und sie musste einen Weg finden, Jack zu vergessen. Ihn gestern Nacht zu zeichnen hatte nicht den gewünschten Effekt gehabt. »Das werden wir sehen.«

»Zeichne ein Bild deiner Mutter. Finde mit ihr einen Abschluss, wie es Mark mit seiner Büste getan hat und ich mit dem Ölgemälde, das ich einen Tag nach ihrem Tod begonnen habe. Lege all deine Trauer hinein. Alles, was du nun über ihre unglückliche Liebe erfahren hast. Und dann fange neu an.« Er stand auf und legte ihr eine Hand auf die Schulter. »Wir sind immer für dich da, das weißt du.«

Vielleicht hatte ihr Vater recht. Iris zu malen, wie sie in ihrer Erinnerung gewesen war, ihre Wärme, die Sicherheit, alles, für was sie gestanden hatte, aufs Papier zu bringen, würde ihr vielleicht dabei helfen, endlich einen Schlussstrich ziehen zu können. Und zu akzeptieren, dass ihre Reise nach Haworth zwar einen Teil, aber eben nicht jedes Detail der Geschichte preisgegeben hatte.

»Ich lasse dich jetzt wieder arbeiten. Melde dich, wenn du was brauchst. In Ordnung?«

Dankbar nickte Em und beobachtete, wie Rollo in seinem kanarienvogelgelben Hemd das Zimmer verließ. Kaum hatte er die Tür hinter sich geschlossen, sprang sie auf und griff nach dem Block. Wie weh es tat, dieses Gesicht zu betrachten. Sie konnte sich einreden so oft sie wollte, dass sie diesen Mann nicht lieben sollte, doch Rollo hatte recht. Dieses Bild bewies ihre wahren Gefühle.

Und je eher sie bereit war, es sich einzugestehen, umso schneller konnte sie versuchen, Jack hinter sich zu lassen. Ihn zu vergessen würde unmöglich sein. Doch sie konnte lernen, zu akzeptieren, dass ihr Herz die falsche Wahl getroffen hatte. Dass dieser Mann nicht bereit dazu war, erneut zu lieben und, wenn er sie ansah, er den Grund für seine unglückliche Kindheit sah.

Mit dem Handrücken wischte sie die letzten Tränen ab und schlug den Block zu. Flink stieg sie auf das Bett und streckte sich zu dem Schrank daneben hinüber. Mit Schwung beförderte sie den Block darauf. »Aus den Augen, aus dem Sinn«, murmelte sie und wusste dennoch, dass es alles andere als derart einfach werden würde, diesen Mann in ihrer Erinnerung zu begraben.

Unsicher betrachtete sie, noch immer auf dem Bett stehend, den Kunstdruck. Dieses Bild zu beseitigen, auch wenn es sie für immer an diesen Kuss erinnern sollte, kam nicht infrage. Zu sehr hatte sich das Moor in ihre Vorstellung eingebrannt, als dass sie diese Farben in ihrem Leben missen wollte. Wenn schon nicht in echt, dann eben auf Papier.

***

**Jack**

Das Erdgeschoss war wie ausgestorben. Weder von seiner Mutter noch von den Gästen war etwas zu sehen oder zu hören. Jack wollte die Treppe hochgehen, hielt bei der ersten Stufe inne und sah zum Aufenthaltsraum hinüber.

»Was machst du da nur?«, murmelte er zu sich selbst, ging hinüber und stellte sich vor das Bücherregal, das Rosie für die Gäste bestückt hatte. Suchend glitten seine Augen über die Buchrücken und fixierten schließlich einen abgenutzten Einband. Zögernd griff er danach und zog das Buch heraus. Sollte er das wirklich tun?

Ratlos sah er sich in dem schwach beleuchteten Raum um und stiefelte dann zu dem alten Ohrensessel, der an der Ecke neben dem gasbetriebenen Kamin für vergnügliche Stunden bereitstand. Seufzend setzte er sich und schlug die erste Seite auf.

Die Bitte, das Buch zu lesen, war Ems Abschied an ihn gewesen. Auch wenn ihm nicht klar war, was sie damit bezweckte, konnte er jedoch versuchen, es herauszufinden. Abgesehen davon hatte er nichts Besseres zu tun. Jack knipste die zierliche Leselampe auf dem Beistelltisch neben sich an und lehnte sich zurück.

*1801. – Ich bin soeben von einem Besuch bei meinem Hauswirt zurückgekehrt – dem einsamen und einzigen Nachbarn, mit dem ich zu tun haben werde. Wirklich, dies ist ein prächtiges Land! In ganz England, glaube ich, hätte ich keine andere Gegend gefunden, die so völlig dem Getriebe der Geselligkeit entrückt ist. Für den Misanthropen ein wahres Eden!*

Ein grollendes Lachen entfuhr ihm. Dieser Landstrich musste für einen derartigen Charakter vor gut zweihundert Jahren tatsächlich mehr als passend gewesen sein. Vermutlich hätte diese Zeit auch ganz gut zu ihm selbst gepasst.

»Misanthropen«, wiederholte er murmelnd. Wollte Em hiermit einen Wink mit dem Zaunpfahl geben? Hielt sie ihn für einen Menschenfeind? Verübeln konnte er es ihr nicht, wenn dem so sein sollte.

*Und Mr Heathcliff und ich sind so recht ein passendes Paar, diese Einsamkeit miteinander zu teilen. Ein kapitaler Kerl! Wie argwöhnisch er die schwarzen Augen zusammenkniff, als ich bei ihm vorgeritten kam, und wie misstrauisch er die Hände tiefer in die Jackentaschen bohrte, als ich ihm meinen Namen nannte! Das gewann ihm gleich mein Herz, wovon er freilich nichts ahnen mochte.*

Noch nicht einmal den ersten Absatz hatte er beendet, und schon regte sich in ihm Unbehagen. Em hatte angedeutet, dass er in diesen Seiten etwas entdecken würde, und so langsam schwante ihm, dass dies tatsächlich der Fall sein könnte. Allerdings wusste er nicht, ob er das tatsächlich wollte.

Doch sie hatte ihn darum gebeten. Und auch wenn jedes Mal, wenn er an sie dachte, gleich darauf sein Vater und auch Iris durch seine Gedanken spukten, fühlte es sich so an, als ob er es ihr schuldete. Dafür, dass er sie dazu gebracht hatte, von hier zu flüchten. Vor ihm.

Die Stimme seiner Mutter riss ihn aus seinen Gedanken: »Was tust du hier?«

»Lesen.«

Sie huschte auf ihn zu und nahm ihm das Buch aus der Hand. Überrascht rutschten ihre Augenbrauen nach oben. »Ich dachte du hast was gegen den ganzen Brontë-Trubel. Und jetzt liest du eines der Bücher?«

»Mir wurde geraten, es zu tun. Anscheinend gibt es darin etwas für mich zu entdecken«, antwortete er und zuckte mit den Schultern.

»Das könnte sein.« Sie reichte ihm das Buch und ging zurück in den Flur. Ehe sie in die Küche abbog, drehte sie sich noch einmal um. »Nur aus Interesse. Wer hat dir dazu geraten?«, fragte sie, während sie ihn mit einem merkwürdigen Blick musterte.

»Emily«, presste er hervor.

»Ein kluges Mädchen.« Sie nickte, strich sich die Schürze glatt und verschwand in der Küche.

»Sie ist eine Frau«, brummte er leise und schlug das Buch wieder auf. »Eine, die mich dazu gebracht hat, meine Vorsätze zu vergessen.«

»Ich lese gerade *Sturmhöhe*«, murmelte Jack und sah aus dem

Augenwinkel zu Edward, der den Haufen Steine beobachtete und sich dabei den unteren Rücken rieb.

»Ach ja?« Wenig beeindruckt sah er flüchtig zu ihm hinüber.

Warum sollte er auch beeindruckt sein? Er las ein verdammtes Buch, etwas, was die Menschen ständig taten. Und vermutlich kannte jeder in diesem Ort die Werke der Brontës. Jeder außer ihm. Er erinnerte sich an das Gespräch damals in Hillcrest: »Du meintest Grandma hätte Dads Namen treffend gewählt.«

»Das hat sie doch, oder nicht?«, raunte Edward und setzte sich steif auf die aufgehäuften Steine.

»Woher soll ich das wissen? Ich kannte ihn nicht«, gab Jack zurück und zog die Lederhandschuhe aus. »Aber nach dem, was ich so über ihn gehört habe, scheint es zu stimmen.«

Sein Onkel zog die Mütze ab und drehte sie in den Händen. »Als es dem Ende entgegenging und er immer weniger in der Realität lebte, war er davon überzeugt, dass sein Name ein Fluch wäre.«

»Weil andere ihn damit aufgezogen haben?« Jack lachte rau auf. Wie beschissen es als Kind gewesen sein musste, solch einen Namen zu tragen.

Edward schüttelte den Kopf und kniff die Augen zusammen. »Er war der Überzeugung, dass dieser Name etwas damit zu tun hatte, dass er die Liebe seines Lebens verlor. Dass alles vorherbestimmt war und es nicht in seiner Hand lag, zu ändern, was ihm nicht passte.«

Jack schluckte. »Verdammt, Edward, mein Vater hat mir seinen Namen als zweiten Vornamen gegeben. Wenn er den Namen so gehasst hat, warum steht er dann in meinem Ausweis?«

»Er hat es nicht immer als Fluch gesehen. Zeitweise hat er Witze über seine Ähnlichkeit zu seinem Namensgeber gemacht. Und er dachte wohl, es wäre eine nette Tradition, als du geboren wurdest. Immerhin hatte er genug Verstand, dir einen vernünftigen Rufnamen zu verpassen.« Er machte eine Pause und sah an ihm vorbei ins Nichts. »Einige Wochen vor seinem Tod, als er schon beinahe wahnhaft Tag und Nacht durchs Moor wanderte, kam er bei mir vorbei und berichtete entsetzt, dass ihm klar geworden sei, dass er den Fluch mit dem Namen auch an dich weitergegeben hätte.«

Jack sog die Luft ein. Ein ungutes Gefühl rauschte durch seinen Körper. Angespannt wartete er darauf, dass sein Onkel weitersprach.

»Er meinte, du seist verflucht, und das sei seine Schuld.« Sein Blick kam zurück in die Wirklichkeit und haftete fest auf seinem Gesicht. »Natürlich habe ich ihm gesagt, dass das alles Quatsch ist. Ein Name macht keinen Menschen aus, nicht einmal dieser Name. Doch er war nicht zu überzeugen. Der Gin hatte seinen Zustand nur noch verschlimmert.« Er fuhr sich durch die Haare. »Deine Mutter und ich haben damals versucht, ihn dazu zu bringen, einen Entzug zu machen, aber er hat sich geweigert. Wir hätten mehr Druck machen sollen.« Die letzten Worte flüsterte er nur noch und schüttelte den Kopf.

»Ihr konntet nicht wissen, was passieren würde.«

»Und doch war es offensichtlich, dass es kein gutes Ende mit Heathcliff nehmen würde. Ich war mir sicher, dass er sich bei einem seiner berauschten Streifzüge durchs Moor irgendwann den Hals brechen würde. Ein falscher Schritt oder ein zu steiler Hang. Aber dass er sich mit Vorsatz umbringen würde, damit habe ich nicht gerechnet.«

Jack ging in die Hocke und lehnte sich mit dem Rücken an die Mauer, an der sie seit Tagen arbeiteten. »Was ist, wenn er recht gehabt hat?«

»Mit was?«, brummte sein Onkel und sah ihn misstrauisch an.

»Was, wenn er doch verflucht war. Und ich es auch bin?«

Edward stieß ein verächtliches Schnaufen aus. »Wenn ich es nicht besser wissen würde, würde ich glauben, dass du etwas getrunken hast.«

»Ich bin so nüchtern wie immer.« Mit einer Hand fuhr er über die feuchte Erde neben seinen Schuhen. »Er hat seine Liebe und danach sein Leben verloren. Und auch ich habe meine Liebe beerdigt. Und mein Kind.« Er presste die Lippen aufeinander und suchte den Blick seines Onkels. »Ich habe mich immer gefragt, warum das ausgerechnet mir passiert. Ein Fluch scheint mir da eine gute Antwort zu sein.«

»Mach keine Witze darüber«, donnerte Edward und stand fluchend auf.

»Ich mache keine Witze«, antwortete Jack ruhig. »Früher haben die Menschen an Dinge wie Flüche geglaubt. Wer sagt, dass sie sich das nur eingebildet haben? Ist da nicht mehr zwischen Himmel und Erde als das, was sich mit Logik erklären lässt?

»Du denkst wirklich, du seist verflucht?«, presste Edward hervor.

Jack zuckte mit den Schultern. »Es fühlt sich so an. Mehr sage ich nicht. Maddie ist tot, und die einzige Frau, die es in all den Jahren geschafft hat, in mir mehr zu sehen als nur den Eigenbrötler, ist ausgerechnet die Tochter der Frau, die für den Tod meines Vaters verantwortlich ist. Will mir das Schicksal hier nicht irgendwas sagen?«

»Dass du ein verdammter Idiot bist«, brach es aus Edward heraus. Wild funkelten seine dunklen Augen ihn an.

Augenblicklich richtete Jack sich auf und hielt seinem Blick stand. »Und warum das?«, brummte er.

»Weil du diese Frau für das verantwortlich machst, was ihre Mutter getan hat. Da spielt dir das von dir zitierte Schicksal ein Mädchen zu, das ausgerechnet dich mag, und du schiebst sie von dir weg wegen etwas, das vor Jahrzehnten passiert ist. Das ist kein Fluch. Das ist Dummheit.« Rote Flecken zeichneten sich auf der Haut seines Onkels ab.

Regungslos starrte Jack ihn an. »Du wolltest doch ebenfalls nicht, dass ich mit ihr etwas anfange«, murmelte er irritiert.

»Weil ich nicht wollte, dass sich die Geschichte wiederholt und sie dir das bricht, was von deinem schwarzen Herz noch übrig ist. Stattdessen ist es andersherum, und du siehst es noch nicht einmal.« Energisch stampfte er mit einem Fuß auf und rieb sich gleich darauf fluchend die Lendenwirbelsäule. »Erst dein Vater, jetzt du. Ihr macht mich wahnsinnig. Was ist das nur mit euch? Du vermisst dieses Mädchen doch, so finster wie du dauernd schaust, seit sie weg ist. Also ja, du bist ein verdammter Idiot. Und ein dummer noch dazu.« Er setzte sich seine Mütze auf und stapfte das Bein nachziehend zum Auto. »Mir reicht es für heute.« Er öffnete die Fahrertür und gab dem auf dem Sitz schlafenden Hund einen Schubs. Indie sprang heraus und trottete zu Jack.

»Der lässt uns tatsächlich hier zurück«, sprach Jack auf den Hund ein und beobachtete, wie der Transporter ruckartig anfuhr. Bis nach Haworth würde er mindestens drei Stunden brauchen, so abgelegen wie ihr neuer Auftragsort lag. Seufzend steckte er sich die Handschuhe in den Gürtel und schob die Hände in die Hosentaschen. »Dann wollen wir mal.«

Der Weg nach Hause führte über schmale Straßen, gesäumt von Steinmauern, entlang an Weideflächen und durch kleinere Orte. Bereits nach der Hälfte des Weges war die Nacht heraufgezogen. Der Wind und die hin und wieder überholenden Autos waren die einzigen Geräusche, die ihn begleiteten.

Dass Edward, dieser Mistkerl, ihn tatsächlich einfach so hatte stehen lassen, fuchste ihn mit jedem Schritt mehr. Seit dem Sandwich zum Mittagessen hatte er nichts mehr in den Magen bekommen. Hätte sein Onkel nicht derart überreagiert, würde er längst in seinem Zimmer sitzen und sich den Bauch vollschlagen.

Er passierte ein Ortsschild, und die Umrisse von Häusern tauchten aus der Dunkelheit auf. Bunt blinkende Weihnachtsbeleuchtungen zierten die Häuserfronten. Noch zwei Wochen waren es bis Heiligabend, und wie jedes Jahr bemühte er sich, Weihnachten so gut es ging zu ignorieren.

Jack lief vorbei an winzigen Vorgärten und schmalen Häusern. Das Licht aus den Fenstern erhellte den Gehweg ein wenig. Sein Blick fiel durch den Glaserker eines Häuschens. Er blieb stehen und betrachtete das Bild, dass sich ihm bot, mit aufeinandergepressten Zähnen. Vor einem brennenden Kamin saß eine Frau mit zwei kleinen Kindern auf dem Sofa und las aus einem Bilderbuch vor. Der Vater saß in einem Ohrensessel neben dem Kamin, und sein Blick ruhte auf seiner Familie.

Jack kam sich wie ein Stalker vor, der seine Opfer heimlich aus der Dunkelheit heraus beobachtete. Doch dieses friedliche Bild löste etwas in ihm aus. Das war es, was er sich für sich selbst und Morning Star gewünscht hatte. Sollte er nicht eigentlich in diesem Moment dort vor dem großen Kamin sitzen, mit seiner Tochter auf dem Schoß und ihr eine Geschichte erzählen? Ihr über das Haar streichen und mit ihr die blinkenden Lichter eines Weihnachtsbaums ansehen?

Mit aller Mühe zwang er sich dazu, weiterzugehen. Ihm war nicht nur die Frau und ein Kind genommen worden, das Schicksal hatte ihm seine Zukunft aus den Händen gerissen. Das alles hier, die glücklichen Augenblicke eines normalen Familienlebens, würde es für ihn niemals geben.

Nieselregen setzte ein, und Jack zog sich die Schieberkappe etwas weiter ins Gesicht. Indie drückte sich, in der Hoffnung, wenigstens einigen Regentropfen aus dem Weg zu gehen, entlang der Häuserfronten.

Sein Leben bestand nicht aus Beisammensein in einem geschmückten Wohnzimmer, es bestand aus Dunkelheit, Nässe und Kälte. Em hatte ihn für einen Moment vergessen lassen, dass dies seine Wirklichkeit war. Mit ihr hatte er kurzzeitig die Vergangenheit und die Realität fortgeschoben.

Nie hatte er sich mehr getäuscht. So wenig, wie seinem Vater ein glückliches Dasein vergönnt gewesen war, war es auch bei ihm der Fall. Er schlug den Kragen seiner Jacke hoch und vergrub die Hände tiefer in den Hosentaschen. Kitty hatte recht. Er war ein Landstreicher. Einer, der das Leben der anderen von außen beobachtete und selbst nicht dazugehörte.

»Da bist du ja.« Seine Mutter kam strahlend auf ihn zu. »Du bist ja ganz durchnässt«, stellte sie fest und schüttelte missbilligend den Kopf. »Ich habe Plätzchen für die Gäste gebacken und dir einen Teller auf dein Zimmer gestellt.«

»Danke.« Er zog die Jacke aus und hängte sie zum Trocknen an die Garderobe.

»Hast du Lust, heute Abend einen Film mit mir zu schauen? Sicherlich läuft einer dieser Weihnachtsfilme.«

Er atmete scharf ein. Einen seichten Film würde er nicht ertragen. »Ich bin ziemlich erledigt. Ein anderes Mal.«

Sie nickte und lächelte ihm zu. »Natürlich. Stell dich aber wenigstens unter die Dusche, um dich aufzuwärmen.«

»Ja, Mum.« Jack ging an ihr vorbei und druckte ihr einen Kuss auf die Wange. Wie konnte er nur von solch einer fürsorglichen und liebenswerten Person abstammen? Sie machte sich Sorgen um ihn, das war nicht zu übersehen. Das tat sie immer.

Schnell ging er die Treppe nach oben und verschwand in das Bad. Wie immer schlug ihm der Duft von Lavendel entgegen. Er hielt inne und starrte auf die Badewanne. Für alle Zeiten würde er Lavendel mit Em verbinden. Danach hatte ihre Haut gerochen, als sie nach dem Bad in sein Bett geschlüpft war.

Fahrig griff er nach dem Badezusatz, den er damals für sie ins Wasser gegeben hatte, öffnete den Verschluss und atmete tief ein. Ems helle und feuchte Haut tauchte in seinen Gedanken auf. Wie sie an diesem Abend zu ihm aufgesehen hatte, als er sie mit dem Handtuch abtrocknete. Schluckend beförderte er die Flasche in den Mülleimer.

Suchend sah er sich um. Was zum Teufel sorgte noch dafür, dass es hier so roch? Er sollte endlich einen Plan machen und hier ausziehen. Lange genug hing er inzwischen in dem Haus seiner Mutter rum und vergrub sich hier. Und nun erinnerte ihn auch noch alles an Em.

Jedes Mal, wenn er an ihrer Tür vorrüberging, glaubte er einen kurzen Moment, sie zu hören. Doch sie war weg. Eilig zog er sich aus, stellte sich unter die Dusche und drehte den Hahn auf. Wie immer zwang er sich, die ersten Sekunden, in denen das eiskalte Wasser aus dem Duschkopf auf seinen Rücken rauschte, auszuhalten. Allmählich wurde die Temperatur angenehmer, bis sich schließlich Hitze auf seiner Haut ausbreitete.

Er sollte Edward ebenfalls mal stehen und nach Hause laufen lassen. Sollte er doch sehen, wie weit er mit seiner angeschlagenen Hüfte kam und wie es war, stundenlang zu wandern. Warum zum Teufel machte sein Onkel ihm Vorwürfe? Hatte Em ihn ebenso mit ihrem niedlichen Lächeln bezirzt wie ihn?

Edward konnte nicht wirklich glauben, dass er sich hätte anders verhalten sollen. Er kannte ihn. Er musste es besser wissen. Jack drehte ein wenig weiter auf heiß und presste die Zähne aufeinander. Dampfend rann das Wasser über seine müden Muskeln.

Mit einem Handtuch um die Hüften stand er vor dem Spiegel und wischte mit der Hand die Feuchtigkeit von der Scheibe. Wie aus dem Nebel tauchte sein Gesicht vor ihm auf. Die nassen Haare klebten an der Stirn und im Nacken. Er betrachtete seine zusammengezogenen Augenbrauen, die finsteren Augen und den immer dichter und länger werdenden Bart.

Was hatte Em in diesem Gesicht nur gesehen? Wie konnte sie auch nur einen Moment diesen Augen vertrauen? Alles an ihm strahlte Ablehnung aus. Er konnte nichts entdecken, was eine lebensfrohe Frau wie sie anziehen würde.

Und doch hatte sie hinter die sorgsam aufgebaute Fassade des Einzelgängers, der er war, gesehen. Hatte erkannt, dass da einst mehr gewesen war. Und war einen flüchtigen Moment dem Irrglauben erlegen, dass es das wieder geben könnte. Doch nicht einmal das bezauberndste Lächeln der Welt war fähig, etwas herauszukitzeln, was nicht mehr da war.

Angespannt wandte er den Blick ab und beförderte seine Kleider in den Wäschekorb. Über den Flur stapfte er in sein Zimmer und zog sich an. Rieb sich mit groben Bewegungen die Haare mit dem Handtuch trocken und ließ sich auf das Bett fallen.

Auf dem Nachttisch standen Rosies Plätzchen. Mit Schokoglasur und Zuckerguss hätten die sorgsam ausgestochenen Sterne jedes Kinderherz höherschlagen lassen. Neben dem mit Weihnachtsmustern bedruckten Teller lag *Sturmhöhe.* Seufzend schob er sich ein Plätzchen in den Mund und griff nach dem Buch.

*»Sie ist tot!«, sagte er. »Ich habe nicht auf dich gewartet, um das zu erfahren. Tu dein Taschentuch fort; heul mir nichts vor. Der Teufel hol euch alle! Sie braucht eure Tränen nicht!«*

Jack schluckte. Die Buchstaben vor seinen Augen schienen zu tanzen. Nur mit Mühe brachte er sie wieder in eine Reihe. Der Heathcliff aus dem Roman hatte eben erfahren, dass die Frau, die er mehr liebte als sich selbst, gestorben war.

Er hatte angenommen, dass dieses Buch ein verdammter

Liebesroman war. Galt es nicht als eine der größten Liebesgeschichten der Literatur? Längst war ihm klar, was Em mit ihrer Aufforderung, das Buch zu lesen, bezweckt hatte. Diese Seiten hielten ihm in gewisser Weise den Spiegel vor. Er war nicht wie Heathcliff, doch er war ihm vermutlich ähnlicher als die meisten Menschen.

Auch wenn es ihm schwerfiel, es zuzugeben, beeindruckten ihn die Beschreibungen der wilden Natur. Treffender hätte er selbst das Hochmoor, die Winde und das Gefühl, das beides mit sich brachte, nicht beschreiben können. Dass es mit Worten möglich war, auszudrücken, was er für diese Gegend empfand, war eine Überraschung.

Heathcliff, der sich immer wieder im Moor rumtrieb und dort seinen düsteren Gedanken nachging, schien wahrlich ein guter Namensgeber für seinen Vater gewesen zu sein. Und für ihn. Alle drei hatten sie die Frau verloren, die sie liebten. Anfangs hatte er erwartet, dass Heathcliff und seine Catherine sich kriegen würden. War das nicht so in Büchern? Das Gute siegte, damit der Leser am Ende mit einem wohligen Gefühl die Seiten zuschlug.

Dieses Buch erzeugte keine solche Illusion. Es war schmerzlich realistisch. Es zeigte Menschen, die falsche Entscheidungen trafen und unter diesen litten. Umstände, die zu Schmerz führten. Und es zeigte das Leben von damals, so wie es gewesen war. Ohne romantische Verklärung. Wie hatte diese Frau, die mit ihren Schwestern nur in dem mächtigen Steinhaus saß, solche Beschreibungen aufs Papier gebracht? Diese Geschichte zeugte von einem Verständnis für die Abgründe der Menschen.

Nachdenklich sah er an die Decke. War nicht die Frau des Pastors damals kurz nach der Ankunft in Haworth gestorben und hatte ihn mit sechs kleinen Kindern zurückgelassen? Wie unpraktisch es in diesem Moment doch war, dass er sich immer geweigert hatte, mehr über die Geschichte der Familie zu erfahren. Alles, was er wusste, hatte er über die Jahre aufgeschnappt.

Um Schmerz zu beschreiben, musste man Schmerz kennen. Diese Frau hatte ihn entweder selbst erlebt oder aber beobachtet. Den trauernden Vater, die trauernden Geschwister. Und wie sehr die Szene, in der Heathcliff von Catherines Tod erfährt, ihn an die Wochen und Monate nach Maddies Tod erinnerte.

Auch er war nicht fähig gewesen, einfach zu trauern. Stattdessen hatte er geglaubt, vor Wut zerspringen zu müssen. Wie wütend er damals gewesen war. Wütend auf alles und jeden. Starr hatte er bei der Beerdigung beobachtet, wie alle anderen um seine Liebe weinten. Und nicht eine Träne war für Monate aus seinen Augen gedrungen.

Nein, er hatte nicht geweint. Er war gelaufen. Tag und Nacht. Bis sich trotz der guten Schuhe offene Stellen an seinen Sohlen bildeten. Bis Indie, den Maddie ihm ein gutes Jahr zuvor geschenkt hatte, sich auf seine Decke verzog, wann immer er zur Tür ging. Der Hund hatte kein Interesse daran gehabt, seinem Menschen bis zur völligen Erschöpfung zu folgen.

Erst als er eines Abends mitten im Moor keine Kraft mehr hatte, um weiterzugehen, ausgezehrt zwischen den Heidepflanzen zusammengebrochen war und bis zum nächsten Morgen dort lag, war ihm klargeworden, dass diese Form der Trauerbewältigung nicht funktionierte. Dass es ihn eher selbst ins Grab bringen würde, als dass er sich dadurch besser fühlte.

Wenige Tage später hatte er die Wohnung ausgeräumt, in der Maddie und er lebten, und war ins B&B gezogen. Nach und nach hatte er akzeptiert, dass die goldenen Jahre, die für ihn mit dem Kennenlernen von Maddie damals so unerwartet begannen, nun unwiderruflich vorüber waren. Dass diese Zeit nur ein Traum war und er nun erneut in der düsteren Realität seines Lebens landete.

Eine gute Stunde später ließ er das Buch neben sich fallen, doch seine Glieder rührten sich nicht. Matt und erschlagen lag er auf der Matratze und starrte erneut an die Decke. Alles in seinem Kopf schien sich zu drehen. Diese Geschichte zog ihn unablässig tiefer hinein.

Schon vor Catherines Tod, nachdem sie sich entschieden hatte, nicht Heathcliff, sondern einen anderen Mann zu heiraten, hatte sich auch Heathcliff die Chance auf Glück geboten. Eine junge Frau, die sich trotz aller Warnungen an ihn heranwagte. Die ihr Herz in naiver Weise an ihn verlor und auf ein Leben mit ihm hoffte. Doch dieser Mistkerl, durch und durch verbittert, dass seine große Liebe einen anderen ihm vorgezogen hatte, sah in der jungen Frau nur die Chance auf Rache.

Auch wenn Catherine Linton und nicht Heathcliff heiratete, so war ihre Liebe zu Heathcliff ebenso tief wie seine zu ihr. Um sich zu rächen, heiratete er und richtete die Frau, deren freundliches Wesen er durch seinen Hass nicht fähig war, wahrzunehmen, beinahe zugrunde.

Stöhnend betrachtete er das Titelbild des Buches. Was zum Teufel wollte Em ihm damit sagen? Sein Kopf schwirrte, und seine eigene Geschichte begann sich mit der des Buches zu vermischen.

Er sah seinen Vater vor sich, der, wie auch die Romanfigur, von einer Frau abgelehnt worden war und seine Ehefrau nicht zu schätzen wusste. Catherine hatte einen anderen geheiratet, Iris war einfach verschwunden. Zurück blieben zwei Männer, die sich nach und nach im Wahnsinn verloren. Und dann war da er selbst. Welchen Platz hatte er in diesen Geschichten? Welchen in der realen, welchen in der fiktiven? Und warum nur glaubte Em, dass ihm dieses Buch in irgendeiner Weise helfen würde?

Mit einer gezielten Bewegung schob er es von der Matratze. Mit einem dumpfen Schlag kam es auf dem Boden auf.

# Kapitel 16

**Em**

»Ich werde ausziehen«, verkündete Em und sah von Marks Gesicht zu Rollos hinüber.

Der Löffel in dessen Hand rutschte ins Müslischälchen. »Bist du schon so weit?«

»Was meinst du? Ich bin vor über zehn Jahren bei Mama ausgezogen. Ich kann doch nicht ewig bei meinen Vätern wohnen.«

»Es kommt nur etwas überraschend.« Er griff nach dem Kaffee und nahm einen Schluck. »Weil du momentan neben dir zu stehen scheinst, sind wir davon ausgegangen, dass du hierbleiben würdest, bis es dir besser geht.«

Der Hinweis, dass es ihr nicht gut ging, traf einen wunden Punkt. »Mein Leben neu zu organisieren wird helfen. Außerdem sind wir hier drei Leute, die von zu Hause arbeiten. Wir hocken ständig aufeinander, und auch wenn ich euch mag, wird das auf Dauer nicht gut gehen. Ich komme ja nicht mal raus, da mein Arbeitsplatz nur einen Meter von meinem Bett entfernt ist.«

»Das hat dich früher auch nicht davon abgehalten, dich mit Freunden zu treffen.« Mark warf ihr einen vielsagenden Blick zu.

»Mir ist momentan einfach nicht danach, in eine Bar zu gehen oder ins Kino.« Warum nur hatte sie das Gefühl, sich verteidigen zu müssen?

»Das würde vielleicht helfen«, warf er ein.

Seufzend schob sie das letzte bisschen Haferflocken auf den Löffel und sah kauend zu der breiten Fensterfront, die auf die Terrasse hinausführte. Strahlender Sonnenschein und milde Temperaturen ließen in diesem Jahr keine Weihnachtsstimmung bei ihr aufkommen. Oder aber es lag an dem Ort, der sie in ihren Träumen verfolgte? Wie sah Haworth wohl zu dieser Zeit aus? Sicherlich waren die kleinen Häuschen wunderbar geschmückt.

Mühsam schluckte sie die Haferflocken runter. »Wir sollten endlich die Wohnung schmücken.«

»Ich hatte nicht den Eindruck, dass du dieses Jahr Lust darauf hast«, antwortete Rollo, ohne den Blick von der Zeitung zu nehmen, die neben ihm lag.

»Weihnachtsdeko kann nur helfen.«

»Dann gehen wir gleich auf den Speicher und suchen die Kisten mit dem ganzen Kram.« Beschwingt stand Mark auf und brachte sein Geschirr zur Spüle. »Und nachher können wir einen Baum kaufen, wenn du magst.«

Ein Lächeln huschte über ihr Gesicht. Es war Tradition, dass sie und Mark miteinander loszogen, um den jährlichen Weihnachtsbaum zu kaufen. Und jedes Mal hielt Mark ihr auf der Fahrt einen Vortrag, warum nur eine echte Nordmanntanne ein richtiger Christbaum war.

Wenn sie beim Händler ankamen, betrachtete er mit kritischem Blick dutzende Tannen und hatte an jeder was auszusetzen. Zu dünn, zu breit, zu klein, oder – schlimmer ging es für ihn nicht – schief gewachsen. Und immer glaubte Em, dass sie am Ende ohne Baum nach Hause fahren würden, bis Mark schließlich verkündete, das perfekte Exemplar gefunden zu haben.

Künstler waren eigensinnige Charaktere, und sie hatte nicht nur ihre Väter, sondern auch andere kreative Köpfe in ihrem Umfeld. Mit den Jahren hatte sie gelernt, damit umzugehen. Vermutlich war sie deshalb nicht von Jacks Eigenarten abgeschreckt gewesen.

»Kommst du?« Fragend sah Mark sie an.

»Natürlich.« Eilig sprang sie auf und räumte das Schälchen in die Spülmaschine.

Eine dicke Strickjacke um sich gewickelt, stieg sie hinter ihm die schmale, bei jedem Schritt quietschende Holztreppe zu der riesigen Freifläche unter dem Dach hinauf. Hier oben war sie als Kleinkind im Winter, wenn sie zu viel Energie hatte, mit dem Bobbycar gefahren. Rollo hatte ihr damals einen richtigen Hindernisparcours aufgebaut und ihre Mutter alles, wie immer, mit der Kamera festgehalten. Wieder einmal empfand sie Dankbarkeit für ihre behütete Kindheit.

»Weißt du, wo die Kartons sind?« Suchend blickte Mark über den großen Dachboden und steuerte die Ecke an, in der er und Rollo ihre Dinge lagerten. Jeder Eigentümer hatte sich einen Bereich für seinen Kram gesichert. Doch keiner war so übervoll, wie der ihrer Väter. Unzählige Holzarbeiten von Mark standen neben säuberlich verpackten Bildern ihres Vaters. Dazu kamen alte Möbel, die Mark vorhatte zu restaurieren, und doch bisher nicht dazu gekommen war.

»Wir müssen uns durchwühlen, nehme ich an. Es waren Bananenkartons, wenn ich mich richtig erinnere.« Fröstelnd trat sie neben ihn.

»Da sind mindestens zwanzig davon«, brummte Mark und seufzte. »Und keiner ist beschriftet.«

»Weil ihr Chaoten seid.« Em lachte und boxte ihn aufmunternd gegen den Oberarm. »Einer nach dem anderen, und wenn wir die richtigen gefunden haben, dann beschrifte ich sie fürs nächste Jahr.«

Zum Glück kam Mark mit seinen knapp ein Meter neunzig spielend an die obere Reihe Kartons heran. Einen Moment dachte sie darüber nach, wie der gut einen Kopf kleinere Rollo sich für diese Sache hätte abmühen müssen. Prüfend warf sie einen Blick in den ersten Karton. »Alte Kleider von euch«, verkündete sie. »Die habt ihr schon seit Jahren nicht mehr angehabt, entsorgt das doch endlich.«

»Kommt alles irgendwann wieder, sagt dein Vater.« Er zwinkerte ihr grinsend zu und hob den nächsten herunter. »Schuhe.« Kopfschüttelnd schloss der den Deckel wieder.

»Ich gehe hinten rum und versuche durch die Löcher in den Kartons was zu sehen. Glitzernde Weihnachtsdeko muss doch zu erkennen sein«, schlug sie vor und zog den Kopf ein, um unter den Dachbalken hindurchschlüpfen zu können.

Em angelte das neue Handy aus der Strickjackentasche und leuchtete durch die Löcher, während Mark die oberen Kisten durchsah, für die sie zu klein war. »Bingo!« Zufrieden deutete sie auf eine. »Papas kitschig bunte Glassterne sind eindeutig hier drin.«

Laut lachend zog Mark den Karton heraus und öffnete den daneben. »Lichterketten.«

»Dann haben wir alles, oder nicht?«

»Der Christbaumschmuck fehlt noch. Geh doch mal nach links, da stehen noch ein paar Kisten. Ich schaue derweil hier weiter.«

In Hausschuhen schlurfte Em über den verstaubten Dielenboden und öffnete eine. Mit angehaltenem Atem starrte sie auf den Inhalt.

den schneebedeckten Bergen. Unter einer dicken Mütze hervor lächelte Iris bei Rollo eingehakt in die Kamera. Wieder drehte sie das Foto um. *Selbstauslöser. Skiurlaub in Südtirol.* Die Ordnung, mit der ihre Mutter die Fotos sortierte und beschriftete, war beachtlich. Den Haushalt hatte sie mit deutlich weniger Leidenschaft geführt.

Das hier war wie eine Zeitreise in das Leben ihrer Eltern, bevor sie darin eine Rolle spielte. Statt die restlichen Bilder anzusehen, schlug sie die Mappe zu und sortierte sie wieder ein. Suchend zogen ihre Hände eine nach der anderen hinaus, und ihr Blick huschte über deren Aufschriften. *Sommer in H.*

Em biss sich auf die Unterlippe. Hier musste drin sein, wonach sie suchte. Einen Augenblick war sie sich unsicher, ob sie wirklich tun sollte, was sie vorhatte. Doch nur so gab es die Möglichkeit, herauszufinden, was ihre Mutter damals erlebte. Sie schloss die Augen und schlug die Mappe auf.

Als sie hinsah, lag ein Foto von Top Withens vor ihr. Umgeben von einem Meer aus blühenden Heidepflanzen und beinahe mit wolkenfreiem Himmel thronten die dunklen Steinmauern am Hang. Em kniff die Augen zusammen und sah genauer hin. War das, was sie dachte? Ein wenig hob sie das Bild an, dann war sie sich sicher. An der Mauer lehnte ein Schatten. Eilig drehte sie es um. *HC.* Hatte ihre Mutter das Bild an dem Tag gemacht, als sie und Heathcliff sich in den Steinen verewigt hatten?

Schluckend zog sie das nächste Bild hervor und hielt den Atem an. Schwarze Locken und ein Blick, der ihr vertrauter war, als sie es sich wünschte. Gleichzeitig verschlossen und doch voller Gefühl. So hatte Jack sie angesehen, bevor er sie nach der Heimkehr von Hillcrest so überraschend küsste. Allerdings war dieses Gesicht glattrasiert, und die Nase hatte eine andere Form. Ein angedeutetes Lächeln lag auf seinen Lippen, während er frech in die Kamera sah und mit der Frau dahinter zu flirten schien.

Was Heathcliff wohl in diesem Moment zu ihrer Mutter gesagt hatte? Die Augen waren vom Sonnenschein leicht zusammengekniffen, und hinter ihm war das lilafarbene Blütenmeer zu erkennen. Offensichtlich saß er auf dem Boden inmitten der leuchtenden Pracht. Was sie hier in den Händen hielt, musste einer der Momente sein, die Iris in ihrem Herzen über Jahrzehnte bewahrte.

Em blätterte weiter. Beide, wie sie nebeneinander im Gras lagen und sich küssten. Selbst bei ihren privaten Fotos hatte ihre Mutter nichts dem Zufall überlassen. Gekonnt fing der Winkel nicht nur ihren und Heathcliffs Kuss ein, am Rand des Bildes war auch die in der Ferne gelegene Ruine zu erahnen. Em betrachtete, wie Heathcliffs Hand in ihrem Nacken lag, während er Iris küsste. Dieser Mann hatte nicht vorgehabt, seine Angebetete noch einmal loszulassen.

Hastig schlug sie ein Foto nach dem anderen durch. »Was zum …«, entfuhr es ihr murmelnd. Eilig zog sie das vergilbte Papier heraus. *Edward.* Jahrzehnte jünger und weniger verhärmt wirkend. Wie er in einem Sessel in einem gemütlich eingerichteten Wohnzimmer saß. Vor ihm am Boden lehnte Heathcliff mit einem Bier in der Hand mit dem Rücken am Sessel seines Bruders. Beide Männer lachten in die Kamera, als ob die Frau dahinter eben einen Witz gemacht hatte.

Em wusste, warum sie derart ausgelassen strahlten. Sie waren beide ihrer Mutter verfallen. Heathcliff mit allem, was er war, und Edward hatte sich ihrem Charme auch nicht ganz entziehen können, das hatte sie schon auf Hillcrest bemerkt. Er hatte Iris gemocht, auch wenn er sich bemühte, es vor Em zu verbergen.

Dieses Foto bewies, dass er sie besser kannte, als er zugegeben hatte. Und dass die Beziehung von Heathcliff und ihr mehr als nur eine leidenschaftliche Affäre war. Sie hatten Zeit miteinander verbracht. Viel Zeit, wenn sie sich die Bilder durchsah. Heathcliff war auf beinahe jedem Foto zu sehen, und langsam glaubte Em, ihn beinahe zu kennen.

Sie schlug die Mappe zu und atmete durch. Dies mussten die besten Wochen im Leben ihrer Mutter gewesen sein. Und Heathcliff war ihre große Liebe, darin bestand nach der Durchsicht dieser Bilder kein Zweifel mehr. Zu oft hatte sie ihn fotografiert, und es war ihr gelungen, sein eigenartiges Wesen einzufangen. So, wie sie es mit Jack und der Zeichnung getan hatte.

Em beugte sich über die Kiste und hob die drei Pappschachteln darin heraus. In der ersten lag ein getrockneter Heidezweig, dessen Blüten zu kleinen Körnchen vertrocknet und abgefallen waren und sich in der Ecke der Schachtel sammelten. Nachdenklich drehte sie den Zweig zwischen den Fingern. Wenn sie die Schachtel bewegte, rollten die Blüten traurig darin umher. Seufzend packte sie ihn zurück und öffnete die nächste.

Zaghaft fuhren ihre Fingerspitzen über das verwitterte Steinstück. Iris hatte ein Stück von Top Withens mit nach Deutschland genommen. Wie verzweifelt sie sich an diese wenigen Erinnerungen geklammert haben musste. Em schluckte schwer und schloss den Deckel.

*Noch eine.* Mit einem flauen Gefühl im Magen zog sie den Deckel der letzten Schachtel ab. Ihr Mund wurde trocken. Vorsichtig, als könnte er bei der Berührung zerfallen, nahm sie den Brief heraus, der den Namen und die frühere Adresse ihrer Mutter trug. Die Briefmarke mit dem Profil der Queen, die auf dem gelblich verfärbten Umschlag haftete, ließ keine Zweifel zu, wer diesen Brief verfasst hatte.

Mit aufeinandergepressten Lippen betrachtete Em den aufgeschnittenen Umschlag. Beide waren sie tot. Heathcliff seit Jahrzehnten, ihre Mutter erst seit wenigen Monaten. Und hier in ihren Händen, das war ihr klar, hielt sie die Wahrheit über ihre Liebe.

Plötzlich war sie sich nicht mehr ganz so sicher, ob Iris wirklich gewollt hatte, dass sie das alles hier fand. Was, wenn sie einfach nur zu schwach gewesen war, die Kiste zu entsorgen? Oder es nicht über sich brachte, den Beweis für diese lang zurückliegende Liebe zu beseitigen?

Doch sie musste wissen, was damals passiert war. Zu schwer lastete Jacks Vorwurf auf ihrer Seele. Mit feuchten Fingern zog sie das zusammengefaltete Papier aus dem spröden Umschlag. Sie glaubte, ihr Blut rauschen zu hören, als sie die Seite auffaltete.

*Meine Blume.*
*Ich weiß, wir hatten abgemacht, nie wieder in Kontakt zu treten, und dennoch kann ich nicht anders. Es gibt so vieles, was ich dir sagen muss, und es treibt mich um – mehr als du ahnst. Ich dachte, das Richtige zu tun würde sich wie eine Erleichterung anfühlen, stattdessen kann ich kaum noch schlafen und verfluche jeden neu aufziehenden Tag.*
*Dich zu bitten, Haworth zu verlassen, war das Schwerste, was ich je getan habe. Und du hast nur genickt, und ich habe in deinen Augen gelesen, dass du verstanden hast, warum ich es tat. Weil ich Verpflichtungen habe, denen mich zu entziehen falsch und selbstsüchtig wäre.*
*Ich habe eine Frau und einen Sohn, für die ich verantwortlich bin. Ich hatte nicht die Gelegenheit, mich bei dir zu bedanken. Dafür, dass du es verstehst. Du bist noch am gleichen Tag verschwunden. Als ich an die Zimmertür im Hotel klopfte und erfuhr, dass du abgereist bist, wusste ich, dass du es nicht noch einmal hättest ertragen können, mich zu sehen.*
*Das alles ist meine Schuld. Ich habe dich geküsst, weil ich nicht widerstehen konnte. Weil ich mich auf den ersten Blick in dich verliebte und dich einfach haben musste. Nie zuvor habe ich so gefühlt, und nie wieder werde ich ähnlich fühlen. Du bist meine Sonne, meine Blume – einfach alles, nachdem ich mich immer gesehnt habe.*

Auch das habe ich dir nie gesagt, aber du sollst es wissen. Du warst für mich kein Abenteuer, in das ich mich gestürzt habe. Ich liebe dich mehr als mein eigenes Leben.
Es ist nicht nur meine Familie, die zwischen uns steht, ich tue es auch. Du hast mich in meiner besten Form erlebt, weil du das Beste in mir weckst. Du kennst nicht die dunklen Schatten, die mich begleiten. Ich bin sicher, du hast sie erahnt und doch ihre Macht über mich nicht erkannt.
Bevor du in mein Leben kamst, habe ich geglaubt, verflucht zu sein. Seit du weg bist, weiß ich, dass es so ist. Den Gedanken daran, dich eines Tages in meine Dunkelheit zu ziehen, konnte ich nicht ertragen. Du solltest dein Lachen nicht verlieren. Ich gebe mir Mühe, so gut es geht, mein wahres Wesen vor den Menschen in meiner Umgebung zu verstecken, aber ich bin mir sicher, sie spüren es. Für Edward bin ich ein offenes Buch, er kennt die Kämpfe, die ich kämpfe. Vor meiner Frau und meinem Sohn verberge ich es meist.
Aber du hast meine Seele berührt. Vor dir wäre mir das nie gelungen. Deshalb war es besser, du gehst so schnell wie möglich in dein Leben zurück und vergisst mich. Allerdings frisst es mich beinahe auf, dass du an meiner Liebe zu dir zweifeln könntest. Es aufzuschreiben soll ein Beweis dafür sein. Ein Beweis für all das, was ich für dich empfinde.
In einem anderen Leben, unter anderen Voraussetzungen, hätten wir glücklich werden können – wie sollte ich mit dir auch nicht glücklich sein? Doch das Schicksal hat uns in einem fiesen Spaß zu spät zusammengeführt. Ich habe einer anderen Frau versprochen, für sie zu sorgen. Es gibt nicht vieles, was etwas zählt, aber ein Versprechen muss gehalten werden. Auch für den größten Preis. Und trotzdem werde ich dich bis zu meinem letzten Atemzug lieben.
Immer wieder gehe ich die Wege durchs Moor, die wir zusammen gegangen sind. Lege meine Hand auf deinen Namen auf den Steinen von Top Withens und beschwöre jedes Mal das Schicksal, dass du glücklich werden wirst nach dem, was ich dir angetan habe. Tu mir den Gefallen, und vergiss mich. Denk nicht mehr an mich und

*an diesen Ort, an die Nähe zwischen uns. Schau nach vorne und nicht zurück. Ich könnte es nicht ertragen, für dein Unglück verantwortlich zu sein.*
*In einem anderen Leben werden wir uns wiederfinden und uns lieben. Dieses Leben hat es nicht vorgesehen. Die Erinnerung an dich werde ich für immer in meinem Herzen tragen.*
*HC*

Der Brief fiel ihr aus den zitternden Händen und landete auf ihren Beinen. Em fuhr mit dem Ärmel der Strickjacke über ihre Wangen. Iris hatte Heathcliff nicht einfach kaltherzig verlassen.

»Ich habe es doch gewusst, du dummer Kerl«, flüsterte sie. Wieso nur wollte Jack ihr nicht zuhören? Brauchte er einen Schuldigen, der für alles, was seinem Vater passiert war, verantwortlich war? Hatte ihn die Wut und die Düsterheit, die er in sich trug, derart blind gemacht? Oder war sie ihm einfach nicht wichtig genug gewesen, um seine schnell gebildete Meinung zu überdenken?

Hektisch nahm sie den Brief, faltete ihn zusammen und schob ihn in den Umschlag zurück. Es spielte keine Rolle. Im Gegensatz zu seinem Vater, der ihre Mutter von Herzen liebte, konnte Jack nicht viel für sie empfinden. Ohne mit der Wimper zu zucken hatte er ihr gesagt, dass das mit ihnen nicht funktionieren konnte. Dass da keine Gefühle für sie waren. Hatte er gewollt, dass sie ihn hasste, oder war ihm schlicht egal, wie sehr er sie damit verletzte?

Zu schnell stand sie auf und sah dunkle Flecken vor ihren Augen tanzen. *Atme.* Bemüht gleichmäßig sog sie die nach Staub riechende Luft ein. Allmählich verschwanden der Schwindel und die Flecken. Mit eiligen Bewegungen packte sie alles, bis auf die Mappe mit den Fotos und den Brief, zurück in die Kiste und drückte den Deckel fest.

Zur Sicherheit hielt sie sich am Geländer fest, während sie

langsam die steile Treppe hinunterstieg. Mit einem Gefühl der Leere folgte sie den Stufen des Treppenhauses hinunter bis zur Wohnung ihrer Väter. Wie in Trance schloss sie die Eingangstür und ging durch den langen Flur. Rollo saß noch immer am Tisch und las in der Zeitung. Als er sie im Türrahmen bemerkte, sah er auf.

»Ist alles in Ordnung?« Besorgt musterte er ihr Gesicht.

Wortlos ging sie auf ihn zu und warf die Mappe und den Umschlag auf den Tisch. »Ich brauche etwas Ruhe.« Langsam schlich sie zurück in den Flur und in ihr Zimmer.

Iris hatte nichts falsch gemacht, außer sich in den falschen Mann zu verlieben. So wie sie selbst auch. Sie musste diesen Kerl vergessen, ehe es sie um den Verstand brachte.

# Kapitel 17

## Jack

Der dritte Advent hatte Nordwind und Eiseskälte mit sich gebracht. Ausnahmsweise spürte auch Jack, wie sie durch seinen Körper kroch, und seine steifen Finger schmerzten. Selbst der Hund zeigte sich alles andere als begeistert darüber, dass sein Herrchen sich bei diesem Wetter für eine Wanderung durch die einsamen Pfade des Moors entschieden hatte.

Doch im B&B lief schon den ganzen Tag ätzend fröhliche Weihnachtsmusik, und seine Mutter nutzte es aus, dass das Haus vor den Weihnachtsferien noch einmal ohne Gäste war. Mit einem Putzlappen bewaffnet reinigte sie jede Ecke und summte dabei mit. Schon lange waren ihm Sonntage nicht mehr so unerträglich lang erschienen, doch seit Em weg war, konnte er es, wie damals nach Maddies Tod, kaum mit seinen Gedanken aushalten.

Immer wieder hatte er es verschoben, mit Rosie über die Sache zwischen Heathcliff und Iris zu sprechen, und langsam, aber sicher machte sich ein schlechtes Gewissen in ihm breit. Wie hatte Edward es nur geschafft, Jahrzehnte mit dieser Lüge zu leben? Wie oft war er sonntags zum Sunday Roast zu ihnen gekommen, hatte an ihrem Tisch gesessen und über Nebensächlichkeiten mit seiner Mutter geredet? »Alter Lügner«, brummte Jack und hielt an.

Der gefrorene Tau auf den Heidepflanzen glitzerte in der Sonne, und selbst der schmale Weg war vereist. Ungeduldig sah Indie sich nach ihm um und huschte weiter. Über fünf Stunden waren sie schon unterwegs, und entgegen seiner Hoffnung, waren die Stimmen in seinem Kopf dennoch nicht leiser geworden. War es sein Unterbewusstsein, das ihm auf diese Weise sein Verhalten vorhielt? War das die Bestrafung dafür, dass er Em derart hart sein Nichtinteresse vortäuschte und sie damit von hier fortjagte?

Sicher, er war überzeugt davon gewesen, das Richtige zu tun. Doch was, wenn er Em damit auch ihr Lachen genommen hatte?

Und immer wieder spukte die Erinnerung an ihre weichen Lippen und ihren Duft durch seinen Körper. Ein ums andere Mal wachte er nachts schweißgebadet auf, weil er sie weit entfernt glaubte lachen zu hören.

Weil er trotz seines Schwurs, sich nie wieder für eine Frau zu interessieren, nicht dagegen angekommen war, etwas für sie zu empfinden. Zu stark war das Verlangen gewesen, diesem fröhlichen Geschöpf, das so anders war als er, nahe zu sein. Er konnte nichts tun, als innständig hoffen, dass sie inzwischen begriffen hatte, warum es keine Chance für sie und ihn gab.

Jack presste die Kiefer aufeinander und ging weiter.

Indie bellte ungeduldig und drehte sich um sich selbst. Jack beschleunigte sein Tempo. Wenn selbst der Hund keine Lust mehr zeigte, zu laufen, dann übertrieb er es mal wieder kräftig.

Unzufrieden brummte Jack, und sein Blick flog über die menschenleeren Hügel. Selbst die Farben des Hochmoors riefen nicht die gleichen Empfindungen in ihm wach wie sonst. Diese Schönheit, die ihn umgab, wirkte nur blass, als wäre das Moor plötzlich unter einer dicken Eisschicht zugefroren. Und ein Teil von ihm ebenso.

»Du warst ewig unterwegs und das, ohne vorher zu frühstücken.« Der tadelnde Ton in der Stimme seiner Mutter war nicht zu überhören. Die Hände in die Hüften gestemmt, beobachtete sie, wie er sich Jacke und Mütze auszog und die dreckigen Wanderstiefel zur Seite stellte.

»Habe im Pub was gegessen«, log er. In Wahrheit hatte er schon seit Wochen kaum noch Appetit. Und wenn er aß, dann schmeckte es nach nichts.

»Du hast abgenommen«, sagte sie und schüttelte den Kopf.

»Kann auch mal nicht schaden.« Jack warf ihr ein Zwinkern zu und wollte die Treppe raufgehen.

»Halt!«

Seufzend drehte er sich um. »Was?«

Rosie deutete in den Speiseraum. »Du versprichst mir seit zwei Wochen, den Weihnachtsbaum aufzustellen. Jetzt muss es sein. Ich habe die Kiste selbst aus dem Keller geholt.« Mit Nachdruck schob sie ihn in das Zimmer.

Jack betrachtete den Karton mit den Einzelteilen der künstlichen Tanne. »Ist gut«, brummte er und kniete sich auf den Teppich.

»Ich bringe dir einen Tee.« Zufrieden rauschte sie hinaus und kam kurz darauf mit einer Tasse zurück.

Jack steckte den grünen Stab, der den Stamm darstellte, in das Fußteil und griff nach dem Tee. Sein leerer Magen reagierte mit einem Knurren auf die wohlig heiße Flüssigkeit. Mehrere dutzend Plastikzweige mussten nun noch nach Größe sortiert in den Stab gesteckt werden, ehe Rosie, wie jedes

Jahr, Lichterketten mit bunten Lichtern und schrecklich kitschige Kugeln daran befestigen würde.

Seine Mutter löste die Schürze um ihre Hüfte und nahm auf dem Sessel neben dem Kamin Platz.

*Das ist der ideale Moment.* Angespannt schob er den untersten Ast in eines der Löcher im Stab. »Ich muss dir was erzählen.« Er zwang sich, das Gespräch zu beginnen, das er nicht führen wollte.

»Ich habe seit Wochen den Eindruck, dass du mir aus dem Weg gehst.« Aufmunternd lächelte sie ihm zu.

Er nickte. Sosehr er versuchte sich einzureden, dass Edward damals die richtige Entscheidung getroffen hatte, als er seiner Mutter die Wahrheit vorenthielt, so wusste er doch, dass dies nicht stimmte. Und natürlich war er ihr aus dem Weg gegangen, wann immer es möglich war. Er ging gerade allem und jedem aus dem Weg. »Es wird dir nicht gefallen. Es wird wehtun und alte Wunden aufreißen«, murmelte er und sah aus den Augenwinkeln zu ihr hinüber.

Sie atmete tief ein und rückte sich im Sessel zurück. »Was ist es?«

»Em war nicht ohne Grund in Haworth. Sie hat hier nach Antworten zu einer Sache gesucht, und wie sich herausgestellt hat, sind es auch die Antworten gewesen, die ich mein Leben lang versucht habe, zu finden.« Er griff nach einem neuen Zweig und kontrollierte die Länge. Energisch schob er ihn in den Stab.

»Du sprichst in Rätseln.« Rosie seufzte laut auf. »Sag es einfach, Jack.«

»Ems verstorbene Mutter war vor über dreißig Jahren einen Sommer in Haworth. Auf dem Sterbebett hat sie von dieser Zeit gesprochen, und das war der Grund, warum Em sich entschied herauszufinden, warum sie nach all der Zeit ausgerechnet in diesem Moment daran dachte.«

»Sie hat ihre Mutter verloren?« Das Bedauern war nicht zu überhören.

»Vor etwa einem halben Jahr, soweit ich weiß.«

»Das arme Mädchen.«

Sobald er ausgesprochen hatte, was er loswerden musste, würde seine Mutter vermutlich nicht mehr auf diese Art von Em sprechen. Er war sich nicht sicher, was er erwarten sollte. Selten wurde seine Mutter laut und emotional, doch in wenigen Minuten würde er genau das erleben. »Wir haben eine Verbindung von ihrer Mutter zu Hillcrest entdeckt«, sprach er leise weiter.

»Edward?« Ihre Augen weiteten sich vor Überraschung.

»Nein«, raunte Jack ihr zu. »Heathcliff.«

Außer, dass ihre Augen ein wenig schmaler wurden, war keine Regung zu erkennen. Irritiert suchte er den nächsten Ast heraus.

»Sag es«, bat seine Mutter ihn.

»Dad hatte eine Affäre mit dieser Frau«, presste er hervor.

»Wann war das?«, fragte sie beinahe flüsternd, und Jack sah, wie sich ihre Finger in das Polster des Sessels bohrten.

»In dem Jahr vor seinem Tod.«

»Wusste Edward davon?«

Er nickte und warf den Zweig zurück in den Karton. Dieser Mist konnte ihm jetzt gestohlen bleiben. Ruckartig stand er auf und trat vor das Fenster. »Er hat mir alles erzählt, als er keine Wahl mehr hatte.«

Jack versuchte die Erinnerung an den Moment, als ihm die Verbindung zwischen Iris und Heathcliff klar geworden war, zu verdrängen. Doch immer wieder war da Em, wie sie in seinem Bett lag und ihn mit strahlenden Augen ansah. Und dann war nur noch Verwirrung in ihrem Gesicht gewesen.

Er schluckte und drehte sich um. »Dad hat sich in diese Frau verliebt. Und als sie verschwunden ist, hat es ihn in den Wahnsinn getrieben.« Er atmete tief ein. »Diese Frau ist der

Grund dafür, dass er sich umgebracht hat«, stieß er bitter hervor. »Wäre Ems Mutter nicht nach Haworth gekommen, hättest du deinen Mann noch und ich einen Vater.« Warum zum Teufel brannten seine Augen? Irritiert rieb er sie und schluckte.

Regungslos saß seine Mutter in dem Sessel und betrachtete ihn.

»Warum regst du dich nicht auf?«, wollte er von ihr wissen. Er hatte mit Tränen gerechnet, mit Geschrei, mit Flüchen. Stattdessen schien sie in sich zu ruhen. Genervt rieb er erneut über seine Augen.

»Jack«, setzte sie an. »Komm her.«

Alles in ihm sträubte sich danach, näher zu ihr zu gehen. Ihm war danach, etwas zu zerschlagen. Diesen verdammten künstlichen Weihnachtsbaum mit einem Schrei durch die Fensterscheibe zu werfen. Langsam trat er zu ihr.

»Setz dich.« Sie deutete vor sich.

Unwillig ließ er sich auf den Boden fallen und stützte sich nach hinten auf seine Arme auf. Genau so hatte sie ihm früher vorgelesen. Damals, als er noch klein war und noch nicht ahnte, was er nach und nach über seinen abwesenden Vater erfahren würde. All die Gerüchte und die Sprüche, die man sich im Ort hinter vorgehaltener Hand erzählte.

Ein müdes Lächeln zog sich über ihre Lippen, und sie fuhr sich durch den grau gesträhnten Bob. »Ich fürchte, es ist nicht so einfach, wie du es glaubst.«

Abwartend versuchte er in ihrem Gesicht zu lesen. Irgendetwas stimmte hier nicht. Seine Mutter reagierte ganz und gar nicht wie erwartet.

»Wo fange ich denn nur am besten an?«, sprach sie scheinbar zu sich selbst. »Dein Vater war ein eigensinniger Mensch«, begann sie.

»Das habe ich schon öfter gehört«, brummte er.

»Ich weiß nicht, was Edward dir über ihn erzählt hat, aber

er war schon immer schwierig.« Sie schien in sich hineinzulächeln. »Heathcliff konnte charmant sein, aber er hat seine eigenen Kämpfe mit sich geführt. Ich habe lange Zeit gebraucht, um das zu begreifen, und da war es schon zu spät.«

»Zu spät?« Er zog die Augenbrauen zusammen.

Ein rötlicher Schimmer zog sich über ihre Wangen. »Wir mussten heiraten.«

»Ihr musstet?« Wer zum Teufel musste heiraten?

»Ich war schwanger«, zischte sie ihm zu und wich seinem Blick aus.

Überrascht zog er die Augenbrauen hoch. »Du wolltest ihn gar nicht heiraten?«

Sie zuckte hilflos mit den Schultern. »Doch, schon. Aber nicht so schnell. Heathcliff wollte das Richtige tun. Er hatte hohe Ansprüche an sich und daran, was richtig war. Und damals hat man geheiratet, wenn man in diese Situation kam. Also haben wir es getan.«

»Ihr hättet vielleicht gar nicht geheiratet, wenn ich nicht dazwischengekommen wäre«, stellte er fest und rieb sich über den Bart.

»Vielleicht nicht. Wenn wir mehr Zeit gehabt und die erste Verliebtheit hinter uns gelassen hätten, wären wir möglicherweise fähig gewesen, die Wahrheit zu erkennen: dass wir nicht zusammenpassten.« Erneut lächelte sie ihm zu. Es kam ihm in dieser Situation unpassend vor. »Du bist das Beste, was mir passieren konnte. Es hatte schon seinen Grund, dass alles so kam.«

Dankbar nickte er ihr zu. »Und dann?«

Ihre Hände rutschten in ihren Schoß, und sie wirkte etwas entspannter als vorhin. »Es wurde schnell schwierig. Ich hatte nicht das nötige Verständnis für die Stimmungsschwankungen und die Melancholie, die ihn immer wieder unvermittelt trafen.« Sie seufzte, und Jack hatte den Eindruck, dass eine Last von ihr abfiel. Hatte seine Mutter sich all die Jahre gewünscht, die Wahrheit auszusprechen, und war nun erleichtert, dass er sie mit seiner Geschichte zu Iris und Heathcliff dazu zwang?

»Ich hatte ein Kleinkind und habe nebenbei das B&B eröffnet. Es war eine anstrengende Zeit, und ich wusste oft genug nicht, wo mir der Kopf steht. Und dann war da mein Mann, der für Stunden durchs Moor schlich, oft genug in den Pubs versackte und zu viel trank. Wir haben uns viel gestritten.« Sie senkte den Kopf.

»Du warst jung«, stieß Jack hervor.

»Ich war jung und naiv.« Sie lachte auf. »Ich hatte mir eine Ehe ganz anders vorgestellt. Aber ich hatte auch nie mit einem Mann wie Heathcliff gerechnet. Es ist einfach irgendwie passiert.« Ihr Blick schweifte aus dem Fenster. »Ich habe ja schon gesagt, dass er charmant sein konnte. Und dieser intensive Blick, den er hatte. Ich habe mich bei unserer ersten Verabredung in ihn verliebt. Aber ich glaube heute nicht, dass er dazu bestimmt war, die große Liebe meines Lebens zu sein. Und ich war nicht seine.«

»Das war Iris«, sagte Jack leise.

Augenblicklich sah sie zu ihm zurück. »In dem Sommer vor seinem Tod war er anders. Ich wusste nicht, woran es lag, aber ich habe ihn selten so ausgeglichen erlebt. Auch wenn es schmerzt, es zuzugeben, aber offensichtlich hat sie ihn tatsächlich aus seiner Welt herausgeholt.«

»Hast du bemerkt, dass er ein Geheimnis hatte?«

»Du meinst, dass er fremdgegangen ist?«

Jack zuckte zusammen. Seine Mutter sprach diese Worte wie eine Tatsache aus, nicht wie etwas, dass ihr Kummer bereiten müsste. Zögernd nickte er.

»Ich weiß nicht.« Sie rieb sich über die Arme und sah auf den Teppich vor ihr. »Ich glaube, ich konnte mir nicht vorstellen, dass er eine Frau findet, die mit ihm zurechtkommt.

Und wie gesagt: Er war immer bemüht, das Richtige zu tun. Sich mit einer anderen Frau zu treffen passte nicht zu ihm.«

»Aber er hat es getan.«

»Es muss ihn ganz schön erwischt haben, wenn er dafür seine Grundsätze vergaß.«

»Warum kannst du so entspannt darüber reden?«

Sie beugte sich zu ihm vor und legte eine Hand auf sein Knie. »Es ist über dreißig Jahre her. Ich habe mich seit damals gefragt, ob es an mir lag, dass er dem Alkohol verfallen ist und schließlich in dieser furchtbaren Nacht gegen die Mauer fuhr.«

»Es lag nicht an dir, es lag an Iris«, presste er hervor.

»Auf jeden Fall lag es daran, dass sie nicht bei ihm war. Wenn er so verliebt war, wie Edward sagt, dann hätte ihre Anwesenheit es vielleicht verhindert.« Sie lehnte sich wieder zurück. »Eine gewisse Mitschuld trifft mich aber wohl dennoch. Ich habe schon seit kurz nach deiner Geburt immer wieder über eine Scheidung nachgedacht, es aber nie ausgesprochen. Vielleicht hätte ich es tun sollen. Ihm signalisieren, dass wir dich auch aufziehen können, ohne weiterhin verheiratet zu sein. Aber der Gedanke, geschieden zu sein, hat mich abgeschreckt. Damals war das einfach nicht so üblich wie heute. Meine Mutter hätte mir sicherlich Vorträge darüber gehalten, was eine gute Ehefrau alles bereit sein muss auszuhalten. Also habe ich uns immer noch ein Jahr gegeben. Bis es schließlich unerträglich wurde, Heathcliff teilweise tagelang verschwand, betrunken nach Hause kam und im ganzen Ort über uns geredet wurde.«

Sie schüttelte den Kopf und sah ihn traurig an. Das erste Mal passte ihr Ausdruck zu dem, was sie sagte. »Die Leute haben die schlimmsten Dinge über ihn erzählt. Anscheinend hat er wirres Zeug geredet, wenn er betrunken in den Pubs saß. Hat davon gefaselt, verflucht zu sein. Solche Dinge.«

»Das hat Edward mir erzählt.« Kurz wollte er hinzusetzen, dass sie es ihm längst hätten erzählen sollen, ließ es aber.

Rosie richtete sich auf. »Wie ist es mit Emilys Mutter weitergegangen, nachdem sie abgereist war?«

»Du willst wissen, was mit dieser Frau passiert ist?«

»Ich nehme an, sie hat ihn geliebt. Sonst wäre es ihr nicht gelungen, ihn derart in Hochstimmung zu versetzen während des Sommers. Wie ging es mit ihr weiter?«

»Em sagt, sie hätte nie geheiratet.« Er zog die Augenbrauen zusammen und dachte an den Abend im *The Fleece Inn*, als Em ihn in ihre Familiensituation einführte. Wie sie in ihrem dicken Wollpulli neben dem Feuer gesessen hatte und er ihre Skizzen betrachtete. Einen Moment, den es nie hätte geben sollen. »Ihre Mutter hat sich entschieden mit ihrem besten Freund ein Kind zu bekommen. Rollo und sein Lebenspartner haben Em zusammen mit ihrer Mutter aufgezogen. Vor einem halben Jahr ist Iris an Brustkrebs gestorben.«

Mitleidig nickte Rosie. »Ich hatte gleich das Gefühl, dass sie etwas mit sich herumträgt. Ständig hatte ich das Bedürfnis, sie in den Arm zu nehmen und ihr zu sagen, dass alles gut wird. Sie wirkte ein wenig verloren.«

»Sie hat zwei Väter, sie ist nicht alleine«, brummte er und stand auf, um die Teile des Weihnachtsbaums weiter zu sortieren.

»Eine Mutter ist etwas anderes. Eine Mutter vermittelt Sicherheit und Wärme«, gab sie zu bedenken. Er hörte, wie sie aufstand und sich von hinten näherte. Energisch zwängte er einen weiteren Zweig in den Stiel.

»Jack?« Sanft drückte ihre Hand auf seine Schulter.

»Was?«

»Fehlt sie dir?«

Seine Schultern spannten sich unwillkürlich an. »Es ist alles so, wie es sein sollte.«

»Nein.« Sie trat an ihm vorbei zur Tür in den Flur. »Nichts

ist, wie es sein sollte. Aber ich bin dir dankbar, dass du mir nach so langer Zeit die Augen geöffnet hast.«

»Wirst du Edward einen Tritt in den Hintern verpassen, weil er es dir nicht längst gesagt hast?«

»Natürlich.« Sie lachte hell und warm. »Aber er war immer für dich und mich da, nachdem Heathcliff gestorben ist. Ich werde also nachsichtig sein.« Sie legte den Kopf schief und musterte ihn. »Ich werde mich etwas zurückziehen, um mir das alles durch den Kopf gehen zu lassen. Tu mir den Gefallen und mach dir was zu essen.«

»Mache ich«, versprach er. »Gleich nachdem ich dieses Mistding aufgebaut habe.«

Als seine Mutter außer Sicht war, ließ er die Zweige fallen und trat erneut ans Fenster. Dieses Gespräch war anders verlaufen, als er es erwartet hatte.

Er schmunzelte in sich hinein. Seine anständige Mutter, die immer auf ihr Aussehen achtete und stets die Nachbarn nett grüßte, war tatsächlich unverheiratet schwanger geworden. Und sie zeigte Nachsicht mit Iris, was ihn verwunderte und nachdenklich werden ließ. Inzwischen war es dunkel und Jack starrte nicht auf die Straße vor dem Haus, sondern in sein Spiegelbild.

***

**Em**

Die Stimmen um sie herum verschmolzen miteinander, und der Geruch von Essen hing in der Luft. Em stocherte mit der Gabel in ihren Spaghetti. Auszugehen und sich mit ihren Freunden zu einem vorweihnachtlichen Abendessen zu treffen, hatte sie auf andere Gedanken bringen sollen. Doch es funktionierte nicht. So schön es war, endlich alle wiederzusehen, sie sehnte sich nach Ruhe und Stille. Nach dem Geräusch des Windes, der über Hügel blies.

Appetitlos schob sie sich die Gabel in den Mund und sah durch den Raum. Das Restaurant war voller Menschen, die lachten und sich unterhielten. Menschen, die glücklich erschienen und ganz im Hier und Jetzt waren. Und sie befand sich mitten unter ihnen, und dachte doch immer wieder an den Abend zurück, als Jack und sie im *The Fleece Inn* gegessen hatten.

Die grüblerische Ruhe, die er ausgestrahlt hatte, schien sie geerdet zu haben. Selten hatte sie sich in der Gegenwart eines anderen Menschen derart gelassen gefühlt. Jack sprach nicht über den neusten Kinofilm oder Pläne für die Weihnachtsfeiertage. Wenn er etwas zu sagen hatte, dann war es tiefgründig und kam von innen heraus. Und die wenigen Male, die er lächelte, hatte sie Wärme durchströmt.

Dieser Kerl, der so verschlossen war und sich größte Mühe gab, abweisend zu sein, hatte einen weichen Kern. Und diesen Kern zu sehen, als sie in seinem Bett lag und er sie ausnahmsweise mit offenem Blick angesehen hatte, hatte etwas in ihr verändert. Ihre Freunde lachten ständig, doch sein seltenes Lächeln war so viel wertvoller gewesen und hatte sich in ihr Innerstes gebrannt.

Wie schön es wäre, nur ein weiteres Mal an seiner Seite durch das Moor zu wandern. Ohne zu reden, nur den Moment und die Stille zu genießen. Seine Anwesenheit zu spüren und zu beobachten, wie sein Blick nachdenklich über die Hänge flog. Zu sehen, wie wohl er sich dort fühlte und wie er selbst die Landschaft in sich aufnahm.

Mühsam schluckte sie die Spaghetti hinunter und griff nach dem Weinglas. Der volle Geschmack des Weins breitete sich in ihrem Mund aus und wirkte dennoch fad.

»Wo bist du nur schon wieder mit deinen Gedanken?« Ina

wedelte mit der Hand vor ihren Augen und zwang sie so, ihre Aufmerksamkeit auf sie zu richten.

»Weit weg«, murmelte Em und stellte das Weinglas ab.

»Das merke ich.« Seufzend zog sie die Augenbrauen hoch. »Erzähl mir doch von deinen Plänen fürs neue Jahr.« Ihre Freundin bemühte sich, sie aus sich herauszulocken.

Hatte sie überhaupt Pläne oder Vorsätze? Abwesend starrte sie in das Weinglas. Die Vergangenheit hielt sie fest umklammert und schien nicht zulassen zu wollen, dass sie nach vorn sah. Wobei, einen Vorsatz gab es, den sie sich jeden Tag mehrfach zuflüsterte: Jack vergessen.

»Ich sollte ausziehen«, sagte sie knapp. Es stimmte, über ein halbes Jahr nach dem Tod ihrer Mutter gab es keinen Grund mehr, bei ihren Vätern zu wohnen. Immerhin war sie erwachsen, und langsam, aber sicher nervten sie die besorgten Blicke, mit denen die beiden sie ständig bedachten.

Rollo unternahm immer wieder Versuche, mit ihr über den Brief zu sprechen, doch bisher war es ihr gelungen, mit Ausflüchten auszuweichen. Sie wollte die Sache mit sich selbst ausmachen. Es fiel ihr schwer, zu akzeptieren, dass ihre Mutter und Heathcliff ihre Liebe verloren hatten und er letztlich daran zerbrochen war.

»Du willst dir eine Wohnung suchen?«

Em zwang sich, Ina in die grünblauen Augen zu sehen. Wie lange kannten sie sich schon? Seit dem Kindergarten, also etwa seit sie drei Jahre alt gewesen waren. Ein schlechtes Gewissen machte sich in ihr breit. Kein Wort hatte sie ihr über Jack und die Zeit in Haworth erzählt. Und das, obwohl doch Ina beinahe alles über sie wusste und ihr immer zur Seite stand. Wollte sie einfach nicht zugeben, dass sie ihr Herz an einen Mann verloren hatte, der sie nicht wollte?

»Eine WG wäre finanziell besser, nehme ich an«, murmelte Em und zwang sich, zu lächeln.

Kritisch sah ihre Freundin sie an, und Em wusste, dass sie

ihr das aufgesetzte Lächeln nicht abnahm. »In meiner ehemaligen WG wird bald ein Zimmer frei, wenn ich richtig informiert bin. Soll ich deine Nummer rausgeben, damit sie dich einladen können, die Wohnung anzusehen?«

Mit einem Nicken stimmte sie dem Vorschlag zu.

Ina unternahm einen weiteren Versuch, das Gespräch in Gang zu bringen: »Verreist ihr über Weihnachten?«

»Nein. Wir wollen dieses Jahr etwas ruhiger feiern. Es ist das erste Mal ohne Mama, und ich denke, wir werden alle etwas emotional sein.«

»Natürlich.« Wissend nickte sie. »Wann sagst du mir endlich, was mit dir los ist? Es ist doch nicht die Trauer. Dir ging es längst besser, und jetzt sitzt du hier wie ein Häufchen Elend und meldest dich kaum noch. Jedes Mal, wenn ich mich mit dir treffen möchte, musst du angeblich arbeiten oder fühlst dich nicht gut.«

Em schloss die Augen einen Moment. »Es tut mir leid. Ich bin gerade keine gute Freundin«, gab sie zu.

»Das meine ich doch gar nicht«, rief Ina empört und zog damit die Aufmerksamkeit der anderen Freunde am Tisch auf sich.

Die Blicke aus mehreren Augenpaaren hafteten neugierig auf Em. Es waren alles Menschen, die sie seit ewigen Zeiten kannte und mit denen sie sonst ihre Gedanken teilte. Jeder von ihnen hatte sie nach dem Tod ihrer Mutter unterstützt. Und ihre Gesichter zeigten ehrliche Sorge.

Em atmete tief ein und streckte den Rücken durch. »Ich habe in England jemanden kennengelernt, und es hat nicht gut geendet«, platzte es aus ihr heraus. »Ich möchte nicht darüber sprechen, aber auch nicht, dass ihr denkt, es liegt an euch. Ich bin sicher, es wird bald besser werden.«

»So etwas habe ich mir schon gedacht«, murmelte Ina und fuhr ihr mit der Hand über den Arm.

»So ging es jedem von uns schon mal, also keine Sorge.«

Aufmunternd zwinkerte ihr Isabell von der anderen Tischseite zu. »Ich bin sicher, er wird noch merken, was er da verpasst und sich in den Hintern beißen.« Glucksend lachte sie auf, und die anderen fielen mit ein.

»Er denkt, meine Mutter hätte sein Leben zerstört. Also nein, er wird mich nicht vermissen. Er konnte mich nicht einmal mehr ansehen.« Verdammt. Hatte sie nicht eben gesagt, dass sie nicht darüber sprechen wollte?

Irgendwie hatten ihre Gedanken den Weg über ihre Lippen gefunden. Und nun sahen ihre Freunde sie mit offenen Mündern an. Warum eigentlich wollte sie nicht darüber sprechen? Sie hatte nichts Falsches getan. Wenn überhaupt, dann war es falsch gewesen, sich Jack zu öffnen. Sie hatte genau das getan, wovor Kitty sie warnte.

Mit einem Stöhnen griff sie nach dem Glas und leerte es in einem Zug. Sie konnte es ebenso gut einfach erzählen, ehe ihre Freunde sie von nun an ähnlich betrübt beobachten würden wie Rollo und Mark.

»Wir reden einmal darüber und dann nie wieder«, begann sie und setzte das Glas ab.

»Das ist die traurigste Geschichte, die ich je gehört habe.« Mit ihrem Fingernagel knibbelte Ina an dem Etikett der Weinflasche, die sie vorhin bestellt und gemeinsam während Ems Erzählung geleert hatten.

»Nur, dass es keine Geschichte, sondern die Realität ist.« Em lehnte sich zurück.

»Und, was willst du jetzt machen?«, hakte Isabell nach.

»Es gibt nichts, was ich tun könnte. Iris und Heathcliff sind tot, und Jack ist in England und verachtet mich.«

»Aber nur, weil er die Wahrheit nicht kennt. Er muss unbedingt von dem Brief erfahren«, antwortete Isabell mit Überzeugung in der Stimme.

»Was soll das noch bringen? Er hat sich seine Meinung

längst gebildet. Selbst wenn er wüsste, dass sein Vater verantwortlich dafür war, dass meine Mutter zurück nach Deutschland ging, wird er es trotzdem so sehen, dass sie schuld war. Weil sie es war, die in sein Leben trat und ihm den Kopf verdrehte, obwohl Heathcliff Familie hatte.«

»Hat er nicht dennoch ein Recht darauf, es zu erfahren?« Mit gerunzelter Stirn sah Ina sie an. »Was er aus dieser Information macht, ist dann seine Sache.«

Ralf stimmte ihr zu: »Er hat dir geholfen, herauszufinden, was deine Mutter dort erlebte.«

»Ihr kennt ihn nicht«, murmelte Em. »Er ist nicht wie wir. Er hat in seinem Leben viel verloren und ist voller Schmerz. Dieser Schmerz macht ihn blind und unfähig, nach vorne zu sehen.«

»Und du konntest ihm das nicht zeigen? Mit ihm reden und ihn in die richtige Richtung schubsen? Du bist einfach gegangen?«

War das ein Vorwurf, der aus Ralfs Augen sprach? War er der Meinung, dass sie nicht einfach hätte gehen dürfen? Em verschränkte die Arme vor der Brust. »Ich habe ihm einen Hinweis dagelassen, wie er das von selbst erkennen kann. Und einen Blick in die Zukunft, die er dabei ist, aufs Spiel zu setzen. Mehr konnte ich nicht tun.«

Wenn Jack nicht bereit war, das Buch zu lesen und zu erkennen, was sie ihm damit zu sagen versuchte, lag es nicht an ihr. Kein Wort von ihr wäre gewichtig genug gewesen, ihn zu überzeugen, und ihre Hoffnung war, dass die Wortgewalt von *Sturmhöhe* in der Lage war, zu ihm durchzudringen.

Das Bild von Morning Star hatte sie nur für ihn gezeichnet. Um ihm aufzuzeigen, was sein könnte. Weil Jack in ihrer Vorstellung in das Cottage gehörte. Das kleine Haus war wie gemacht für ihn, und offensichtlich hatte er das irgendwann einmal ebenfalls so gesehen. Wenn er nicht erkennen konnte, dass er sich selbst im Weg stand, spielte es keine Rolle, was andere zu sagen hatten. »Und jetzt sprechen wir nicht mehr darüber.« Demonstrativ gab sie der Bedienung ein Zeichen.

# Kapitel 18

## Jack

Irritiert sah Jack zwischen seiner Mutter und Edward hin und her. Bestens gelaunt saßen sie mit ihm an einem der Tische im Speiseraum und genossen den traditionellen Braten, den seine Mutter jedes Jahr an Weihnachten auftischte.

Was zum Teufel war hier los? Sollte seine Mutter nicht wenigstens etwas sauer auf ihren Schwager sein, der ihr, wie sie inzwischen wusste, den Grund des Todes ihres Mannes verschwiegen hatte? Und auch Edward wirkte viel zu entspannt. Kein Anzeichen für ein schlechtes Gewissen war in seinem Blick zu erkennen. Alles war, wie es immer war. So hatten sie jeden Weihnachtsabend verbracht, seit er sich erinnern konnte.

»Du hast wie immer wunderbar gekocht.« Edward rieb sich bestätigend über den Bauch.

»Ich weiß doch, was euch schmeckt.« Zufrieden lächelte Rosie.

Indie lag neben dem Weihnachtsbaum und nagte an einem Knochen. Jack war, als würde er diesen Moment wie von außen betrachten. Die blinkenden Lichter des Baumes, die brennenden Kerzen in der Mitte des Tisches, das Feuer im Kamin. Seine lächelnde Mutter und das entspannte Gesicht von Edward. Alles war in Ordnung.

Dieses gewaltige Geheimnis hatte keinen Bruch in seiner Familie herbeigeführt, und genau das irritierte ihn. Nicht, dass er sich einen Familienstreit wünschte, doch er hatte es anders erwartet. Nagend drängte sich ihm ein Verdacht auf.

Mit einem Brummen lehnte er sich zurück und ließ die Situation auf sich wirken. Nur er schien hier ein Problem zu haben. Nur er war verbittert und nicht fähig, diesen Augenblick zu genießen. Dabei sah er vor sich, was er jedes Jahr erlebt hatte: eine Familie, die trotz der Umstände auf ihre Weise glücklich war.

Sein Blick suchte Edward. Ausgelassen sprach er mit Rosie über die Vögel, die er im Garten von Hillcrest fütterte. Dieser Mann saß auf dem Stuhl, auf dem Heathcliff sitzen sollte. Jack schluckte. Edward hatte nicht nur an diesem Tisch dessen Platz eingenommen, sondern auch in seinem Leben.

Jeden Tag seines Lebens hatte er den fehlenden Vater bedauert und stattdessen übersehen, was er hatte. Dass dieser Mann immer für ihn dagewesen war. Edward hatte ihm alles beigebracht, was er konnte. Ihn in seinen Beruf eingeführt und ihm selbstverständlich angeboten, in den Betrieb einzusteigen. Wenn er als Jugendlicher über die Stränge geschlagen hatte, war er es gewesen, der ihm den Kopf zurechtrückte.

»Du bist wie ein Vater für mich«, stieß er hervor.

Wie in Zeitlupe drehte Edward ihm das Gesicht zu. Überraschung stand darin. »Was hast du da gesagt?«, fragte er.

»Ich habe mich immer dafür bedauert, keinen Vater zu haben. Dabei hatte ich die ganze Zeit einen.« Jack stand auf und trat neben ihn. »Danke.« Mehr brachte er nicht heraus.

»Du bist ein guter Junge«, raunte Edward ihm zu.

Rosie starrte ihn mit glasigen Augen an und nickte ihm zu.

»Ich gehe nach oben. Macht euch noch einen schönen Abend.« Ruckartig drehte er sich um und stapfte aus dem Raum. Mit einem Lächeln auf den Lippen stieg er die Treppe hinauf. Noch einmal würde er Edward nicht sagen, was er ihm bedeutete. Aber das war auch nicht nötig.

Er öffnete die Tür zu seinem Zimmer und schaltete das Licht ein. Nichts als Stille umgab ihn. Hatte er sich eben tatsächlich mit einem Teil seines Lebens ausgesöhnt? Er streifte die Schuhe aus und ließ sich aufs Bett fallen. Und was war dieses Gefühl, das er in sich spürte? War das etwa Zufriedenheit?

Mit gerunzelter Stirn lehnte er sich gegen das Kopfende des Bettes. Hatte der Weihnachtsabend ihm einen Funken Zuversicht und Dankbarkeit geschenkt? Die Erkenntnis, dass nicht alles in seinem Leben düster war? Er schielte auf das Buch auf seinem Nachttisch. Die Geschichte hatte ihn längst gepackt, und doch war da ein Widerstand in ihm, weiterzulesen. Langsam, aber sicher war da dieser Verdacht, was Em damit bezweckte. Und er war sich nicht sicher, ob er dafür schon bereit war. Langsam griff er danach und blätterte durch die Seiten.

Im Morgengrauen stieg Jack in die grobe Arbeitshose. Prüfend warf er einen Blick nach draußen und betrachtete den grauen Himmel. Sicherlich würde es bald regnen. Er öffnete die Tür und schlich nach unten, um seine Mutter nicht zu wecken. So leise es ging, fütterte er den Hund und aß währenddessen eine Banane.

Ob er wirklich vorhatte, was ihm gestern Abend in den Sinn gekommen war, konnte er nicht sagen. Gut möglich, dass er auf dem halben Weg umdrehen und die Idee verwerfen würde.

Vorsichtig zog er die Tür zu und trat auf den Gehweg. In einigen Häusern brannte schon Licht. Unzählige Familien würden bald damit beschäftigt sein, Geschenke auszupacken und den Weihnachtsmorgen zu begehen.

Mit hochgeschlagenem Jackenkragen stapfte er die Gasse entlang und bog schließlich auf den schmalen Weg ein, der aus dem Ort hinausführte. Je näher er seinem Ziel kam, umso mehr musste er sich dazu zwingen, weiterzugehen. Alles in ihm sträubte sich.

Als die Mauern von Morning Star vor ihm auftauchten, beschleunigte sich sein Herzschlag, wie jedes Mal, wenn er an dem Haus vorüberging. Doch heute ging er nicht vorüber. Mit aufeinandergepressten Zähnen stapfte er durch das Tor und steckte den Schlüssel ins Schloss. Quietschend öffnete sich die schwere Holztür. Jack atmete ein und trat über die Schwelle. Es fühlte sich an wie das Übertreten einer unsichtbaren Grenze.

Regungslos stand er in der Mitte des Raums und sah sich um. Sein Blick fand die zur Hälfte eingerissene Mauer zwischen Küche und Wohnzimmer, gegen die noch immer der schwere Hammer lehnte, mit dem er vor Jahren den ersten Teil eingerissen hatte. Wollte er das wirklich tun? Mit einem Brummen fuhr er sich über den Bart.

Dieses verflixte Buch war daran schuld, daran bestand kein Zweifel. Wie geahnt, hielten die Seiten ihm den Spiegel vor. Er war nicht wie dieser Heathcliff. Er war nicht berechnend und von Rache zerfressen. Aber gewisse Ähnlichkeiten konnte er nicht leugnen. Ähnlichkeiten, die schon sein Vater zu der Romanfigur aufgewiesen hatte.

Treffend genau war nicht nur die Landschaft beschrieben, in der er aufgewachsen war, sondern auch, wie Heathcliff ziellos und verloren durch die Hügel streifte. Wie er dem Wahnsinn nahe aus Liebe zu seiner Catherine nicht erkannte, was er hatte. Wie er eine andere Frau für das bestrafte, was er einst verlor und keinen Lebenssinn mehr sah.

Wieder entfuhr ihm ein Brummen, das von den Wänden wiedergegeben wurde und ihn zusammenzucken ließ. War nicht auch er damals, nach Maddies Tod, ebenso orientierungslos gewesen? So wie auch sein Vater nach Iris' Abreise vor Jahrzehnten. Im Gegensatz zu seinem Vater, hatte Jack sich ins Leben zurückgekämpft. Und zum großen Teil verdankte er dies wohl seiner Mutter und Edward.

Endlich verstand er, welch Sorgen er bei den beiden mit seinem Verhalten ausgelöst haben musste. Rosie hatte ihn mit Nachsicht und mütterlicher Liebe immer wieder aufgefangen, während Edward auf seine eigene, manchmal wenig charmante Weise dazu beitrug, ihn wieder auf den richtigen Pfad zu bringen.

Und nun war er kurz davor, sich erneut zu verlieren. Jetzt, da er endlich über Maddie hinweg war, sich irgendwie damit arrangiert hatte, eine Verlobte und ein Kind auf dem Friedhof zu haben, war das Gespenst seines Vaters in sein Leben getreten. Herbeigeführt von Em, die, ohne es zu wissen, sein Leben auf den Kopf gestellt hatte.

Nicht nur die Erkenntnisse über seinen Vater hatten ihn in den letzten Wochen umgetrieben, auch ihr Gesicht verfolgte ihn. Ihre Fröhlichkeit und Zuneigung weckten etwas in ihm, das seit Jahren im Dämmerschlaf verborgen gelegen hatte. Das Verlangen nach Nähe und Zuneigung. Nach unbeschwerten Augenblicken und der Hoffnung, die ihr Lachen in ihm auslöste.

Er streifte die Jacke ab und warf sie auf einen verschlossenen Farbeimer. Unwillkürlich stellten sich die Haare an seinen Armen auf, als er auf den Hammer zuging. Wenn er verhindern wollte, dass es immer so weitergehen würde, musste er etwas tun. Seinem Körper eine Beschäftigung geben und nach vorn sehen.

Seine Hände umschlossen den Hammerstiel. Und mit dieser Mauer würde er anfangen. Kraftvoll holte er aus. Geräuschvoll schlugen mehrere dunkle Steine auf dem Boden auf, und Mörtelstücke rieselten hinunter. Wie gut es tat, auf etwas einzuschlagen. Grinsend holte er erneut aus.

Zufrieden betrachtete er sein Werk. Wie nach einem Bombenangriff bedeckten die Überreste der Mauer den Boden. Offene Stellen an seinen Handflächen zeugten von der Wucht, die nötig gewesen war, das jahrhundertealte Gemäuer einzureißen. Schweiß lief von seinem Nacken in den Pulli, und Indie hatte längst das Weite gesucht und schlich draußen um das Haus.

Lange hatte er sich nicht mehr so gut gefühlt. All seine Wut hatte in den Schlägen gelegen, und nun breitete sich angenehme Ruhe in ihm aus. Erneut sah er sich in dem Raum um und erstellte in seinen Gedanken eine Liste mit all den Dingen, die es zu tun gab, nachdem er die Steine nach draußen geschafft hätte.

Wo war das verfluchte Bild, dass er damals von diesem Haus in sich getragen hatte? War seine Inspiration mit Maddie gestorben? Jack presste die Lippen aufeinander. Er wusste nicht, was er mit diesem Haus anfangen sollte, aber es gab etwas, das ihm verriet, was zu tun war. Eilig griff er nach seiner Jacke und stürzte mit einem Pfiff aus dem Haus. Indie tobte ihm aufgekratzt hinterher, während er zurück zum B&B joggte.

Ohne sich die Schuhe auszuziehen, was ihm einen Anpfiff von Rosie einbrachte, rannte er die Treppe rauf und riss die Tür zu seinem Zimmer auf. Mit trockenem Mund öffnete er die Schublade seines Nachttischs und zog das zusammengerollte Papier heraus. Sein Blick wanderte über die Zeichnung von Em. Beinahe wurde das Haus auf dem Bild vor ihm lebendig.

»Was um Himmels willen ist denn los?« Alarmiert trat seine Mutter neben ihn. »Ist was passiert?«

»Ja«, brummte er und reichte ihr das Papier. »Ich werde Morning Star fertig renovieren.«

Neugierig betrachtete sie das Bild. »Das sieht ja ganz zauberhaft aus«, murmelte sie. »Woher hast du das?«

»Von Emily.« Er lachte dröhnend auf. »Ich nehme an, das soll ein Wink mit dem Zaunpfahl sein, und ich bin jetzt bereit, ihn anzunehmen.«

»Dann ziehst du endlich aus?« Erschrocken legte sie eine Hand auf ihren Mund und wich seinem Blick aus.

»Du willst mich loswerden?« Mit hochgezogenen Augenbrauen sah er sie an.

Sie ließ die Hand sinken und lugte mit roten Wangen zu ihm hoch. »Du bist sechsunddreißig. Es wird Zeit, dass du wieder dein eigenes Leben führst.«

»Ich nerve dich.«

»Ja, du bist nicht der angenehmste Mitbewohner«, gab sie zu und tätschelte seine Schulter.

»Ich bin mir nur nicht sicher, ob ich dort einziehen werde«, brummte er und nahm ihr die Zeichnung aus der Hand.

»Fang einfach wieder an, und dann siehst du, welche Gefühle sich in dir auftun.« Beschwingt lief sie aus dem Raum. »Das Frühstück ist fertig, solange du noch hier wohnst, kannst du mir auch Gesellschaft leisten.«

»Ich komme gleich.« Murmelnd betrachtete er das Bild erneut.

Ab den Weihnachtsfeiertagen hatten er und Edward meist aufgrund des Wetters für etwa zwei Monate keine Aufträge. War es möglich, Morning Star innerhalb von wenigen Wochen zu neuem Glanz zu verhelfen? Es gab viel zu tun. Mit gerunzelten Augenbrauen legte er das Bild in die Schublade zurück.

Die Wände mussten bearbeitet und danach gestrichen

werden. Die Fenster würde er ersetzen müssen, und die Böden im Obergeschoss abschleifen. Er hatte keine Möbel mehr, es gab nicht einmal eine Küche, und die Elektrik war veraltet.

»Da hast du dir ja was vorgenommen«, flüsterte er zu sich selbst und schob die Schublade zu.

***

**Em**

Em knüllte das Papier zusammen und warf es zu den anderen in den Mülleimer unter ihrem Schreibtisch. Fahrig fuhr sie durch ihre Haare und betrachtete den Block. Seit sie mit ihren Freunden aus gewesen war, hatte sich ihr immer wieder die gleiche Frage gestellt: War es tatsächlich richtig, dass sie Jack ihre Entdeckung auf dem Dachboden vorenthielt? Und noch immer kannte sie die Antwort dazu nicht.

Mehrere Anläufe, ihm einen Brief zu schreiben, waren gescheitert, wie der volle Papierkorb anschaulich unterstrich. Wie sollte sie auch schreiben, was sie herausgefunden hatte? Würde es nicht wirken, als ob sie ihm unter die Nase reiben wollte, dass er sich geirrt und sie recht gehabt hatte? Dass Iris nicht kaltherzig abgereist war, sondern Heathcliff sie darum bat? Und würde er sich nicht im schlimmsten Fall sogar selbst die Schuld dafür geben, da sein Vater ihn und Rosie als Grund für seine Entscheidung aufführte?

Seufzend stützte sie die Ellenbogen auf der Tischplatte auf und verbarg das Gesicht in den Handflächen. Jack hatte einen Hang dazu, sich selbst für Umstände verantwortlich zu machen, für die er nichts konnte. Bei all seiner Stärke war er dennoch verletzlich, da war sie sich sicher.

Ein Klopfen riss sie aus ihren Gedanken. Rollo schob den Kopf zur Tür herein. »Du bist schon wach?«

»Konnte nicht schlafen.« Mühsam lächelte sie ihm zu.

Der Weihnachtsabend war schöner verlaufen als angenommen. Auch, wenn zu spüren gewesen war, dass Iris allen fehlte, hatten sie es sich trotzdem schön gemacht. Und ihre Väter hatten sie sogar, so wie sonst Iris, genötigt, auf ihrer alten Blockflöte aus Kindheitstagen *O du Fröhliche* zu spielen.

Wie jedes Jahr hatten ihre schiefen Töne zu allgemeiner Erheiterung geführt. Oder es hatte an den drei Flaschen Glühwein gelegen, die nun leer im Küchenwaschbecken lagen? Rollo jedenfalls sah mit seiner hellen Gesichtsfarbe und den ungekämmten Haaren schwer nach einem Kater aus.

»Ich mache erst mal einen starken Kaffee«, grummelte er und verschwand im Flur.

Em griff nach dem verblichenen Brief von Heathcliff. Warum eigentlich wollte sie versuchen zu erklären, was darin stand, wenn sie Jack auch einfach das Original schicken konnte? Energisch schob sie das Papier in den Umschlag und drückte die Klebestreifen aufeinander.

Zwar lag vor ihr die Adresse des B&B, doch statt Jacks Namen schrieb ihr Stift in geschwungener Schrift *Morning Star* auf das weiße Papier. Das Cottage hatte einen Briefkasten, und so würde dieser Brief sein Ziel erreichen. Doch im Gegensatz zum B&B würde Jack ihn nur finden, wenn er sich in dem Haus aufhielt, mit dem er so viele unangenehme Erinnerungen verband. Und das wiederum würde bedeuten, dass er ihre Hinweise verstanden hatte. Dass er nicht mehr in der Vergangenheit lebte, sondern dafür sorgte, nicht ebenso verbittert und unglücklich zu enden wie Heathcliff in *Sturmhöhe.* Oder eben wie sein Vater.

Ja, das war eine gute Idee. Sie hatte einen Mittelweg gefunden. Sie behielt nichts für sich, doch sie zwang ihn nicht dazu, es zu sehen, indem sie es nicht an das B&B schickte. Das Schicksal hatte es in der Hand, ob die Worte seines Vaters ihn jemals erreichen würden. Auch wenn sie hiermit eine wichtige Erinnerung ihrer Mutter aus den Händen gab, war es gut so.

In ihrem Innern ruhten Heathcliffs Worte, und sie würde nie ein einziges davon vergessen, so wie ihre Mutter auch nicht.

Sie schob den Brief in die Schublade, wo er verborgen bis nach den Feiertagen auf seinen Auftrag warten würde. Erleichtert stand sie auf und huschte in die Küche. Seit Rollo den Kaffee erwähnt hatte, wollte sie dringend einen.

Kaum, dass sie die Küche betrat, reichte ihr Vater ihr bereits eine Tasse. »Wie geht es dir?«, fragte er und hatte den gleichen besorgten Gesichtsausdruck, den er schon seit Wochen zeigte, sobald er sie ansah.

»Besser.« Tatsächlich fühlte sie sich, als wäre ihr eine Last von den Schultern genommen worden. Hatte der Brief von Heathcliff sie unterbewusst doch mehr beschäftigt als angenommen?

»Das ist schön zu hören. Wie hat dir eigentlich mein Weihnachtsgeschenk gefallen?«

Em schielte hinüber ins Wohnzimmer, wo neben dem Weihnachtsbaum eine Staffelei stand. »Es fühlt sich etwas nach einem Tritt in den Hintern an«, gab sie grinsend zu.

Rollo lachte tief auf. »So war es nicht gemeint. Aber ich dachte mir, wenn du nun seit Jahren wieder malst, dann kannst du es auch gleich richtig machen. Nicht mit Bleistift, sondern mit Ölfarben.«

»Ich bin nicht sicher, dass ich malen möchte. In England war es beinahe so, als hätte mich ein innerer Drang dazu gezwungen.«

»Und wie hat es sich angefühlt?« Mit nachdenklicher Miene lehnte er sich gegen die Küchenzeile und blies in den Kaffee.

»Es war befreiend. Und es hat einfach Spaß gemacht.« Sie überlegte kurz. »Es war nicht wie früher, als ich die großartigsten Bilder zeichnen wollte, um mir zu beweisen, dass ich ebenfalls zur Malerin tauge. Ich bin glücklich mit meinem Job und mache ihn gerne. Plötzlich war dieser Druck weg, dass etwas Vernünftiges dabei herauskommen soll. Ich habe einfach gespürt, was ich gezeichnet habe.«

Lächelnd nickte er. »So soll es sein. Etwas, was dir guttut. Eine andere Absicht hatte ich nicht.«

»Dann war es wohl ein besseres Geschenk als meins.« Schuldbewusst sah sie zur Seite.

»Die Socken gefallen mir, und sie sind sehr nützlich«, antwortete ihr Vater lachend.

»Mir war dieses Jahr einfach nicht danach, mir um Dinge wie Geschenke Gedanken zu machen.«

»Es ist alles gut.« Er kam auf sie zu und drückte sie an sich. Em vergrub ihr Gesicht in dem mit winzigen Tannenbäumen bedruckten Hemd.

»Mein Kopf hämmert.« Stöhnend schlurfte Mark in den Raum und sackte auf einen der Küchenstühle.

»Kein Wunder, du hast die dritte Flasche Glühwein beinahe allein getrunken.« Amüsiert löste sich Rollo von ihr und schenkte eine weitere Tasse ein. Mit einem Kuss auf dessen Wange, stellte er sie vor Mark ab.

»Ich trinke nie wieder zu viel. Ich habe die ganze Nacht geglaubt, Ems furchtbares Blockflötenspiel zu hören.«

Lachend boxte sie ihm gegen den Oberarm und setzte sich ebenfalls an den Tisch. »Dann lassen wir das nächstes Jahr lieber«, schlug sie vor.

»Die Blockflöte oder den Glühwein?« Mit hochgezogenen Augenbrauen sah er sie an.

»Beides.« Sie lachte und lehnte den Kopf an seine Schulter.

»Die Blockflöte bleibt«, donnerte Rollo, und Mark rieb sich mit einem vorwurfsvollen Blick übers Ohr. »Das ist Tradition«, setzte ihr Vater hinzu.

Glucksend hob Em die Tasse an. Ein wenig würde sie diese beiden Männer schon vermissen, wenn sie ausgezogen wäre. Doch es war an der Zeit, endlich nach vorn zu sehen und ihr Leben wieder in die eigenen Hände zu nehmen. Zu lange hatte die Erkrankung ihrer Mutter und dann die Nachforschungen um deren Vergangenheit sie davon abgehalten.

***

Er hörte eine aufgekratzte Stimme durch das Erdgeschoss schallen: »Ich konnte es nicht glauben!«

Jack ließ den Pinsel in den Farbeimer sacken und drehte sich um. »Kitty. Wie komme ich zu der Ehre?«

Sich neugierig umsehend trat sie durch die offene Tür und warf sie hinter sich ins Schloss. »Im Ort erzählt man sich, Jack Morris würde erneut Morning Star renovieren.« Ein breites Grinsen zog sich über ihre Lippen. »So, wie das hier aussieht, stimmen die Gerüchte.«

Missmutig stieß er ein Raunen aus und bedeutete ihr, näher an den Kamin zu treten. Wie meist, trug sie trotz der eklig nassen Kälte nur einen kurzen Rock und glänzende Stiefel. Vermutlich besaß Kitty so etwas wie vernünftige Hosen überhaupt nicht. Mit einem melancholischen Gefühl im Magen dachte er an Em zurück, die sich verfroren an diesem Feuer aufgewärmt hatte.

Abwehrend hob sie die Hände. »Alles gut, mir ist nicht kalt.« Im Schein der Baustellenlampen ging sie an ihm vorbei und in den Bereich hinüber, der die Küche werden sollte.

»Und wer erzählt, was ich hier mache?«, brummte er und stützte sich mit einem Arm am Kamin ab.

»So ziemlich jeder. Es gingen ja die herrlichsten Gerüchte rum, was du mit dem Haus vorhättest.«

»Ach ja?« Amüsiert lachte er trocken auf.

»Ja, wirklich.« Mit klackenden Absätzen beendete sie ihre Runde und setzte sich auf einen Stapel Fliesen. »Meine Lieblingsversion war, dass du hier sicher irgendwann Feuer legen würdest, um das Haus, das du so verfluchst, einfach abzufackeln.«

Beeindruckt nickte er. »Um ehrlich zu sein, hatte ich mit diesem Gedanken tatsächlich mehr als einmal gespielt.« Das im oberen Stockwerk ein Kanister mit Benzin stand, der diese Aussage unterstrich, behielt er für sich.

»Und warum hast du es nicht getan?« In Kittys Gesicht zeigte sich ehrliches Interesse.

»Habe es nicht über mich gebracht. Damals habe ich was in diesem Haus gesehen, und das einfach aus Wut zu zerstören, hätte Maddies Tod auch nicht ungeschehen gemacht.«

Kitty lächelte ihm zu. »Das ist ein wunderbares Cottage, ich bin froh, dass du es nicht angezündet hast.« Sie lachte hell auf. »Und jetzt spürst du wieder, was du damals gespürt hast?«

»Es entwickelt sich langsam. Aber ich habe eine gute Vorlage.«

»Eine Vorlage?«

»Ja.« Er deutete an das breite Fenster, das hinaus auf das Moor ging. Genau in der Mitte der Scheibe hatte er die Zeichnung mit Klebestreifen befestigt. »Das ersetzt meine verlorene Inspiration«, murmelte er und betrachtete das Bild.

Kitty sprang auf und stöckelte darauf zu. »Das ist gut. Wunderschön, um ehrlich zu sein. Wer hat das gemalt?«

»Em.« Jack presste die Zähne aufeinander und hielt ihren vielsagenden Blick aus.

»Und wie kam sie auf die Idee, Morning Star zu zeichnen?«

Einen Augenblick schloss er die Augen. Er sah sie vor sich, damals an dem Tag, als sie unerlaubt um sein Haus geschlichen war und ihm zufällig begegnete. Wie ihre Augen strahlten, während sie ihm von dem kleinen Cottage erzählte, das sie eben entdeckt hatte und von dem sie nicht ahnen konnte, dass es ihm gehörte.

»Sie hat hier etwas gesehen«, murmelte er und trat neben Kitty. Mit zuckenden Mundwinkeln betrachtete er das Bild, wie er es in den letzten Wochen schon so oft getan hatte. »Und ich glaube, sie hat es mir als Ausweg dagelassen.«

»Als Ausweg?«

»Ihr war wohl klar, dass ich eine Aufgabe brauche, um mich nicht wieder in mir selbst zu verlieren. Sie hat mitbekommen, was damals mit meinem Vater passiert ist, und vermutlich ahnte sie, dass eine Beschäftigung mich davon abhalten würde, ebenfalls selbstzerstörerisch zu handeln.«

»Sie hatte ein gutes Gespür für dich, wie es scheint.« Prüfend schielte Kitty ihn an.

»Nicht gut genug«, murmelte er. »Sonst hätte sie sich von mir ferngehalten. Stattdessen habe ich sie unglücklich gemacht.«

»Und dich dazu.«

»Daran habe ich mich gewöhnt.«

»Und du hast nicht vor, das zu ändern?« Abwartend zog sie die Augenbrauen hoch.

»Um zu riskieren, noch einmal etwas zu verlieren, was mir wichtig ist?« Energisch schüttelte er den Kopf. »Das halte ich nicht noch einmal aus.

»Und wenn es dieses Mal gut ausgehen würde?«, warf Kitty ein.

»Wer garantiert mir das?« Missmutig verschränkte er die Arme vor der Brust. Kitty meinte es nett, aber langsam ging ihm dieses Gespräch gewaltig auf die Nerven. Er wollte in Ruhe die Wände weiter mit der Kalkfarbe bearbeiten und nicht in seinen Gefühlen graben.

»Dafür gibt es keine Garantie. Niemand von uns hat eine. Vielleicht musst du einfach darauf vertrauen, dass du genug Pech für ein ganzes Leben hinter dir hast. Und dass die Frau, die dir dieses Bild hier hinterlassen hat«, lächelnd fuhr sie mit dem Zeigefinger über das Papier, »voller guter Energie steckt, die dich aus deinem Winterschlaf holen kann.«

»Nein.« Fest brummte er das Wort und stapfte zurück

zum Feuer. »Am Ende passiert etwas, und was ist dann? Ich bringe Unglück. Ich habe Maddie Unglück gebracht und meinem Kind. So wie mein Vater mir und meiner Mutter Unglück brachte.«

»Sie war krank, Jack«, rief Kitty ihm hinterher. »Maddie war krank, und so etwas kommt vor. Das hat nichts mit dir zu tun. Menschen sterben. Leider. Du bist nicht dafür verantwortlich.«

Er sagte nichts, sondern starrte in die züngelnden Flammen. Wie damals der Schein des Feuers hier an dieser Stelle auf Ems Haaren geschimmert hatte. An dem Abend, als er sich entschied, ihr die Wahrheit zu sagen. Sie an Maddies Grab zu führen und sein Herz zu öffnen. Weil er wollte, dass sie wusste, für wen sie sich interessierte. Nach so langer Zeit war da plötzlich der Wunsch in ihm gewesen, seine Vergangenheit zu teilen. Mit ihr. Sich endlich einmal zu öffnen. Mit Em ging es plötzlich.

Kittys Worte holten ihn aus seinen Gedanken: »Hättest du gewusst, dass Maddie stirbt, wärst du dann nicht mit ihr zusammengekommen?«

»Was?« Er drehte sich um und sah sie verwirrt an.

»Na ja.« Sie kam auf ihn zu. »Hättest du dich in sie verliebt, wenn du gewusst hättest, dass du sie irgendwann beerdigen würdest?«

»Jeder einzelne Tag mit ihr war das wert«, raunte Jack und rieb sich über den Bart. Nie war er so glücklich gewesen wie damals mit dieser Frau an seiner Seite. Und dann nach langer Zeit wieder, wenn Em gelacht hatte.

»Aber du verzichtest auf all die Tage mit Em. Nur weil vielleicht in der Zukunft etwas passieren könnte, was dir erneut wehtut.« Laut atmete Kitty ein und lächelte ihm traurig zu. »Denk einfach noch mal über diese Entscheidung nach.« Sie deutete in den Raum hinein. »Für wen machst du das hier alles? Willst du hier alleine mit deinem Hund leben?«

Bisher war es ihm nur darum gegangen, die Renovierung endlich fertigzustellen und seine Hände zu beschäftigen. »Keine Ahnung, was ich mit dem Cottage mache. Vielleicht sollte ich es verkaufen.«

»Das wäre ein Fehler.« Entschieden strich sie sich den schwarzen Pony aus dem Gesicht. »Gut, dass du noch eine ganze Weile zu tun haben wirst. So besteht die Hoffnung, dass dir noch klar wird, was du hier hast.«

»Was soll das sein?«, brummte er gereizt.

»Deine Zukunft.«

Jack lachte tief auf. »Du mischst dich hier ganz schön ein, Kitty. Du hast Em ein Mal gesehen. Woher glaubst du zu wissen, was gut für mich oder für sie wäre?«

Sie grinste ihm herausfordernd zu. »Ich habe sie mehr als ein Mal gesehen. Und ich habe ihr gesagt, dass sie sich an dir nur die Finger verbrennen kann. Vielleicht bist du es ja, der Em zu wenig zutraut. Glaub mir, sie ahnte ganz genau, was für ein eigenwilliger Charakter du bist. Und wie ich annehme, hat sie das dennoch nicht davon abgehalten, in dir mehr zu sehen.« Sie machte einen Schritt auf ihn zu und reckte ihr Kinn nach oben, um ihn frech anzusehen. »Sie hat sich doch in dich verliebt, oder liege ich da falsch?«

Kitty hatte Em von ihm abgeraten? Seine alte Klassenkameradin kannte ihn wirklich gut. »Sie hätte auf dich hören sollen«, murmelte er und zog die Augenbrauen zusammen.

»Du hast dich doch selbst verliebt. Du bist nur zu stur, um es zuzugeben«, platzte es aus ihr heraus. Energisch stöckelte sie zur Eingangstür und drehte sich noch einmal um. »Diese Frau hat dich dazu gebracht, dieses Haus wieder zu betreten. Du solltest mal darüber nachdenken, was dir das sagt.« Sie machte eine Pause. »Und lass dir endlich die Haare schneiden, ansonsten kaufe ich dir demnächst Haargummis.«

Wortlos beobachtete er, wie sie in die Dunkelheit trat und die schwere Tür hinter ihr zufiel.

Diese Frau war wie ein Wirbelwind, doch sie meinte es gut. Kitty war eine der wenigen, die ihn nie mit spitzen Bemerkungen zu seinem Vater bedacht hatten. Sie konnte schmerzhaft ehrlich und direkt sein. Traute sich außer ihr überhaupt jemand, derart klar mit ihm zu reden?

Aus dem Augenwinkel schielte er auf das Bild an der Scheibe. Natürlich empfand er etwas für Em und hatte sich deshalb das Ziel gesetzt, ihre Vorstellung von Morning Star umzusetzen. Er hatte seine Inspiration zwar vor langer Zeit verloren, doch er hatte ihre. Und was sie in diesem Haus sah, war tröstlich. Ein Teil von ihr würde dadurch hier sein, auch wenn sie es nicht war. Nein, er würde es nicht über sich bringen, dieses Haus zu verkaufen, so wie er es auch nicht geschafft hatte, es trotz all seiner Wut anzuzünden. Dieses Haus beherbergte nun Erinnerungen an beide Frauen, die sich in sein raues Herz geschlichen hatten.

Seufzend stapfte er auf den Farbeimer zu und griff nach dem Pinsel. Hier gab es noch Wochen an Arbeit. Wochen, in denen die Gedanken an Em hoffentlich nach und nach weniger werden würden und in denen ihm klarwerden konnte, was er mit diesem alten Gemäuer anfangen sollte.

# Kapitel 19

## Jack

Wie an jedem Morgen in den letzten Wochen trat er im Morgengrauen auf die schwere Holztür zu. Obwohl es erst Ende Januar war, wurden die Tage allmählich wieder länger. Noch zwei, drei Monate, und die Natur würde auf die milderen Temperaturen reagieren und das Moor schließlich mit blühenden Heidepflanzen überziehen. Doch noch war der Wind unnachgiebig und eisig.

Jack fischte den Schlüssel aus der Jackentasche und fluchte murmelnd, als er zu Boden fiel. Zu hektisch beugte er sich hinunter und stieß mit der Schulter gegen den Briefkasten, der bedrohlich zu schwanken begann. »Verdammt.« Mit der Hand fuhr er über das Fundament, in welchem der Stab steckte, der den Briefkasten trug. Irgendwann in den letzten Jahren musste sich ein Riss darin gebildet haben, und so ragte der Stab nun mehr schief als gerade heraus. Er stand auf und zog energisch, bis er sich aus dem Beton löste.

Mit dem Briefkasten unter dem Arm betrat er das Haus und legte ihn auf der Arbeitsfläche der neuen Küche ab. Eilig knipste er die neue Deckenbeleuchtung an und sah sich wie jedes Mal, wenn er morgens hierherkam, einen Moment ruhig um. Die dunkelgrauen schlichten Küchenschränke und die gemaserte Holzplatte waren die richtige Wahl gewesen, stellte er einmal mehr zufrieden fest.

Seit letzter Woche war hier unten alles fertig, und seitdem arbeitete er an den Zimmern im ersten Stock. Doch auch dort gab es nicht mehr viel zu tun. Tatsächlich sollten heute die Möbel für die obere Etage geliefert werden, und ihm blieb nur noch, die Böden ein letztes Mal zu fegen und die Lampen aufzuhängen. Beinahe war es geschafft. Ob er sich tatsächlich überwinden konnte, hier einzuziehen?

Seufzend trat er in die Küche und stellte den Wasserkocher an. Tee und Tassen gab es schon in den Schränken, was ihm die Möglichkeit auf einen Schwarztee gab, wenn ihm danach war. Sprudelnd lief das Wasser in die Tasse, und Jack stellte sie neben dem Briefkasten ab. Das Fundament musste ausgegraben und neu gegossen werden, was seinen Zeitplan durcheinanderbrachte.

Irritiert zog er die Augenbrauen zusammen und sah genauer hin. Ein Stück Papier ragte aus dem Schlitz heraus, und er griff danach. Wer schrieb einen Brief an diese Adresse? Er drehte den Umschlag um, doch es war kein Absender zu entdecken. Erneut betrachtete er die geschwungene Schrift und dann den Stempel auf der Briefmarke. »Stuttgart«, flüsterte er und hielt die Luft an. Einen Augenblick zögerte er, dann riss er den Umschlag auf und zog einen vergilbten Zettel heraus.

Mit verschränkten Armen stand er vor dem Fenster und sah auf die Hügel hinaus. In den Ohren glaubte er, seinen Herzschlag zu hören. Irgendwie hatte Em einen Brief seines Vaters gefunden. Zum ersten Mal in seinem Leben war es, als hätte er seinen Vater sprechen gehört. Und was er gesagt hatte, stellte alles infrage. Alles, was er geglaubt und zu seiner Wahrheit erklärt hatte.

Er schloss die Augen und fuhr sich über den Nacken. Iris war nicht einfach gegangen, sie war gegangen, weil sein Vater sie darum gebeten hatte. Hatte seine Mutter nicht gesagt, dass Heathcliff stets das Richtige machen wollte? Diese Zeilen bestätigten diese Aussage. Statt sich zu seiner Liebe zu bekennen, hatte er sie davongejagt und war schließlich daran zerbrochen. Die einzige Schuld, die Iris traf, war die gleiche wie bei Em: sich in den falschen Mann verliebt zu haben.

Ein Klopfen riss ihn aus seinen Gedanken. Als er die Tür öffnete, parkte ein Transporter vor dem Haus und zwei Männer sahen ihn an. »Wir haben mehrere Lieferungen für Sie.«

Jack nickte und deutete wortlos auf die Treppe. Dann ging er zurück in die Küche und nahm einen Schluck von dem inzwischen lauwarmen Tee. Es waren furchtbare Dinge, die er Em an den Kopf geworfen hatte. Und obwohl sie versucht hatte, ihn zu überzeugen, dass es eine Erklärung für das Verhalten ihrer Mutter gegeben haben musste, hatte er nicht hingehört.

Weil er keine andere Version bereit war zu akzeptieren als die, die er sich zusammengesponnen hatte. Weil jemand schuld sein musste an dem, was passiert war. So, wie er sich selbst jahrelang für Maddies Tod verantwortlich gemacht hatte. Iris sollte die Schuld tragen, dass er ohne Vater aufgewachsen war.

Und doch stimmte das alles nicht. Niemand außer seinem Vater war für sein Schicksal verantwortlich. Heathcliff hatte die falschen Entscheidungen getroffen, so wie auch sein Namensgeber. Und er, der dritte Heathcliff, war ebenso blind einem düsteren Pfad gefolgt. Hatte Em weggestoßen und letztlich verjagt, die bereit gewesen war, mehr zu sehen als nur den äußeren Anschein.

Tief atmete er ein, dann stürzte er die Treppe hinauf. Er musste hier raus. Dieses Haus schien ihn zu erdrücken. Es hielt ihm all seine Fehler vor, zeigte falsche Entscheidungen auf.

»Sie bauen alles auf?«, sprach er einen der Männer an, der zustimmend nickte. Er deutete in die Mitte des Raumes. »Hier bitte das Bett, den Schrank an diese Wand und den Schreibtisch und die Regale ins Nachbarzimmer.«

»Wo wollen Sie den Schreibtisch haben?«

Jack überlegte einen Moment. »Unter dem Fenster?« Er hatte keine Ahnung wohin ein Schreibtisch gehörte, er hatte nie einen gebraucht. Aber ergab ein Platz am Fenster mit Sicht auf das Moor nicht Sinn?

»Dann unter dem Fenster«, brummte der Mann.

»Ich habe was zu tun, ziehen Sie einfach die Tür hinter sich zu.« Er drückte ihm einen Schein in die Hand und drehte sich um.

Zweieinhalb Stunden im Moor hatten Klarheit gebracht. Klarheit darüber, dass er ein verdammter Ochse war. Ebenso wie sein Vater. Dass er verspielt hatte, was das Schicksal ihm unverhofft in die Hände gelegt hatte: Em.

Sein ganzes Verhalten ihr gegenüber, von dem Moment, an dem er sie gesehen hatte, war alles andere als freundlich gewesen. Weil er nicht freundlich war. Nein, er war ein trübsinniger Sturkopf, der sich von allem und jedem fernhielt und die Anwesenheit eines Hundes der der Menschen vorzog.

Schlecht gelaunt öffnete er die Tür des B&Bs und sah sich um. Niemand war hier. Momentan gab es kaum Gäste, und seine Mutter schien unterwegs zu sein. Mit schweren Schritten stapfte er hinauf und ließ sich auf sein Bett fallen.

Noch immer lag *Sturmhöhe* auf dem Nachttisch, obwohl er es schon vor Wochen beendet hatte. Und er verstand, was Em ihm damit sagen wollte. Alles. Sie hatte erkannt, auf welch düsterem Pfad er sich befand, und wollte ihn davon abhalten, sich zu verlieren. Und sie hatte ihm mit dem Bild die Vision einer Zukunft geschenkt. Doch es war nicht seine Vision, es war ihre.

Flinke Schritte waren im Flur zu hören, und gleich darauf klopfte es. »Nicht jetzt, Ma«, gab er mit fester Stimme zurück.

»Wenn du mich noch einmal Ma nennst, dann setzt es was«, sagte jemand vor der Tür kichernd und öffnete sie. Grinsend trat Kitty ein und sah sich um. »Hier haust du Einsiedler also.« Sie sah sich in dem Raum um. »Viele Sachen hast du nicht, oder?«

»Kitty.« Stöhnend setzte er sich auf. »Das ist kein guter Zeitpunkt. Was willst du hier?«

Auf ihren hohen Schuhen schritt sie über den dicken Teppich und sah prüfend aus dem Fenster. »Hab deine Mutter vorhin beim Einkaufen getroffen, und sie hat sich bei mir über deine Haare beschwert. Sie meinte, du würdest langsam, aber sicher den Gästen Angst machen.« Sie drehte sich um und deutete auf seinen Bart. »Bist du ein verfluchter Hipster, oder was? Warum rasierst du dich nicht endlich?«

»Du kommst hierher, um mir zu sagen, dass ich mich rasieren soll?« Mit hochgezogenen Augenbrauen sah er sie an.

Sie warf ihre Handtasche auf das Bett und ihren Mantel daneben. Dann begann sie nach etwas zu kramen und zog triumphierend eine silberne Schere heraus. »Ich bin hier, um dir einen Haarschnitt zu verpassen.« Suchend sah sie sich um. »Hol den Stuhl da, und dann fangen wir an.«

»Du glaubst doch nicht, dass ich mir von dir die Haare schneiden lasse?« Er wehrte kopfschüttelnd ab. »Kannst du das überhaupt?«

»Ich mache das immer bei meinem Verlobten, und ich glaube, ich bin inzwischen ziemlich gut.« Sie legte ihren Kopf schief und betrachtete ihn. »Schlimmer kann's nicht mehr werden, also los.«

Stöhnend stand er auf und zog den Stuhl in die Mitte des Raums. Es hatte keinen Sinn, sich weiter zu wehren, und eigentlich wusste er nicht mal, warum er so lange nicht mehr beim Frisör gewesen war. Vermutlich mochte er es, dass ihm die Leute dadurch noch mehr aus dem Weg zu gehen schienen. Er sackte auf den Stuhl, und Kitty befestigte einen Umhang aus glänzendem Stoff an seinem Hals.

Er schielte zu ihr hinauf. »Du und Ben, ihr seid also verlobt?«

Sie nickte und begann zu schneiden. Eine dicke Strähne fiel neben seinen Füßen zu Boden. »So macht man das, wenn man sich liebt.«

»Natürlich.«

»Und warum bist du nicht im Cottage? Dort habe ich als Erstes nachgesehen, doch da waren nur zwei Handwerker, die Möbel aufgebaut haben.«

»Musste was verdauen«, brummte er leise.

»Und was?« Eine weitere Strähne landete auf dem Teppich.

»Dass ich einen Fehler gemacht habe.«

Kitty hielt in der Bewegung inne. »Sag bloß. Und welchen?«

»Können wir nicht einfach schweigen, während du mir die Haare schneidest?«, flehte er schon beinahe.

»Beim Frisör unterhält man sich doch auch.«

»Ich nicht«, gab er zurück.

»Warum überrascht mich das nicht? Also sag schon, was los ist.«

»Em hat mir einen Brief geschickt, und ich habe ihn heute gefunden. Sie muss ihn schon vor ein paar Wochen abgeschickt haben, dem Stempel nach zu urteilen.«

»Einen Brief?« Ihre Stimme hatte etwas Aufgekratztes.

»Also eigentlich war der Brief nicht von ihr, sondern von meinem Vater.«

»Wirklich?« Kitty beugte sich herunter und sah ihn mit weit offenen Augen an. »Wie kommt Em an einen Brief von deinem Vater?«

Jack presste die Kiefer aufeinander. »Er hat ihn Ems Mutter geschickt, nachdem diese nach einer Affäre mit ihm nach Deutschland zurückgekehrt ist. Er hat sich bei ihr entschuldigt, sie gebeten zu haben, zu gehen, und ihr seine Liebe gestanden.« Er machte eine Pause. »Und dann ist er wahnsinnig geworden vor Liebeskummer, und wir alle kennen das Ende.«

Zum ersten Mal erlebte er Kitty sprachlos. Sie murmelte etwas Unverständliches und schnitt weiter. Nach einigen Minuten war sie bei den Haaren um sein Gesicht herum angelangt und sah ihn tadelnd an.

»Was schaust du so?«, raunte er ihr zu. »Ich weiß genau, was für ein Vollidiot ich bin und was ich aus der Hand gegeben habe. Und jetzt sitze ich da mit einem renovierten Haus, in dem ich nicht leben will, in einem Gästezimmer, in dem ich es nicht mehr aushalte, und habe keine Ahnung, wie es weitergehen soll.«

Zufrieden lächelte sie ihm zu. »Endlich fängst du wieder an zu reden.«

»Du willst, dass ich rede?« Wild funkelte er sie an. »Das kannst du haben. Du hattest recht mit allem. Em hat sich in mich verliebt, obwohl es für sie besser gewesen wäre, es nicht zu tun, und ich habe mich ebenfalls in sie verliebt. Obwohl ich mir geschworen hatte, nie wieder mein Herz zu öffnen, hat es diese Frau irgendwie doch geschafft. Und dann habe ich mit ihr geschlafen und ihr danach vorgeworfen, dass ihre Mutter am Tod meines Vaters schuld sei, und sie nicht einmal mehr angesehen. Sie ist einfach geflüchtet, was hätte sie auch sonst tun sollen? Sich anhören, wie ich auf ihre tote Mutter schimpfe? Und jetzt hat sie diesen Brief gefunden und weiß, dass ich die ganze Zeit falschgelegen habe. Dass meine Vorwürfe gemein und niederträchtig waren, und das nur, weil ich einen Schuldigen gebraucht habe.«

Kitty seufzte auf. »Du hast recht. Du bist ein Vollidiot.«

»Sage ich doch«, murrte Jack und lehnte sich im Stuhl zurück.

»Wofür brauchst du eigentlich einen Schreibtisch?«, platzte es aus ihr heraus.

Verwirrt sah er auf.

»Na, die haben einen Schreibtisch im Cottage aufgebaut. Also, wofür brauchst du einen Schreibtisch?«

»Viele Leute haben welche«, gab er wirsch zurück.

»Hast du überhaupt einen Laptop oder einen Computer?«

»Nein.« Er wich ihrem Blick aus und hörte die Schere direkt neben seinem rechten Ohr.

»Jack, du machst mich wahnsinnig.« Sie stellte sich hin und stemmte die Hände an die Hüften. »Wer soll an diesem Schreibtisch arbeiten?«

Statt einer Antwort sah er auf den Boden.

»Das habe ich mir gedacht. Du hast ihn für Em gekauft. Weil sie einen brauchen würde, wenn sie bei dir lebt. So ist es doch, oder?«

Fassungslos sah er in Kittys Gesicht. Konnte es sein, dass das stimmte? Hatte er unbewusst ein Zimmer für Em eingerichtet? »Sie wird nicht bei mir wohnen. Sie wird mich verachten für das, was ich gesagt habe.«

»Das kann schon sein.« Kitty seufzte und setzte erneut die Schere an. »Aber wenn sie in dich verliebt ist, kann sie dir vielleicht vergeben.«

»Du meinst, ich soll sie anrufen?« War das eine Möglichkeit? Sollte er versuchen, mit ihr zu sprechen?

Kitty lachte aus vollem Hals auf. »Du steckst knietief im Mist, das kannst du nicht mit einem Telefonat ausbügeln.«

Natürlich nicht, wie kam er nur auf so eine Idee? Em würde ihm nie verzeihen, was er ihr angetan hatte. »Es hat keinen Sinn«, murmelte er.

»So was macht man persönlich von Angesicht zu Angesicht. Vielleicht kann sie in deinen rabenschwarzen Augen erkennen, dass es dir tatsächlich leidtut und du sie liebst.«

»Natürlich!« Jack wollte aufspringen, doch Kitty drückte ihn mit einer Hand auf der Schulter auf den Stuhl. »Ich bin hier noch nicht ganz fertig, und du solltest wenigstens was hermachen, wenn du dich ihr zu Füßen wirfst.«

Ein Lachen löste sich aus seiner Brust und mit ihm die Anspannung, die ihn seit Wochen begleitete. Er würde tun, was Kitty vorschlug: zu Em fahren und um Verzeihung flehen. Ihr sagen, was er für sie empfand und sie bitten, ihm eine Chance zu geben. Und wenn er Glück hatte, würde sie ihn nicht davonjagen.

Hatte das Schicksal ihm tatsächlich noch einmal einen Menschen geschickt? Sollte er sich trauen, auf ein zufriedenes Leben zu hoffen? Wenn, dann war dies nur mit Em möglich, das lag auf der Hand. Sie war die Sonne, die ihm so lange gefehlt hatte. »Ich hab 'ne scheiß Angst, dass sie mich nicht mal sehen will«, brummte er Kitty zu.

»Ich weiß.« Mitfühlend tätschelte sie seinen Oberarm. »Zumindest die Haare sind fertig, schau es dir im Bad an, und dann rasierst du dich«, forderte sie ihn auf.

»Jawohl.« Energisch stand er auf und ging ins Bad hinüber.

Kitty wusste offensichtlich, was sie tat. Sie hatte ihm einen modischen und frechen Look verpasst, ohne zu viel abzuschneiden. Die dunklen Locken am Oberkopf saßen gut, und das erste Mal seit Monaten konnte er seine Ohren sehen. »Na dann.« Schäumend spritze er sich den Rasierschaum in die Hand und verteilte ihn im Gesicht.

»Habe ganz vergessen, was für ein gut aussehender Kerl du bist«, rief Kitty aus, als er wieder zurück ins Zimmer trat.

»Übertreib mal nicht«, gab er mürrisch zurück.

»So stehen deine Chancen gleich viel besser.« Sie schlüpfte in ihren Mantel und stellte sich vor ihn. »Und jetzt buchst du einen Flug?«

»Ich habe keine Ahnung, wie man so was macht. Ich denke, ich fahre einfach nach Folkstone und nehme den Zug nach Frankreich.«

»Und wann willst du los?«

Grinsend sah er sie an. »Jetzt. Ich muss nur noch in Mums Unterlagen Ems Adresse raussuchen.«

»Oh, ich würde zu gerne mitkommen, aber das solltest du allein machen.« Kitty war die Aufregung anzusehen. Noch aufgekratzter als sonst schien sie kurz davor zu sein, auf der Stelle zu hüpfen. Energisch schwang sie die Arme um seinen Nacken und drückte ihn an sich. »Ich wünsche dir viel Glück, Jack, und bring Em zurück.«

Unfähig etwas zu sagen, nickte er nur und beobachtete, wie sie durch die Tür verschwand. Wollte er das wirklich tun? Einfach losfahren, ein Ticket für den Tunnel kaufen, durch Frankreich und Deutschland fahren, um eine Frau um Vergebung zu bitten? Nein, nicht irgendeine Frau. Die, nach der er sich sehnte, seit er sie zum ersten Mal gesehen hatte.

Hektisch riss er den Schrank auf und suchte nach seinem Rucksack. Ein paar Klamotten würde er brauchen und etwas Proviant. Und er musste seiner Mutter einen Zettel schreiben und sie bitten, sich solange um den Hund zu kümmern.

Ja, er würde es tun. Und wenn Em ihn nicht sehen wollte, so müsste er sich eine Sache weniger vorwerfen: die, es nicht versucht zu haben.

# Kapitel 20

**Em**

Em stand in der Mitte des Raumes und sah sich um. Das hier sollte also ihr neues Zuhause werden. Noch fühlte sich das fremde Zimmer nicht danach an. Es war schön möbliert, und das breite Fenster ließ viel Sonne herein. Diese vier Wände in der kleinen WG würden nicht nur ein Ort zum Schlafen sein, sondern sie würde hier auch den Großteil ihrer Zeit mit Arbeit verbringen.

Langsam schritt sie auf das Fenster zu und sah hinaus. Die Lage war gut, zentral, und unter ihr brummte das Leben der Stadt. Menschen auf dem Weg zur Arbeit und viel Verkehr. Noch vor Monaten hätte ihr diese Aussicht gefallen. Doch jetzt war ihr das geschäftige Treiben zu viel. Es gab keine Sicht bis zum Horizont und nicht das einsame Rauschen des Windes, das sie in ihren Träumen hörte.

Seufzend drehte sie sich um. Sie hatte keine Wahl. Wonach sie sich sehnte, spielte keine Rolle. Es war Zeit, endlich ihr Leben wieder in die eigenen Hände zu nehmen. Die letzten zwei Tage hatte sie bereits damit verbracht, all ihre Dinge in Kartons zu verpacken.

Schon bevor sie die WG besichtigte, hatte festgestanden, dass sie hier einziehen musste. Weil sie rauswollte aus der Wohnung, in der ihre Mutter gestorben war und in der ihre Väter sie mit Argusaugen beobachteten. Wenn sie sich endlich von ihren Gedanken um die Sache mit Iris und Heathcliff lösen wollte, gab es nur diesen Weg.

»Ich nehme das Zimmer«, verkündete sie selbstsicher.

»Und wann willst du einziehen?«, fragte Michael, der sie durch die kleine Wohnung geführt hatte.

Sie betrachtete ihn. Ein zukünftiger Ingenieur. Klar und unverfänglich in seiner Art. Kein Künstler. Genau das, was einen Unterschied zu ihrem bisherigen Leben machen würde. »Morgen?«

»Dann willkommen bei uns.« Er strahlte sie an und reichte ihr die Hand. »Ich bin mir sicher, Sarah wird ebenso begeistert von dir sein, aber sie musste dringend an die Uni. Ihr werdet euch also erst nach deinem Einzug kennenlernen.«

Zaghaft griff sie nach der Hand und lächelte. Damit war die Entscheidung besiegelt.

Wenig später trat sie vor die Haustür. Warum war es plötzlich so windig? Als sie das Haus betreten hatte, war kaum ein Windzug gegangen, und jetzt bogen sich die Äste der blattlosen Alleebäume im Wind.

Einen Moment schloss sie die Augen und sog die Luft ein. Selbst der Geruch war anders als üblich und versetzte ihr einen Stich im Magen. Sie musste sich einbilden, was sie wahrzunehmen glaubte. Das Moor war weit weg, jenseits des Meeres, und doch war ihr so, als könnte sie es riechen.

Kopfschüttelnd zog sie den Schal enger und lief los. Eine halbe Stunde war es zu Fuß bis zu der Wohnung ihrer Väter.

Dreißig Minuten durch dicht bebaute Straßen, über vielbefahrene Kreuzungen und entlang an Geschäften. Sie sollte sich am Wochenende dringend das Auto von Rollo leihen und raus aus der Stadt fahren. Irgendwohin, wo es still war und sie allein mit ihren Gedanken war.

Auf die Arbeit konnte sie sich nur schlecht konzentrieren. Früher hatten die Geräusche des Verkehrs vor dem Haus und das Schlagen von Marks Meißel nicht gestört. Jetzt störte all das und ließ nicht zu, vernünftig zu arbeiten. Und noch immer fühlte sich ihr Herz gebrochen an. Jack zu vergessen war unmöglich, das hatte sie inzwischen eingesehen. Sollte sie das Schicksal mit Iris teilen? Sich ein Leben lang nach einem Mann sehnen, mit dem sie nicht zusammen sein konnte?

Schniefend zog sie die Nase hoch. Da war sie wieder: ihre Allergie auf Wind. Abrupt blieb sie stehen und sah sich um. Irgendetwas stimmte hier nicht. Ein merkwürdiges Gefühl beschlich sie, und die Härchen an ihren Armen stellten sich auf. War das so etwas wie eine Vorahnung? Prüfend sah sie zu den dunklen Wolken, die der Sonne den Weg versperrten.

Schluckend zwang sie sich, weiterzugehen. Nein, es musste an diesem Wind liegen. Er brachte Erinnerungen und Sehnsucht mit sich, die sie nur mit Macht ganz hinten in ihre Gedanken verweisen konnte.

Quietschend hielt ein Auto nur knapp einen Meter vor ihr an, und der Fahrer gestikulierte ihr wild zu. Aufgeschreckt sah sie sich um und entdeckte die rote Ampel, die sie übersehen hatte. Entschuldigend hob sie die Hände und sprang zurück.

Was war nur los mit ihr? Verlor sie langsam, aber sicher den Bezug zur Realität? Aus den Augenwinkeln glaubte sie einen Schatten zu sehen, doch als sie sich ihm zu wandte, war dort nichts. »Hör auf mich zu verfolgen«, flüsterte sie und schlang die Arme um sich.

***

# Jack

Mit steifen Beinen stieg Jack aus dem Auto. Nach der Fahrt mit dem Zug durch den Eurotunnel hatte er die Nacht in einem kleinen Hotel verbracht und war seinem Ziel nun so nahe, dass sein Mund trocken wurde.

Beindruckend stand das ehemalige Fabrikgebäude auf der anderen Straßenseite. Er gab sich einen Ruck und überquerte die Straße. Die schwere Eingangstür aus Stahl stand offen und gab den Weg in ein Treppenhaus mit abgenutzten Steinstufen frei. Dieses Haus passte zu allem, was er über Ems Familie wusste. Vergangenheit und Moderne waren hier kunstvoll verknüpft worden.

Zögernd berührte sein Finger die Klingel, doch anstatt zu drücken, trat er ein und stapfte in den zweiten Stock hinauf. Neben der Fußmatte stand eine zierliche Holzstatue. Geschwungen bildete sich ein Körper aus dem dunkel gemaserten Holz heraus. Hier war er richtig, daran bestand kein Zweifel. Mit feuchten Händen zögerte er einen Augenblick. Dann drückte er die Klingel neben der Tür und glaubte vor Anspannung zu zerspringen.

Schritte schallten aus der Wohnung, und gleich darauf wurde die Tür geöffnet. Regungslos starrte er den Mann an, der vor ihm stand. Das mit Holzstaub bedeckte Unterhemd gab den Blick auf für einen Mann in diesem Alter beeindruckend trainierte Arme frei. Und er war groß, ebenso groß wie er selbst. Wach sah er ihn an und schien darauf zu warten, dass er etwas sagte.

»Ist Em da?« Mehr brachte er nicht heraus.

Offensichtlich überrascht über die englische Ansprache, zögerte der Kerl einen Moment. »Wer bist du?«

Hinter ihm waren Schritte zu hören, und ein kleinerer Mann in einem knallgelben Hemd und mit einer auffälligen Brille schob sich an ihm vorbei. Er runzelte die Augenbrauen und sah ihn an. Dann sagte er etwas zu dem ersten Mann, dass Jack nicht verstand. Dieser verschränkte daraufhin die Arme vor der Brust und schien noch ein Stück größer zu werden. Wie ein Schutzschild wollte sein Körper den Weg in die Wohnung versperren.

»Du bist Jack«, sagte der kleinere Mann.

»Wie …«, stammelte er und strich sich fahrig über das Gesicht. Wie ungewohnt die glatte Haut dort war.

»Deine Augen. Em hat sie gezeichnet«, erklärte er. »Was willst du hier?« Zwar wirkte er nicht annähernd so bedrohlich wie der Kerl in dem Unterhemd, aber nicht weniger feindselig.

»Du musst Rollo sein.« Jacks Stimme flatterte ungewöhnlich.

Er fühlte sich wie damals, als er Clara Hills mit sechzehn zum ersten Date abholte und ihr Vater ihn dabei ansah, als würde er kaum, dass sie aus dem Haus waren, versuchen, Clara die Jungfräulichkeit zu nehmen. Und jetzt standen ihm gleich zwei Väter gegenüber, die anscheinend nur zu gut wussten, wer er war.

»Em hat von uns erzählt?«

Jack nickte. »Kann ich reinkommen?«

Die Männer warfen sich einen flüchtigen Blick zu, dann traten sie zur Seite. Mit weichen Knien trat er in einen breiten, langen Flur. Rollo bedeutete ihm, zu folgen und führte ihn in die Küche.

»Setz dich«, forderte er ihn auf.

Dankbar nahm er das Angebot an und sah auf den anderen Kerl, der inzwischen an der Wand lehnte und ihn finster ansah. Wie alt war er wohl? Mitte fünfzig? »Mark, nehme ich an?«

Statt einer Antwort brummte der Kerl nur und ging mit aufeinandergepressten Kiefern auf den Tisch zu, wo er sich ihm ebenso wie Rollo gegenübersetzte.

Warum zum Teufel saß er hier mit diesen beiden am Tisch, wenn er doch eigentlich gekommen war, um Em zu sehen? »Ist sie da?«, hakte er nach.

»Müsste jeden Moment zurückkommen.« Rollo nahm die bunte Brille ab und rieb sich seufzend über die Augen. »Also, was willst du von ihr?«

Das war ein Verhör. Und Jack war sich sicher, dass diese Männer ihn umgehend aus der Wohnung befördern würden, sollten ihnen seine Antworten nicht passen. Er konnte es ihnen nicht verübeln. Nach allem, was er wusste, hatten Em und ihre Väter ein inniges Verhältnis. Natürlich wollten sie ihre Tochter beschützen.

»Ich habe einen Fehler gemacht«, erklärte er also wahrheitsgetreu. Kopfschüttelnd lachte er auf. »Ich habe viele Fehler gemacht.«

Ein Lächeln zeichnete sich auf Rollos Gesicht ab, als er die Brille wieder aufsetzte. »Das geht jedem von uns so. Und du schuldest uns keine Erklärung, die schuldest du vielmehr Em, wie ich annehme.«

»Viel Glück damit«, raunte Mark ihm zu und ließ die verschränkten Arme sinken. »Magst du einen Kaffee?«

Erleichtert atmete er auf. Offensichtlich hatten die beiden ihm nur etwas vorgespielt, um ihn leiden zu lassen. »Ja, bitte.«

Noch ehe Mark aufstehen konnte, hörte Jack das Türschloss klacken. Angespannt sah er in den Flur und auf die dick eingemummelte Person, die eintrat.

»Wir gehen besser wieder an die Arbeit«, erklärte Rollo leise und stand auf.

Sie drehte sich um und schloss die Tür, dann ging sie den Flur entlang auf ihn zu, während sie in ihrer Tasche kramte. Was hatte er dieses niedliche Gesicht vermisst. Hinter ihm verschwanden die Männer durch einen Durchgang in den Nachbarraum, und Jack sprang ruckartig auf. Quietschend rutschte sein Stuhl zurück, was Em dazu brachte, aufzusehen.

Irritiert sah sie ihn an, und Jack wurde bewusst, dass sie ihn nicht auf den ersten Blick erkannte. Plötzlich rutschte ihr die Tasche aus der Hand und schlug mit einem dumpfen Ton auf dem Dielenboden auf.

»Jack«, flüsterte sie und bewegte sich nicht von der Stelle.

Er machte einige Schritte auf sie zu, doch als er sah, wie sie zurückwich, blieb er stehen. Mit weit aufgerissenen Augen starrte sie ihn an.

Mit langsamen Bewegungen wickelte sie ihren Schal ab und schlüpfte aus dem Mantel. Dann ging sie an ihm vorbei und warf beides über eine Stuhllehne. Mit unsicheren Schritten trat sie an die breite Glastür und sah hinaus auf die Terrasse. »Du hast den Wind mitgebracht«, sagte sie leise.

»Können wir reden?« Seufzend setzte er sich zurück an den Tisch.

»Du bist hergekommen, also sollte ich dir zuhören.« Sie drehte sich um, und Jack erkannte die geröteten Augen. Sein Auftauchen brachte sie durcheinander. *Natürlich.*

Zögernd setzte sie sich ihm gegenüber. »Warum bist du hier?«

Er griff in die Hosentasche und zog sein Handy heraus. »Ich möchte dir was zeigen.« Eilig suchte er das richtige Bild heraus und hielt es ihr hin.

Mit zitternden Fingern griff sie danach und betrachtete es. Ein Lächeln huschte über ihr Gesicht, doch es wirkte unglücklich. »Du hast Morning Star renoviert?«

»Es ist fertig. Und es sieht genauso aus wie auf deiner Zeichnung.« Er streckte seine Hand aus und berührte flüchtig ihre Finger, als er ihr das Handy abnahm. Wieder zuckte sie zurück. Jack ignorierte es und wechselte zu einem Bild des Wohnraums. »Wie findest du es?«

»Wunderschön.« Und noch ein trauriges Lächeln, ehe sie auf die Tischplatte sah und die Hände in den Schoß legte.

»Ich habe sogar die Hühner gekauft, die du gemalt hattest«, erklärte er und steckte das Handy ein.

Sie zog die Augenbrauen hoch. »Die waren ein Witz.« Die Andeutung eines hellen Lachens war zu hören.

»Ein Witz?« Jack lachte auf und schüttelte den Kopf. »Ich habe einen Stall gebaut, den ich von nun an jede Woche sauber machen muss, und du willst gar keine Hühner?«

»Ich?« Ihre Augen wurden wieder so groß wie eben im Flur. »Was hat das mit mir zu tun?«

Er atmete erneut tief ein. »Ich hatte gehofft, du würdest mit mir zurück nach Haworth kommen.«

Ihr Mund öffnete sich, schloss sich aber gleich darauf wieder. Sprachlos wanderte ihr Blick über sein Gesicht.

Jack stöhnte auf. »Ich muss mich bei dir entschuldigen. Für alles. Für meine Art und ganz besonders für das, was ich über deine Mutter gesagt habe. Nichts davon war in Ordnung, und ich habe es aus einer Verletztheit heraus gesagt. Inzwischen ist mir klargeworden, wie verflucht falsch ich gelegen habe.«

Er machte eine Pause und streckte seine Hand aus. Sie wich nicht zurück, und vorsichtig schob er sie auf ihre. Kalt und schmal lag sie unter seiner Handfläche. »Ich habe das Buch gelesen. Und ich habe nachgedacht. Mit Edward und mit Mum geredet und endlich eingesehen und verstanden, dass ich zu lange in der Vergangenheit gelebt habe. Das möchte ich nicht mehr. Ich habe dich vermisst. Jeden Tag. Und ich will es nicht dem Schicksal überlassen, was mit meinem Leben passiert. Ich will mein Schicksal selbst entscheiden, und ich will dich.« Fest drückte er ihre Hand.

»Das kommt überraschend und unerwartet«, flüsterte sie und vermied es, ihn anzusehen.

»Für mich auch. Aber ich möchte nicht ohne dich leben. Das kann ich nicht. Zu lange habe ich außerhalb der Realität gestanden. Alles, was ich dir bieten kann, bin ich. Ich und

Morning Star.« Er zog seine Hand zurück und legte das Gesicht in die Handflächen. Es war nicht länger möglich, ihren verletzten Ausdruck zu beobachten. »Ich bin ein schwieriger Mann, das weiß ich. Ich kann nur mit aller Kraft versuchen, mich zu ändern.«

***

**Em**

*Ändern?* Em runzelte die Augenbrauen. Ihr Magen fühlte sich flau an, und sie war froh, dass sie saß. Eben hatte sie geglaubt, ihre Beine würden unter ihr einfach nachgeben.

Jack war hier. Ihre Ahnung hatte sie nicht getäuscht. Er war hier und wollte, dass sie mit ihm ging. Sein Gesicht lag in seinen Handflächen verborgen und alles, was sie sehen konnte, waren die dunklen Haare, die nun einen frechen Schnitt hatten.

»Ich möchte nicht, dass du dich änderst«, stieß sie hervor, was ihn dazu brachte, sie anzusehen. »Ich habe mich in dich verliebt, weil du bist, wie du bist. Du hast dich mit deinen Schatten versöhnt, das war alles, was ich wollte.« Und sie hatte ihn gewollt, doch das sprach sie nicht aus.

»Bin ich nicht so finster wie Heathcliff aus *Sturmhöhe?*«, brummte er.

»Nein, das bist du nicht. Du warst nur auf dem Weg dahin.«

»Du hast mich besser durchschaut als sonst jemand«, antwortete Jack und lächelte.

Wärme breitete sich in ihr aus. Ohne den Bart war sein Lächeln besser zu sehen, und es war lebendig und ehrlich. Kitty hatte recht gehabt: Dieser Kerl sah zu gut aus. Und doch waren die Augen alles, was sie wahrnehmen konnte. Die gefühlvolle Tiefe darin, und sie glaubte, sich erneut in ihnen zu verlieren.

Schluckend sah sie von ihm weg. »Wie stellst du dir das vor? Ich lebe hier und du in England. Ich habe hier meine Familie, meine Freunde und meine Arbeit. Und jetzt soll ich alles aufgeben für den Versuch einer Beziehung?«

Jack lehnte sich zurück und lächelte noch immer. »Es ist kein Versuch. Es wird eine Beziehung sein, und sie wird funktionieren. Weil ich dich liebe und brauche. Weil du der richtige Ausgleich für mich bist. Und weil ich mich jeden verdammten Tag bemühen werde, dich glücklich zu machen.«

Es waren verlockende Worte, die wie aus weiter Entfernung zu ihr durchdrangen. Doch sie war nicht grundlos überstürzt abgereist. »Was ist mit unseren Eltern? Ihre Geschichte wird immer zwischen uns stehen«, sprach sie langsam und bemüht deutlich und ignorierte so die Liebeserklärung, die sie eben erhalten hatte.

»Nein, das werden sie ab jetzt nicht mehr. Das war ihre Geschichte. Wir können nur daraus lernen und nicht die gleichen Fehler machen. Wir werden unsere eigenen machen, aber sicher nicht die, die sie gemacht haben. Wir werden uns nicht für den Rest unseres Lebens nacheinander sehnen. Wir werden den Rest unseres Lebens teilen.«

Seit wann sprach dieser Mann so viel? Und noch dazu derart wunderbare Dinge? Es waren nicht nur die Haare und das rasierte Gesicht, was sich verändert hatte. Jack war offener geworden. Er wirkte nicht mehr getrieben. »Du hast dich wirklich mit der Vergangenheit ausgesöhnt.« Es war keine Frage, es war eine Feststellung.

Bestätigend nickte er und schien auf eine Reaktion zu warten.

»Ich habe mir eben ein Zimmer in einer WG angesehen. Es ist schön«, erklärte sie und beobachtete, wie seine Schultern nach unten zu sacken schienen. »Ich habe aus dem Fenster geschaut und nichts als Häuser, Menschen und Autos gesehen.« Langsam stand sie auf und ging um den Tisch herum, bis sie neben ihm angelangt war. »Ich habe die Hügel vermisst«, flüsterte sie und fuhr mit den Fingern in seine Haare.

Er schielte zu ihr hoch. »Morning Star hat einen Schreibtisch vor dem Fenster, das zum Moor geht. Ich glaube, da kann man sehr gut Buchcover gestalten.« Seine Lippen verzogen sich zu einem breiten Grinsen.

Em spürte die dichten Haare in ihrer Hand und wanderte auf seinen Nacken hinab. Wohlig warm fühlte sich seine Haut dort an. »Weißt du, ich kann eigentlich von überall arbeiten. Und die Flüge sind nicht sehr teuer. Wir sollten ein Gästezimmer einrichten, damit meine Leute mich regelmäßig besuchen können. Du wirst den Trubel hassen, wir sind alle laut und sehr lebendig.«

»Kann's kaum erwarten.« Sein Arm legte sich um ihre Hüfte, und mit einem Ruck zog er sie an sich ran.

Mit gesenktem Kopf atmete sie den wilden Geruch ein, der ihr so unbeschreiblich gefehlt hatte. »Ich kann nicht einfach so in England leben, dafür ist bestimmt viel Papierkram nötig.« Sie hielt dagegen und wusste doch, dass sie längst aufgeben hatte, gegen seinen Vorschlag anzukämpfen.

»Darum kümmern wir uns. Wir finden sicher eine Lösung.«

Ja, sie würden eine Lösung finden. Das mussten sie. Denn ganz sicher würde sie Jack nicht allein zurück nach Haworth lassen. Em rutschte auf seinen Schoß und blickte in die dunklen Augen. »Steht dir, der fehlende Bart«, murmelte sie und schmiegte ihre Wange an seine.

»Dafür ist Kitty verantwortlich«, gab er zurück. »Sie lässt dich grüßen und wird mir in den Hintern treten, wenn ich ohne dich zurückkomme.«

»Dafür wird es keinen Grund geben«, flüsterte Em in sein Ohr.

»Also kommst du mit?« Die Aufregung in seiner Stimme war nicht zu überhören.

Statt einer Antwort suchten ihre Lippen seine. Zuerst zaghaft, dann stürmischer küsste er sie. Fest hielten seine Arme sie umgriffen, und Em glaubte, ins Bodenlose zu fallen. »Ich liebe dich«, flüsterte sie und schnappte nach Luft.

»Das möchte ich von jetzt an jeden Tag hören.« Lächelnd strich er ihr die Haare aus der Stirn.

»Dann müssen wir meinen Vätern die Neuigkeit erzählen.«

Jack stöhnte gespielt auf. »Du weißt, ich kenne mich nicht mit Vätern aus, und vor diesem Mark habe ich ganz schön Respekt.«

Glucksend schmiegte sie sich an ihn. »Der tut nur so.«

»Und dann packen wir deine Sachen in mein Auto und fahren nach Hause.«

*Nach Hause.* Wie schön sich das anhörte. Ihr neues Zuhause würde nach Moor riechen. Nach Wind und Wildheit. So wie Jack.

# Epilog

***Dreieinhalb Jahre später***
**Em**

Em lachte auf und lehnte sich auf die Fensterbank. Wie schon so oft, hatte ihr Sohn sich die kleine Schieberkappe vom Kopf gezogen und mit Schwung ins Gras befördert.

Mit gutmütiger Miene kniete Jack sich vor ihn und setzte sie ihm wieder auf. Er sprach zu dem Zweijährigen und deutete auf den Hügel hinter dem kleinen Grundstück. Ein Strahlen zog sich über das Gesicht des Kindes, und es vergaß darüber, dass die unliebsame Mütze ihren Platz auf seinen dunklen Locken erneut eingenommen hatte.

»Irgendwann wird er sich daran gewöhnen und sie dann andauernd tragen wollen«, brummte Jack ihr immer wieder zu. Beide waren sie Sturköpfe. Ihre Sturköpfe.

Jack stand auf, griff nach der winzigen Hand und stapfte langsam, damit die kurzen Beine ihm folgen konnten, los zu dem schmalen Trampelpfad, den seine unzähligen Spaziergänge mit dem Hund in dem Hang hinter dem Cottage hinterlassen hatten.

Em genoss den Anblick ihres Mannes und Sohnes, ehe sie zwischen den Büschen des abfallenden Geländes verschwanden. Lächelnd ging sie die Treppe hinauf in ihr Arbeitszimmer und setzte sich an den Schreibtisch. Hinter dem offenen Fenster breitete sich das spätsommerliche Blütenmeer des Moors aus, und eine würzige Briese drang in den Raum. War das hier nicht das schönste Plätzchen der Welt? Abgeschieden und ruhig und ihre neue Heimat.

So viel war in den letzten Jahren geschehen. Ihr ganzes Leben war auf den Kopf gestellt worden, und jeden einzelnen Tag war sie dankbar für das Glück, dass ihr und Jack zuteilwurde. Bei ihrem ersten Wiedersehen mit Rosie hatte diese sie an ihren ausladenden Busen gedrückt, und seitdem war die warmherzige Frau zu einer zweiten Mutter geworden. Selbst Edward hatte sich über ihre Rückkehr gefreut, auch wenn der alte knurrige Kerl es nicht so überschwänglich zeigte wie seine Schwägerin.

Der Blick, mit dem er sie bei ihren regelmäßigen Besuchen auf Hillcrest bedachte, war wohlwollend und manchmal etwas verträumt. Oft vermutete sie, dass er in seinen Gedanken Iris vor sich sah, wenn sie mit ihm einen Tee trank und sie sich unterhielten.

Jack war an dem Tag, als sie ihre Kisten ins Cottage getragen hatten, endgültig aus seinem Winterschlaf erwacht. Plötzlich hatte in seinen Augen Zuversicht gelegen, und Em wusste, dass er endlich nach vorn sah. Zu ihr. Zwar hatte er ihr klar gesagt, dass er keine Kinder wollte, doch das Schicksal hatte andere Pläne gehabt.

Mit zitternden Fingern hatte Em den positiven Schwangerschaftstest Jack gereicht und befürchtet, ihn damit an die schlimmste Zeit in seinem Leben zu erinnern. Doch statt der alten Schatten, hatte sich tiefe Zufriedenheit auf seinem Gesicht abgezeichnet. »Dann musst du mich jetzt wohl oder übel heiraten«, hatte er ihr zugeflüstert und ihre Stirn geküsst.

Einige Monate später, als sie spät abends im Bett lagen und den Wind um das Cottage rauschen hörten, schob er seine Hand auf ihren Bauch. »Wir sollten ihn Hareton nennen. Tradition ist Tradition.«

Lachend hatte sie sich an ihn geschmiegt und genickt. Der Name war perfekt gewählt. So wie mit Heathcliffs Ziehsohn Hareton und der jungen Cathy *Sturmhöhe* ein versöhnliches Ende fand, hatten auch sie die Schatten der unglücklichen Liebe ihrer Eltern abgelegt.

Em schaltete den Laptop an und sah auf das Ölbild an der Wand, das Rollo während seines ersten Besuchs hier gemalt hatte. Gemeinsam mit Mark und ihm hatte sie an einem regnerischen Tag vor dem in den Stein geritzten Namen ihrer Mutter in Top Withens gestanden und hatte endlich einen Abschluss gefunden.

Regelmäßig besuchten die beiden Männer sie, ebenso wie einige ihrer Freunde Morning Star als Urlaubsdomizil nutzten. Mit stoischer Ruhe ertrug Jack jeden ihrer Besuche, doch Em wusste, wie erleichtert er war, wenn sie das Haus endlich wieder für sich hatten.

Nur Kitty mit ihrer aufgekratzten Art schien ihn nie zu stören, wann immer sie einen ihrer stets unangekündigten Besuche machte. Längst wusste Em, dass die Frau, die ihr inzwischen eine liebe Freundin geworden war, keinen unerheblichen Anteil an Jacks Fahrt nach Deutschland gehabt hatte. Ja, alles war gut ausgegangen.

Klirrend hörte sie Indies Halsband auf der Treppe, und gleich darauf trottete der langsam älter werdende Hund ins Zimmer und verkroch sich unter dem Schreibtisch. Der Hund war Maddies Geschenk an Jack gewesen, und Em übernahm es, ihn an ihrer Stelle zu verwöhnen.

Irgendwann, wenn Hareton älter wäre, würden sie ihm

von ihr und von seiner Schwester erzählen. Ihm erklären, dass die Glasscheiben in der Mauer neben dem Eingang, in deren bunten Lichtpunkten er auf dem Weg vor dem Cottage so gern umherhüpfte, in Gedenken an sie und Maddie angebracht wurden. Und dass die beiden neuen auf der anderen Seite des Tors für Em und ihn waren. Sie alle waren Jacks Sterne.

Ende

# Danksagung

Ein Roman entsteht mit unsichtbarer Hilfe. Der von Menschen, die uns Autorinnen und Autoren unterstützen, bestärken und hin und wieder in die richtige Richtung schubsen.

Da dies nicht unerwähnt bleiben soll, danke ich von Herzen:

Dem **Team von beHEARTBEAT**, insbesondere **Anna-Lena Meyhöfer.** Danke, dass ihr an diese Geschichte geglaubt und ihr ein zu Hause gegeben habt.

Meiner Lektorin **Anne Pias.** Die Zusammenarbeit mit dir war wirklich ein Vergnügen!

**Tante Gabriele und Onkel Martin.** Solange ich denken kann, verbringe ich bei euch schon wunderbare Urlaube in Yorkshire. Gabriele, du hast mich als Kind das erste Mal nach Haworth mitgenommen – ganz sicher würde es diesen Roman ohne dich nicht geben.

Meiner Freundin **Carmen.** Du hast unseren Rucksack bis nach Top Withens getragen, um meinen kaputten Rücken zu schonen – wenn das mal kein Freundschaftsbeweis ist! Mit dir gehe ich immer wieder auf Recherchereise.

**Meinem Mann und Carmens Mann**, die wir ziemlich kurzfristig mit Kleinkindern sitzen ließen, um drei geniale Tage für diesen Roman zu recherchieren.

**Sarah,** die eine großartige Testleserin ist und mir Mut zugesprochen hat, als ich zweifelte.

# Leseprobe

## Valentina May

# Das Erbe von Morham Manor

## 1

Larissas Hand mit dem Telefon zitterte. Ihre Gedanken schweiften in die Vergangenheit. Sie sah sich wieder in Großvaters Garten mit dem ausladenden Kirschbaum stehen, dessen Zweige sich jeden Sommer unter der Last unzähliger dunkelroter Früchte gebogen hatten. Ihr Großvater hatte immer so gern davon genascht. Bei jedem ihrer Besuche hatte er ihr von den süßen Früchten ein prallgefülltes Körbchen geschenkt, das sie gierig verspeist hatte. Deutlich sah sie ihn vor sich, ein stattlicher Mann von einem Meter achtzig, mit weißem Haar und Geheimratsecken. Als sie noch ein Kind gewesen war, hatte sie ihn gern neckend in seine rote Nase gezwickt. Aber er hatte nie mit ihr geschimpft, sondern laut gelacht. Er war der gütigste und liebenswerteste Mensch, den sie kennengelernt hatte.

»Hast du mich verstanden, Larissa?« Die Worte ihrer Mutter sickerten nur langsam in ihr Bewusstsein.

»Larissa?« Ihre Mutter klang verärgert durchs Telefon.

»Ja, Mama, ich habe dich verstanden«, bestätigte sie. Sie fühlte sich wie betäubt.

Ihr Großvater hatte einen Schlaganfall und lag im Oldenburger Klinikum. Schlaganfall. Das Wort hallte in ihrem Kopf. *Doch nicht mein vitaler Großvater.*

»Wie geht es ihm?«, fragte sie.

»Ich war gestern bei ihm und kann nicht sagen, ob er mich überhaupt erkannt hat. Die ganze Zeit über hat er nur an die Decke gestarrt. Es war furchtbar.«

Die Worte ihrer Mutter machten ihr Angst.

»Oh, mein Gott!« Larissa kämpfte mit den Tränen.

»Ich habe mit dem Arzt und den Schwestern gesprochen. Aber keiner kann mir sagen, wann er wieder ansprechbar sein wird. Diese ganzen Schläuche und Geräte, an denen er hängt … Was ist, wenn das alles umsonst ist? Ich will ihn nicht auch noch verlieren.« Die Stimme ihrer Mutter versagte.

Wie gern hätte Larissa sie in diesem Moment tröstend an sich gezogen. Auch sie selbst war geschockt, ihre Kehle wie zugeschnürt. Nach allem, was ihre Mutter berichtet hatte, war das Schlimmste zu befürchten. Der Gedanke, ihren Großvater vielleicht nicht mehr wiederzusehen, war unerträglich. Sie musste ihn so schnell wie möglich besuchen, bevor es zu spät war.

Sie erinnerte sich daran, wie ihre Mutter und sie bei ihrem Vater Tag und Nacht am Sterbebett gesessen hatten.

»Vorhin am Telefon haben sie mich abgewimmelt. Die haben ihn vielleicht schon aufgegeben. Wie damals deinen Vater …« Ihre Mutter brach ab und schluchzte. Sie weinen zu hören, zerriss Larissa das Herz.

»Mama, das glaube ich nicht. Das, was Papa geschehen ist, muss sich nicht wiederholen. Sie tun sicher alles, damit es Opa bald besser geht«, versuchte sie ihre Mutter, vor allem auch sich selbst zu beruhigen. Sie fühlte sich hilflos in Berlin, zu weit weg von allem. Gleich nach dem Anruf würde sie sich auf den Weg nach Oldenburg begeben.

»Vielleicht hast du recht. Der Arzt meinte, wenn dein Opa durchkäme, bräuchte er intensive Pflege«, fuhr ihre Mutter schniefend fort. Wieder schluchzte sie in den Hörer. »Wie soll denn das gehen? Ich gehe den ganzen Tag arbeiten und dann noch mein Bandscheibenvorfall im letzten Jahr … Aber ihn in ein Pflegeheim bringen würde mir das Herz brechen.«

*Mir auch!*

»Wir werden schon eine Lösung finden«, sprach Larissa ihr Mut zu. Sie mochte sich gar nicht vorstellen, dass der bislang körperlich und geistig fitte Großvater wie ein Schatten seiner selbst nur noch im Bett vor sich hin vegetieren könnte. Nicht noch einmal durfte das Schicksal so grausam sein. Ihr Großvater würde sich wieder erholen. Daran wollte sie glauben. Sie dachte an sein Haus, in dem man sich verlaufen konnte. Wie oft hatte ihre Mutter ihn zu überreden versucht, sich eine kleine Wohnung in ihrer Nähe zu suchen. Aber er hatte sich stets geweigert, es aufzugeben. In seinem Haus hatte er viele glückliche Jahre mit seiner geliebten Frau Angelika verbracht, und Larissas Mutter Ella war darin geboren worden.

»Ich verlasse dieses Haus nur als Leiche«, hatte ihr Großvater immer gesagt.

Larissa konnte es verstehen. Außerdem war es ein architektonisches Kleinod. In jeder Ecke mit liebevollen Details bestückt, voller verspielter Ornamente, einfach nostalgisch. All das spiegelte seine Persönlichkeit wider.

»Mama, ich komme gleich mit dem Frühzug. Morgen beginnen meine Semesterferien«, bot Larissa an.

»Wirklich? Du bist ein Schatz. Ich hatte so gehofft, dass du das sagst. Ich habe mein Amt als Küsterin bereits zur Verfügung gestellt und Pastor Engmann mitgeteilt, dass ich mich erst mal um meinen Vater kümmern muss.«

Ihre Mutter war sozial engagiert und bekleidete einige Ehrenämter in der Kirche und anderen caritativen Vereinigungen und ging darin auf. Larissa freute sich, dass ihre Mutter nach dem Tod ihres Mannes endlich wieder eine Lebensaufgabe gefunden hatte.

Larissas Vater war vor drei Jahren an Krebs gestorben, nur wenige Wochen nach der Diagnose. An einem kalten Dezembertag im Schlaf. Einfach so, ohne Vorwarnung. Noch immer fühlte sie den dumpfen Schmerz in sich, wenn sie an ihn dachte. Es hatte lange gedauert, bis sie und ihre Mutter seinen Tod akzeptiert hatten und bereit gewesen waren, wieder nach vorn zu blicken. Erst vor einem halben Jahr hatte ihre Mutter sein Grab besucht. Als Larissa sich im vergangenen Jahr darangemacht hatte, seine Anzüge in Kartons für die Wohlfahrt zu packen, war es zum Streit zwischen ihnen gekommen. Tagelang hatte ihre Mutter nicht mit ihr gesprochen, bis sie plötzlich an einem Samstagmorgen bei ihr angerufen und gebeten hatte, sie auf den Flohmarkt zu begleiten. Ein erster Schritt auf dem Weg in eine Zukunft ohne den geliebten Mann.

»Soll ich dich vielleicht vom Bahnhof abholen?«, fragte ihre Mutter und riss sie aus den Grübeleien.

»Nein, das brauchst du nicht. Nach der langen Zugfahrt wird mir Bewegung sicher guttun.«

»Wie du meinst, mein Schatz. Schade.« Deutlich war die Enttäuschung ihrer Mutter herauszuhören.

»Also, Mama, bis dann. Ich schreibe dir dann eine Nachricht, wann ich ankomme. Bussi.«

Obwohl in Oldenburg ihr Elternhaus stand und sie ihre Familie von Herzen liebte, hatte Larissa sich in dieser Stadt nie wirklich wohlgefühlt. Vielleicht lag es an den Erzählungen der Großeltern, die ihre Kriegserlebnisse und die Schwierigkeiten unter der britischen Besatzungsmacht geschildert hatten. Das

Haus ihrer Urgroßeltern, in dem sich noch der alte Bäckerladen befand, war einst von den Engländern beschlagnahmt worden, und ihre Familie hatte sich eine Wohnung nebenan mit den Nachbarn teilen müssen. Kein Wunder, dass auf engstem Raum Konflikte entstanden waren.

Großvater Hugo hatte die britischen Besatzer deshalb gehasst. Nur ihre Großmutter hatte sich stets zurückgehalten, wenn die anderen über die Tommis, wie sie die Briten genannt hatten, hergezogen waren. Überhaupt hatte sie ihre Großmutter als weltoffene Frau kennengelernt, die kulturell sehr gebildet gewesen war. Doch ihre Träume von Reisen in exotische Länder waren unerfüllt geblieben. Larissa hatte das Fernweh von ihr geerbt und deshalb die Ausbildung zur Hotelkauffrau absolviert. Seitdem war sie viel in der Welt herumgekommen und wünschte sich sehr, einmal selbst ein Hotel zu führen.

Besonders Großbritannien hatte sie mit seiner Tradition, Kultur und Geschichte beeindruckt. Vielleicht wäre sie damals im Hotel in Brighton geblieben, wäre ihr Vater nicht schwer erkrankt. Stattdessen hatte sie den Job gekündigt und war nach Deutschland zurückgekehrt. Nach dem Tod des Vaters war sie wie gelähmt gewesen und hatte den Wunsch verspürt, ihr Leben zu ändern. Schließlich hatte sie den Entschluss gefasst, in Berlin Anglistik und Betriebswirtschaft zu studieren, und es nicht bereut. Auch wenn sie andere Wege beschritten hatte, war sie ihrem Traum von einem eigenen kleinen Hotel insgeheim treu geblieben. Irgendwann würde sich vielleicht ihr Wunsch erfüllen.

Larissa lief ins Schlafzimmer und holte ihren Koffer vom Schrank.

Während sie ihn packte, musste sie immer wieder an Großvater Hugo denken, den sie nur als gütig und liebevoll kennengelernt hatte. Warum musste es ausgerechnet ihn treffen? Sie wischte sich die Tränen von den Wangen. Hoffentlich würde er sich wieder erholen.

Der Zug war rappelvoll. Viele Fahrgäste standen und saßen in den Gängen. Larissa war froh, sich mit der Fahrkarte noch eine Platzkarte geleistet zu haben. Eigentlich hatte sie vorgehabt, in diesen Semesterferien nach England zu reisen, um Freunde zu besuchen. Dafür hatte sie jeden Cent gespart. Aber das Schicksal hatte anders entschieden. Sie schaute zum blauen Himmel hinauf. Auch heute versprach es wieder ein heißer Sommertag zu werden. Ihr Großvater liebte den Sommer und verbrachte jede freie Minute in seinem Gemüsegarten zwischen Tomaten, Gurken und Kletterbohnen. Als Kind hatte sie ihn in seinem grünen Refugium öfter besucht. Doch in den letzten beiden Jahren waren ihre Besuche auf Weihnachten beschränkt gewesen, was sie heute bedauerte.

Schmunzelnd erinnerte sie sich, dass ihr Großvater seine Geranien und Tomaten im Badezimmer vorgezogen hatte. Fast glaubte sie den würzigen Duft der Pflanzen zu riechen und die filigranen Stängel zwischen ihren Fingern zu spüren. Bestimmt war sein Gemüse in diesem sonnenverwöhnten Sommer in die Höhe geschossen. Wer sich wohl jetzt um seinen Garten kümmerte? Ihre Mutter hasste Gartenarbeit.

Larissa lehnte den Kopf gegen die Scheibe. Die Landschaft flog an ihr vorbei, Orte, Wälder und Felder, bis das Land flach und die Wiesen größer wurden, auf denen unzählige Kühe grasten. Das Bild perfekter, ländlicher Idylle. Doch heute war es überschattet von der Krankheit ihres Großvaters. Vielleicht wäre es das letzte Mal, dass sie ihn wiedersah. Hastig verdrängte sie die aufkeimende Furcht um ihn. Er besaß eine starke Konstitution und würde es schaffen. Die Vorstellung tröstete sie.